职业院校数控技术应用专业系列教材

数控加工技能综合实训

（中级数控车工、数控铣工考证）

主编　周晓宏

参编　肖　清　刘向阳

机械工业出版社

本书介绍了数控车床和数控铣床中级操作工所需掌握的知识和技能，包括基础篇、数控车床篇和数控铣床篇。

基础篇介绍了数控编程的基本知识和数控加工工艺知识。

数控车床篇介绍了 FANUC 车削系统和 SIEMENS 车削系统的编程方法，以及 FANUC 系统和 SIEMENS 系统数控车床的操作方法，并列举了数控车削加工编程综合实例和数控车床加工技术综合实训。

数控铣床篇介绍了 FANUC 铣削系统和 SIEMENS 铣削系统的编程方法，以及 FANUC 系统和 SIEMENS 系统数控铣床的操作方法，并介绍了应用 MasterCAM 软件进行二维数控铣削自动编程的方法，列举了数控铣削加工编程综合实例和数控铣床加工技术综合实训。

本书可作为高职、中职、技校等职业院校数控技术应用专业的教材，也可作为模具和机电一体化专业的教材，还可供从事数控编程和加工工作的工程技术人员参考。

图书在版编目（CIP）数据

数控加工技能综合实训：中级数控车工、数控铣工考证/周晓宏主编．—北京：机械工业出版社，2010.8

职业院校数控技术应用专业系列教材

ISBN 978-7-111-31592-6

Ⅰ.①数… Ⅱ.①周… Ⅲ.①数控机床—加工—职业教育—教材 Ⅳ.①TG659

中国版本图书馆 CIP 数据核字（2010）第 159065 号

机械工业出版社（北京市百万庄大街 22 号　邮政编码 100037）
策划编辑：王英杰　王晓洁　责任编辑：赵磊磊
版式设计：张世琴　责任校对：张晓蓉
封面设计：路恩中　责任印制：乔　宇
三河市宏达印刷有限公司印刷
2011 年 1 月第 1 版第 1 次印刷
184mm×260mm·21 印张·516 千字
0001—3000 册
标准书号：ISBN 978-7-111-31592-6
定价：39.00 元

前　言

　　随着机械制造技术的发展，数控车床和数控铣床在企业中的应用越来越广泛，企业正急需大量数控车床和数控铣床操作工。数控机床是价格昂贵的机电一体化设备，绝大多数企业都要求操作人员持证上岗。数控车床和数控铣床操作工培训考证工作正在我国各地的职业院校中广泛开展。本书正是为适应职业院校数控专业学生培训考证需要编写的。数控加工技能综合实训是数控专业学生考证之前开设的一门专业主干课程。

　　本书根据企业数控车床和数控铣床操作工岗位的知识和技能要求来编写，共分 3 篇，即基础篇、数控车床篇和数控铣床篇。基础篇介绍了数控编程的基本知识和数控加工工艺知识。数控车床篇介绍了 FANUC 车削系统和 SIEMENS 车削系统的编程方法，以及 FANUC 系统和 SIEMENS 系统数控车床的操作方法，并列举了数控车削加工编程综合实例和数控车床加工技术综合实训。数控铣床篇介绍了 FANUC 铣削系统和 SIEMENS 铣削系统的编程方法，以及 FANUC 系统和 SIEMENS 系统数控铣床的操作方法，并介绍了应用 MasterCAM 软件进行二维数控铣削自动编程的方法，列举了数控铣削加工编程综合实例和数控铣床加工技术综合实训。

　　本书的许多编程加工实例都来自于企业生产实际，介绍的数控系统和数控机床是目前企业应用最多的数控系统和机型。本书可作为高职、中职、技校等职业院校数控技术应用专业的教材，也可作为模具和机电一体化专业的教材，还可供从事数控编程和加工工作的工程技术人员参考。

　　本书由深圳技师学院周晓宏主编，肖清、刘向阳参加编写。

　　由于编者水平有限，书中难免存在不足之处，恳请读者批评指正。

编　者

目　　录

基 础 篇

第一章 数控编程基础知识

> 学习目标：1. 掌握数控编程的步骤、数控机床坐标系统、数控程序的结构和格式。
> 2. 学会在数控机床上确定坐标系统。

第一节 数控编程概述

一、数控编程的概念

生成用数控机床进行零件加工的数控程序的过程，称为数控编程，有时也称为零件编程。

数控编程可以手工完成（即手工编程），也可以由计算机辅助完成（即计算机辅助数控编程）。

采用计算机辅助数控编程需要一套专用的数控编程软件，现代数控编程软件主要是以 CAD 软件为基础的交互式 CAD/CAM—NC 编程集成系统。

二、数控编程的步骤

现代数控机床都是按照事先编制好的数控加工程序自动对工件进行加工的。理想的加工程序不仅能保证加工出符合图样要求的合格零件，同时还能使数控机床的功能得到合理的利用与充分的发挥，使数控机床能安全可靠及高效地工作。

在进行数控编程之前，编程员应了解所用数控机床的规格、性能、CNC 系统所具备的功能及编程指令格式等。编制程序时，应先对图样描述的零件几何形状、尺寸及工艺要求进行分析，确定加工方法和加工工艺，包括加工工序、刀具、加工路线、切削参数等，再进行数值计算，获得刀位数据。然后按数控机床规定的代码和程序格式，将工件的尺寸、刀位数据、加工路线、切削参数（主轴转速、进给速度、背吃刀量等）以及辅助功能（换刀，主轴正转、反转，切削液开、关等）编制成加工程序，并输入数控系统，由数控系统控制机床自动进行加工。

一般来说，数控编程过程主要包括：分析零件图样和工艺处理、数学处理、编写程序单、输入数控系统及程序检验，如图 1-1 所示。数控编程的具体步骤与要求如下：

1. 分析零件图样和工艺处理

这个步骤包括：对零件图样进行分析以明确加工的内容及要求，确定加工方案，选择合适的数控机床，设计夹具，选择刀具，确定合理的进给路线及选择合理的切削用量等。工艺处理涉及的问题比较多，编程人员需要注意以下几点：

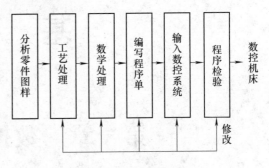

图 1-1   数控编程的步骤

（1）工艺方案及工艺路线   数控机床上确定工艺方案、工艺路线的原则是：

1）应考虑数控机床使用的合理性及经济性，并充分发挥数控机床的功能。

2）合理选取起刀点、切入点和切入方式，保证切入过程平稳，没有冲击。

3）尽量缩短加工路线，减少空行程时间和换刀次数，提高生产效率。

4）保证零件的加工精度和表面粗糙度要求。

5）尽量使数值计算方便，程序段少，减少编程工作量。

6）保证加工过程的安全性，避免刀具与非加工面的干涉。

在划分工艺时，除了按先粗后精、先面后孔等原则保证零件质量外，常用刀具集中的方法，即用一把刀加工完成相应各部位，再换另一把刀加工相应的其他部位，以减少空行程和换刀时间。

（2）正确选择编程原点及编程坐标系   对于数控机床来说，编制程序时，正确选择编程原点及编程坐标系是很重要的。编程坐标系是指数控编程时，在工件上确定的基准坐标系，其原点也是数控加工的对刀点。编程原点及编程坐标系的选择原则如下：

1）所选的编程原点及编程坐标系应使程序编制简单。

2）编程原点应选在容易找正并在加工过程中便于检查的位置。

3）引起的加工误差小。

（3）正确选择刀具和切削用量   数控机床所使用的刀具应满足安装调整方便、刚性好、精度高、寿命长的要求。选择刀具时应根据工件材料的性能、机床的加工能力、加工工序的类型、切削用量以及其他与加工有关的因素来选择刀具。

切削用量包括主轴转速、进给速度、背吃刀量等。主轴转速根据机床允许的切削速度及工件直径选取。进给速度按零件加工精度、表面粗糙度要求选取，粗加工取较大值，精加工取较小值。最大进给速度受机床刚度及进给系统性能的限制。背吃刀量由机床、刀具、工件的刚度确定。在刚度允许的条件下，粗加工取较大的背吃刀量，以减少进给次数，提高生产效率；精加工取较小的背吃刀量，以获得表面质量。

（4）零件的安装与夹具的选择   数控机床上安装零件应考虑以下几点：

1）尽量选择通用、组合夹具，安装一次把零件的所有加工面都加工出来。零件的定位基准与设计基准重合，减少定位误差。使用组合夹具，生产准备周期短，夹具零件可以反复使用，经济效果好。

2）应特别注意要迅速完成工件的定位和夹紧过程，减少辅助时间。必要时可以考虑采用专用夹具。

3）所用夹具应便于安装，便于协调工件和机床坐标系的尺寸关系。

2. 数学处理

在完成了工艺处理的工作后，下一步需根据零件的形状、尺寸、进给路线，计算出零件轮廓上各几何元素的起点、终点以及圆弧的圆心坐标。若数控系统无刀补功能，则应计算刀心轨迹。当用直线、圆弧来逼近非圆曲线时，还应计算曲线上各点的坐标值，以获得刀位数据。

3. 编写程序单

手工编程适合于零件形状较简单、加工工序较短、坐标计算较简单的场合，对于形状复杂（如空间自由曲线、曲面）、工序较长、计算较烦琐的零件可采用计算机辅助编程。

4. 输入数控系统

可通过键盘直接将程序输入数控系统，也可先制作控制介质（穿孔带等），再将控制介质上的程序输入数控系统。

5. 程序检验

对有图形显示功能的数控机床，可进行图形模拟加工，检查刀具轨迹是否正确。对无此功能的数控机床可进行空运转检验。

以上工作只能检验刀具运动轨迹的正确性，检验不出对刀误差和某些计算误差引起的加工误差以及加工精度。所以还要进行首件试切，可先用铝、塑料、石蜡等易切削材料试切。试切后若发现工件不符合要求，再修改程序或进行刀具尺寸补偿。

三、数控编程的方法

1. 手工编程

手工编程是指编制零件数控加工程序的各个步骤，即从零件图样分析、工艺处理、确定加工路线和工艺参数、几何计算、编写零件的数控加工程序单直至程序的检验，均由人工来完成，手工编程过程如图1-2所示。

对于点位加工和几何形状不太复杂的零件，数控编程计算较简单，程序段较少，手工编程即可实现。但对轮廓形状不是由简单的直线、圆弧组成的复杂零件，特别是空间复杂曲面零件以及几何元素虽不复杂，但程序量很大的零件，计算及编写程序就相当烦琐，工作量大，容易出错，且很难校对，采用手工编程难以完成。此时必须采用自动编程。

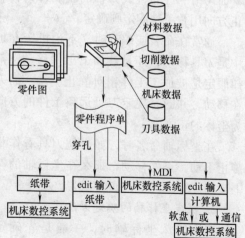

图1-2　手工编程过程

2. CAD/CAM 集成系统数控编程

CAD/CAM 集成系统数控编程是指以待加工零件 CAD 模型为基础的一种集加工工艺规划及数控编程为一体的自动编程方法。其中零件 CAD 模型的描述方法多种多样，适用于数控编程的主要有表面模型和实体模型，其中以表面模型在数控编程中应用较为广泛。以表面模型为基础的 CAD/CAM 集成数控编程系统习惯上又称为图像数控编程系统。

CAD/CAM 集成系统数控编程的主要特点是零件的几何形状可在零件设计阶段采用

CAD/CAM 集成系统的几何设计模块在图形交互式下进行定义、显示和修改，最终得到零件的几何模型（可以是表面模型，也可以是实体模型）。数控编程的一般过程包括刀具的选择、刀具相对于零件表面运动方式的定义、切削加工参数的确定、进给轨迹的生成、加工过程的动态图形仿真显示、程序验证直到后置处理等，一般都是在屏幕菜单及命令驱动等图形交互方式下完成的，具有形象、直观和高效等优点。

以实体模型为基础的数控编程方法比以表面模型为基础的数控编程方法复杂，基于后者的数控编程系统一般只用于数控编程。就是说，其零件的设计功能（或几何造型功能）是专为数控编程服务的，针对性强，容易使用，典型的软件系统有 Master CAM、UG 等数控编程系统。

第二节　编程几何基础

一、机床坐标系及运动方向

建立机床坐标系是为了确定刀具或工件在机床中的位置，确定机床运动部件的位置及其运动范围。统一规定数控机床坐标系各轴的名称及其正负方向可以简化数控程序的编制，并使编制的程序对同类型机床有互换性。为了表示各运动部件的运动方位和方向，我国制订了 JB/T 3051—1999《数控机床　坐标和运动方向的命名》标准。

1. 坐标轴的命名

在标准中统一规定采用右手笛卡儿坐标系对机床的坐标系进行命名。如图 1-3 所示为机床坐标系与转动方向的确定，坐标系的各个坐标轴与机床的主要导轨相平行，它与安装在机床上并且按机床主要导轨找正的工件相关。A、B、C 表示以 X、Y、Z 坐标轴线或与 X、Y、Z 轴线相平行的直线为轴的转动，其转动的正方向用右手螺旋定则确定。

通常在命名或编程时，不论机床在加工中是刀具移动，还是被加工工件移动，都一律假定是被加工工件相对静止不动，而刀具在移动，并同时规定刀具远离工件的方向作为坐标的正方向。

在坐标轴命名时，如果把刀具看作相对静止不动，工件移动，那么在坐标轴的符号上应加注标记"'"，如 X'、Y'、Z' 等。

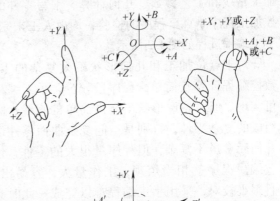

2. 机床坐标轴的确定方法

确定机床坐标轴时，一般是先确定 Z 轴，再确定 X 轴和 Y 轴。

（1）Z 轴　一般是选取产生切削力的轴线方向作为 Z 轴方向。对于有主轴的机床，如图 1-4 和图 1-5 所示的卧式数控车床、立

图 1-3　机床坐标系与转动方向的确定

式升降台数控铣床等，则以机床主轴轴线方向作为 Z 轴方向，同时规定刀具远离工件的方向为 Z 轴正方向。

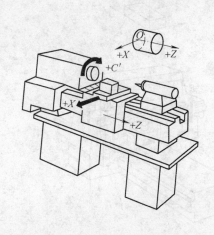

图 1-4　卧式数控车床

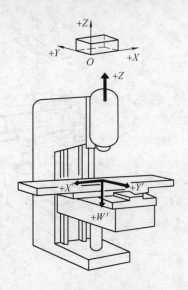

图 1-5　立式升降台数控铣床

（2）X 轴　X 轴一般位于与工件安装面相平行的水平面内。对于机床主轴带动工件旋转的机床，如车床、磨床等，则选定在水平面内垂直于工件旋转轴线的方向为 X 轴，且刀具远离主轴轴线的方向为 X 轴的正方向。

对于机床主轴带动刀具旋转的机床，若主轴是水平的，如图 1-6 所示的卧式升降台数控铣床等，由刀具主轴向工件看，选定主轴右侧方向为 X 轴正方向；若主轴是竖直的，如立式铣床、立式钻床等，由刀具主轴向立柱看，选定主轴右侧方向为 X 轴正方向。

（3）Y 轴　Y 轴方向可根据已选定的 Z、X 轴按右手笛卡儿坐标系来确定。

（4）A、B、C 的转向　当选定机床的 X、Y、Z 坐标轴后，根据右手螺旋定则来确定 A、B、C 三个转动的正方向。

（5）附加坐标　如果机床除有 X、Y、Z 主要直线运动外，还有平行于其坐标的运动，则应分别命名为 U、V、W。如果还有第三组运动，则应分别命名为 P、Q、R。如果还有不平行或可以不平行于 X、Y 或 Z 轴的直线运动，则可相应命名为 U、V、W、P、Q 或 R。

如在第一组 A、B 和 C 做回转运动的同时，还有平行或不平行于 A、B 和 C 回转轴的第二组回转运动，可命名为 D、E 和 F。

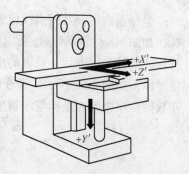

图 1-6　卧式升降台数控铣床

如图 1-7 所示的龙门式和龙门移动式轮廓数控铣床就是含有这种坐标类型的机床。机床坐标可在机床使用说明书或机床标牌上找到。

坐标轴移动量（坐标尺寸）有米制和英制两种。若选用米制，坐标轴移动的最小设定单位一般有 1μm、10μm、1mm 三种。如果 X、Y、Z 三坐标轴移动的最小设定单位为 10μm，向 X 轴正方向移动 38.23mm，向 Y 轴负方向移动 25.63mm，可表达为 X3823 Y - 2563 或

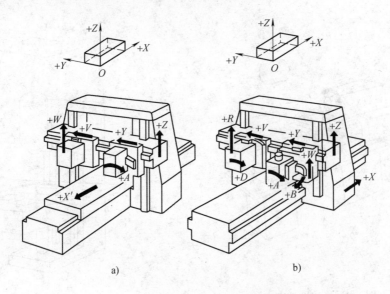

图 1-7   具有附加坐标的龙门数控铣床

a）龙门式轮廓数控铣床   b）龙门移动式轮廓数控铣床

X38.23   Y-25.63（小数点方式输入，单位是 mm）。如果输入设定单位以下位数的指令数值，则设定单位以下位数会被四舍五入，例如输入 X111.72317，就变为 X111.72。另外，最大指令数不能超过 8 位数。当最小设定单位为 10μm 时，指令数的范围为 0 ~ ±999999.99mm。

转动轴用角度表示，例如 C 轴正向转动 55°就设定为 C55。回转轴的最大指令值为 0 ~ ±999999.99°。

二、绝对坐标与增量坐标

坐标系内所有几何点或位置的坐标值均从坐标原点标注或计量，这种坐标值称为绝对坐标，如图 1-8a 所示。坐标系内某一位置的坐标尺寸用相对于前一位置的坐标尺寸的增量进行标注或计量，即后一位置的坐标尺寸是以前一位置为零位进行标注的，这种坐标值称为增量坐标，如图 1-8b 所示。编程时要根据零件的加工精度要求及编程方便与否选用坐标类型。在数控程序中绝对坐标与增量坐标可单独使用，也可在不同程序段上交叉使用。

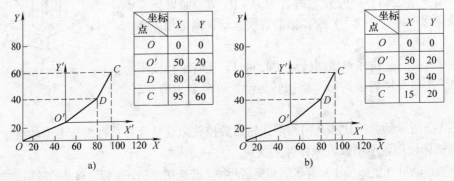

图 1-8   绝对坐标与增量坐标

a）绝对坐标   b）增量坐标

三、机床原点和机床参考点

1. 机床原点

机床原点又称为机械原点，它是机床坐标系的原点。该点是机床上的一个固定点，其位置是由机床设计和制造单位确定的，通常用户不允许改变。机床原点是工件坐标系、编程坐标系、机床参考点的基准点。数控车床的机床原点一般设在卡盘前端面或后端面的中心处。数控铣床的机床原点，各生产厂不一致，有的设在机床工作台的中心处，有的设在进给行程的终点处。

2. 机床参考点

机床参考点是机床坐标系中一个固定不变的位置点，用于对机床工作台滑板与刀具相对运动的测量系统进行标定和控制的点。机床参考点通常设置在机床各轴靠近正向极限的位置上，通过减速行程开关粗定位，由零位点脉冲精确定位。机床参考点对机床原点的坐标是一个已知定值，即可以根据机床参考点在机床坐标系中的坐标值间接确定机床原点的位置。机床接通电源后，通常都要做回零操作，即利用 CRT/MDI 控制面板上的功能键和机床操作面板上的有关按钮，使刀具或工作台退离到机床参考点。回零操作又称为返回参考点操作。返回参考点后，显示器显示机床参考点在机床坐标系中的坐标值，表明机床坐标系已自动建立。这时，测量系统进行标定，置零或置一个定值。可以说回零操作是对基准的重新核定，可消除由于种种原因产生的基准偏差。

在数控加工程序中可用相关指令使刀具经过一个中间点自动退回到参考点。

机床参考点已由机床制造厂商测定后输入数控系统，并且记录在机床说明书中，用户不得改变。

一般数控车床、数控铣床的机床原点、机床参考点位置如图 1-9 所示。但许多数控机床系统将机床参考点坐标值设置为零，此时机床坐标系的原点就在机床参考点上，机床坐标系中的绝对坐标值均显示为负值。

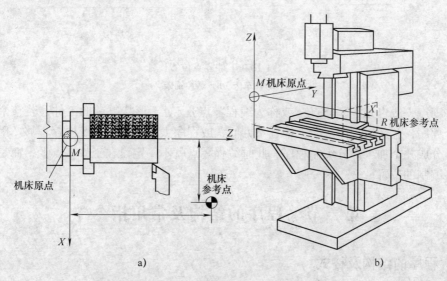

a)　　　　　　　　　　　　　　　b)

图 1-9　数控机床的机床原点与机床参考点

a) 数控车床　b) 数控铣床

值得注意的是，不同的数控系统返回参考点的动作、细节不同，操作前应仔细阅读有关操作说明。

四、工件坐标系和工件原点

为了编程方便，在工件图样上设置一个坐标系，坐标系的原点就是工件原点，也叫做工件零点。与机床坐标系不同，工件坐标系是由编程人员根据情况自行选择的。选择工件零点的一般原则是：

1）工件零点尽量选在尺寸精度高、表面粗糙度值低的工件表面上。

2）工件零点选在工件图样的基准上，以便于编程。

3）便于测量和检验。

4）工件零点最好选取在工件的对称中心上。

数控车床加工工件时，工件零点一般设在主轴中心线与工件右端面（或左端面）的交点处，如图 1-10a 所示。数控铣床加工工件时，工件零点一般设在进刀方向一侧，工件外轮廓表面的某个角上或对称中心上，如图 1-10b 所示。

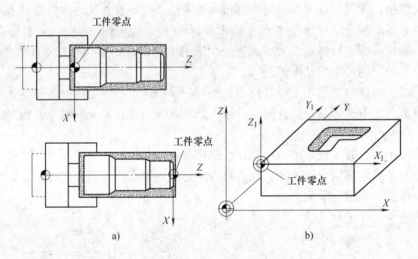

图 1-10　工件零点位置

a）数控车床　b）数控铣床

工件零点一般也是程序原点（或称为编程零点）。对于形状复杂的工件，若整个工件编写成一个程序，会造成程序复杂，编程不方便，或程序太长，数控系统内存不够。因此需要将工件拆分成几个加工部分编制程序。此时编程零点就不一定设在工件零点上，而是设在便于各程序编制的位置。

第三节　程序的结构及常用指令

一、程序的结构及格式

每种数控系统根据系统本身的特点及编程的需要都有一定的程序格式。对于不同的机床，程序的格式也不同。因此编程人员必须严格按照机床说明书的规定格式进行编程。

1. 程序的结构

一个完整的程序由程序号、程序内容和程序结束三部分组成。

例如：

O0001		程序号
N01	G92 X40 Y30；	
N02	G90 G00 X28 T01 S800 M03；	
N03	G01 X－8 Y8 F200；	
N04	X0 Y0；	程序内容
N05	G28 X30；	
N06	G00 X40；	
N07	M02；	程序结束

（1）程序号　程序号即程序的开始部分。为了区别存储器中的程序，每个程序都要有程序编号，在编号前采用程序编号地址码。如在 FANUC6 系统中，一般采用英文字母 O 作为程序编号地址，而其他系统可能采用 P、% 或：等。

（2）程序内容　程序内容部分是整个程序的核心，它由许多程序段组成，每个程序段由一个或多个指令构成，它表示数控机床要完成的全部动作。

（3）程序结束　程序结束是以程序结束指令 M02 或 M30 作为整个程序结束的符号来结束整个程序的。

2. 程序段格式

零件的加工程序是由程序段组成的，每个程序段由若干个数据字组成，每个数据字是控制系统的具体指令。它是由表示地址的英文字母、特殊文字和数字集合而成的。

程序段格式是指一个程序段中字、字符、数据的书写规则，这里介绍常用的字-地址程序段格式。

字-地址程序段格式由语句号字、数据字和程序段结束组成。各字前有地址，各字的排列顺序不严格要求，数据的位数可多可少，不需要的字以及与上一程序段相同的续效字可以不写。其优点是程序简短、直观且容易检验、修改，目前被广泛使用。

字-地址程序段格式如下：

N＿	G＿	X＿	Y＿	Z＿	……	F＿	S＿	T＿	M＿	LF
语句号字	准备功能字	尺寸字				进给功能字	主轴转速功能字	刀具功能字	辅助功能字	程序段结束

例如：N20 G01 X25 Y－36 F100 S400 T03 M03；

程序段内各字的说明：

（1）语句号字　语句号字用以识别程序段的编号，用地址码 N 和后面的若干位数字表示。例如：N20 表示该语句号为 20。

（2）准备功能字（G 功能字）　G 功能字是使数控机床做某种操作的指令，用地址 G 和两位数字来表示，从 G00～G99 共 100 种。

（3）尺寸字　尺寸字由地址码、"＋"、"－"符号及绝对值（或增量）的数值构成。

尺寸字的地址码有 X、Y、Z、U、V、W、P、Q、R、A、B、C、I、J、K、D、H 等，例如：X20 Y－40。尺寸字的"＋"可省略。

（4）进给功能字　进给功能字表示刀具中心运动时的进给速度。它由地址码 F 和后面若干位数构成。数字的单位取决于每个数控系统所采用的进给速度的指定方法，如 F100 表示进给速度为 100mm/min。有的时候 F 的单位用 mm/r 表示，如 F0.3 表示进给速度为 0.3mm/r。

（5）主轴转速功能字　主轴转速功能字由地址码 S 和其后面的若干位数字组成，转速单位为 r/min。

例如：S800 表示主轴转速为 800r/min。

（6）刀具功能字　刀具功能字由地址码 T 和若干位数字组成。刀具功能字的数字是指定刀具的刀号。数字的位数由系统决定。

例如：T08 表示第八号刀。

（7）辅助功能字（M 功能字）　M 功能字是一些机床辅助动作的指令，用地址码 M 和后面两位数字表示，从 M00～M99 共 100 种。

（8）程序段结束　写在每一程序段之后，表示程序结束。当用 EIA 标准代码时，结束符为 CR，用 ISO 标准代码时为 NL 或 LF。有的用符号"；"或"＊"表示。

二、常用的编程指令

编制程序时的主要指令有准备功能 G 指令和辅助功能 M 指令。

1. 准备功能

准备功能又称 G 功能或 G 指令。它是用来指令机床进行加工运动和插补方式的功能。按我国 JB/T 3208—1999 标准规定，准备功能 G 指令是以地址 G 为首后跟两位数字组成，共 100 种（G00～G99），见表 1-1。

表 1-1　准备功能 G 指令

代　码	功能保持到被取消或被同样字母表示的程序指令所代替	功能仅在所出现的程序段内有作用	功　能	代　码	功能保持到被取消或被同样字母表示的程序指令所代替	功能仅在所出现的程序段内有作用	功　能
G00	a		点定位	G08		＊	加速
G01	a		直线插补	G09		＊	减速
G02	a		顺时针方向圆弧插补	G10～G16	#	#	不指定
G03	a		逆时针方向圆弧插补	G17	c		XY 平面选择
G04		＊	暂停	G18	c		ZX 平面选择
G05	#	#	不指定	G19	c		YZ 平面选择
G06	a		抛物线插补	G20～32	#	#	不指定
G07	#	#	不指定	G33	a		螺纹切削，等螺距

（续）

代码	功能保持到被取消或被同样字母表示的程序指令所代替	功能仅在所出现的程序段内有作用	功　能	代码	功能保持到被取消或被同样字母表示的程序指令所代替	功能仅在所出现的程序段内有作用	功　能
G34	a		螺纹切削，增螺距	G58	f		直线偏移 XZ
G35	a		螺纹切削，减螺距	G59	f		直线偏移 YZ
G36 ~ G39	#	#	永不指定	G60	h		准确定位 1（精）
G40	d		刀具补偿/刀具偏置注销	G61	h		准确定位 2（中）
G41	d		刀具补偿-左	G62	h		快速定位（粗）
G42	d		刀具补偿-右	G63		#	攻螺纹
G43	# (d)	#	刀具偏置-正	G64 ~ G67	#	#	不指定
G44	# (d)	#	刀具偏置-负	G68	# (d)	#	刀具偏置，内角
G45	# (d)	#	刀具偏置 +/+	G69	# (d)	#	刀具偏置，外角
G46	# (d)	#	刀具偏置 +/-	G70 ~ G79	#	#	不指定
G47	# (d)	#	刀具偏置 -/-	G80	e		固定循环注销
G48	# (d)	#	刀具偏置 -/+	G81 ~ G89	e		固定循环
G49	# (d)	#	刀具偏置 0/+	G90	j		绝对尺寸
G50	# (d)	#	刀具偏置 0/-	G91	j		增量尺寸
G51	# (d)	#	刀具偏置 +/0	G92		# *	预置寄存
G52	# (d)	#	刀具偏置 -/0	G93	k		时间倒数，进给率
G53	f		直线偏移，注销	G94	k		每分钟进给
G54	f		直线偏移 X	G95	k		主轴每转进给
G55	f		直线偏移 Y	G96	i		恒线速度
G56	f		直线偏移 Z	G97	i		每分钟转数（主轴）
G57	f		直线偏移 XY	G98 ~ G99	#	#	不指定

注：1. #号表示如选作特殊用途，必须在程序格式说明中说明。

2. 如在直线切削控制中没有刀具补偿，则从 G43 到 G52 可指定作其他用途。

3. 在表中左栏括号中的字母 d 表示：可以被同栏中没有括号的字母 d 注销或代替，亦可以被有括号的字母 d 注销或代替。

4. G45 到 G52 的功能可用于机床上任意两个预定的坐标。

5. 数控装置中没有 G53、G59 ~ G63 功能时，可以指定作其他用途。

2. 辅助功能

辅助功能又称 M 指令。它是控制机床在加工操作时做一些辅助动作的开/关功能。按我国 JB/T 3208—1999 标准规定，辅助功能 M 代码是以地址 M 为首后跟两位数字组成，共 100 种（M00 ~ M99），见表 1-2。

表 1-2 辅助功能 M 指令

代码	功能开始时间		功能保持到被注销或被适当程序指令代替	功能仅在所出现的程序段内有作用	功 能
	与程序段指令运动同时开始	在程序段指令运动完成后开始			
M00		#		#	程序停止
M01		#		#	计划停止
M02		#		#	程序结束
M03	#		#		主轴顺时针方向旋转
M04	#		#		主轴逆时针方向旋转
M05		#	#		主轴停止
M06	#	#		#	换刀
M07	#		#		2 号切削液开
M08	#		#		1 号切削液开
M09		#	#		切削液关
M10	#	#	#		夹紧
M11	#	#	#		松开
M12	#	#	#	#	不指定
M13	#		#		主轴顺时针方向旋转，切削液开
M14	#		#		主轴逆时针方向旋转，切削液开
M15	#			#	正运动
M16	#			#	负运动
M17 ~ M18	#	#	#	#	不指定
M19		#	#		主轴定向停止
M20 ~ M29	#	#	#	#	永不指定
M30		#		#	纸带结束
M31	#	#		#	互锁旁路
M32 ~ M35	#	#	#	#	不指定
M36	#		#		进给范围 1
M37	#		#		进给范围 2
M38	#		#		主轴速度范围 1
M39	#		#		主轴速度范围 2
M40 ~ M45	#	#	#	#	如有需要作为齿轮换挡，此外不指定
M46 ~ M47	#	#	#	#	不指定
M48		#	#		注销 M49
M49	#		#		进给率修正旁路
M50	#		#		3 号切削液开
M51	#		#		4 号切削液开
M52 ~ M54	#	#	#	#	不指定

（续）

代码	功能开始时间		功能保持到被注销或被适当程序指令代替	功能仅在所出现的程序段内有作用	功　　能
	与程序段指令运动同时开始	在程序段指令运动完成后开始			
M55	#		#		刀具直线位移，位置1
M56	#		#		刀具直线位移，位置2
M57 ~ M59	#	#	#	#	不指定
M60		#		#	更换工件
M61	#		#		工件直线位移，位置1
M62	#		#		工件直线位移，位置2
M63 ~ M70	#	#	#	#	不指定
M71	#		#		工件角度位移，位置1
M72	#		#		工件角度位移，位置2
M73 ~ M89	#	#	#	#	不指定
M90 ~ M99	#	#	#	#	永不指定

注：1. #号表示如选作特殊用途，必须在程序格式说明中说明。

　　2. M90 ~ M99 可指定为特殊用途。

第四节　现代数控机床的功能

在编制数控加工程序和操作数控机床的过程中，必须明确所使用的数控机床的功能才能正确编程和操作。集高效率、高精度、高柔性于一身的现代数控机床，可以说是目前很成熟的高科技产品，它具有许多普通机床无法实现的特殊功能。

一、控制功能

1. 控制多轴运动

如控制 X、Y、Z、W、C 等轴运动。

2. 控制多轴联动

控制多轴同时运动。例如五轴三联动的数控机床，即该数控系统可控制机床的五轴运动，但同时运动的只有其中的三轴。

3. 快速移动

数控系统可控制进给部分在非切削时快速移动，如 20000mm/min。

4. 进给速度

控制机床进给速度，如 1 ~ 5000mm/min。

5. 插补功能

插补功能是指数控系统可以实现的插补加工线形能力，如点位和直线插补功能、圆弧插补功能、抛物线插补功能等。

6. 补偿功能

有刀具补偿和机械传动部件误差补偿两种功能。

在编程过程中，编程人员可以不考虑具体的刀具尺寸。在加工时，通过操作将刀具半径、刀具长度等尺寸输入到数控系统中。运行程序时，刀具的具体尺寸会参与控制系统的插补运算，得出要求的刀具运动轨迹即刀具补偿。刀具磨损、更换也可采用这一功能。

机械传动部件误差的补偿是指丝杠螺距误差补偿、进给齿条齿距误差补偿和坐标轴的反向间隙补偿。

机床生产厂家在调试机床时，通过精密仪器测量出上述机械传动部件的误差值，并将其补偿值输入到数控系统中。机床运行时，补偿值随时参与刀具运动轨迹的坐标计算，得出精确的坐标尺寸值。

7. 固定循环加工功能

固定循环加工功能是指数控系统为一些典型的加工工序编制固定子程序。例如，钻孔、攻螺纹、车孔等所需完成的动作都有共同之处，将这些动作预先编好程序存入存储器中，用 G 代码进行指令。编程人员调用这些程序，可使编程工作大大简化。

8. 自动加减速功能

自动加减速功能是指数控机床运行过程中，在升速和降速时，数控系统可控制其自动地用斜线、折线或用指数曲线平缓过渡，而不是阶跃式的速度变化。

二、操作功能

现代数控系统有着很强的操作功能，不仅功能繁多，而且操作灵活方便。现将主要的操作功能简介如下：

1. 手动移动机床各运动轴

通过按键使机床增量式移动（每按一次按键，移动指定距离，例如 0.1mm、0.5mm）或连续移动，还可通过手摇脉冲发生器来进行移动。手摇脉冲发生器上刻有刻度，每摇一刻度可使机床各轴移动 0.1mm 或 0.01mm 等。

2. 调用存储器中的程序进行自动加工

通过专用的按键、软按键操作或输入参数等使程序按以下方式运行。

（1）单程序段运行　按一次启动按键执行一程序段。

（2）空运行　使程序中的进给速度失效而按指定速度运行。指定速度由操作者输入或由调试者设置。空运行主要用于调试加工程序。指定速度都较快，不能进行切削加工。

（3）选择停　通过操作面板上的专用开关或输入参数，使程序在有 M01 的程序段处停止运行。

（4）暂停　按下暂停按键使程序暂停执行。

（5）选择跳　通过操作面板上的专用开关或输入参数，使在程序运行时跳过有"/"符号的程序段。

（6）镜像加工　一些工件的几何形状具有对称性，编程人员只要编写一部分程序，其余部分用镜像功能来实现加工。镜像加工一般通过按键或输入参数来实现。

3. 手动输入数据方式（MDI）

通过操作面板按键，人工输入数控指令或程序段，并运行该指令或程序段。

4. 返回中断点功能

在程序运行过程中，因某种需要人为地中断程序运行，并将刀具移开断点处，然后再返回断点继续运行，一般的数控系统设置了两种功能来完成返回断点运行，一种是用检索功能，其操作方法是将断点所在的程序段的顺序号（N××）输入系统，操作检索按键，这时系统从程序首部执行，但不控制机床运行，直到断点处才开始控制机床运行。另一种是在操作面板上有专门的返回断点的按键，按下该按键，再加一些辅助操作就可完成。

5. 键盘功能

通过键盘操作，可对程序进行编辑、插入、修改、删除、复制等操作，还可输入和修改有关参数，如工件零点坐标、刀具参数以及一些控制参数等。

三、编程功能

1. 自动编程功能

有会话型和语言型两种编程。会话型编程是操作者调用数控系统中的编程软件后，对屏幕上出现的一些菜单（例如圆、直线、进给速度等）进行选用，并根据屏幕显示的提示，通过键盘输入有关信息，这样一步一步地编出加工程序。整个操作过程有问有答，犹如会话，故称为会话型编程，也称为交互型编程。许多数控系统中配有的蓝图编程就是一种会话型编程。

有的数控系统中存放语言型编程软件供用户使用。例如，FANUC 11M 系统中放入 FAPT 编程语言系统、FIDIA10 系统中放入 ISO GRAGH 编程语言系统。操作者遵循这些系统的语言规则即可编出程序。

上述两种编程方式均可进行背景（即后台）编程。也就是机床在加工一个工件的同时，可进行另一个工件的编程，互不影响。

2. 示教方式编程

通过手动操作对工件的加工过程进行模拟，或是单工序进行加工，数控装置将其动作顺序、坐标等参数存入存储器中，然后用返演方式自动地控制机床完成同样的操作。在这个过程中，加工程序形成并赋予程序名（或程序号）可永久存入存储器随时调用。

四、数控输入/输出功能

计算机数控系统（CNC）有多种输入/输出方式。例如，程序和参数可通过纸带阅读机、穿孔机、磁盘驱动器进行输入和输出，也可以通过操作面板、键盘等手动输入，还可以通过接口（如 RS-232C）与计算机连接，进行输入或输出。

CRT 是数控系统必用的输出设备，在运行过程中显示各种信息，主要有：

1）程序名（或程序号）及程序内容。

2）动态机床位置坐标。

3）刀具参数。

4）报警信息。

5）各种菜单，供操作人员选用。

6）图形模拟。

五、其他功能

1. 存储功能

计算机数控系统内都设有若干存储器。其中，随机存储器（RAM）可随时将数据读出或写入。只读存储器（ROM）只能从中读出不能写入，称为寄存器的存储器，它可临时存储一些信息。数控系统控制软件、加工程序、各种参数等都分别储存在各自的存储器中，互不干扰。

2. 诊断功能

计算机数控系统对自身及伺服系统、机床、加工程序都有自行诊断的功能。一旦发现错误。能立即停止运行，并通过 CRT 显示错误信息，指出错误的范围和性质，甚至指出纠正错误的方法和措施。

现代计算机数控系统的诊断功能很强，可对数控机床各部分进行详细的检查和监督，报警信息达到上百条，对调试人员和使用人员的操作起着非常良好的引导作用。

3. 零件的在机检测

计算机数控系统控制机床上的测头，对加工工件进行测量或对工件的安装位置进行测量，并记录工件位置的坐标值。

4. 刀具寿命管理功能

有两种刀具寿命管理方式，一种是检测型管理方式，另一种是约定型管理方式。

检测型管理方式是数控系统借助刀具检测系统监视刀具磨损情况，并根据情况决定是否由刀库备用刀具自动进行调换。

约定型刀具寿命管理方式是按约定刀具完成若干套工件加工后，或是经过多长加工时间后，自动采用刀库备用刀具来调换。

刀具寿命管理一般在加工中心、柔性制造单元机床和柔性制造系统中使用。

本章小结

本章讲述了数控编程的步骤、数控机床坐标系统、数控程序的结构和格式、现代数控机床的功能，本章的重点和难点是数控机床坐标系统。

思考与训练

一、判断题

1. 准备功能字的地址符是"G"，它是建立机床或控制系统工作方式的一种命令。　　（　　）

2. G01 指令是快速直线插补指令。　　（　　）

3. 绝对尺寸命令是利用终点位置的坐标进行编程。　　（　　）

4. 主轴的正反转控制是辅助机能。　　（　　）

5. 数控机床的机床原点是由厂家设定的。　　（　　）

6. 数控机床的进给速度指令为 S 代码指令。 （　　）

7. 数控程序由程序号、程序段和程序结束符组成。 （　　）

8. 进给速度 F 对 G00 指令有效。 （　　）

9. 在编制加工程序时，程序段号可以不写或不按顺序书写。 （　　）

10. 在编制加工程序时，绝对命令和增量命令不可以混用。 （　　）

二、单项选择题

1. 数控机床坐标系统中 X、Y、Z 轴由（　　）笛卡儿坐标系确定。

A. 左手　　　　　　B. 左手和右手　　　　　C. 右手

2. 根据 ISO 标准，数控机床在编程时采用（　　）规则。

A. 刀具相对静止，工件运动　　　　　　B. 工件相对静止，刀具运动

C. 按实际运动情况确定　　　　　　　　D. 按坐标系确定

3. 数控机床有不同的运动形式，需要考虑工件和刀具相对运动关系及坐标系的方向，编写程序时应采用（　　）原则。

A. 刀具固定不动，工件移动　　　　　　B. 工件固定不动，刀具移动

C. 分析机床运动关系后再按实际情况　　D. 刀具和工件都移动

4. 确定机床 X、Y、Z 坐标时，规定平行于机床主轴的刀具运动坐标为（　　），取刀具远离工件的方向为（　　）方向。

A. X 轴　正　　　B. Y 轴　正　　　C. Z 轴　正　　　D. Z 轴　负

5. 圆弧插补段程序中，若采用圆弧半径 R 编程时，从起始点到终点存在两条圆弧线段，当（　　）时，用 $-R$ 表示圆弧半径。

A. 圆弧小于或等于 180°　　　　　　B. 圆弧大于或等于 180°

C. 圆弧小于 180°　　　　　　　　　D. 圆弧大于 180°

三、简答题

1. 数控编程有哪几个主要步骤？

2. 数控机床的坐标系及其方向是如何定义的？

3. 简述数控编程有哪些方法。

4. 简述机床原点、机床参考点与工件原点之间的关系。

5. 说明绝对坐标编程和增量坐标编程的区别。

6. 一个完整的数控程序由哪几部分组成？

第二章 数控加工工艺编制

学习目标：1. 掌握数控加工工艺基础知识、数控工艺系统的构成、数控车削工艺和数控铣削工艺的编制方法。
2. 学会编制数控车削和数控铣削加工工艺。

第一节 基本概念

一、生产过程

生产过程是指将原材料转变为成品的全过程。例如制造一台机器，其生产过程应该包括生产准备、毛坯制造、零件的机械加工及热处理、装配、质量检验及试运行、油漆和包装等。显然有一台机器的生产过程，也有一个零件或部件的生产过程；有一个工厂的生产过程，也有一个车间的生产过程。

二、工艺过程

工艺过程是改变生产对象的形状、尺寸、相对位置和性质等，使其成为成品或半成品的过程。工艺过程是生产过程中的主要过程，其余的劳动过程则是生产过程中的辅助过程。

三、机械加工工艺过程

机械加工工艺过程是在机械加工车间进行的工艺过程。一个零件的机械加工工艺过程通常是多种多样的，必须根据产品的要求和具体的生产条件分析比较，选择其中最合理的机械加工工艺过程进行生产。

机械加工工艺过程是由一个或若干个顺序排列的工序，它由安装、工位、工步、进给组成，毛坯依次通过这些顺序成为成品。

工序是指一个或一组工人，在一个工作地对同一个或同时对几个工件连续完成的那一部分工艺过程。

工序包括四个要素，即安装、工位、工步、进给。划分工序的主要依据是工作地是否变动和加工是否连续。如图2-1所示为阶梯轴简图，阶梯轴工艺过程见表2-1和表2-2。

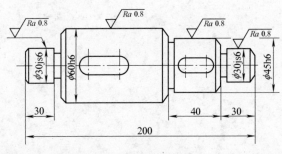

图2-1 阶梯轴简图

在表 2-1 所列的工序 2 中，先车工件的一端，然后调头装夹，再车另一端。对每一个工件来说，加工是连续的，这些加工内容属一个工序。如果先车好一批工件的一端，然后调头再车削这批工件的另一端，对每一个工件来说，两端的加工已不连续，所以应视作两道工序，见表 2-2 所列的工序 2 和 3。

表 2-1 阶梯轴工艺过程（生产量较小时）

工 序 号	工 序 内 容	设备（地点）
1	车端面、钻中心孔	车床
2	车外圆、车槽和倒角	车床
3	铣键槽、去毛刺	铣床
4	磨外圆	磨床

表 2-2 阶梯轴工艺过程（生产量较大时）

工 序 号	工 序 内 容	设备（地点）
1	两边同时铣端面，钻中心孔	组合机床
2	车小端外圆，车槽和倒角	车床
3	车大端外圆，车槽和倒角	车床
4	铣键槽	铣床
5	去毛刺	钳工台
6	磨外圆	磨床

工序是组成工艺过程的基本单元，也是生产计划的基本单元。

1. 安装

将工件在机床上或夹具中定位、夹紧的过程称之为装夹。工件（或装配单元）经一次装夹所完成的那一部分工序称之为安装。工件在一道工序中，可能有一次或几次安装。表 2-1 中的工序 1 要进行两次装夹：先装夹工件一端，车端面、钻中心孔，称为安装 A；再调头装夹，车另一端面，钻中心孔，称为安装 B。

工件在加工过程中，应尽量减少装夹次数，节省装夹时间，减少装夹误差。

2. 工位

工件经一次装夹后，工件相对刀具或设备的固定部分，先后处于不同的位置进行加工，此时一个加工位置即为一个工位。

表 2-2 中的工序 1 铣端面，钻中心孔，就是两个工位。工件装夹后先铣两端面，即工位 1，然后移动到另一个位置上钻中心孔，即工位 2，如图 2-2 所示。

3. 工步

在加工表面（或装配时的连接面）和加工（或装配）工具不变的情况下，所连续完成的那一部分工序称为工步。

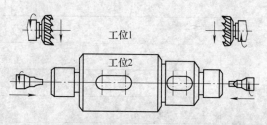

图 2-2 铣端面钻中心孔（多工位加工）

为了提高生产效率，用几把刀具同时加工几个表面，也可看作一个工步，称为复合工步。

4. 进给

进给也称走刀。在一个工步内，若被加工表面需切去的金属较厚，可分几次切除，每切削一次称为一次进给。

四、机械加工工艺规程

1. 工艺规程

将机械加工工艺过程的各项内容用文字或表格形式写成工艺文件，就是机械加工工艺规程。

2. 工艺规程的作用

工艺规程是指导工人操作和组织管理生产的主要技术文件，是工厂和车间进行设计或技术改造的重要原始资料。

工艺规程是在总结实践经验的基础上，依照科学的理论和必要的工艺试验后制定，并经过逐级审批。它反映了加工中的客观规律，有关人员必须严格执行，这是工厂生产中的工艺纪律。当然工艺规程不是一成不变的，随着科学技术的进步和生产的发展，应定期修改，使工艺规程更加完善合理。

3. 工艺规程的格式

机械加工中常用的工艺规程格式有：

（1）工艺过程卡片　该卡片以工序为单位，主要列出了零件加工的工艺路线，简要说明了各工艺的概况。一般在生产管理方面使用，在单件小批量生产中也可用以指导生产。格式见表2-3。

表2-3　工艺过程卡片

工厂	工艺过程卡片	产品名称及型号		零件名称		零件图号		
		材料	名称	毛坯	种类	零件质量/kg	毛质量	第　页
			牌号		尺寸		净质量	共　页
			性能		每台件数		每批件数	

工序号	工序内容	加工车间	设备名称及编号	工艺装备名称及编号			技术等级	时间定额/min	
				夹具	刀具	量具		单件	准备终结
更改内容									

编　制		校对		审核		会签	

（2）工艺卡片　该卡片是以工序为单位，详细说明整个工艺过程的工艺文件。广泛应用于成批生产的零件和单件生产中的重要零件。格式见表2-4。

表2-4 工艺卡片

工厂	机械加工工艺卡片	产品名称及型号		零件名称		零件图号			
		材料	名称	毛坯	种类	零件质量 /kg	毛质量		第 页
			牌号		尺寸		净质量		共 页
			性能			每台件数		每批件数	

工序	安装	工步	工序内容	同时加工零件数	切削用量				设备名称及编号	工艺装备名称及编号			技术等级	工时定额 /min	
					背吃刀量 /mm	切削速度 /m·min⁻¹	每分钟转数 /r·min⁻¹ 或每分钟双行程数/双行程数·min⁻¹	进给量 /mm·r⁻¹ 或进给量 /m·min⁻¹		夹具	刀具	量具		单件	准备终结
更改内容															
编制			校对			审核			会签						

（3）工序卡片 该卡片是按每道工序编制的一种工艺文件。一般附有工序简图，并详细说明工序中每个工步的详细内容。工序卡片主要用于大批量生产中的所有零件，中批量生产中复杂零件及单件小批量生产中的关键工序。格式见表2-5。

表2-5 工序卡片

××厂	机械加工工序卡片	产品名称及型号	零件名称	零件图号	工序名称	工序号	第 页
							共 页
			车间	工段	材料名称	材料牌号	力学性能
			同时加工件数	技术等级		单件时间 /min	准备终结时间 /min
工序简图			设备名称	设备编号	夹具名称	夹具编号	切削液
			更改内容				

（续）

工步号	工步内容	计算数据			进给次数/次	切削用量				工时定额/min			刀具、量具及辅助工具			
		直径或长度/mm	进给长度/mm	单边余量/mm		背吃刀量/mm	进给量/mm·r^{-1}或进给量/m·min^{-1}	每分钟转数/r·min^{-1}或每分钟双行程数/双行程数·min^{-1}	切削速度/m·min^{-1}	基本时间	辅助时间	服务工作地时间和时间点	工步号	名称	规格	编号	数量

编制		校对		审核		会签	

五、加工余量

1. 加工余量的概念

加工余量是指加工过程中切去的金属层厚度。余量有总加工余量和工序余量之分。毛坯转变为零件的过程中，在某加工表面上切除金属层的总厚度，称为该表面的总加工余量（亦称毛坯余量）。一般情况下，总加工余量不是一次切除，而是分在各工序中逐渐切除，故每道工序切除的金属层厚度称为该工序加工余量（简称工序余量）。工序余量是相邻两工序的工序尺寸之差，毛坯余量是毛坯尺寸与零件图样的设计尺寸之差。

由于工序尺寸有公差，故实际切除的余量大小不等。

2. 影响加工余量的因素

在确定工序的具体内容时，合理地确定工序加工余量是其中很重要的一件工作。加工余量的大小对零件的加工质量和制造的经济性有很大的影响。加工余量过大，会增加机械加工的劳动量，降低生产效率，增加原材料、设备、工具及电力等的消耗；加工余量过小，又不能确保切除上道工序形成的各种误差和表面缺陷，影响零件的质量，甚至产生废品。工序加工余量（公称值，以下同）除可用相邻工序的工序尺寸表示外，还可以用另外一种方法表示，即工序加工余量等于最小加工余量与前道工序尺寸公差之和。因此，在讨论影响工序加工余量的因素时，应首先研究影响最小工序加工余量的因素。

影响最小加工余量的因素较多，现将主要影响因素分单项介绍如下：

（1）前道工序形成的表面粗糙度和缺陷层深度（R_a 和 D_a）　为了逐步提高工件的加工质量，一般每道工序都应切到待加工表面以下的正常金属组织，将上道工序形成的表面粗糙度和缺陷层切掉。

（2）前道工序形成的形状误差和位置误差（Δ_x 和 Δ_w）　当形状公差、位置公差和尺寸公差之间相互独立，尺寸公差不控制形状公差和位置公差。此时，最小加工余量应保证将前道工序形成的形状误差和位置误差切掉。

3. 确定加工余量的方法

确定加工余量的方法有以下三种：

（1）查表修正法 根据生产实践和研究试验，现在已将毛坯余量和各种工序的工序余量数据收集在手册中。确定加工余量时，可从手册中获得所需数据，然后结合工厂的实际情况进行修正。查手册时应注意，手册中的数据为公称值，对称表面（轴、孔等）的加工余量是双边余量，非对称表面的加工余量是单边余量。这种方法目前应用最广。

（2）经验估计法 此法是根据实践经验确定加工余量。为防止加工余量不足而产生废品，往往估计的数值会偏大，因而这种方法只适用于单件、小批量生产。

（3）分析计算法 这是根据加工余量计算公式和一定的试验资料，通过计算确定加工余量的方法。采用这种方法确定的加工余量比较经济合理，但必须有比较全面可靠的试验资料及先进的计算手段方可进行，目前应用较少。

在确定加工余量时，总加工余量和工序加工余量要分别确定。总加工余量的大小与选择的毛坯制造精度有关。用查表法确定工序加工余量时，粗加工工序的加工余量不应查表确定，而是用总加工余量减去各加工工序余量求得。同时要对求得的粗加工工序余量进行分析，如果过小，要增加总加工余量；过大，应适当减少总加工余量，以免造成浪费。

六、加工精度

1. 加工精度的概念

加工精度是加工后零件表面的实际尺寸、形状、位置三种几何参数与图样要求的理想几何参数的符合程度。对尺寸而言理想的几何参数就是平均尺寸；对表面几何形状而言就是绝对的圆、圆柱、平面、锥面和直线等；对表面之间的相互位置而言就是绝对的平行、垂直、同轴、对称等。零件实际几何参数与理想几何参数的偏离数值称为加工误差。

加工精度与加工误差都是评价加工表面几何参数的术语。加工精度用公差等级衡量，等级值越小，精度越高；加工误差用数值表示，数值越大，误差越大。加工精度高就是加工误差小，反之亦然。

采用任何加工方法得到的实际参数都不会绝对准确。从零件的功能看，只要加工误差在零件图要求的公差范围内，就认为保证了加工精度。

机器的质量取决于零件的加工质量和机器的装配质量，零件加工质量包含零件加工精度和表面质量两大部分。

加工精度包括三个方面的内容：

（1）尺寸精度 指加工后零件的实际尺寸与零件尺寸的公差带中心的相符合程度。

（2）形状精度 指加工后的零件表面的实际几何形状与理想的几何形状的相符合程度。

（3）位置精度 指加工后零件有关表面之间的实际位置与理想位置的相符合程度。

2. 影响加工精度的因素

工艺系统中各组成部分（包括机床、刀具、夹具等）的制造误差、安装误差和使用中的磨损都直接影响工件的加工精度。也就是说，在加工过程中工艺系统会产生各种误差，改变刀具和工件在切削运动过程中的相互位置关系而影响零件的加工精度。这些误差与工艺系统本身的结构状态和切削过程有关。

影响加工精度的因素主要有以下几个方面：

1）工艺系统的几何误差。

2）工艺系统的受力变形。

3）工艺系统的热变形。

4）工件残余应力引起的误差。

5）调整误差。

零件加工的每一道工序中，为了获得被加工表面的形状精度、尺寸精度和位置精度，总要对机床、夹具和刀具进行调整。任何调整工作都必然会带来一些原始误差，这种原始误差即调整误差。

3. 保证和提高加工精度的方法

保证和提高加工精度的方法大致可概括为以下几种：减小原始误差法、补偿原始误差法、转移原始误差法、均分原始误差法、均化原始误差法和就地加工法。

（1）减小原始误差法　这是生产中应用较广的一种基本方法。它是在查明产生加工误差的主要因素后，设法消除或减少这些因素。例如细长轴的车削，现在采用了大进给反向车削法，基本消除了轴向切削力引起的弯曲变形。若辅之以弹簧顶尖，则可进一步消除热变形引起的热伸长影响。

（2）转移原始误差法　这种方法实质上是转移工艺系统的几何误差、受力变形和热变形等。转移原始误差法的实例很多。当机床精度达不到零件加工要求时，不是一味地提高机床精度，而是从工艺上或夹具上想办法，创造条件使机床的几何误差转移到不影响加工精度的方面去。如磨削主轴锥孔时保证其和轴颈的同轴度，不是靠机床主轴的回转精度，而是靠夹具。当机床主轴与工件之间浮动联接以后，机床主轴的原始误差就被转移掉了。

（3）补偿原始误差法　这是人为地制造出一种新的误差抵消原来工艺系统中的原始误差。当原始误差是负值时，人为的误差就取正值，反之取负值，并尽量使两者大小相等；或者利用一种原始误差去抵消另一种原始误差，尽量使两者大小相等，方向相反，从而达到减小加工误差，提高加工精度的目的。

（4）就地加工法　在加工和装配中有些精度问题牵涉到零件或部件间的相互关系，相当复杂。如果一味地提高零部件本身精度，有时不仅困难，甚至不可能。若采用就地加工法（也称自身加工修配法）加工，就可能很方便地解决这些精度问题。就地加工法，即在装配前不对这些表面进行精加工，等装配到机床上以后，图样要求保证部件间什么样的位置关系，就在这样的位置关系上利用一个部件装上刀具去加工另一个部件。这种方法在机械零件加工中常用来作为保证零件加工精度的有效措施。

（5）均分原始误差法　在加工中，由于毛坯或上道工序误差（以下统称原始误差）的存在，往往造成本道工序的加工误差。由于工件材料性能改变，或者上道工序的工艺改变（如毛坯精化后，把原来的切削加工工序取消），都会引起原始误差发生较大的变化。这种原始误差的变化，对本道工序的影响主要有两种情况：一是误差复映引起本道工序误差；二是定位误差扩大引起本道工序误差。

解决这个问题，最好是采用分组调整均分误差的办法。这种办法的实质就是把原始误差按其大小均分为2组，每组毛坯误差范围就缩小为原来的1/2，然后各组分别调整加工。

（6）均化原始误差法　对配合精度要求很高的轴和孔，常采用研磨工艺。研具本身并不要求具有高精度，但它能在和工件做相对运动过程中对工件进行微量切削，工件高点逐渐被磨掉（当然模具也会被工件磨去一部分），最终使工件达到较高的精度。这种表面间的摩擦和磨损的过程，就是误差不断减小的过程，即均化原始误差法。它的实质就是利用有密切联系的表面相互比较、相互检查，找出差异，然后进行相互修正或互为基准进行加工，使工件被加工表面的误差不断缩小和均化。在生产中，许多精密基准件（如平板、直尺、角度规、端齿分度盘等）都是利用均化原始误差法加工出来的。

七、表面质量

表面质量是指零件在机械加工后表面层的微观几何形状误差和物理、化学及力学性能。产品的工作性能、可靠性、寿命在很大程度上主要取决于零件的表面质量。

1. 微观几何形状误差

表面的几何特性如图 2-3 所示，加工表面的几何形状总是以"峰"、"谷"形式交替出现，其偏差又有宏观、微观的差别。

（1）表面粗糙度　它是指加工表面的微观几何形状误差，如图 2-3 所示，其波长 L_3 与波高 H_3 的比值一般小于 50，主要是由刀具的形状以及切削过程中塑性变形和振动等因素决定的。

（2）表面波度　它是介于宏观几何形状误差（$L_1/H_1 > 1000$）与微观表面粗糙度（$L_3/H_3 < 50$）之间的周期性几何形状误差，如图 2-3 所示，其波长 L_2

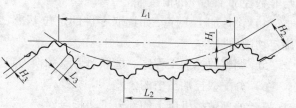

图 2-3　表面几何特性

与波高 H_2 的比值一般为 50～1000。它主要是由机械加工过程中工艺系统低频振动引起的。一般以波高为波度的特征参数，用测量长度上五个最大的波幅的算术平均值 ω 表示，即

$$\omega = (\omega_1 + \omega_2 + \omega_3 + \omega_4 + \omega_5)/5$$

（3）表面纹理方向　它是指表面刀纹的方向，取决于该表面所采用的机械加工方法及其主运动和进给运动的关系。一般对运动副或密封件有纹理方向的要求。

（4）伤痕　它是指在加工表面的一些个别位置上出现的缺陷。伤痕大多是随机分布的，例如砂眼、气孔、裂痕和划痕等。

2. 物理、化学和力学性能

由于机械加工中切削力和切削热的综合作用，加工表面层金属的物理、力学和化学性能会发生一定的变化，主要表现在以下三个方面：

1）表面层加工硬化（冷作硬化）。

2）表面层金相组织变化及由此引起的表层金属强度、硬度、塑性及耐腐蚀性的变化。

3）表面层产生残余应力或造成原有残余应力的变化。

第二节　数控加工工艺概述

一、数控加工工艺的特点

工艺规程是工人在加工时的指导性文件。由于普通机床受控于操作人员，因此，在普通

机床上用的工艺规程实际上只是一个工艺过程卡。机床的切削用量、进给路线、工序的工步等往往都是由操作人员自行选定。数控加工的程序是数控机床的指令性文件。数控机床受控于程序指令，加工的全过程都是按程序指令自动进行的。因此，数控加工程序与普通机床工艺规程有较大差别，涉及的内容也较广。数控机床加工程序不仅要包括零件的工艺过程，还要包括切削用量、进给路线、刀具尺寸以及机床的运动过程。因此，要求编程人员对数控机床的性能、特点、运动方式、刀具系统、切削规范以及工件的装夹方法等都要非常熟悉。工艺方案的好坏不仅会影响机床效率的发挥，还会直接影响到零件的加工质量。

二、数控加工工艺的主要内容

数控加工工艺主要包括如下内容：

1）选择适合在数控机床上加工的零件，确定工序内容。

2）分析被加工零件的图样，明确加工内容及技术要求。

3）确定零件的加工方案，制订数控加工工艺路线。如划分工序、安排加工顺序，处理与非数控加工工序的衔接等。

4）设计加工工序。如选取零件的定位基准、夹具方案的确定、划分工步、选取刀具、确定切削用量等。

5）调整数控加工程序。选取对刀点和换刀点，确定刀具补偿，确定加工路线。

6）分配数控加工中的公差。

7）处理数控机床上的部分工艺指令。

虽然数控加工工艺内容较多，但有些内容与普通机床加工工艺非常相似。

三、数控加工工艺设计

当加工零件和数控机床确定之后，编程人员就要选定零件的工艺基准，提出零件的装夹方案、划分数控加工工序、拟定数控加工的工艺方案。所谓拟定加工工艺方案，就是确定零件加工所必需的事项。根据这些事项进行程序设计、刀具安排、夹具的制造（或选用）等工作。

1. 数控加工工艺内容的选择

对于某个零件来说，不是全部加工工艺过程都适合在数控机床上完成。往往只是其中的一部分适合于数控加工。这就需要对零件图样进行仔细的工艺分析，选择那些最适合、最需要进行数控加工的内容和工序。在选择并做出决定时，应结合企业设备的实际，重点考虑解决难题、攻克关键和提高生产效率，充分发挥数控加工的优势。在选择时，一般可按下列顺序考虑：

1）通用机床无法加工的内容作为重点选择内容。

2）通用机床难加工，质量也难以保证的内容应作为重点选择内容。

3）通用机床的效率低、工人手工操作劳动强度大的内容，可在数控机床存在富余能力的基础上进行选择。

一般来说，上述这些加工内容采用数控加工后，在产品质量、生产效率与综合效益等方面都会得到明显的提高。相比之下，下列一些内容则不宜选择采用数控加工。

1）占机调整时间长。如以毛坯的粗基准定位加工第一个精基准，要用专用工装协调的加工内容。

2）加工部位分散，要多次安装、设置原点。这时采用数控加工很麻烦，效果不明显，可安排通用机床补加工。

3）按某些特定的制造依据（如样板等）加工的型面轮廓。主要原因是获取数据困难，容易与检验依据发生矛盾，增加编程难度。

此外，在选择和决定加工内容时，也要考虑生产批量、生产周期、工序间周转情况等等。总之，要尽量做到合理，达到多、快、好、省的目的。要防止把数控机床降格为通用机床使用。

2. 数控加工工艺性分析

采用数控机床加工，必须根据数控机床的性能特点、应用范围对零件加工工艺进行分析。一是分析零件数控加工的可能性、对零件毛坯的可安装性、材质的可加工性、刀具运动的可行性和加工余量状况等进行分析。二是分析程序编制的方便性和零件图样尺寸的标注方法是否便于坐标计算和程序编制，能否减少刀具的规格和换刀次数，提高生产效率和加工质量。三是通过工艺分析选择合适的加工方案。对于同一零件，由于安装定位的方式、刀具的配备、加工路径的选取、工件坐标系的设置以及生产规模等的差异，会有许多可能的加工方案，这时候就需要根据零件的技术要求选择经济、合理的工艺方案。具体要分析的内容大致有如下 7 个方面：

1）零件毛坯的可安装性分析是分析被加工零件的毛坯是否便于定位和装夹，安装基准需不需要进行加工，夹压方式和夹压点的选取是否会妨碍刀具的运动，夹压变形是否对加工质量有影响等。为工件定位、安装和夹具设计提供依据。

2）毛坯材质的加工性分析是分析所提供的毛坯材质本身的力学性能和热处理状态，毛坯的铸造品质和被加工部位的材料硬度，是否有白口、夹砂、疏松等。判断其加工的难易程度，为刀具材料和切削用量的选择提供依据。

3）刀具运动的可行性分析是分析工件毛坯（或坯件）外形和内腔是否有阻碍刀具定位、运动和切削的地方，对有阻碍部位是否允许进行刀检。为刀具运动路线的确定和程序设计提供依据。

4）加工余量状况的分析是分析毛坯（或坯料）是否留有足够的加工余量，孔加工部位是通孔还是不通孔，有无沉孔等，为刀具选择、加工安排和加工余量分配提供依据。

5）分析零件图样尺寸的标注方法是否适应数控加工的特点。通常零件图的尺寸标注方法都是要根据装配要求和零件的使用特性分散地从设计基准引注，这样的标注方法会给工序安排、坐标计算和数控加工增加许多麻烦。而数控加工零件图则要求从同基准引注尺寸或直接给出相应的坐标值（或坐标尺寸），这样有利于编程和协调设计基准、工艺基准、测量基准与编程零点的设置和计算。

6）分析零件图样所示构成零件轮廓的几何元素的条件是否充分。如果不充分，则会产生下列问题：一是手工编程时无法计算基点或节点的坐标；二是自动编程时，无法对构成零件轮廓的几何元素进行定义。

7）分析零件结构工艺性是否有利于数控加工。一是分析零件的外形、内腔是否可以采取统一的几何类型或尺寸，尽可能减少刀具数量和换刀次数；二是分析零件内槽圆角是否过小。内槽圆角的大小决定着刀具直径的大小，因而内槽圆角半径不应过小。如图 2-4 所示数控加工工艺性对比，零件工艺性的好坏与被加工轮廓的高低、转接圆弧半径的大小等有关。图2-4b与图2-4a相比，转接圆弧半径大，可以采用较大直径的铣刀来加工。加工平面时，进给次数也相应减少，表面加工质量也会好一些，所以工艺性较好。通常$R<0.2H$（H为被加工零件轮廓面的最大高度）时，可以判定零件的该部位工艺性不好。

3. 数控加工工艺路线设计

数控加工的工艺路线设计与通用机床加工的工艺路线设计的主要区别在于它不是指从毛坯到成品的整个工艺过程，而仅是几道数控加工工艺过程的具体描述。在工艺路线设计中一定要注意到这个区别。由于数控加工工序一般均穿插于零件加工的整个工艺过程中，因而要比普通加工工艺衔接好。

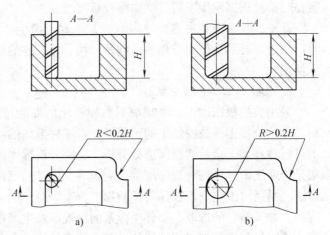

图2-4　数控加工工艺性对比
a）内槽圆角半径 $R<0.2H$　b）内槽圆角半径 $R>0.2H$

另外，许多在通用机床加工时由工人根据自己的实践经验和习惯所自行决定的工艺问题，如工艺中各工步的划分与安排、刀具的几何形状、进给路线及切削用量等，都是数控工艺设计时必须认真考虑的内容，并要正确地选择编入程序中。在数控工艺路线设计中主要应注意以下几个问题：

（1）工序的划分　在数控加工机床上加工零件，工序可以比较集中，在一次装夹中应尽可能完成大部分或全部工序。首先应根据零件图样，考虑被加工零件是否可以在一台数控机床上完成整个零件的加工工作，若不能则应决定其中哪一部分在数控机床上加工，哪一部分在其他机床上加工，即对零件的加工工序进行划分。一般工序划分有以下几种方式：

1）按零件装卡定位方式划分工序。由于每个零件结构形状不同，各表面的技术要求也有所不同，故加工时其定位方式也各有差异。一般加工外形时，以内形定位；加工内形时又以外形定位。可根据定位方式的不同来划分工序。

如图2-5所示的片状凸轮，按定位方式可分为两道工序。第一道工序可在普通机床上进行。以外圆表面和B平面定位加工端面A和ϕ22H7的内孔，然后再加工端面B和ϕ4H7的工艺孔；第二道工序以已加工过的两个孔和一个端面定位，在数控铣床上铣削凸轮外表面曲线。

2）按粗、精加工划分工序。根据零件的加工精度、刚度和变形等因素来划分工序时，可按粗、精加工分开的原则来划分工序，即先粗加工再精

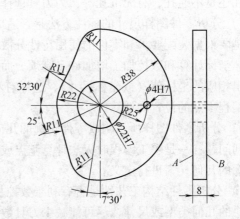

图2-5　片状凸轮

加工。此时可用不同的机床或不同的刀具进行加工。通常在一次安装中，不允许将零件某一部分表面加工完毕后，再加工零件的其他表面。如图2-6所示的车削加工的零件，应先切除整个零件的大部分余量，再将其表面精车--遍，保证加工精度和表面粗糙度的要求。

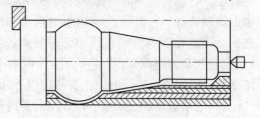

图2-6　车削加工的零件

3）按所用刀具划分工序。为了减少换刀次数，压缩空行程时间，减少不必要的定位误差，可按刀具集中工序的方法加工零件，即在一次装夹中，应尽可能用同一把刀具加工出可能加工的所有部位，然后再换另一把刀加工其他部位。在专用数控机床和加工中心中常采用这种方法。

4）按加工部位划分工序。对于加工内容很多的零件，可按其结构特点将加工部位分成几个部分，如内形、外形、曲面或平面。

（2）加工顺序的安排　加工顺序的安排应根据零件的结构和毛坯状况，以及定位安装与夹紧的需要来考虑，重点是工件的刚性不被破坏。顺序安排一般应按以下原则进行：

1）上道工序的加工不能影响下道工序的定位与夹紧，中间穿插有通用机床加工工序的也要综合考虑。

2）以相同定位、夹紧方式或同一把刀具加工的工序，最好连续进行，以减少重复定位次数、换刀次数与挪动压板次数。

3）先进行内形内腔加工工序，后进行外形加工工序。

4）在同一次安装中进行的多道工序，应先安排对工件刚性破坏较小的工序。

（3）数控加工工艺与普通加工工序的衔接　数控加工工序前后一般都穿插有其他普通加工工序，衔接得不好就容易产生矛盾，因此在熟悉整个加工工艺内容的同时，要清楚数控加工工序与普通加工工序各自的技术要求、加工目的、加工特点，如要不要留加工余量，留多少；定位面与孔的精度要求及形位公差；对校形工序的技术要求；对毛坯的热处理状态等。这样才能使各工序达到相互满足加工需要，且质量目标及技术要求明确，交接验收有依据。

数控加工工艺路线设计是下一步工序设计的基础，其设计质量会直接影响零件的加工质量与生产效率。设计加工工艺路线时应对零件图、毛坯图认真分析，结合数控加工的特点灵活运用普通加工工艺的一般原则，尽量把数控加工工艺路线设计得更合理。

4. 数控加工工序的设计

在确定工序内容时，要充分注意到数控加工的工艺严密性。因为数控机床虽然自动化程度比较高，但自适应性差。它不能像通用机床，加工时可以根据加工过程中出现的问题比较自由地进行人为调整，即使现代数控机床在自适应调整方面做出了不少努力与改进，但自由度依旧不大。比如，数控机床在攻制螺纹时，它就不知道孔中是否已挤满了切屑，是否需要退刀，或清理一下切屑再继续切削。所以，在数控加工的工序设计中必须注意加工过程中的每一个细节。

数控加工工序设计的主要任务是进一步把本工序的加工内容、切削用量、工艺装备、定位夹紧方式及刀具运动轨迹等都确定下来，为编写加工程序作好充分准备。下面将叙述数控加工工序设计的步骤。

（1）确定进给路线和安排工步顺序　在数控加工工艺过程中，刀具时刻处于数控系统的控制下，因而每一时刻都应有明确的运动轨迹及位置。进给路线就是刀具在整个加工工序中的运动轨迹，它包括了工步的内容，同时也反映出工步顺序。进给路线是编写程序的依据之一。因此在确定进给路线时，最好画一张工序简图，将已经拟定出的走刀路线画上去（包括进、退刀路线），这样可为编程带来不少方便。工步的划分与安排一般以进给路线为依据，在确定进给路线时，主要考虑以下几点：

1）寻求最短加工路线，减少空行程时间以提高加工效率。

2）刀具的进、退刀（切入与切出）路线要认真考虑，尽量减少在轮廓切削中停刀（切削力突然变化造成弹性变形）而留下的刀痕，也要避免在工件轮廓面上垂直上下刀而划伤工件。

3）要选择工件在加工后变形小的路线，对横截面积小的细长薄板零件，应采用分几次进给加工到最后尺寸或对称切除余量法安排进给路线。

4）为保证工件轮廓表面加工后的粗糙度要求，轮廓应安排在最后一次进给中连续加工出来。

（2）定位基准与夹紧方案的确定　在确定定位基准与夹紧方案时应注意下列三点：

1）尽可能做到设计、工艺与编程计算的基准统一。

2）尽量将工序集中，减少装夹次数，尽量做到在一次装夹后就能加工出全部待加工表面。

3）避免采用占机人工调整装夹方案。

（3）夹具的选择　由于夹具确定了零件在机床坐标系中的位置，即加工原点的位置，因而首先要求夹具能保证零件在机床坐标系中的坐标方向正确，同时协调零件与机床坐标系的尺寸。除此之外，主要考虑下列几点：

1）夹具要开敞，其定位、夹紧机构元件不能影响加工中的进给（如产生碰撞等）。

2）当零件加工批量小时，尽量采用组合夹具，可调式夹具及其他通用夹具。

3）当小批量或成批生产时才考虑采用专用夹具，但应力求结构简单。

4）装卸零件要方便可靠，以缩短准备时间。批量较大的零件应采用气动或液压夹具、多工位夹具。

（4）刀具的选择　在选择数控机床所用的刀具时应注意以下几个方面：

1）先进的刀具材料。刀具材料是影响刀具性能的重要因素。除了不断发展常用的高速钢和硬质合金钢材料外，还有已在国外普遍使用的涂层硬质合金刀具。硬质合金刀片的涂层工艺是在韧性较大的硬质合金基体表面沉积一薄层（一般为 $5 \sim 7 \mu m$）高硬度的耐磨材料，把硬度和韧性高度地结合在一起，从而改善硬质合金刀片的切削性能。

2）较高的精度。随着数控机床、柔性制造系统的发展，要求刀具能实现快速和自动换刀；又由于加工的零件日益复杂和精密，要求刀具必须具备较高的形状精度。对数控机床上所用的整体式刀具也提出了较高的精度要求，有些立铣刀的径向尺寸精度高达 $5 \mu m$，以满足精密零件的加工需要。

3）良好的切削性能。现代数控机床正向着高速、高刚性和大功率方向发展，因而所使用刀具必须具有能够承受高速切削和强力切削的性能。同时，同一批刀具在切削性能和刀具寿命方面一定要稳定，因为在数控机床上为了保证加工质量，往往实行按刀具使用寿命换刀或由数控系统对刀具寿命进行管理。

（5）确定切削用量 在程序设计时，编程人员必须确定每道工序的切削用量。编程人员选择切削用量时，一定要充分考虑影响切削的各种因素，正确地选择切削条件，合理地确定切削用量，有效地提高机械加工质量和产量。影响切削条件的因素有：

1）切削速度、背吃刀量、切削进给率。

2）机床、工具、刀具及工件进给率。

3）工件精度及表面粗糙度。

4）工件材料的硬度及热处理状况。

5）刀具预期寿命及最大生产率。

6）切削液的种类、冷却方式。

7）工件数量。

8）机床的寿命。

上述诸因素中以切削速度（v_c）、背吃刀量（a_p）、切削进给率（f）为主要因素。

切削速度（切削表面速度）是指单位时间内刀具从工件表面所切过的距离。通常以 m/min 或 m/s 为单位。切削速度快慢直接影响切削效率。若切削速度过慢，则切削时间会很长，刀具无法发挥其功能；若切削速度太快，虽然切削时间可以缩短，但是刀具容易产生高热，影响刀具的寿命。

背吃刀量主要受机床刚度的制约。在机床刚度允许的情况下，尽可能增大背吃刀量。如果不受加工精度的限制，可以使背吃刀量等于零件的加工余量。这样可以减少进给次数。

主轴转速要根据机床和刀具允许的切削速度来确定。可以用计算法或查表法来选取。

进给率 f（单位为 mm/min 或 mm/r）要根据零件的加工精度、表面粗糙度、刀具和工件材料来选择。最大进给速度受机床刚度和进给驱动及数控系统限制。

编程人员在选取切削用量时，一定要根据机床说明书的要求和刀具耐用度，选择适合机床特点及刀具最佳耐用度的切削用量。当然也可凭经验采用类比法确定切削用量。

第三节 数控加工工艺系统

一、数控加工工艺系统的组成

机械加工中，由机床、夹具、刀具和工件等组成的统一体称为工艺系统。数控加工工艺系统是由数控机床、夹具、刀具和工件等组成的，如图 2-7 所示。

1. 数控机床

采用数控技术或装备了数控系统的机床，称为数控机床。它是一种技术密集度和自动化程度都比较高的机电一体化加工装备。数控机床是实现数控加工的主体。

2. 夹具

在机械制造中，用以装夹工件（和引导刀具）的装置统称为夹具。在机械制造工厂，夹具的使用十分广泛，从毛坯制造到产品装配以及检测的各个生产环节，都有许多不同种类的夹具。夹具是实现数控加工的纽带。

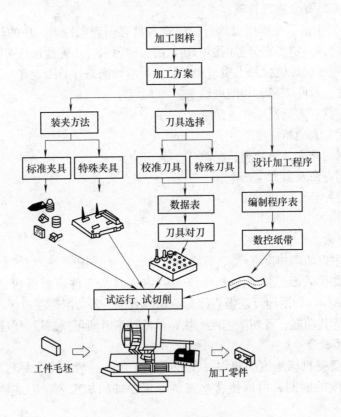

图 2-7　数控加工工艺系统的组成

3. 刀具

金属切削刀具是现代机械加工中的重要工具。无论是普通机床还是数控机床都必须依靠刀具才能完成切削工作。刀具是实现数控加工的桥梁。

4. 工件

工件是数控加工的对象。

二、数控加工刀具的种类及特点

1. 数控加工刀具的种类

数控加工刀具可分为常规刀具和模块化刀具两大类，模块化刀具是发展方向。发展模块化刀具的主要优点有：减少换刀停机时间，提高生产加工效率；缩短换刀及安装时间，提高小批量生产的经济性；提高刀具的标准化和合理化程度；提高刀具的管理及柔性加工的水平；扩大刀具的利用率，充分发挥刀具的性能；有效地消除刀具测量工作中的中断现象，可采用线外预调。事实上，由于模块化刀具的发展，数控刀具已形成了三大系统，即车削刀具系统、钻削刀具系统和镗铣刀具系统。

（1）从切削工艺上对数控加工刀具的分类　主要包括车削刀具、铣削刀具、镗削刀具和钻削刀具等。

1）车削刀具。分为外圆、内孔、外螺纹、内螺纹以及车槽、车端面、车端面环槽、切断车刀等。

数控车床一般使用标准的机夹可转位刀具。机夹可转位刀具的刀片和刀体都有标准，刀片材料可采用硬质合金、涂层硬质合金以及高速钢。

数控车床机夹可转位刀具类型有外圆刀具、外螺纹刀具、内圆刀具、内螺纹刀具、切断刀具、孔加工刀具（包括中心孔钻头、镗刀、丝锥等）。

机夹可转位刀具夹固不重磨刀片时通常采用螺钉、螺钉压板、杠销或楔块等结构。

常规车削刀具为长条方形刀体或圆柱刀杆。

方形刀体一般用槽形刀架螺钉紧固方式固定。圆柱刀杆是用套筒螺钉紧固方式固定。它们与机床刀盘之间是通过槽形刀架和套筒接杆来联接的。在模块化车削系统中，刀盘的联接以齿条式柄体联接为多，而刀头与刀体的联接是插入快换式系统。它既可以用于外圆车削又可用于内孔镗削，也适用于车削中心的自动换刀系统。

数控车床使用的刀具从切削方式上分为圆表面切削刀具、端面切削刀具和中心孔类刀具三类。

2）铣削刀具。包括面铣刀、立铣刀、模具铣刀、键槽铣刀、鼓形铣刀和成形铣刀等。

① 面铣刀也叫端铣刀。面铣刀的圆周表面和端面上都有切削刃，端部切削刃为副切削刃。面铣刀多制成套式镶齿结构和刀片机夹可转位结构，刀齿材料为高速钢或硬质合金，刀体材料为 40Cr。

② 立铣刀。立铣刀是数控机床上用得最多的一种铣刀。立铣刀的圆柱表面和端面上都有切削刃，可同时进行切削，也可单独进行切削。其结构有整体式和机夹式等。高速钢和硬质合金是铣刀工作部分的常用材料。

③ 模具铣刀。模具铣刀由立铣刀发展而成，可分为圆锥形立铣刀、圆柱形球头立铣刀和圆锥形球头立铣刀三种。其柄部有直柄、削平型直柄和莫氏锥柄。它的结构特点是球头或端面上布满切削刃，圆周刃与球头刃圆弧连接，可以做径向和轴向进给。铣刀工作部分用高速钢或硬质合金制造。

④ 键槽铣刀。

⑤ 鼓形铣刀。

⑥ 成形铣刀。

3）镗削刀具。镗刀从结构上可分为整体式镗刀柄、模块式镗刀柄和镗头类。从加工工艺要求上可分为粗镗刀和精镗刀。

4）钻削刀具。可用于钻削小孔、短孔、深孔，以及攻螺纹、铰孔等。

钻削刀具可用于数控车床、车削中心，又可用于数控镗铣床和加工中心。因此它的结构和联接形式有多种，如直柄、直柄螺钉紧定、锥柄、螺纹联接、模块式联接（圆锥或圆柱联接）等。

（2）从制造所采用的材料上对数控加工刀具的分类 主要有高速钢刀具，硬质合金刀具、陶瓷刀具、立方氮化硼刀具和金刚石刀具等。

1）高速钢刀具。高速钢通常是型坯材料，韧性较硬质合金好，硬度、耐磨性和高温硬度较硬质合金差，不适于切削硬度较高的材料，也不适于进行高速切削。高速钢刀具使用前需生产者自行刃磨，且刃磨方便，适用于各种特殊需要的非标准刀具。

2）硬质合金刀具。硬质合金刀具切削性能优异，在数控车削中被广泛使用。硬质合金刀具有标准规格系列产品，具体技术参数和切削性能由刀具生产厂家提供。

硬质合金刀具按国际标准分为 P 类、M 类和 K 类三大类。具体适用范围如下：

① P 类适于加工钢、长屑可锻铸铁。

② M 类适于加工奥氏体不锈钢、铸铁、高锰钢、合金铸铁等。

③ M-S 类适于加工耐热合金和钛合金。

④ K 类适于加工铸铁、冷硬铸铁、短屑可锻铸铁、非钛合金。

⑤ K-N 类适于加工铝、非铁合金。

⑥ K-H 类适于加工淬硬材料。

3）陶瓷刀具。

4）立方氮化硼刀具。

5）金刚石刀具。

（3）从结构上对数控加工刀具的分类　分为整体式、镶嵌式、减振式、内冷式和特殊形式。

1）整体式。

2）镶嵌式。又可分为焊接式和机夹式。根据刀体结构不同，机夹式分为可转位和不转位两种。

3）减振式。当刀具的工作臂长与直径之比较大时，为了减少刀具的振动，提高加工精度，多采用此类刀具。

4）内冷式。切削液通过刀体内部由喷孔喷射到刀具的切削刃部。

5）特殊形式。如复合刀具、可逆攻螺纹刀具等。

（4）特殊型刀具　特殊型刀具有带柄自紧夹头刀柄、强力弹簧夹头刀柄、可逆式（自动反向）攻螺纹夹头刀柄、增速夹头刀柄、复合刀具和接杆类等。

2. 数控加工刀具的特点

为了达到高效、多能、快换、经济的目的，数控加工刀具与普通金属切削刀具相比应具有以下特点：

1）刀片及刀柄高度通用化、规格化、系列化。

2）刀片或刀具的耐用度及经济寿命指标合理化。

3）刀具或刀片几何参数和切削参数规范化、典型化。

4）刀片或刀具材料及切削参数与被加工材料之间应相匹配。

5）刀具应具有较高的精度，包括刀具的形状精度、刀片及刀柄对机床主轴的相对位置精度、刀片及刀柄的转位及拆装的重复精度。

6）刀柄的强度要高，刚性及耐磨性要好。

7）刀柄或工具系统的装机重量有限度。

8）刀片及刀柄切入的位置和方向有要求。

9）刀片、刀柄的定位基准及自动换刀系统要优化。

数控机床上用的刀具应满足安装调整方便、刚性好、精度高、耐用度好等要求。

三、数控机床夹具

1. 机床夹具的类型

夹具是一种装夹工件的工艺装备，广泛地应用于机械制造过程的切削加工、热处理、装配、焊接和检测等工艺过程。

在金属切削机床上使用的夹具统称为机床夹具。在现代生产中，机床夹具是一种不可缺少的工艺装备，它直接影响着工件加工的精度、劳动生产效率和产品的制造成本等。

机床夹具的种类繁多，可以从不同的角度对机床夹具进行分类。常用的分类方法有以下几种。

（1）按使用机床分类　夹具按使用机床不同，可分为车床夹具、铣床夹具、钻床夹具、镗床夹具、齿轮机床夹具、数控机床夹具、自动机床夹具、自动线随行夹具以及其他机床夹具等。

（2）按夹具的使用特点分类　根据夹具在不同生产类型中的通用特性，机床夹具可分为通用夹具、专用夹具、可调夹具、组合夹具和拼装夹具五大类。

1）通用夹具。已经标准化的可加工一定范围内不同工件的夹具称为通用夹具。其结构、尺寸已规格化，而且具有一定通用性，如三爪自定心卡盘、机床用平口虎钳、四爪单动卡盘、台虎钳、万能分度头、顶尖、中心架和磁力工作台等。这类夹具适应性强，可用于装夹一定形状和尺寸范围内的各种工件。这些夹具已作为机床附件由专门工厂制造供应，只需选购即可。其缺点是夹具的精度不高，生产效率也较低，且较难装夹形状复杂的工件，故一般适用于单件小批量生产。

2）专用夹具。专为某一工件的某道工序设计制造的夹具称为专用夹具。在产品相对稳定、批量较大的生产中，采用各种专用夹具，可获得较高的生产效率和加工精度。专用夹具的设计周期较长、投资较大。

专用夹具一般在批量生产中使用。除大批量生产之外，中小批量生产中也需要采用一些专用夹具，但在结构设计时要进行具体的技术经济分析。

3）可调夹具。某些元件可调整或更换，以适应多种工件加工的夹具称为可调夹具。

可调夹具是针对通用夹具和专用夹具的缺陷发展起来的一类新型夹具。对不同类型和尺寸的工件，只需调整或更换原来夹具上的个别定位元件和夹紧元件便可使用。它一般可分为通用可调夹具和成组夹具两种。前者的通用范围比通用夹具更大；后者则是一种专用可调夹具，它按成组原理设计并能加工一组相似的工件，故在多品种、中小批量生产中使用会有较好的经济效果。

4）组合夹具。采用标准的组合元件、部件，专为某一工件的某道工序组装的夹具称为组合夹具。组合夹具是一种模块化的夹具。标准的模块元件具有较高精度和耐磨性，可组装成各种夹具。夹具用毕可拆卸，清洗后留待组装新的夹具。由于使用组合夹具可缩短生产准备周期，元件能重复多次使用，并具有减少专用夹具数量等优点，因此组合夹具在单件、中小批量、多品种生产和数控加工中是一种较经济的夹具。

5）拼装夹具。用专门的标准化、系列化的拼装零部件拼装而成的夹具称为拼装夹具。它具有组合夹具的优点，但比组合夹具精度高、效能高、结构紧凑。它的基础板和夹紧部件中常带有小型液压缸。此类夹具更适合在数控机床上使用。

（3）按夹紧的动力源分类　夹具按夹紧的动力源可分为手动夹具、气动夹具、液压夹具、气液增力夹具、电磁夹具以及真空夹具等。

2. 数控机床夹具的特点

作为机床夹具，首先要满足机械加工对工件的装夹要求。同时，数控加工的夹具还有它本身的特点。

1）传统的专用夹具具有定位、夹紧、导向和对刀四种功能，而数控机床上一般都配备有接触式测头、刀具预调仪及对刀部件等设备，可以由机床解决对刀问题。数控机床上由程序控制的准确的定位精度，可实现夹具中的刀具导向功能。因此数控加工中的夹具一般不需要导向和对刀功能，只要求具有定位和夹紧功能，就能满足使用要求，这样可简化夹具的结构。

2）数控加工适用于多品种、中小批量生产，为能装夹不同尺寸、不同形状的多品种工件，数控加工的夹具应具有柔性，经过适当调整即可夹持多种形状和尺寸的工件。

3）夹具本身应有足够的刚度，以适应切削用量大的切削。数控加工具有工序集中的特点，在工件的一次装夹中既要进行切削力很大的粗加工，又要进行达到工件最终精度要求的精加工，因此夹具的刚度和夹紧力都要满足切削力大的要求。

4）为适应数控机床多方面加工的特点，要避免夹具结构包括夹具上的组件对刀具运动轨迹的干涉，夹具结构不要妨碍刀具对工件各部位的多面加工。

5）夹具的定位要可靠，定位元件应具有较高的定位精度，定位部位应便于清屑，无切屑积留。如工件的定位面偏小，可考虑增设工艺凸台或辅助基准。

6）对刚度小的工件应保证最小的夹紧变形，如使夹紧点靠近支承点，避免把夹紧力作用在工件的中空区域等。

7）为适应数控加工的高效率，数控加工夹具应尽可能使用气动、液压、电动等自动夹紧装置快速夹紧，以缩短辅助时间。

第四节　数控车削加工工艺的制订

工艺制订是进行数控车削编程之前要认真进行的一项工作，这项工作会直接影响数控加工的产品质量和生产效率，如果工艺设计不当，还可能使机床和刀具受到损坏。下面将对数控车削加工工艺制订的步骤进行介绍。

一、分析零件图样

分析零件图样是进行工艺分析的前提，它将直接影响零件加工程序的编制与加工，分析零件图样主要考虑以下几方面。

1. 构成零件轮廓的几何条件

由于设计等多方面的原因，可能在零件图样上出现构成零件加工轮廓的数据不充分、尺寸模糊不清等缺陷，这样会增加编程的难度，甚至有时无法编程。具体情况如下：

1）零件图上漏掉某尺寸，使其几何条件不充分，影响到零件轮廓的构成。

2）零件图上的图线位置模糊或尺寸标注不清，使编程无法下手。

3）零件图上给定的几何条件不合理，造成数学处理困难。

2. 尺寸精度要求

分析零件图样尺寸精度的要求，判断能否利用车削工艺达到要求，并确定控制尺寸精度的工艺方法。

在该项分析过程中，还可以同时进行一些尺寸的换算，如增量尺寸与绝对尺寸及尺寸链计算等。在利用数控车床车削零件时，常常对零件要求的尺寸取最大和最小极限尺寸的平均值作为编程的尺寸依据。

3. 形状和位置精度要求

零件图样上给定的形状和位置公差是保证零件精度的重要依据。加工时，要按照其要求确定零件的定位基准和测量基准，还可以根据机床的特殊需要进行一些技术性处理，以便有效地控制零件的形状和位置精度。

4. 表面粗糙度要求

表面粗糙度是保证零件表面微观精度的重要标准，也是合理选择机床、刀具及确定切削用量的依据。

5. 材料与热处理要求

零件图样上给定的材料与热处理要求是选择刀具、机床型号、确定切削用量的依据。

二、确定毛坯

确定毛坯种类及制造方法时，应考虑下列因素：

1. 零件材料及其力学性能

零件的材料大致确定了毛坯的种类。例如材料为铸铁和青铜的零件应选择铸件毛坯；钢质零件当形状不复杂、力学性能要求不太高时可选型材毛坯；重要的钢质零件，为保证其力学性能，应选择锻件毛坯。

2. 零件的结构形状与外形尺寸

形状复杂的毛坯，一般用铸造方法制造。薄壁零件不宜用砂型铸造，中小型零件可考虑用先进的铸造方法，大型零件可用砂型铸造。一般用途的阶梯轴，若各台阶直径相差不大，可用圆棒料，若各台阶直径相差较大，为减少材料消耗和机械加工的劳动量，则宜选择锻件毛坯。尺寸大的零件一般选择自由锻造，中小型零件可选择模锻件。

3. 生产类型

大量生产的零件应选择精度和生产效率都比较高的毛坯制造方法，如铸件采用金属模机器造型或精密铸造，锻件采用模锻、精锻，冲压件采用冷轧和冷拉型材。零件产量较小时应选择精度和生产效率较低的毛坯制造方法。

4. 现有生产条件

确定毛坯的种类及制造方法必须考虑具体的生产条件。如毛坯制造的工艺水平、设备状况以及对外协作的可能性等。

5. 充分考虑利用新工艺、新技术的可能性

随着机械制造技术的发展，毛坯制造方面的新工艺、新技术和新材料的应用发展也是突飞猛进，如精铸、精锻、冷挤压、粉末冶金和工程塑料等在机械中的应用日益增加。采用这些方法可大大减少机械加工量，经济效果非常显著。

三、确定装夹方法和对刀点

1. 零件的装夹

在数控车床加工中，零件定位安装的基本原则与卧式车床相同。但为了提高数控车床的效率，除了采用三爪自定心卡盘和四爪单动卡盘外，数控车床中还有许多相应的夹具，它们主要分为两大类，即用于轴类零件的夹具和用于盘类零件的夹具。

（1）用于轴类零件的夹具　数控车床加工轴类零件时，毛坯装在主轴顶尖和尾座顶尖之间，由主轴上的拨动卡盘或拨齿顶尖带动旋转。这类夹具在粗车时可以传递足够大的转矩，以适应主轴高速旋转车削。

（2）用于盘类零件的夹具　这类夹具适用于无尾座的卡盘式数控车床上。用于盘类零件的夹具主要有可调卡爪卡盘和快速可调卡盘。

2. 确定对刀点和换刀点

（1）对刀　对刀是操作数控车床的重要内容，对刀的好坏将直接影响到车削零件的尺寸精度。

1）刀位点。刀位点是指在加工程序编制中，用以表示刀具特征的点，也是对刀和加工的基准点。各类车刀的刀位点如图 2-8 所示。

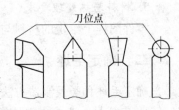

图 2-8　各类车刀的刀位点

2）对刀。对刀是指执行加工程序前，调整刀具的刀位点，使其尽量重合于某一理想基准点的过程。理想基准点可设定在基准刀的刀尖上，也可设定在光学对刀镜内的十字刻线交点上。对刀一般分为手动对刀和自动对刀两种。目前，大多数的数控车床是采用手动对刀。

（2）确定对刀点　对刀点是指采用刀具加工零件时，刀具相对零件运动的起点。确定对刀点应注意以下原则：

1）尽量与零件的设计基准或工艺基准一致。

2）便于用常规量具在车床上进行找正。

3）该点的对刀误差应较小，或可能引起的加工误差为最小。

4）尽量使加工程序中的引入或返回路线短，并便于换刀。

（3）确定换刀点　换刀点是指在加工过程中，自动换刀装置的换刀位置。换刀点的位置应保证刀具转位时不碰撞被加工零件或夹具，一般可设置在对刀点上。

四、确定加工方案

1. 制订工艺路线

在数控车床加工过程中，由于加工对象复杂多样，特别是轮廓曲线的形状及位置千变万化，加上材料、批量不同等多方面因素的影响，在对具体零件制订工艺路线时，应该考虑以下原则：

（1）先粗后精（见图 2-9）　粗加工完成后，接着进行半精加工和精加工。其中，安排半精加工的目的是当粗加工后所留余量的均匀性满足不了精加工要求时，则可安排半精加工作为过渡性工序，以便使精加工余量小而均匀。

精加工时，零件的轮廓应由最后一刀连续加工而成。这时，加工刀具的进、退刀位置要考虑妥当，尽量沿轮廓的切线方向切入和切出，以免因切削力突然变化而造成弹性变形，致使光滑连接轮廓上产生表面划伤、形状突变或滞留刀痕等疵病。

图 2-9　先粗后精示例

（2）先近后远　这里所说的远与近是按加工部位相对于对刀点的距离大小而言的。通常在粗加工时，离对刀点近的部位先加工，离对刀点远的部位后加工，以便缩短刀具移动距离，减少空行程时间。对于车削加工，先近后远还有利于保护坯件或半成品的刚性，改善其切削条件。

例如，当加工如图 2-10 所示零件时，如果按 $\phi38mm \rightarrow \phi36mm \rightarrow \phi34mm$ 的次序安排车削，不仅会增加刀具返回对刀点所需的空行程时间，而且还可能使台阶的外直角处产生毛刺。

对这类直径相差不大的台阶轴，当第一刀的背吃刀量（图中最大背吃刀量可为 3mm 左右）未超限时，宜按 $\phi34mm \rightarrow \phi36mm \rightarrow \phi38mm$ 的顺序先近后远地安排加工。

（3）先内后外　对既有内表面（内型腔），又有外表面的零件，在制定其加工方案时，通常应安排先加工内型和内腔，后加工外形表面。这是因为控制内表面的尺寸和形状较困难，刀具刚性相应较差，刀尖（刃）的耐用度易受切削热而降低，以及在加工中消除切屑较困难等。

（4）刀具集中　即用一把刀加工完相应各部位，再换另一把刀，加工相应的其他部位，以减少空行程和换刀时间。

2. 确定进给路线

确定进给路线的重点在于确定粗加工及空行程的进给路线。进给路线包括切削加工的路线及刀具引入、切出等非切削空行程。

（1）刀具引入、切出　在数控车床上进行加工时，要安排好刀具的引入、切出路线，尽量使刀具沿轮廓的切线方向引入、切出。

尤其是车螺纹时，必须设置升速段 δ_1 和降速段 δ_2，这样可避免因车刀升降速而影响螺距的稳定（见图 2-11）。

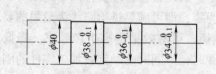

图 2-10　先近后远示例

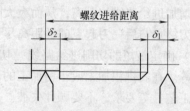

图 2-11　螺纹进给切削

（2）确定最短的空行程路线　确定最短的空行程路线，除了依靠大量的实践经验外，还应善于分析，必要时可辅以一些简单计算。现将实践中的部分设计方法或思路介绍如下：

1）巧用起刀点。如图 2-12a 所示为采用矩形循环方式进行粗车的一般情况示例。其起刀点 A 的设定是考虑到精车等加工过程中需方便地换刀，故设置在离坯件较远的位置处，同时将起刀点与其对刀点重合在一起，按三刀粗车的进给路线安排如下：

第一刀为 $A \rightarrow B \rightarrow C \rightarrow D \rightarrow A$。

第二刀为 $A \rightarrow E \rightarrow F \rightarrow G \rightarrow A$。

第三刀为 $A \rightarrow H \rightarrow I \rightarrow J \rightarrow A$。

如图 2-12b 所示则是巧将起刀点与对刀点分离，并设于图示 B 点位置，仍按相同的切削量进行三刀粗车，其进给路线安排如下：

起刀点与对刀点分离的空行程为 $A \rightarrow B$。

第一刀为 $B \rightarrow C \rightarrow D \rightarrow E \rightarrow B$。

第二刀为 $B \rightarrow F \rightarrow G \rightarrow H \rightarrow B$。

第三刀为 $B→I→H→K→B$。

显然，图 2-12b 所示的进给路线短。

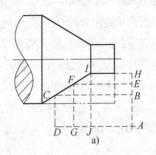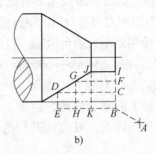

图 2-12　巧用起刀点
a）采用矩形循环方式进行粗车的一般情况　b）将起刀点与对刀点分离

2）巧设换刀点。为了考虑换（转）刀的方便和安全，有时将换（转）刀点也设置在离坯件较远的位置处（如图 2-12b 所示的 A 点），那么，当换第二把刀后，进行精车时的空行程路线必然也较长；如果将第二把刀的换刀点也设置在图 2-12b 所示的 B 点位置上，则可缩短空行程距离。

3）合理安排回零路线，在手工编制较复杂轮廓的加工程序时，为使其计算过程尽量简化，既不易出错，又便于校核，编程者（特别是初学者）有时将每一刀加工完后的刀具终点通过执行回零（即返回对刀点）指令，使其全部返回对刀点位置，然后再执行后续程序。这样会增加进给路线的距离，从而大大降低生产效率。因此，在合理安排回零路线时，应使其前一刀终点与后一刀起点间的距离尽量减短或者为零，即可满足进给路线为最短的要求。

（3）确定最短的切削进给路线　切削进给路线短，可有效地提高生产效率，降低刀具的损耗等。在安排粗加工或半精加工的切削进给路线时，应同时兼顾到被加工零件的刚性及加工的工艺性等要求，不要顾此失彼。

如图 2-13 所示为粗车零件时几种不同切削进给路线的安排示例。其中，图 2-13a 所示为利用数控系统具有的封闭式复合循环功能控制车刀沿着工件轮廓进行进给的路线；图 2-13b 所示为利用其程序循环功能安排的"三角形"进给路线；图 2-13c 所示为利用其矩形循环功能而安排的"矩形"进给路线。

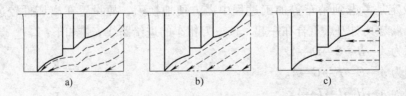

图 2-13　不同切削进给路线示例
a）利用封闭式复合循环减小间距　b）利用程序循环功能　c）利用矩形循环功能

对以上三种切削进给路线，经分析和判断后可知矩形循环进给路线的进给长度总和为最短。因此，在同等条件下，其切削所需时间（不含空行程）为最短，刀具的损耗最小。另外，矩形循环加工的程序段格式较简单。所以这种进给路线的安排，在制定加工方案时应用较多。

3. 特殊处理

（1）先精后粗 在特殊情况下，加工顺序可不按先近后远、先粗后精的原则考虑。如加工图 2-14 所示套筒零件时，若按一般情况安排最后加工各孔的进给路线为 $\phi80mm \rightarrow$ $\phi60mm \rightarrow \phi52mm$。这时，加工基准将由所车第一个台阶孔（$\phi80mm$）来体现，对刀时也以其为参考。由于该零件上的 $\phi52mm$ 孔要求与滚动轴承形成过渡配合，其尺寸公差较严格（IT7）。另外，该孔的位置较深，因此，车床纵向长丝杠在该加工段区域可能产生误差，车刀的刀尖在切削过程中也可能产生磨损等，使其尺寸精度难以保证。对此，在安排工艺路线时，宜将 $\phi52mm$ 孔作为加工（兼对刀）的基准，并按 $\phi52mm \rightarrow \phi80mm \rightarrow \phi60mm$ 的顺序车削各孔，就能较好地保证其尺寸公差要求。

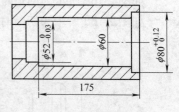

图 2-14 套筒零件

（2）分序加工 对于车削如图 2-15a 所示的手柄零件，需要经过分序加工的特殊安排，整个手柄的形状才便于加工。

设批量加工该手柄时，所用坯料为 $\phi32mm$ 棒材，制定其加工方案则宜采用两次装夹，三个程序进行安排。

第一次装夹（棒材）及第一个程序段安排加工如图 2-15b 所示部分。先车削 $\phi12mm$ 和 $\phi20mm$ 两圆柱面及 $\phi20mm$ 圆锥面（粗车掉 $R42mm$ 圆弧的部分余量），换刀后按总长要求留加工余量切断。

第二次装夹（调头）及第二个程序段安排粗加工，即包络 $SR7mm$ 球面的 30°圆锥面，然后对全部圆弧表面半精车（留较少精车余量），如图 2-15c 所示。

换精车刀后，保持第二次装夹状态，按第三个程序安排即可将全部圆弧表面一刀精车成形。

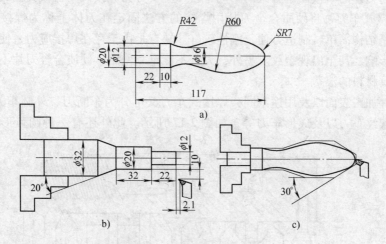

图 2-15 手柄分序加工示意

a）手柄零件图 b）第一次装夹 c）第二次装夹

虽然按上述过程制定加工方案比较繁琐，但因第一、二次加工程序都很简单，可采用作图法或直接编制，而第二、三次加工程序可合并为一个加工程序连续执行，故该方案在车削实践中应用广泛。

（3）巧用切断（槽）刀　对切断面带一倒角要求的零件（见图 2-16a），在批量车削加工中切断刀应用比较普遍，为了便于切断并避免调头倒角，可巧用切断刀同时完成倒角和切断两个工序，效果很好。

如图 2-16b 所示用切断刀先按 4mm × φ26mm 工序尺寸安排车槽，这样，既为倒角提供了方便，也减小了刀具切断较大直径坯件时的长时间摩擦，同时还有利于切断时的排屑。

如图 2-16c 所示为倒角时，切断刀刀位点的起、止位置。

如图 2-16d 所示为切断时，切断刀的起、止位置。

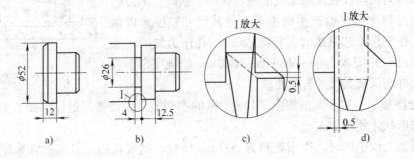

图 2-16　巧用切断刀

a) 零件图　b) 用切断刀车槽　c) 倒角　d) 切断

五、刀具的选择

1. 数控车床的刀具种类

由于工件材料、生产批量、加工精度以及机床类型、工艺方案的不同，车刀的种类异常繁多。根据与刀体的联接固定方式的不同，车刀主要分为焊接式与机械夹固式两大类。

（1）焊接式车刀　将硬质合金刀片用焊接的方法固定在刀体上称为焊接式车刀。这种车刀的优点是结构简单，制造方便，刚性较好。缺点是由于存在焊接应力，使刀具材料的使用性能受到影响，甚至出现裂纹。另外，刀杆不能重复使用，硬质合金刀片不能充分回收利用，造成刀具材料的浪费。

根据工件加工表面以及用途不同，焊接式车刀又可分为车断刀、外圆车刀、端面车刀、内孔车刀、螺纹车刀以及成形车刀等，如图 2-17 所示。此外还有一种圆弧形车刀，其特征

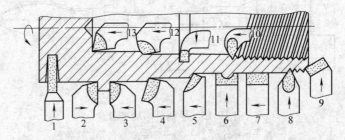

图 2-17　焊接式车刀的种类

1—车断刀　2—90°左偏刀　3—90°右偏刀　4—弯头车刀　5—直头车刀
6—成形车刀　7—宽刃精车刀　8—外螺纹车刀　9—端面车刀
10—内螺纹车刀　11—内槽车刀　12—通孔车刀　13—不通孔车刀

是构成的主切削刃的切削刃形状为圆弧。

（2）机械夹固式可转位车刀　如图2-18所示，机械夹固式可转位车刀由刀杆1、刀片2、刀垫3以及夹紧元件4组成。刀片每边都有切削刃，当某切削刃磨损钝化后，只需松开夹紧元件，将刀片转成一个位置便可继续使用。

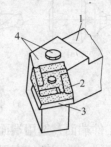

刀片是机械夹固式可转位车刀的一个最重要组成元件，大致可分为带圆孔、带沉孔以及无孔三大类。形状有三角形、正方形、五边形、六边形、圆形以及菱形等。如图2-19所示为常见的刀片形状及角度。

图2-18　机械夹固式可转位车刀的组成

1—刀杆　2—刀片　3—刀垫　4—夹紧元件

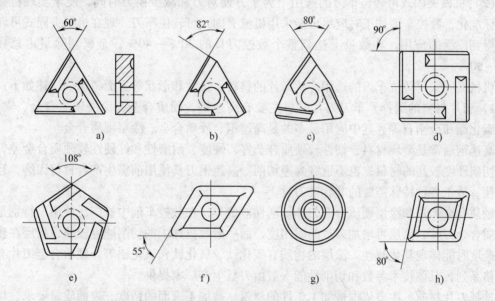

图2-19　常见的可转位刀片的形状及角度

a）T型　b）F型　c）W型　d）S型　e）P型　f）D型　g）R型　h）C型

数控机床使用可转位刀具具有下述优点：

1）刀具寿命高。由于刀片避免了由焊接和刃磨高温引起的缺陷，刀具几何参数完全由刀片和刀杆槽保证，切削性能稳定，提高了刀具寿命。

2）生产效率高。由于机床操作人员不再磨刀，可大大减少停机换刀等辅助时间。

3）有利于推广新技术、新工艺。可转位刀具有利于推广使用涂层、陶瓷等新型刀具材料。

（3）孔加工刀具　数控车床常用的孔加工刀具有中心钻、麻花钻、镗孔刀等，如图2-20所示。

2. 数控车刀的选用

（1）焊接式车刀的选用　加工工件的圆柱形或圆锥形外表面，选用各种外圆车刀。如图2-17中的2、3、4、5所示。

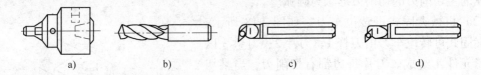

图 2-20　数控车床常用的孔加工刀具

a）中心钻　b）麻花钻　c）粗车孔刀　d）精车孔刀

加工工件端面，选用端面车刀，如图 2-17 中的 9 所示。

加工螺纹，选用螺纹车刀，如图 2-17 中的 8、10 所示。

加工各种光滑连接的成形面，选用圆弧形车刀。此外螺纹刀有时也可用来加工成形面。

切断工件，选用切断刀。如图 2-17 中的 1 所示。

（2）机械夹固式可转位车刀的选用　为了方便对刀和减少换刀时间，便于实现机械加工的标准化，数控车削加工时应尽可能采用机械夹固式可转位车刀。现在机械夹固式可转位刀具得到广泛的应用，在数量上达到整个数控刀具的 30% ~ 40%，金属切除量占总数的 80% ~ 90%。

机械夹固式可转位车刀的选用应从刀片的材料、尺寸和形状等方面考虑，详述如下：

1）刀片材料的选择。车刀刀片材料主要有高速钢、硬质合金、涂层硬质合金、陶瓷、立方碳化硼和金刚石等。其中应用最多的是高速钢、硬质合金、涂层硬质合金。

高速钢通常是型坯材料，韧性较硬质合金好，硬度、耐磨性和红硬性较硬质合金差，不适宜切削硬度较高的材料，也不适宜高速切削。高速钢刀具使用前需生产者自行刃磨，且刃磨方便，适于各种特殊需要的非标准刀具。

硬质合金刀片和涂层硬质合金刀片切削性能优异，在数控车削中被广泛使用。特别是涂层硬质合金刀片，涂层可增加刀片的耐用度，而一般数控加工的切削速度较快，涂层在较快切削速度时能体现其优越性。涂层的物质有碳化钛、氧化钛和氧化铝等。硬质合金刀片有标准规格系列，具体技术参数和切削性能一般由刀具生产厂家提供。

选择刀片材质，主要依据被加工工件的材料、被加工表面的精度、表面质量要求、切削载荷大小以及切削过程中有无冲击和振动等。

2）刀片尺寸的选择。刀片尺寸的大小（刀片的切削刃长度 l 取决于必要的有效切削刃长度 L。有效切削刃长度 L 与背吃刀量 a_p 和车刀的主偏角 κ_r 有关（见图 2-21），选取时可查阅有关刀具手册。

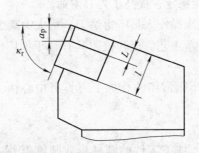

图 2-21　切削刃长度、背吃刀量与主偏角的关系

3）刀片形状的选择。刀片形状主要依据被加工工件的表面形状、切削方法、刀具寿命和刀片的转位次数等因素的选择。刀片是机械夹固式可转位车刀的一个最重要的组成元件。刀片形状如图 2-21 所示。被加工表面及适用的刀片形状可参考表 2-6 选取。

表 2-6　被加工表面及适用的刀片形状

	主偏角	45°	45°	60°	75°	95°
车削外圆表面	刀片形状及加工示意图	45°	45°	60°	75°	95°
	推荐选用的刀片	SCMA SPMR SCMM SNMM-8 SPUN SNMM-9	SCMA SPMR SCMM SNMG SPUN SPGR	TCMA TNMM-8 TCMM TPUN	SCMM SPUM SCMA SPMR SNMA	CCMA CCMM CNMM-7
	主偏角	75°	90°	90°	95°	
车削端面	刀片形状及加工示意图	75°	90°	90°	95°	
	推荐选用的刀片	SCMA SPMR SCMM SPUR SPUN CNMG	TNUN TNMA TCMA TPUN TCMM TPMR	CCMA	TPUN TPMR	
	主偏角	15°	45°	60°	90°	93°
车削成形面	刀片形状及加工示意图	15°	45°	60°	90°	
	推荐选用的刀片	RCMM	RNNG	TNMM-8	TNMG	TNMA

六、切削用量的确定

数控车床加工中的切削用量包括背吃刀量、主轴转速或切削速度（用于恒线速度切削）、进给速度或进给量。

1. 背吃刀量 a_p 的确定

在工艺系统刚度和机床功率允许的情况下，尽可能选取较大的背吃刀量，以减少进给次数。当零件精度要求较高时，则应考虑留出精车余量，其所留的精车余量一般比普通车削时所留的余量小，常取 0.1~0.5mm。

2. 进给速度 v_f 确定

进给速度 v_f 的选取应该与背吃刀量和主轴转速相适应。在保证工件加工质量的前提下，可以选择较高的进给速度（2000mm/min 以下）。

确定进给速度的原则是：

　　1）当工件的质量要求能够得到保证时，为提高生产效率，可选择较高的进给速度。一般在100～200mm/min范围内选取。

　　2）在切断、加工深孔或用高速钢刀具加工时，宜选择较低的进给速度，一般在20～50mm/min范围内选取。

　　3）当加工精度、表面粗糙度要求较高时，进给速度应选小些，一般在20～50mm/min范围内选取。

　　4）刀具空行程时，特别是远距离回零时，可以设定该机床数控系统为最高进给速度。

　　有些数控机床规定可以选用进给量 f 表示进给速度。表2-7所列为硬质合金车刀粗车外圆、端面的进给量参考值，表2-8所列为按表面粗糙度选择的半精车、精车的进给量参考值。粗车时，一般取 $f = 0.3 \sim 0.8$ mm/r，精车时常取 $f = 0.1 \sim 0.3$ mm/r，切断时 $f = 0.05 \sim 0.2$ mm/r。

表2-7　硬质合金车刀粗车外圆、端面的进给量参考值

工件材料	车刀刀杆尺寸 $B \times H$/mm×mm	工件直径 d_w/mm	背吃刀量 a_p/mm				
			≤3	(3, 5]	(5, 8]	(8, 12]	>12
			进给量 f/mm·r^{-1}				
碳素结构钢、合金结构钢及耐热钢	16×25	20	0.3~0.4	—	—	—	—
		40	0.4~0.5	0.3~0.4	—	—	—
		60	0.5~0.7	0.4~0.6	0.3~0.5	—	—
		100	0.6~0.9	0.5~0.7	0.5~0.6	0.4~0.5	—
		400	0.8~1.2	0.7~1.0	0.6~0.8	0.5~0.6	—
	20×30 25×25	20	0.3~0.4	—	—	—	—
		40	0.4~0.5	0.3~0.4	—	—	—
		60	0.5~0.7	0.5~0.7	0.4~06	—	—
		100	0.8~1.0	0.7~0.9	0.5~0.7	0.4~0.7	0.4~0.6
		400	1.2~1.4	1.0~1.2	0.8~1.0	0.6~0.9	
铸铁铜合金	16×25	40	0.4~0.5	—	—	—	—
		60	0.5~0.8	—	0.4~0.6	—	—
		100	0.8~1.2	0.7~1.0	0.6~0.8	0.5~0.7	—
		400	1.0~1.4	1.0~1.2	0.8~1.0	0.6~0.8	—
	20×30 25×25	40	0.4~0.5	—	—	—	—
		60	0.5~0.9	0.5~0.8	0.4~0.7	—	—
		100	0.9~1.3	0.8~1.2	0.7~1.0	0.5~0.8	0.7~0.9
		400	1.2~1.8	1.2~1.6	1.0~1.3	0.9~1.1	

　　注：1. 加工断续表面及有冲击的工件时，表内进给量应乘系数 $K = 0.75 \sim 0.85$。

　　　　2. 在无外皮加工时，表内进给量应乘系数 $K = 1.1$。

　　　　3. 加工耐热钢及其合金时，进给量不大于 1mm/r。

　　　　4. 加工淬硬钢时，进给量应减小。当钢的硬度为 44～56HRC 时，乘系数 $K = 0.8$；当钢的硬度为 57～62HRC 时，乘系数 $K = 0.5$。

表 2-8 按表面粗糙度选择的半精车、精车的进给量参考值

工件材料	表面粗糙度 $Ra/\mu m$	切削速度范围 $v_c/m \cdot min^{-1}$	刀尖圆弧半径 r_g/mm		
			0.5	1.0	2.0
			进给量 $f/mm \cdot r^{-1}$		
铸铁、青铜、铝合金	5 ~ 10	不限	0.25 ~ 0.40	0.40 ~ 0.50	0.50 ~ 0.60
	2.5 ~ 5		0.15 ~ 0.25	0.25 ~ 0.40	0.40 ~ 0.60
	1.25 ~ 2.5		0.10 ~ 0.15	0.15 ~ 0.20	0.20 ~ 0.35
碳钢及合金钢	5 ~ 10	<50	0.30 ~ 0.50	0.45 ~ 0.60	0.55 ~ 0.70
		>50	0.40 ~ 0.55	0.55 ~ 0.65	0.65 ~ 0.70
	2.5 ~ 5	<50	0.18 ~ 0.25	0.25 ~ 0.30	0.30 ~ 0.40
		>50	0.25 ~ 0.30	0.30 ~ 0.35	0.30 ~ 0.50
	1.25 ~ 2.5	<50	0.10	0.11 ~ 0.15	0.15 ~ 0.22
		50 ~ 100	0.11 ~ 0.16	0.16 ~ 0.25	0.25 ~ 0.35
		>100	0.16 ~ 0.20	0.20 ~ 0.25	0.25 ~ 0.35

注：$r_g = 0.5mm$ 时用于 $12mm \times 12mm$ 及以下的刀杆，$r_g = 1.0mm$ 时用于 $30mm \times 30mm$ 及以下的刀杆，$r_g = 2.0mm$ 时用于 $30mm \times 45mm$ 及以上的刀杆。

3. 主轴转速的确定

（1）光车外圆时主轴转速 光车外圆时主轴转速应根据零件上被加工部位的直径，并按零件和刀具材料以及加工性质等条件所允许的切削速度来确定。

切削速度除了计算和查表选取外，还可以根据实践经验确定。需要注意的是，交流变频调速的数控车床低速输出力矩小，因而切削速度不能太低。

切削速度确定之后，用公式 $n = 1000v_c/\pi d$ 计算主轴转速。表 2-9 所列为硬质合金外圆车刀切削速度的参考值。

表 2-9 硬质合金外圆车刀切削速度的参考值

工件材料	热处理状态	α_p/mm		
		[0.3, 2]	(2, 6)	(6, 10]
		$f/mm \cdot r^{-1}$		
		[0.08, 0.3]	(0.3, 0.6)	(0.6, 1]
		$v_c/m \cdot min^{-1}$		
低碳钢、易切钢	热轧	140 ~ 180	100 ~ 120	70 ~ 90
中碳钢	热轧	130 ~ 160	90 ~ 110	60 ~ 80
	调质	100 ~ 130	70 ~ 90	50 ~ 70
合金结构钢	热轧	100 ~ 130	70 ~ 90	50 ~ 70
	调质	80 ~ 110	50 ~ 70	40 ~ 60
工具钢	退火	90 ~ 120	60 ~ 80	50 ~ 70
灰铸铁	<190HBW	90 ~ 120	60 ~ 80	50 ~ 70
	190 ~ 225HBW	80 ~ 110	50 ~ 70	40 ~ 60
高锰钢（$\omega_{Mn} = 13\%$）		10 ~ 20		
铜及铜合金		200 ~ 250	120 ~ 180	90 ~ 120
铝及铝合金		300 ~ 600	200 ~ 400	150 ~ 200
铸铝合金（$\omega_{si} = 13\%$）		100 ~ 180	80 ~ 150	60 ~ 100

注：切削钢及灰铸铁刀具耐用度约为 60min。

（2）车螺纹时的主轴转速　在车削螺纹时，车床的主轴转速将受到螺纹的螺距 P（或导程）大小、驱动电动机的升降频特性，以及螺纹插补运算速度等多种因素影响，故对于不同的数控系统，推荐不同的主轴转速选择范围。大多数经济型数控车床推荐车螺纹时的主轴转速为 $n \leqslant 1200/P - K$（K 为保险系数，一般取为 80）。

4. 车削用量的选择原则

以上切削用量（a_p、f、v_c）选择是否合理，对于能否充分发挥机床功能与刀具的切削性能，以实现优质、高产、低成本和安全操作具有很重要的作用。车削用量的选择原则如下：

1）粗车时，首先考虑选择一个尽可能大的背吃刀量 a_p，其次选择一个较大的进给量 f，最后确定一个合适的切削进度 v_c。增大背吃刀量 a_p 可使进给次数减少，增大进给量 f 有利于断屑，因此根据以上原则选择粗车切削用量对于提高生产效率、减少刀具消耗、降低加工成本是很有利的。

2）精车时，加工精度和表面粗糙要求较高，加工余量需要不大且均匀，因此选择较小（但不太小）的背吃刀量 a_p 和进给量 f，并选用切削性能好的刀具材料和合理的几何参数，以尽可能提高切削速度 v_c。

3）在安排粗、精车削用量时，应注意机床说明书给定的允许切削用量范围。对于主轴采用交流交频调速的数控车床，由于主轴在低转速时扭矩降低，尤其应注意此时的切削用量选择。

表 2-10 所列为数控车削用量推荐表，供编程时参考。

表 2-10　数控车削用量推荐表

工件材料	工件条件	背吃刀量 /mm	切削速度 /m·min^{-1}	进给量 /mm·r^{-1}	刀具材料
碳素钢 $\sigma_b > 600$MPa	粗加工	5～7	60～80	0.2～0.4	YT 类
	粗加工	2～3	80～120	0.2～0.4	
	精加工	0.2～0.3	120～150	0.1～0.2	
	钻中心孔		500～800r/min		W18Cr4V
	钻孔		～30	0.1～0.2	
	切断（宽度 <5mm）		70～110	0.1～0.2	YT 类
铸铁在 HBS200 以下	粗加工		50～70	0.2～0.4	YG 类
	精加工		70～100	0.1～0.2	
	切断（宽度 <5mm）		50～70	0.1～0.2	

总之，切削用量的具体数值应根据机床性能、相关的手册并结合实际经验用模拟方法确定。同时，使主轴转速、背吃刀量及进给速度三者能相互适应，以形成最佳切削用量。

第五节　数控铣削加工工艺的制订

工艺制订是编程之前的一项重要工作，会直接影响到零件的加工质量、生产效率等。数控铣削加工中的所有工序、工步、每道工序的切削用量、进给路线、加工余量、所用刀具的类型和尺寸等都要预先确定好并编入程序中。这就要求一个合格的编程人员首先应该是一个很好的工艺人员，对数控铣床的性能特点、应用、切削规范和刀具等要非常熟悉，才能做到全面、周到地考虑零件加工的全过程并正确、合理地编制数控铣削的加工程序。编写程序前首先要认真地进行加工工艺设计。

一、分析零件图样

工艺设计的第一步是分析零件图样，在搞清零件材料、零件全部的加工内容、工艺过程和技术要求的基础上，明确数控铣床的加工内容和要求，并拟定加工方案。

二、选择合适的数控机床

与加工中心相比，数控铣床除了缺少自动换刀功能及刀库外，其他方面均与加工中心类同，可以对零件进行铣、钻、铰、锪、车孔与攻螺纹等。一般说来，数控立式铣床适于加工平面凸轮、样板、形状复杂的平面或立体零件，以及模具的内、外型腔等。数控卧式铣床适于加工复杂的箱体类零件、泵体、阀体、壳体等。总之，与一般铣床相比，加工形状复杂的零件，数控铣床具有明显的优越性。但由于数控铣床的成本较高，用于零件的粗加工很不经济，所以一般是零件先在普通机床上进行粗加工，再转到数控铣床上进行半精加工和精加工；粗加工后不但有了已加工的基准平面、定位面，而且加工余量均匀使切削稳定。这样既有利于发挥数控铣床的特点，又利于保持数控铣床精度，延长使用寿命，降低使用成本。

一般情况下，数控铣床只适用于单件小批量生产，但根据数控铣床性能、功能和成本核算情况，也可用于大批量生产。

三、合理安排加工顺序

加工顺序（又称工序）通常包括切削加工工序、热处理工序和辅助工序等。工序安排得科学与否直接影响到零件的加工质量、生产效率和加工成本。切削加工工序通常按以下原则安排。

1. 先粗后精

当加工零件精度要求较高时都要经过粗加工、半精加工、精加工三个阶段，如果精度要求更高，还包括光整加工的几个阶段。

2. 基准面先行原则

用作精基准的表面应先加工。任何零件的加工过程总是先对定位基准进行粗加工然后精加工，例如轴类零件总是先加工中心孔，再以中心孔为精基准加工外圆和端面；箱体类零件总是先加工定位用的平面及两个定位孔，再以平面和定位孔为精基准加工孔系和其他平面。

3. 先面后孔

对于箱体、支架等零件，平面尺寸轮廓较大，用平面定位比较稳定，而且孔的深度尺寸又是以平面为基准的，故应先加工平面，然后加工孔。

4. 先主后次

即先加工主要表面，然后加工次要表面。

四、选择夹具与零件的装夹方法

1. 定位基准的选择

选择定位基准时，应注意减少装夹次数，尽量做到在一次安装中把零件上所有要加工表面都加工出来。大多选择工件上不需要数控铣削的平面和孔作定位基准。对薄板件，选择的定位基准应有利于提高工件的刚性，以减小切削变形。定位基准应尽量与设计基准重合，以减少定位误差对尺寸精度的影响。

2. 数控铣床常用夹具

尽量采用组合夹具和标准化通用夹具。单件小批量生产零件的常用夹具是台虎钳和压铁，这两种夹具适用范围广，应用灵活，开放性好。缺点是装夹调整比较费时，在数控铣床上因工序比较集中，这个缺点不十分明显。当工件批量较大、精度要求较高时，为了平衡生产节拍，可以设计专用夹具，但结构应尽可能简单。

3. 零件装夹方法

数控铣床加工零件时的装夹方法要考虑以下几点：

1）零件定位、夹紧的部位应不妨碍各部位的加工、刀具更换以及重要部位的测量。尤其要避免刀具与工件、夹具及机床部件相撞。

2）夹紧力尽量通过或靠近主要支撑点或在支承点所组成的三角形内。尽量靠近切削部位并在工件刚性较好的地方，不要作用在被加工的孔径上，以减少零件变形。

3）零件的重复装夹、定位一致性要好，以减少对刀时间，提高零件加工的一致性。

五、拟定加工工艺路线

加工路线是数控机床在加工过程中刀具中心的运动轨迹和方向。编写加工程序主要是编写刀具的运动轨迹和方向。

数控铣削加工中进给路线对零件的加工精度和表面质量有直接的影响。进给路线的确定与被加工工件的材料、加工余量、刚度，加工精度要求，表面粗糙度要求，机床的类型、刚度、精度，夹具的刚度，刀具的状态、刚度、耐用度等因素有关。合理的进给路线是指能保证零件加工精度、表面粗糙度要求，数值计算简单，程序段少，编程量小，进给路线最短，空行程最少的高效率路线。下面针对铣削方式和常见的几种轮廓形式来分析进给路线。

1. 顺铣和逆铣的选择

铣削有顺铣和逆铣两种方式，如图 2-22 所示。当工件表面无硬皮，机床进给机构无间隙时，应选用顺铣，按照顺铣安排进给路线。因为采用顺铣加工后，零件已加工表面质量好，刀齿磨损小。精铣时，尤其是零件材料为铝镁合金、钛合金或耐热合金时，应尽量采用顺铣。当工件表面有硬皮，机床的进给机构有间隙时，应选用逆铣，按照逆铣安排进给路线。因为逆铣时，刀齿是从已加工表面切入，不会崩刀。

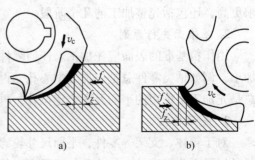

图 2-22　顺铣与逆铣

a）顺铣　b）逆铣

机床进给机构的间隙不会引起振动和爬行。

2. 铣削外轮廓的进给路线

1）铣削平面零件外轮廓时，一般采用立铣刀侧刃切削。刀具切入工件时，应避免沿零件外轮廓的法向切入，而应沿切削起始点的延伸线逐渐切入工件，保证零件曲线的平滑过渡。同理，在切离工件时，也应避免在切削终点处直接抬刀，要沿着切削终点延伸线逐渐切离工件，如图 2-23 所示。

2）当用圆弧插补方式铣削外整圆时，如图 2-24 所示，要安排刀具从切向进入圆周铣削加工。当整圆加工完毕后，不要在切点处直接退刀，而应让刀具沿切线方向多运动一段距离，以免取消刀补时，刀具与工件表面相碰，造成工件报废。

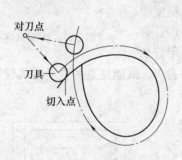

图 2-23 外轮廓加工刀具的切入和切出

图 2-24 外圆铣削

3. 铣削内轮廓的进给路线

1）铣削封闭的内轮廓表面同铣削外轮廓一样，刀具同样不能沿轮廓曲线的法向切入和切出。此时若内轮廓曲线允许外延，则应沿延伸线或切线方向切入、切出。若内轮廓曲线不允许外延（见图 2-25），刀具只能沿内轮廓曲线的法向切入、切出，此时刀具的切入、切出点应尽量选在内轮廓曲线两几何元素的交点处。当内部几何元素相切无交点时（见图 2-26），为防止刀补取消时在轮廓拐角处留下凹口（见图 2-26a），刀具切入、切出点应远离拐角（见图 2-26b）。

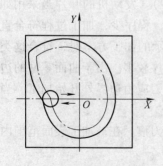

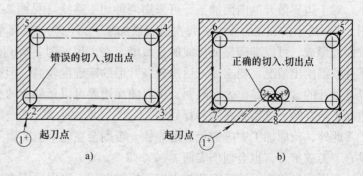

a)   b)

图 2-25 内轮廓加工刀具的
         切入和切出

图 2-26 无交点内轮廓加工刀具的切入和切出
a）刀补取消时在轮廓拐角处留下凹口 b）刀具切入、切出点应远离拐角

2）当用圆弧插补铣削内圆弧时也要遵循从切向切入、切出的原则，最好安排从圆弧过渡到圆弧的加工路线，如图 2-27 所示。这样可以提高内孔表面的加工精度和加工质量。

4. 铣削内槽的进给路线

所谓内槽是指以封闭曲线为边界的平底凹槽，一律用平底立铣刀加工，刀具圆角半径应符合内槽的图样要求。如图 2-28 所示为加工内槽的三种进给路线，图 2-28a 和图 2-28b 所示分别为用环切法和行切法加工内槽。两种进给路线的共同点是都能切净内腔中的全部面积，不留死角，不伤轮廓，同时尽量减少重复进给的搭接量。不同点是行切法的进给路线比环切法短，但行切法将在每两次进给的起点与终点间留下残留面积，而达不到所要求的表面粗糙度。用环切法获得的表面粗糙度要好于行切法，但环切法需要逐次向外扩展轮廓线，刀位点计算稍微复杂一些。采用如图 2-28c 所示的进给路线，即先用行切法切去中间部分余量，最后用环切法环切一刀光整轮廓表面，既能使总的进给路线较短，又能获得较低的表面粗糙度值。

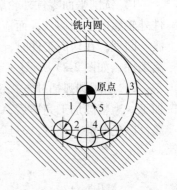

图 2-27　内圆铣削

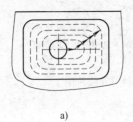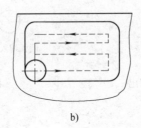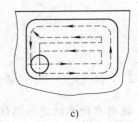

图 2-28　加工内槽的三种进给路线

a）环切法　b）行切法　c）行切+环切法

5. 铣削曲面轮廓的进给路线

铣削曲面时，常用球头刀采用行切法进行加工。所谓行切法是指刀具与零件轮廓的切点轨迹是一行一行的，而行间的距离是按零件加工精度的要求确定的。

对于边界敞开的曲面加工，可采用两种加工路线（见图 2-29）。发动机的叶片当采用如图 2-29a 所示的加工方案时，每次沿直线加工，刀位点计算简单，程序少，加工过程符合直纹面的形成，可以准确保证母线的直线度。当采用如图 2-29b 所示的加工方案时，符合这类零件数据给出情况，便于加工后检验，叶形的准确度较高，但程序较多。由于曲面零件的边界是敞开的，没有其他表面限制，所以曲面边界可以延伸，球头刀应由边界外开始加工。当边界不敞开时，进给路线要另行处理。

此外，轮廓加工中应避免进给停顿，否则会在轮廓表面留下刀痕。在被加工表面范围内垂直下刀或抬刀，也会划伤表面。

为提高工件表面的精度和减小表面粗糙度值，可以采用多次进给的方法，精加工余量一般以 0.2~0.5mm 为宜。

选择工件在加工后变形小的进给路线。对横截面积小的细长零件或薄板零件，应采用多次进给加工达到最后尺寸，或采用对称去余量法安排进给路线。

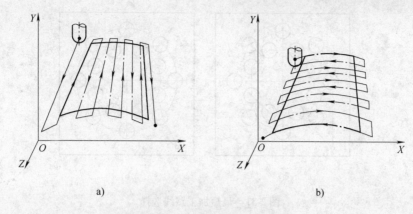

图 2-29　曲面加工的进给路线

a) 加工方案一　b) 加工方案二

6. 孔系加工的进给路线

（1）加工位置精度要求较高的孔系　加工位置精度要求较高的孔时，铣孔路线安排不当就有可能把某坐标轴上的传动反向间隙带入，直接影响孔的位置精度。如图 2-30 所示是在一个零件上精铣 4 个孔的两种加工路线示意图。从图 2-30a 中不难看出，刀具从孔Ⅲ向孔Ⅳ运动的方向与从孔Ⅰ向孔Ⅱ运动的方向相反，X 向的反向间隙会使孔Ⅳ与孔Ⅲ间的定位误差增加，从而影响位置精度。图 2-30b 所示是在加工完孔Ⅲ后不直接在孔Ⅳ处定位，而是多运动了一段距离，然后折回来在孔Ⅳ处进行定位，这样孔Ⅰ、Ⅱ、Ⅲ和孔Ⅳ的定位方向是一致的，就可以避免反向间隙误差的引入，从而提高了孔Ⅲ与孔Ⅳ的孔距精度。

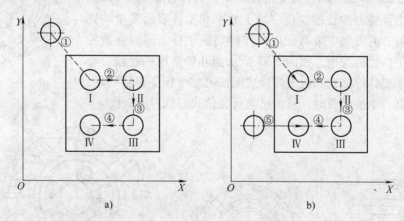

图 2-30　铣孔加工路线示意图

a) 不合理的加工路线　b) 合理的加工路线

（2）加工孔数量较多的孔系　加工孔数量较多的孔系时，应使进给路线最短，减少刀具空行程时间，提高加工效率。如图 2-31 所示为最短加工路线选择的例子。按照一般习惯，总是先加工均布于同一圆周上的八个孔，再加工另一圆周上的孔（见图 2-31a）。但是对点位控制的数控机床而言，要求定位精度高，定位过程尽可能快，因此这类机床应按空行程最短来安排进给路线（见图 2-31b），以节省加工时间。

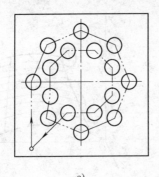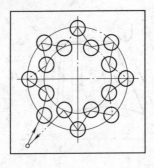

a)　　　　　　　　　　　b)

图 2-31　最短加工路线选择
a）加工路线一　b）加工路线二

六、选择刀具

数控铣床所用刀具是保证数控铣床加工质量的重要因素。数控铣床所用刀具种类、型号很多，并且大部分可以在加工中心上通用。加工平面、孔、曲面等不同的轮廓对象要选择相应的刀具。

1. 常用铣刀的种类

（1）面铣刀　如图 2-32 所示，面铣刀圆周方向切削刃为主切削刃，端部切削刃为副切削刃。面铣刀多制成套式镶齿结构，刀齿为高速钢或硬质合金，刀体为 40Cr。高速钢面铣刀按国家标准规定，直径 $d = 80 \sim 250mm$，螺旋角 $\beta = 10°$，刀齿数 $Z = 10 \sim 26$。

硬质合金面铣刀的铣削速度、加工效率和工件表面质量均高于高速钢铣刀，并可加工带有硬皮和淬硬层的工件，因而在数控加工中得到了广泛的应用。如图 2-33 所示为几种常用的硬质合金面铣刀，由于整体焊接式和机夹焊接式面铣刀难于保证焊接质量，刀具耐用度低，重磨较费时，目前已被可转位式面铣刀所取代。

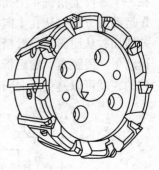

图 2-32　面铣刀

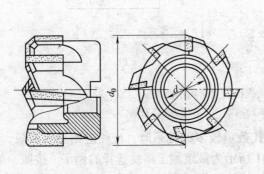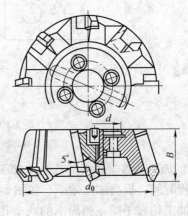

a)　　　　　　　　　　　b)

图 2-33　硬质合金面铣刀
a）整体焊接式　b）机夹焊接式

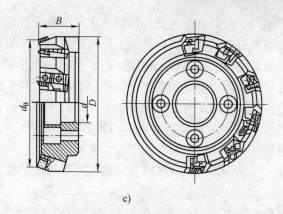

c)

图 2-33　硬质合金面铣刀（续）

c）可转位式

可转位面铣刀的直径已经标准化，采用公比 1.25 的标准直径（mm）系列：16、20、25、32、40、50、63、80、100、125、160、200、250、315、400、500、630，参见 GB/T 5342.3—2006。

（2）立铣刀　立铣刀是数控机床上用得最多的一种铣刀，如图 2-34 所示。立铣刀的圆

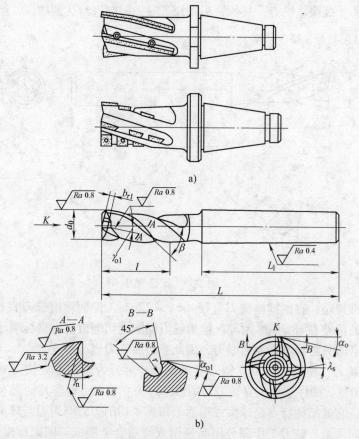

图 2-34　立铣刀

a）硬质合金立铣刀　b）高速钢立铣刀

柱表面和端面上都有切削刃，它们可同时进行切削，也可单独进行切削。

立铣刀圆柱表面的切削刃为主切削刃，端面上的切削刃为副切削刃。主切削刃一般为螺旋齿，这样可以增加切削平稳性，提高加工精度。由于普通立铣刀端面中心处无切削刃，所以立铣刀不能做轴向进给，端面刃主要用来加工与侧面相垂直的底平面。

为了能加工较深的沟槽，并保证有足够的备磨量，立铣刀的轴向长度一般较长。为改善切屑卷曲现象，增大容屑空间，防止切屑堵塞，刀齿数应比较少，容屑槽圆弧半径则应较大。一般粗齿立铣刀齿数 $Z = 3 \sim 4$，细齿立铣刀齿数 $Z = 5 \sim 8$，套式结构 $Z = 10 \sim 20$，容屑槽圆弧半径 $r = 2 \sim 5mm$。当立铣刀直径较大时，可制成不等齿距结构，以增强抗振作用，使切削过程平稳。

标准立铣刀的螺旋角 β 为 $40° \sim 45°$（粗齿）和 $30° \sim 35°$（细齿），套式结构立铣刀的 β 为 $15° \sim 25°$。直径较小的立铣刀一般制成带柄形式。$\phi2 \sim \phi7mm$ 的立铣刀制成直柄，$\phi6 \sim \phi63mm$ 的立铣刀制成莫氏锥柄，$\phi25 \sim \phi80mm$ 的立铣刀做成 7:24 锥柄，内有螺孔用来拉紧刀具。但是由于数控机床要求铣刀能快速自动装卸，故立铣刀柄部形式也有很大不同，一般是由专业厂家按照一定的规范设计制造成统一形式、统一尺寸的刀柄。直径大于 $\phi40 \sim \phi60mm$ 的立铣刀可做成套式结构。

（3）键槽铣刀　键槽铣刀如图 2-35 所示，它有两个刀齿，圆柱面和端面都有切削刃，端面刃延至中心，既像立铣刀，又像钻头。加工时先轴向进给达到槽深，然后沿键槽方向铣出键槽全长。

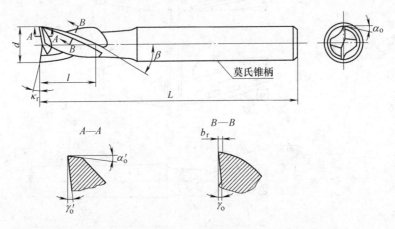

图 2-35　键槽铣刀

按国家标准规定，直柄键槽铣刀直径 $d = 2 \sim 22mm$，锥柄键槽铣刀直径 $d = 14 \sim 50mm$。键槽铣刀直径的偏差有 e8 和 d8 两种。键槽铣刀的圆周切削刃仅在靠近端面的一小段长度内发生磨损。重磨时只需刃磨端面切削刃，因此重磨后铣刀直径不变。

（4）模具铣刀　模具铣刀由立铣刀发展而成，可分为圆锥形立铣刀（圆锥半角 $\alpha/2 = 3°$、$5°$、$7°$、$10°$）、圆柱形球头立铣刀和圆锥形球头立铣刀三种。其柄部有直柄、削平型直柄和莫氏锥柄。它的结构特点是球头或端面上布满了切削刃，圆周刃与球头刃圆弧连接，可以做径向和轴向进给。铣刀工作部分用高速钢或硬质合金制成。国家标准规定直径 $d = 4 \sim 63mm$。如图 2-36 所示为高速钢模具铣刀，如图 2-37 所示为硬质合金模具铣刀。小规格的硬质合金模具铣刀多制成整体结构。$\phi16mm$ 以上直径的制成焊接或机械夹固可转位刀片结构。

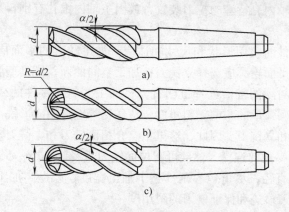

图 2-36　高速钢模具铣刀

a) 圆锥形立铣刀　b) 圆柱形球头立铣刀　c) 圆锥形球头立铣刀

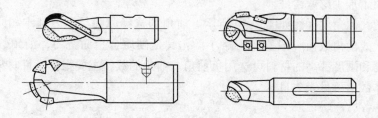

图 2-37　硬质合金模具铣刀

（5）鼓形铣刀　如图 2-38 所示为一种典型的鼓形铣刀，它的切削刃分布在半径为 R 的圆弧面上，端面无切削刃。加工时控制刀具上下位置，相应改变切削刃的切削部位，可以在工件上切出从负到正的不同斜角。值越小，鼓形铣刀所能加工的斜角范围越广，但所获得的表面质量也越差。这种刀具的特点是刃磨困难，切削条件差，而且不适于加工有底的轮廓表面。

（6）成形铣刀　成形铣刀一般是为特定形状的工件或加工内容专门设计制造的，如渐开线齿面、燕尾槽和 T 形槽等。几种常用的成形铣刀如图 2-39 所示。

除了上述几种类型的铣刀外，数控铣床也可使用各种通用铣刀。但

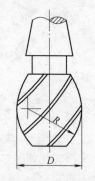

图 2-38　鼓形铣刀

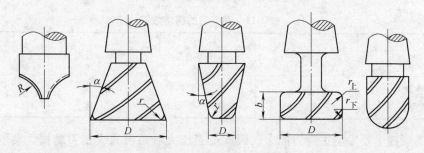

图 2-39　几种常用的成形铣刀

因不少数控铣床的主轴内有特殊的拉刀装置，或因主轴内锥孔有别，须配过渡套和拉钉。

2. 铣刀的选择

铣刀类型应与工件的表面形状和尺寸相适应。加工较大的平面应选择面铣刀；加工凹槽、较小的台阶面及平面轮廓应选择立铣刀；加工空间曲面、模具型腔或凸模成形表面等多选用模具铣刀；加工封闭的键槽选择键槽铣刀；加工变斜角零件的变斜角面应选用鼓形铣刀；加工各种直的或圆弧形的凹槽、斜角面、特殊孔等应选用成形铣刀。数控铣床上使用最多的是可转位面铣刀和立铣刀。因此，这里重点介绍面铣刀和立铣刀参数的选择。

（1）面铣刀主要参数的选择　标准可转位面铣刀直径为 $\phi16 \sim \phi630\mathrm{mm}$，应根据侧吃刀量 a_{e} 选择适当的铣刀直径，尽量包容工件整个加工宽度，以提高加工精度和效率，减小相邻两次进给之间的接刀痕迹和保证铣刀的耐用度。

可转位面铣刀有粗齿、细齿和密齿三种。粗齿铣刀容屑空间较大，常用于粗铣钢件；粗铣带断续表面的铸件和在平稳条件下铣削钢件时，可选用细齿铣刀。密齿铣刀的每齿进给量较小，主要用于加工薄壁铸件。

面铣刀的几何角度标注如图 2-40 所示。前角的选择原则与车刀基本相同，只是由于铣削时有冲击，故前角数值一般比车刀略小。尤其是硬质合金面铣刀，前角数值减小得更多些。铣削强度和硬度都高的材料可选用负前角。前角的数值主要根据工件材料和刀具材料的选择，其具体数值可见表 2-11。

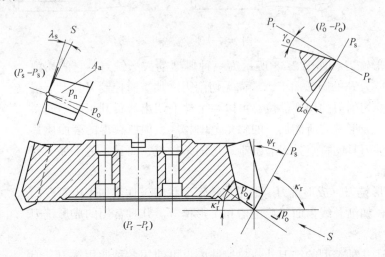

图 2-40　面铣刀的几何角度标注

表 2-11　面铣刀的前角数值

工件材料 刀具材料	钢	铸铁	黄铜、青铜	铝合金
高速钢	$10° \sim 20°$	$5° \sim 15°$	$10°$	$25° \sim 30°$
硬质合金	$-15° \sim 15°$	$-5° \sim 5°$	$4° \sim 6°$	$15°$

铣刀的磨损主要发生在后刀面上，因此适当加大后角可减少铣刀磨损。常取 $\alpha_{\mathrm{o}} = 5° \sim 12°$，工件材料软时取大值，工件材料硬时取小值；粗齿铣刀取小值，细齿铣刀取大值。

铣削时冲击力大，为了保护刀尖，硬质合金面铣刀的刃倾角常取 $\lambda_{\mathrm{s}} = -5° \sim 15°$。只有在铣削低强度材料时，取 $\lambda_s = 5°$。

主偏角 κ_r 在 45°~90° 范围内选取，铣削铸铁常用 45°，铣削一般钢材常用 75°，铣削带凸肩的平面或薄壁零件时要用 90°。

（2）立铣刀主要参数的选择　立铣刀主切削刃的前角在法剖面内测量，后角在端剖面内测量，前、后角的标注如图 2-34b 所示。前、后角都为正值，分别根据工件材料和铣刀直径选取，其具体数值可分别见表 2-12 和表 2-13。

表 2-12　立铣刀前角数值

工 件 材 料		前　角
钢	$\sigma_b < 0.589\mathrm{GPa}$	20°
	$0.589\mathrm{GPa} < \sigma_b < 0.981\mathrm{GPa}$	15°
	$\sigma_b > 0.981\mathrm{GPa}$	10°
铸铁	≤150HBW	15°
	>150HBW	10°

表 2-13　立铣刀后角数值

铣刀直径 d_0/mm	后　角
≤10	25°
10~20	20°
>20	16°

立铣刀的尺寸参数（见图 2-41），推荐按下述经验数据选取。

1）刀具半径 R 应小于零件内轮廓面的最小曲率半径 ρ，一般取 $R = (0.8 \sim 0.9)\rho$。

2）零件的加工高度 $H \leq (1/4 \sim 1/6)R$，以保证刀具具有足够的刚度。

3）对不通孔（深槽），选取 $l = H + (5 \sim 10)$ mm（l 为刀具切削部分长度，H 为零件高度）。

4）加工外形及通槽时，选取 $l = H + r + (5 \sim 10)$ mm（r 为端刃圆角半径）。

5）粗加工内轮廓面时（见图 2-42），铣刀最大直径 $D_{粗}$ 可按下式计算：

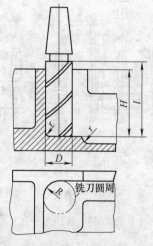

图 2-41　立铣刀的尺寸参数

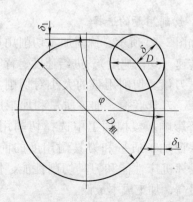

图 2-42　粗加工内轮廓面时立铣刀直径的计算

$$D_{粗} = \frac{2(\delta\sin\frac{\varphi}{2} - \delta_1)}{1 - \sin\frac{\delta}{2}} + D$$

式中　D——轮廓的最小凹圆角直径；

　　　δ——圆角邻边夹角等分线上的精加工余量；

　　　δ_1——精加工余量；

　　　φ——圆角两邻边的夹角。

6）加工筋时，刀具直径为 $D = （5 \sim 10） b$（b 为筋的厚度）。

3. 铣刀的安装

铣刀通过刀柄与数控铣床主轴相联。数控铣床主轴上的锥孔的锥度一般是 7:24。这种锥度没有自锁性，换刀容易。在主轴的锥孔上还可套接刀杆，刀杆的形式如图 2-43 所示。

1）弹簧夹头用于装夹各种直柄立铣刀、键槽铣刀、直柄麻花钻头、中心钻等直柄刀具。

2）铣刀杆可装夹套式端面铣刀、三面刃铣刀、角度铣刀、圆弧铣刀及锯片铣刀等。

3）车刀杆装夹车孔刀。

4）Morse No. 2 套筒可装夹 Morse No. 2 钻头、立铣刀、加速装置、攻螺纹夹头等。加速装置可以进行小孔的钻削或装夹砂轮杆磨削小孔。装夹 Morse No. 2 套筒后可扩展的刀具及辅具如图 2-44 所示。

5）$\phi25\text{mm}$ 套筒，用于其他测量工具的套接。

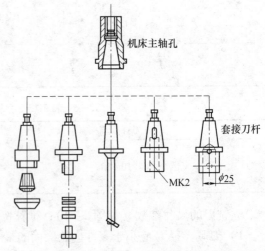

图 2-43　刀杆的形式

4. 切削用量的选择

如图 2-45 所示，铣削加工切削用量包括主轴转速（切削速度）、进给速度、背吃刀量和侧吃刀量。切削用量的大小对切削力、切削功率、刀具磨损、加工质量和加工成本均有显著影响。数控加工中选择切削用量时，是在保证加工质量和刀具耐用度的前提下，充分发挥机床性能和刀具切削性能，使切削效率最高，加工成本最低。

为保证刀具的耐用度，铣削用量的选择方法是：先选取背吃刀量或侧吃刀量，其次确定进给速度，最后确定切削速度。

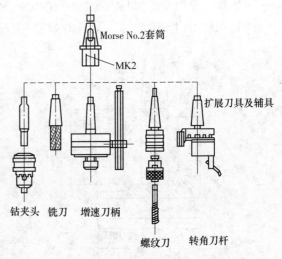

图 2-44　扩展刀杆

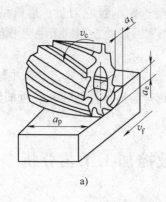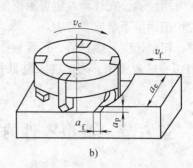

图 2-45　铣削用量

a）圆周铣　b）面铣

（1）背吃刀量（端铣）或侧吃刀量（圆周铣）的选择　背吃刀量 a_p 为平行于铣刀轴线测量的切削层尺寸，单位为 mm。端铣时，a_p 为切削层深度；而圆周铣削时，a_p 为被加工表面的宽度。侧吃刀量 a_e 为垂直于铣刀轴线测量的切削层尺寸，单位为 mm。端铣时，a_e 为被加工表面宽度；而圆周铣削时，a_e 为切削层的深度。

背吃刀量或侧吃刀量的选取主要由加工余量和对表面质量的要求决定。

1）在工件表面粗糙度值要求为 $Ra12.5 \sim 25\mu m$ 时，如果圆周铣削的加工余量小于 5mm，端铣的加工余量小于 6mm，则粗铣一次进给就可以达到要求。但在余量较大，工艺系统刚性较差或机床动力不足时，可分两次进给完成。

2）在工件表面粗糙度值要求为 $Ra3.2 \sim 12.5\mu m$ 时，可分粗铣和半精铣两步进行。粗铣时背吃刀量或侧吃刀量选取同前。粗铣后留 0.5 ~ 1.0mm 余量，在半精铣时切除。

3）在工件表面粗糙度值要求为 $Ra0.8 \sim 3.2\mu m$ 时，可分粗铣、半精铣、精铣三步进行。半精铣时背吃刀量或侧吃刀量取 1.5 ~ 2mm；精铣时圆周铣侧吃刀量取 0.3 ~ 0.5mm，面铣刀背吃刀量取 0.5 ~ 1mm。

（2）进给量 f 与进给速度 v_f 的选择　铣削加工的进给量是指刀具转一周，工件与刀具沿进给运动方向的相对位移量；进给速度是单位时间内工件与铣刀沿进给方向的相对位移量。进给量与进给速度是数控铣床加工切削用量中的重要参数。根据零件的表面粗糙度、加工精度要求、刀具及工件材料等因素，参考切削用量手册选取或参考表 2-14 选取。工件刚性差或刀具强度低时，应取小值。铣刀为多齿刀具，其进给速度 v_f、刀具转速 n、刀具齿数 Z 及进给量 f_z 的关系如下：

$$v_f = nZf_z$$

表 2-14　铣刀每齿进给量 f_z

工件材料	每齿进给量 $f_z/mm \cdot z^{-1}$			
	粗　铣		精　铣	
	高速钢铣刀	硬质合金铣刀	高速钢铣刀	硬质合金铣刀
钢	0.10 ~ 0.15	0.10 ~ 0.25	0.02 ~ 0.05	0.10 ~ 0.15
铸铁	0.12 ~ 0.20	0.15 ~ 0.30		

（3）切削速度 v_c（m/min）的选择　根据已经选定的背吃刀量、进给量及刀具耐用度选择切削速度。可用经验公式计算，也可根据生产实践经验，在机床说明书允许的切削速度范围内查阅有关切削用量手册或参考表。

实际编程中，切削速度 v_c 确定后，还要根据公式 $v_f = nZf_z$ 计算出铣床主轴转速 n（单位为 r/min），对有级变速的铣床，须按铣床说明书选择与所计算转速 n 接近的转速），并填入程序单中。

第六节　典型零件的数控加工工艺分析

一、轴类零件数控车削加工工艺

典型轴类零件如图 2-46 所示，零件材料为 45 钢，无热处理和硬度要求，试对该零件进行数控车削工艺分析。

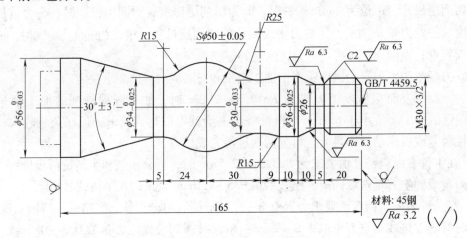

图 2-46　典型轴类零件

1. 零件图工艺分析

该零件表面由圆柱、圆锥、顺圆弧、逆圆弧及螺纹等表面组成。其中多个直径尺寸有较严格的尺寸精度和表面粗糙度等要求；球面 $S\phi50$mm 的尺寸公差还兼有控制该球面形状（线轮廓）误差的作用。尺寸标注完整，轮廓描述清楚。零件材料为 45 钢，无热处理和硬度要求。

通过上述分析，可采用以下几点工艺措施：

1）对图样上给定的几个精度要求较高的尺寸，因其公差数值较小，故编程时不必取平均值，而全部取其基本尺寸即可。

2）在轮廓曲线上，有三处为圆弧，其中两处为既过象限又改变进给方向的轮廓曲线，因此在加工时应进行机械间隙补偿，以保证轮廓曲线的准确性。

3）为便于装夹，坯件左端应预先车出夹持部分（双点画线部分），右端面也应先粗车出并钻好中心孔。毛坯选 $\phi60$mm 棒料。

2. 选择设备

根据被加工零件的外形和材料等条件，选用 TND360 数控车床。

3. 确定零件的定位基准和装夹方式

（1）定位基准 确定坯料轴线和左端大端面（设计基准）为定位基准。

（2）装夹方法 左端采用三爪自定心卡盘定心夹紧，右端采用活动顶尖支承的装夹方式。

4. 确定加工顺序及进给路线

加工顺序按由粗到精、由近到远（由右到左）的原则确定。即先从右到左进行粗车（留 0.25mm 精车余量），然后从右到左进行精车，最后车削螺纹。

5. 刀具选择

1）选用 ϕ5mm 中心钻钻削中心孔。

2）粗车及平端面选用 90°硬质合金右偏刀，为防止副后刀面与工件轮廓干涉（可用作图法检验），副偏角 κ_r' 不宜太小，选 $\kappa_r' = 35°$。

3）精车选用 90°硬质合金右偏刀，车螺纹选用硬质合金 60°外螺纹车刀，刀尖圆弧半径应小于轮廓最小圆角半径 r_ε，取 $r_\varepsilon = 0.15 \sim 0.2$mm。

将所选定的刀具参数填入数控加工刀具卡片中（见表 2-15），以便编程和操作管理。

表 2-15 数控加工刀具卡片

产品名称或代号		×××		零件名称	典型轴	零件图号	×××
序号	刀具号	刀具规格名称		数量	加工表面		备注
1	T01	ϕ5mm 中心钻		1	钻 ϕ5mm 中心孔		
2	T02	硬质合金 90°外圆车刀		1	车端面及粗车轮廓		右偏刀
3	T03	硬质合金 90°外圆车刀		1	精车轮廓		右偏刀
4	T04	硬质合金 60°外螺纹车刀		1	车螺纹		
编制		×××	审核	×××	批准	×××	共 页	第 页

6. 切削用量选择

（1）背吃刀量的选择 轮廓粗车循环时选 $a_p = 3$mm，精车时 $a_p = 0.25$mm；螺纹粗车时选 $a_p = 0.4$mm，逐刀减少，精车时 $a_p = 0.1$mm。

（2）主轴转速的选择 车削直线和圆弧时，查表 2-9 选粗车切削速度 $v_c = 90$m/min、精车切削速度 $v_c = 120$m/min，然后利用公式 $v_c = \pi dn/1000$ 计算主轴转速 n（粗车直径 $d = 60$mm，精车工件直径取平均值），粗车时为 500r/min、精车时为 1200r/min。

（3）进给速度的选择 查表 2-7 和表 2-8 选择粗车、精车每转进给量，再根据加工的实际情况确定粗车每转进给量为 0.4mm/r，精车每转进给量为 0.15mm/r，最后根据公式 $v_f = nf$ 计算粗车、精车进给速度分别为 200mm/min 和 180mm/min。

综合前面分析的各项内容，并将其填入表 2-16 所列的数控加工工艺卡片。此表是编制加工程序的主要依据和操作人员配合数控程序进行数控加工的指导性文件。主要内容包括：工步顺序、工步内容、各工步所用的刀具及切削用量等。

表 2-16　典型轴类零件数控加工工艺卡片

单位名称	×××	产品名称或代号		零件名称		零件图号	
		×××		典型轴		×××	
工序号	程序编号	夹具名称		使用设备		车间	
001	×××	三爪卡盘和活动顶尖		TND360 数控车床		数控中心	
工序号	工步内容	刀具号	刀具规格 /mm	主轴转速 /r·min⁻¹	进给速度 /mm·min⁻¹	背吃刀量 /mm	备注
1	平端面	T02	25×25	500			手动
2	钻中心孔	T01	φ5	950			手动
3	粗车轮廓	T02	25×25	500	200	3	自动
4	精车轮廓	T03	25×25	1200	180	0.25	自动
5	粗车螺纹	T04	25×25	320	960	0.4	自动
6	精车螺纹	T04	25×25	320	960	0.1	自动
编制	×××	审核	×××	批准	×××	年　月　日	共　页　第　页

二、平面凸轮的数控铣削加工工艺

如图 2-47 所示为槽形凸轮零件。在铣削加工前，该零件是一个经过加工的圆盘，圆盘直径为 φ280mm，带有两个基准孔 φ35mm 及 φ12mm。φ35mm 及 φ12mm 两个定位孔，X 面已在前面加工完毕，本工序是在铣床上加工槽。该零件的材料为 HT200，试分析其数控铣削加工工艺。

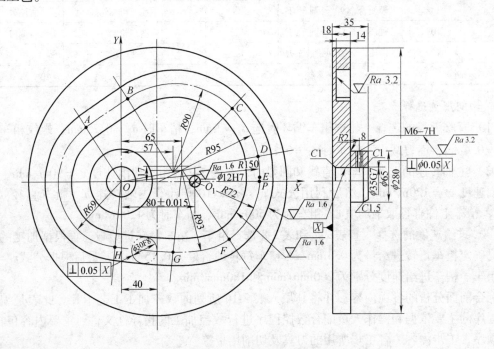

图 2-47　槽形凸轮零件

1. 零件图工艺分析

该零件凸轮轮廓由 *HA*、*BC*、*DE*、*FG* 和直线 *AB*、*HG* 以及过渡圆弧 *CD*、*EF* 所组成。

组成轮廓的各几何元素关系清楚，条件充分，所需要基点坐标容易求得。凸轮内外轮廓面对 *X* 面有垂直度要求。材料为铸铁，切削工艺性较好。

根据分析，采取以下工艺措施：凸轮内外轮廓面对 *X* 面有垂直度要求，只要提高装夹精度，使 *X* 面与铣刀轴线垂直，即可保证。

2. 选择设备

加工平面凸轮的数控铣削，一般采用两轴以上联动的数控铣床，因此首先要考虑的是零件的外形尺寸和重量，使其在机床的允许范围内。其次考虑数控机床的精度是否能满足凸轮的设计要求。最后，凸轮的最大圆弧半径应在数控系统允许的范围内。根据以上三条即可确定所要使用的数控机床为两轴以上联动的数控铣床。

3. 确定零件的定位基准和装夹方式

1）定位基准。采用一面两孔定位，即用圆盘 *X* 面和两个基准孔作为定位基准。

2）根据工件特点，用一块 320mm × 320mm × 40mm 的垫块，在垫块上分别精镗 ϕ35mm 及 ϕ12mm 两个定位孔（要配定位销），孔距离为 80mm ± 0.015mm，垫块平面度为 0.05mm，该零件在加工前，先固定

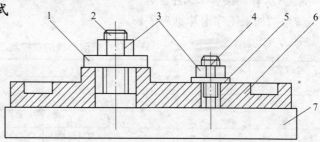

图 2-48 凸轮加工装夹示意图
1—开口垫圈 2—带螺纹圆柱销 3—压紧螺母
4—带螺纹削边销 5—垫圈 6—工件 7—垫块

夹具的平面，使两定位销孔的中心连线与机床 *X* 轴平行，夹具平面要保证与工作台面平行，并用指示表检查，如图 2-48 所示。

4. 确定加工顺序及进给路线

整个零件的加工顺序的拟订按照基面先行、先粗后精的原则确定。因此，应先加工用作定位基准的 ϕ35mm 及 ϕ12mm 两个定位孔和 *X* 面，然后再加工凸轮槽内外轮廓表面。由于该零件的 ϕ35mm 及 ϕ12mm 两个定位孔和 *X* 面已在前面工序加工完毕，在这里只分析加工槽的进给路线。进给路线包括平面内进给和深度进给。平面内的进给，对外轮廓是从切线方向切入，对内轮廓是从过渡圆弧切入。在数控铣床上加工时，对铣削平面槽形凸轮，深度进给有两种方法：一种是在 *XZ*（或 *YZ*）平面内来回铣削逐渐进刀到既定深度；另一种是先打一个工艺孔，然后从工艺孔进刀至既定深度。

进刀点选在 *P*（150，0）点，刀具往返铣削，逐渐加大背吃刀量。当达到要求后，刀具在 *XY* 平面内运动，铣削凸轮轮廓。为了保证凸轮的轮廓表面有较高的表面质量，采用顺铣方式，即从 *P* 点开始，对外轮廓按顺时针方向铣削，对内轮廓按逆时针方向铣削。

5. 刀具的选择

根据零件结构特点，铣削凸轮槽内、外轮廓（即凸轮槽两侧面）时，铣刀直径受槽宽限制。铸铁属于一般材料，加工性能较好，选用 ϕ18mm 硬质合金立铣刀，填写加工刀具卡片，见表 2-17。

表 2-17　数控加工刀具卡片

产品名称或代号		×××		零件名称	槽形凸轮	零件图号	×××
序号	刀具号	刀具规格名称 /mm		数量	加工表面		备注
1	T01	φ18mm 硬质合金立铣刀		1	粗铣凸轮槽内外轮廓		
2	T02	φ18mm 硬质合金立铣刀		2	精铣凸轮槽内外轮廓		
编制		×××	审核	×××	批准	×××	共 页 第 页

6. 切削用量的选择

凸轮槽内、外轮廓精加工时留 0.2mm 铣削量。确定主轴转速与进给速度时，先查阅切削用量手册，确定切削速度与每齿进给量，然后利用公式 $v_c = \pi dn/1000$ 计算主轴转速 n，利用 $v_f = nZf_z$ 计算进给速度。

7. 填写数控加工工序卡片

数控加工工序卡片见表 2-18。

表 2-18　槽形凸轮的数控加工工序卡片

单位名称		×××	产品名称或代号		零件名称		零件图号	
			×××		槽形凸轮		×××	
工序号	程序编号		夹具名称		使用设备		车间	
×××	×××		螺旋压板		XK5025		数控中心	
工步号	工步内容	刀具号	刀具规格 /mm	主轴转速 /r·min⁻¹	进给速度 /mm·min⁻¹	背吃刀量 /mm	备注	
1	来回铣削，逐渐 加大背吃刀量	T01	φ18	800	60		分两层铣削	
2	粗铣凸轮槽内轮廓	T01	φ18	700	60			
3	粗铣凸轮槽外轮廓	T01	φ18	700	60			
4	精铣凸轮槽内轮廓	T02	φ18	1000	100			
5	精铣凸轮槽外轮廓	T02	φ18	1000	100			
编制 ×××	审核 ×××	批准	×××	×年×月×日		共 页	第 页	

第七节　数控加工工艺实训

一、数控车削加工工艺实训

1. 实训内容

如图 2-49 所示的零件，材料为 45 钢，小批量生产，试分析其数控车削加工工艺过程。

2. 实训要求

1）零件图工艺分析，包括零件尺寸标注的正确性、轮廓描述的完整性及必要的工艺措施等。

2）确定装夹方案。

3）确定加工顺序及进给路线。

4）选择刀具与切削用量。

5）拟订数控车削加工工序卡片。

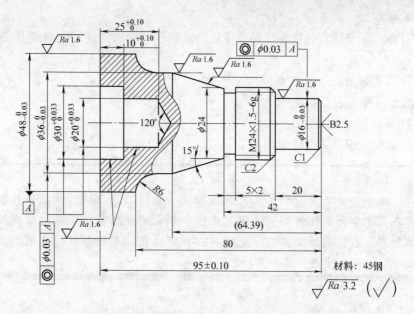

图 2-49　数控车削加工工艺实训零件图

二、数控铣削加工工艺实训

1. 实训内容

如图 2-50 所示的零件，材料为 HT200，小批量生产，试分析其数控铣削加工工艺过程。

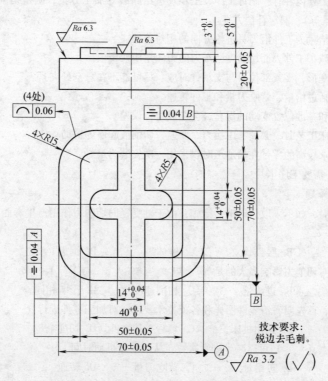

技术要求：
锐边去毛刺。

图 2-50　数控铣削加工工艺实训零件图

2. 实训要求

1）零件图工艺分析，包括零件尺寸标注的正确性、轮廓描述的完整性及必要的工艺措施等。

2）确定装夹方案。

3）确定加工顺序及进给路线。

4）选择刀具与切削用量。

5）拟订数控铣削加工工序卡片。

本章小结

　　本章讲述了数控加工工艺基础知识、数控工艺系统的构成、数控车削工艺和数控铣削工艺的编制方法。本章的重点和难点是编制数控车削和数控铣削加工工艺。要编制出合理的数控车削和数控铣削加工工艺，必须多实践，多积累经验。

思考与训练

一、判断题

1. 半精加工原则：当粗加工后所留下余量的均匀性满足不了精加工要求时，作为过渡性加工工序安排半精加工，以便使精加工余量小而均匀。　　　　　　　　　　　　　　　（　　）

2. 加工工艺的主要内容有：制订工序、工步及进给路线等加工方案；确定切削用量（包括主轴转速、进给速度、背吃刀量等）；制定补偿方案。　　　　　　　　　　　　　　　（　　）

3. 车削时的进给量为工件沿刀具进给方向的相对位移。　　　　　　　　　　（　　）

4. 精车时为了减小工件表面粗糙度，车刀的刃倾角应取负值。　　　　　　　（　　）

5. 为防止工件变形，夹紧部位要与支承件对应，尽可能不在悬空处夹紧。　（　　）

6. 切削用量包括进给量、背吃刀量和工件转速。　　　　　　　　　　　　　（　　）

7. 基准不重合和基准位置变动的误差，会造成定位误差。　　　　　　　　　（　　）

8. 制订数控车床工艺时，必须考虑换刀、变速、切削液起停等辅助动作。　（　　）

9. 对于精度要求较高的零件在精加工时以采用一次安装为最好。　　　　　（　　）

10. 数控加工不需要工序卡片。　　　　　　　　　　　　　　　　　　　　　（　　）

二、单项选择题

1. 车削细长轴时，如不采取任何工艺措施，由于轴受径向切削力作用产生弯曲变形，车完的轴会出现（　　）形状。

A. 马鞍　　　　　　B. 腰鼓　　　　　　C. 锥体　　　　　　D. 锯齿

2. 切削用量中对切削力影响最大的是（　　）。

A. 背吃刀量　　　　B. 进给量　　　　　C. 切削速度　　　　D. 影响相同

3. 制订工艺卡，首先要看清零件图样和各项技术要求，对加工零件进行（　　）分析。

A. 工艺　　　　　　B. 选用机床　　　　C. 填写工艺文件　　D. 切削余量

4. 车削时，增大（　　）可以减少进给次数，从而缩短机动时间。

A. 切削速度　　　　B. 进给量　　　　　C. 背吃刀量　　　　D. 转速

5. 数控车削加工遵循的原则之一是先近后远，所说的远与近是按加工部位先对于（　　）的距离大小而言。

　　A. 对刀点　　　　　　B. 刀具　　　　　　C. 夹具　　　　　　D. 定位面。

　　6. 在选用了刀具半径补偿的条件下，进行整圆切削应采取（　　）。

　　A. 法向切入法　　　B. 圆弧切入法　　C. A、B 都可以　　D. 无正确答案

　　7. 下列（　　）会产生过切削现象。

　　A. 加工半径小于刀具半径的内圆弧　　　B. 被铣削槽底宽度小于刀具直径

　　C. 加工比刀具半径小的台阶　　　　　　D. 以上均正确

　　8. 用数控铣床加工较大平面时，应选择（　　）。

　　A. 立铣刀　　　　　　B. 面铣刀　　　　　C. 圆锥形立铣刀　　D. 鼓形铣刀

　　9. 数控加工中工序集中所带来的问题是（　　）。

　　A. 工件的温升经冷却后影响工件精度

　　B. 加工中无法释放的应力，加工后释放，使工件变形

　　C. 切屑的堆积缠绕影响工件表面质量

　　D. 以上三项均正确

　　10. 零件如图 2-51 所示，欲铣两个 $\phi47$H7 孔并精铣上平面。毛坯余量为 5mm，未钻底孔，底面作为基准面加工。按基本工序安排原则，最佳的工序安排是（　　）。

　　A. 粗铣平面→精铣平面→粗钻孔 1→粗铣孔 1→精铣孔 1→粗钻孔 2→粗铣孔 2→精铣孔 2

　　B. 粗钻孔 1→粗铣孔 1→精铣孔 1→粗钻孔 2→粗铣孔 2→精铣孔 2→粗铣平面→精铣平面

　　C. 粗铣平面→粗钻孔 1 和 2→粗铣孔 1 和 2→精铣平面→精铣孔 1 和 2

　　D. 粗钻孔 1→粗铣孔 1→精铣孔 1→粗铣平面→精铣平面→粗钻孔 2→粗铣孔 2→精铣孔 2

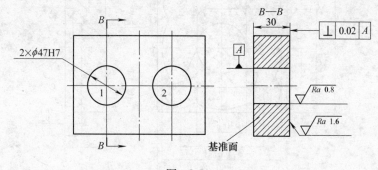

图　2-51

三、简答题

　　1. 什么叫生产过程和工艺过程？

　　2. 什么叫工序和工步？构成工序和工步的要素各有哪些？

　　3. 在确定数控加工工艺内容时，应考虑哪些方面的问题？

　　4. 如何进行数控车削加工工艺性分析？

　　5. 如何进行数控铣削加工工艺性分析？

　　6. 数控加工对刀具有何要求？数控车床上常用的车刀有哪些类型？

　　7. 在数控车削和铣削中如何确定切削用量？

　　8. 常用的数控铣削刀具有哪些类型？

　　9. 制订如图 2-52 所示零件的数控车削加工工艺。

　　10. 制订如图 2-53 所示零件的数控车削加工工艺。

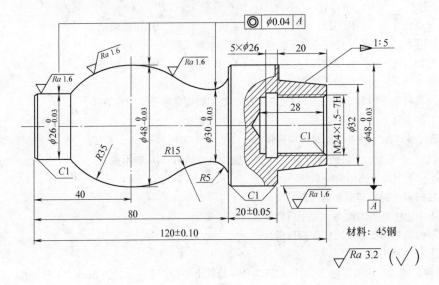

材料：45钢

图 2-52

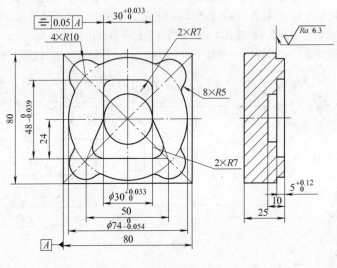

图 2-53

数控车床篇

第三章　数控车床的程序编制

> **学习目标**：1. 掌握 FANUC 车削系统和 SIEMENS 车削系统的编程指令
> 　　　　　　　　和编程方法。
> 　　　　　　2. 学会编制 FANUC 系统和 SIEMENS 系统数控车削程序。

第一节　数控车床概述

一、数控车床的用途和分类

1. 数控车床的用途

数控车床常用来加工轴类或盘类的回转体零件，能自动完成内外圆柱面、圆锥面、圆弧面、端面、螺纹等工序的切削加工。数控车床特别适合加工形状复杂的轴类或盘类零件。

数控车床具有加工灵活、通用性强、适应产品的品种和规格频繁变化的特点，能够满足新产品的开发和多品种、小批量、生产自动化的要求，因此被广泛应用于机械制造业。例如汽车制造厂、发动机制造厂等，数控车床约占数控机床总数的 25%。

2. 数控车床的分类

数控车床品种繁多，常见的分类方法如下：

（1）按数控系统的功能分类　主要有经济型数控车床、全功能型数控车床、车削中心和 FMC 车床。介绍如下：

1）经济型数控车床，一般采用步进电动机驱动的开环伺服系统，其控制部分采用单板机或单片机来实现。此类车床结构简单，价格低廉，无刀尖圆弧半径自动补偿和恒线速切削等功能。

2）全功能型数控车床，一般采用闭环或半闭环控制系统，具有高刚度、高精度和高效率等特点。

3）车削中心，是以全功能型数控车床为主体，配置刀库、换刀装置、分度装置、铣削动力头和机械手等，实现多工序的复合加工的机床。在工件一次装夹后，可完成回转类零件的车、铣、钻、铰、攻螺纹等多种加工工序，功能全面，价格较高。

4）FMC 车床实际上是一个由数控车床、机器人等构成的柔性加工单元，能实现工件搬运、装卸的自动化和加工调整准备的自动化。

（2）按加工零件的基本类型分类　主要有卡盘式数控车床和顶尖式数控车床，介绍如下：

1）卡盘式数控车床，车床未设置尾座，适于车削盘类零件。夹紧方式多为电动或液压控制，卡盘结构多数具有卡爪。

2）顶尖式数控车床，车床设置有普通尾座或数控尾座，适合车削较长的轴类零件及直径不太大的盘、套类零件。

（3）按主轴的配置形式分类　主要有卧式数控车床和立式数控车床，介绍如下：

1）卧式数控车床，主轴轴线处于水平位置，又可分为水平导轨卧式数控车床和倾斜导轨卧式数控车床（其倾斜导轨结构可以使车床具有更大的刚性，并易于排屑）。

2）立式数车床，主轴轴线处于垂直位置，并有一个直径很大的圆形工作台，供装夹工件用。这类机床主要用于加工径向尺寸大、轴向尺寸较小的大型复杂零件。

具有两根主轴的车床称为双轴卧式数控车床或双轴立式数控车床。

二、数控车床的特点与发展

1. 高精度
数控车床控制系统的性能不断提高，机械结构不断完善，机床精度日益提高。

2. 高效率
随着新刀具材料的应用和机床结构的完善，数控车床的加工效率、主轴转速、传动功率不断提高，这就使得新型数控车床的空行程时间大为缩短，加工效率比卧式车床高 2～5 倍。加工零件形状越复杂，越体现出数控车床的高效率加工特点。

3. 高柔性
数控车床具有高柔性，适应 70% 以上的多品种、小批量零件的自动加工。

4. 高可靠性
随着数控系统的性能提高，数控机床的无故障时间迅速提高。

5. 工艺能力强
数控车床既能用于粗加工又能用于精加工，可以在一次装夹中完成其全部或大部分工序。

6. 模块化设计
数控车床的制造采用模块化原则设计。

现在数控车床技术还在不断向前发展。数控车床发展趋势如下：随着数控系统、机床结构和刀具材料的技术发展，数控车床未来将向高速化发展，进一步提高主轴转速、刀架移动速度以及转位换刀速度；工艺和工序将更加复合化和集中化；数控车床向多主轴、多刀架加工方向发展；为实现长时间无人化全自动操作，数控车床将向全自动化方向发展；机床的加工精度向更高方向发展。同时，数控车床也向简易型发展。

三、数控车床的组成及布局

机床的组成和布局对数控机床是十分重要的，直接影响机床的使用性能。数控车床的布局大都采用机、电、液、气一体化布局，全封闭或半封闭防护。数控车床的组成也有许多不同于普通车床之处。

1. 数控车床的组成

如图 3-1 所示为一种数控车床的外观。数控车床一般由以下几个部分组成：

图 3-1 数控车床的外观

（1）主机 它是数控车床的机械部件，包括床身、主轴箱、刀架尾座、进给机构等。

（2）数控装置 它是数控车床的控制核心，主体是控制数控系统运行的一台计算机（包括 CPU、存储器、CRT 等）。

（3）伺服驱动系统。它是数控车床切削工作的动力部分，主要实现主运动和进给运动，由伺服驱动电路和伺服驱动装置组成。伺服驱动装置主要有主轴电动机和进给伺服驱动装置（步进电动机或交、直流伺服电动机等）。

（4）辅助装置 辅助装置是指数控车床的一些配套部件，包括液压、气压装置及冷却系统、润滑系统和排屑装置等。

由于数控车床刀架的纵向（Z 向）和横向（X 向）运动分别采用两台伺服电动机驱动，经滚珠丝杠传到滑板和刀架，不必使用交换齿轮、光杠等传动部件，所以它的传动链短。多功能数控车床采用直流或交流主轴控制单元来驱动主轴，可以按控制指令作无级变速，与主轴间无须再用多级齿轮副来进行变速，其床头箱内的结构也比普通车床简单得多，使数控车床的结构大为简化，其精度和刚度大大提高。

2. 数控车床的布局

（1）床身和导轨的布局 数控车床的布局形式如图 3-2 所示。

1）如图 3-2a 所示为水平床身的布局。它的工艺性好，便于导轨面的加工。水平床身配上水平放置的刀架，可提高刀架的运动精度。这种布局一般用于大型数控车床或小型精密数控车床上。但是水平床身下部空间小，故排屑困难。从结构尺寸上看，刀架水平放置使滑板横向尺寸较长，加大了机床宽度方向的结构尺寸。

2）如图 3-2b 所示为斜床身的布局。其导轨倾斜的角度分别为 30°、45°、60° 和 75° 等。当导轨倾斜的角度为 90° 时，称为立床身，如图 3-2d 所示。倾斜角度小，排屑不便；倾斜角度大，导轨的导向性及受力情况差。倾斜角度的大小还直接影响机床外形尺寸高度与宽度的比例。综合考虑以上因素，中小规格的数控车床，床身的倾斜度以 60° 为宜。

3）如图 3-2c 所示为平床身斜滑板的布局。这种布局形式一方面具有水平床身工艺性好

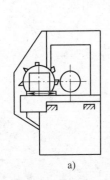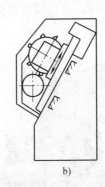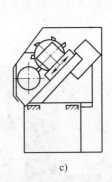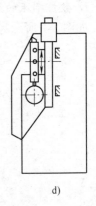

a)　　　　　　　b)　　　　　　　c)　　　　　　　d)

图 3-2　数控车床的布局形式

a) 水平床身　b) 斜床身　c) 平床身斜滑板　d) 立床身

的特点，另一方面机床宽度方向的尺寸较水平配置滑板的要小，且排屑方便。

平床身斜滑板和斜床身的布局形式，被中、小型数控车床普遍采用。这是由于此两种布局形式排屑容易，热切屑不会堆积在导轨上，也便于安装自动排屑器；操作方便，易于安装机械手，以实现单机自动化；机床占地面积小，外形美观，容易实现封闭式防护。

（2）刀架的布局　刀架作为数控车床的重要部件，其布局形式对机床整体布局及工作性能影响很大。目前两坐标联动数控车床多采用 12 工位的回转刀架，也有采用 6 工位、8工位、10 工位回转刀架的。回转刀架在机床上的布局有两种形式。一种是用于加工盘类零件的回转刀架，其回转轴垂直于主轴；另一种是用于加工轴类和盘类零件的回转刀架，其回转轴平行于主轴。

四坐标控制的数控车床，床身上安装有两个独立的滑板和回转刀架，故称为双刀架四坐标数控车床。其上每个刀架的切削进给量是分别控制的，因此两刀架可以同时切削同一工件的不同部位，既扩大了加工范围，又提高了加工效率。四坐标数控车床的结构复杂，需要配置专门的数控系统实现对两个独立刀架的控制。这种机床适合加工曲轴、飞机零件等形状复杂、批量较大的零件。

四、数控车床的工作原理

数控车床的工作原理如图 3-3 所示。首先根据零件图样制订工艺方案，采用手工或计算机进行零件的程序编制，把加工零件所需的机床各种动作及全部工艺参数变成机床数控装置能接受的信息代码，并把这些代码存储在信息载体上（穿孔纸带、磁盘等）。然后将信息载体送到输入装置，输入装置读出信息并送入数控装置。当信息载体为穿孔纸带时，输入装置为光电阅读机；信息载体为磁盘时，可用驱动器输入。另一种方法是利用计算机和数控机床的接口直接进行通信，实现零件程序的输入和输出。

进入数控装置的信息，经过一系列处理和运算转变成脉冲信号。有的信号送到机床的伺服系统，通过伺服机构对其进行转换和放大，再经过传动机构驱动机床有关部件，使刀具和工件严格执行零件加工程序所规定的相应运动。还有的信号送到可编程序控制器中，用以顺序控制机床的其他辅助动作，如实现刀具的自动更换与变速、松夹工件、开关切削液等动作。

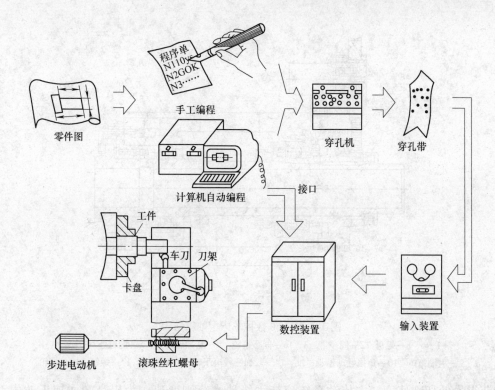

图 3-3 数控车床的工作原理

五、数控车床的典型结构

下面以济南第一机床厂生产的 MJ-50 型数控车床为例，介绍数控车床的典型结构。

1. 主轴箱结构

MJ-50 数控车床主轴箱结构如图 3-4 所示。交流主轴电动机通过带轮 15 把运动传给主轴 7。主轴有前后两个支承。前支承由一个双列圆柱滚子轴承 11 和一对角接触球轴承 10 组成，轴承 11 用于承受径向载荷，两个角接触轴承一个大口向外（朝向主轴前端），另一个大口向里（朝向主轴后端），用来承受双向的轴向载荷和径向载荷。前支承轴承的间隙用螺母 8 来调整。螺钉 12 用于防止螺母 8 松动。主轴的后支承为双列圆柱滚子轴承 14，轴承间隙由螺母 1 和 6 来调整。螺钉 17 和 13 是防止螺母 1 和 6 松动的。主轴的支承形式为前端定位，主轴受热膨胀向后伸长。前后支承所用双列圆柱滚子轴承的支承刚性好，允许的极限转速高。前支承中的角接触球轴承能承受较大的轴向载荷，且允许的极限转速高。主轴所采用支承结构适宜高速大载荷的需要。主轴的运动经过同步带轮 16 和 3 以及同步带 2 带动脉冲编码器 4，使其与主轴同速运转。脉冲编码器用螺钉 5 固定在主轴箱体 9 上。

2. 传动系统

（1）主传动系统 数控车床主运动要求速度在一定范围内可调，有足够的驱动功率，主轴回转轴心线的位置准确稳定，并有足够的刚性与抗振性。

全功能型数控车床的主轴变速是按照加工程序指令自动进行的。为保证机床主传动的精度，降低噪声，减少振动，主传动链应尽可能地缩短；为满足不同的加工工艺要求

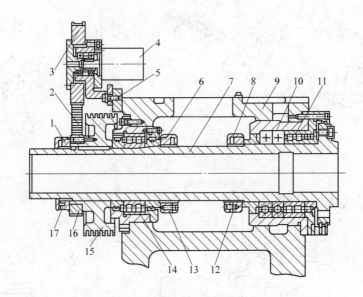

图 3-4   MJ-50 数控车床主轴箱结构

1、6、8—螺母 2—同步带 3、16—同步带轮 4—脉冲编码器 5—螺钉 7—主轴

9—主轴箱体 10—角接触球轴承 11、14—双列圆柱滚子轴承 12、13、17—螺钉 15—带轮

并能获得最低切削速度，主传动系统应能无级地大范围变速；为提高端面加工的生产效率和加工质量，还应能实现恒切削速度控制。此外，主轴应能配合其他构件实现工件自动装夹。

如图 3-5 所示为 MJ-50 型数控车床的传动系统。其中主运动传动系统由功率为 11/15kW

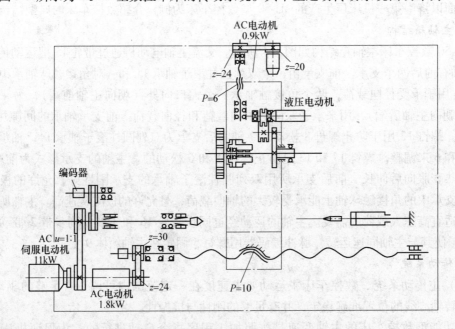

图 3-5   MJ-50 型数控车床的传动系统

的 AC 伺服电动机驱动，经一级 1:1 的带传动带动主轴旋转，使主轴在 35 ~ 3500r/min 的转速范围内实现无级调速。主轴箱内部省去了齿轮传动变速机构，减少了齿轮传动对主轴精度的影响，并且维修方便。另外，在主轴箱内还安装有脉冲编码器，主轴的运动通过同步带轮以及同步带 1:1 地传到脉冲编码器。当主轴旋转时，脉冲编码器发出检测脉冲信号给数控系统，使主轴电动机的旋转与刀架的切削进给保持同步，即实现加工螺纹时主轴转一转，刀架 Z 向移动一个工件导程的运动关系。

（2）进给传动系统 数控车床进给传动系统是用数字控制 X、Z 坐标轴的直接对象，工件最后的尺寸精度和轮廓精度都直接受进给运动的传动精度、灵敏度和稳定性影响。为此，数控车床的进给传动系统应充分注意减少摩擦力，提高传动精度和刚度，消除传动间隙以及减少运动件的惯量等。

为使全功能型数控车床进给传动系统满足高精度、快速响应、低速大转矩的要求，一般采用交、直流伺服进给驱动装置，通过滚珠丝杠螺母副带动刀架移动。刀架的快速移动和进给移动为同一条传动路线。

如图 3-5 所示，MJ-50 数控车床的进给传动系统分为 X 轴进给传动和 Z 轴进给传动。X 轴进给由功率为 0.9kW 的交流伺服电动机驱动，经 20/24 的同步带轮传动到滚珠丝杠，螺母带动回转刀架移动，滚珠丝杠螺距为 6mm。Z 轴进给由功率为 1.8kW 的交流伺服电动机驱动，经 24/30 的同步带轮传动到滚珠丝杠，其上螺母带动滑板移动。滚珠丝杠螺距为 10mm。

滚珠丝杠螺母轴向间隙可通过预紧方法消除，预紧载荷以能有效地减少弹性变形带来的轴向位移为度。过大的预紧力将增加摩擦阻力，降低传动效率，并使寿命大为缩短。所以，一般要经过几次仔细调整才能保证机床在最大轴向载荷下，既消除间隙，又能灵活运转。目前，丝杠螺母副已由专业厂生产，其预紧力也由制造厂调好后供用户使用。

3. 自动回转刀架

数控车床的刀架是机床的重要组成部分，其结构直接影响机床的切削性能和工作效率。回转式刀架上各刀座回转头用于安装或支持各种不同用途的刀具，通过回转头的旋转、分度和定位，实现机床的自动换刀。回转刀架分度准确，定位可靠，重复定位精度高，转位速度快，夹紧性好，可以保证数控车床的高精度和高效率。

按照回转刀架的回转轴相对于机床主轴的位置，可分为立式和卧式回转刀架。

（1）立式回转刀架 立式回转刀架的回转轴垂直于机床主轴，有四方刀架和六方刀架等外形，多用于经济型数控车床上。

（2）卧式回转刀架 卧式回转刀架的回转轴与机床主轴平行，可径向与轴向安装刀具。径向刀具多用作外圆柱面及端面加工，轴向刀具多用作内孔加工。回转刀架的工位数最多可达到 20 个，常用的有 8、10、12、14 工位四种。刀架回转及松开夹紧的动力可采用全电动、全液压电动回转松开-碟形弹簧夹紧、电动回转-液压松开夹紧等。刀位计数采用光电编码器。由于回转刀架机械结构复杂，使用中故障率相对较高，因此在选用及使用维护中要给予足够重视。

MJ-50 数控车床的自动回转刀架为卧式回转刀架结构，转位换刀过程为当接收到数控系统的换刀指令后，刀盘松开并旋转到指令要求的刀位，然后刀盘夹紧并发出转位结束信号。在机床自动工作状态下，当指定换刀的刀号后，数控系统可以通过内部的运算判断，实现刀盘就近转位换刀，即刀盘可正转也可反转。但当手动操作机床时，从刀盘方向观察，只允许顺时针转动刀盘换刀。

第二节　数控车床的编程基础

一、数控车床坐标系统

1. 机床的坐标轴

数控车床是以机床主轴轴线方向为 Z 轴方向，刀具远离工件的方向为 Z 轴的正方向。X 轴位于与工件安装面相平行的水平面内，垂直于工件旋转轴线的方向，且刀具远离主轴轴线的方向为 X 轴的正方向。

2. 机床原点、参考点及机床坐标系

机床原点为机床上的一个固定点。车床的机床原点定义为主轴旋转中心线与车头端面的交点，如图3-6所示，O 点即为机床原点。

参考点也是机床上的一固定点。该点与机床原点的相对位置如图3-6所示（O' 点即为参考点）。其位置由 Z 向与 X 向的机械挡块来确定。当进行回参考点的操作时，安装在纵向和横向滑板上的行程开关碰到相应的挡块后，由数控系统发出信号并控制滑板停止运动，完成回参考点的操作。

当机床回参考点后，显示的 Z 向与 X 向的坐标值均为零。完成回参考点的操作后，马上显示此时的刀架中心（对刀参考点）在机床坐标系中的坐标值，相当于数控系统内部建立了一个以机床原点为坐标原点的机床坐标系。

如图3-7所示为常见的数控（NC）车床坐标系统。主轴为 Z 轴，刀架平行于 Z 轴运动方向（即纵向）为 Z 轴运动方向。

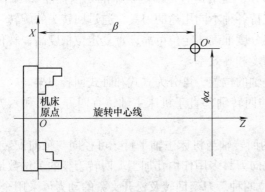

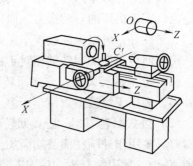

图3-6　机床原点和参考点　　　　　　图3-7　数控（NC）车床坐标系统

刀架前后运动方向（即横向）为 X 轴运动方向。常见的数控车床的刀架（刀塔）是安装在靠近操作人员一侧的，其坐标系统如图3-8所示，X 轴往前为负，往后为正；若刀架安装在远离操作人员的一侧，则 X 轴往前为正，往后为负，如图3-9所示。这类车床常见的有带卧式刀架的数控车床。有的厂家设定 X 轴往前为负，往后为正。

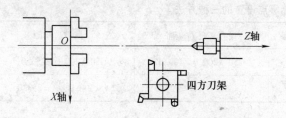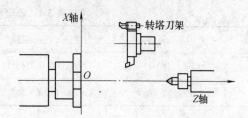

图 3-8 常见的数控车床的刀架坐标系统　　　图 3-9 带卧式刀架的数控车床坐标系统

3. 工件原点和工件坐标系

工件图样给出以后，首先应找出图样上的设计基准点。其主要尺寸均是以此点为基准进行标注的，该基准点称为工件原点。

以工件原点为坐标原点建立一个 Z 轴与 X 轴的直角坐标系，称为工件坐标系。

工件原点是人为设定的，设定的依据是既要符合图样尺寸的标注习惯，又要便于编程。通常工件原点选择在工件右端面、左端面或卡爪的前端面。工件坐标系的 Z 轴一般与主轴轴线重合，X 轴随工件原点位置不同而不同。各轴正方向与机床坐标系相同。如图 3-10 所示为以工件右端面为工件原点的工件坐标系。

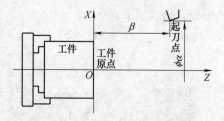

图 3-10 工件原点和工件坐标系

4. 直径编程与半径编程

编制轴类工件的加工程序时，因其截面为圆形，所以尺寸有直径指定和半径指定两种方法。采用哪种方法要由系统的参数决定。采用直径编程时，称为直径编程法；采用半径编程时，称为半径编程法。车床出厂时均设定为直径编程，所以在编程时与 X 轴有关的各项尺寸一定要用直径值编程。如果需用半径编程，则要改变系统中相关的几项参数，使系统处于半径编程状态。

5. 工件坐标系的设定

工件安装在卡盘上，机床坐标系与工件坐标系一般是不重合的。为便于编程，应建立一个工件坐标系使刀具在此坐标系中进行加工。下面介绍两种常用的设定工件坐标系的方法。

（1）用 G50 设定工件坐标系　工件坐标系用下列指令设定：

G50 XαZβ；

上面指令中，α、β 为刀尖距工件坐标系原点的距离。

用 G50 XαZβ 指令所建立的坐标系，是一个以工件原点为坐标系原点，确定刀具当前所在位置的工件坐标系。这个坐标系的特点是：

1）X 方向的坐标零点在主轴回转中心线上。

2）Z 方向的坐标零点可以根据图样技术要求设在右端面或左端面，也可以设在其他位置。

下面介绍如图 3-11 所示的工件坐标系的设定。

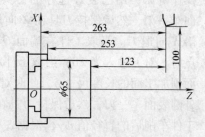

图 3-11 工件坐标系的设定

Z 坐标零点设置的三种方法见表 3-1。

表 3-1　Z 坐标零点设置的三种方法

Z 坐标零点设置	设在工件左端面	设在工件右端面	设在卡盘端面
程　　序	G50 X200.0 Z263.0	G50 X200.0 Z123.0	G50 X200.0 Z253.0
刀尖距原点距离	$X = 200.0$，$Z = 263.0$	$X = 200.0$，$Z = 123.0$	$X = 200.0$，$Z = 253.0$

（2）用 G54～G59 指令来设定工件坐标系　除上面的方法外，在一些数控系统中，还可以用 G54～G59 六个指令来设定工件坐标系。用 G54～G59 设定工件坐标系时，首先必须测定这六个坐标系原点相对于机床坐标系原点的偏移量，然后通过偏置页面把偏移量设置在寄存器中，编程时再用程序指定。所以用 G54～G59 设定工件坐标系，也叫工件坐标系的偏置。

G50（或 G92）与 G54～G59 不能同时存在于一个程序中，否则 G50（或 G92）会被 G54～G59 取代。G54～G59 一经建立，后面的程序就在指定的坐标系中工作。用 G54～G59 编程，格式如下：

```
N1   G54 …  ；    建立工件坐标系
      …… ；
      …… ；
Ni   M30  ；
```

二、数控车床的对刀方法

在数控车床加工，工件坐标系确定好后，还需要确定刀尖点在工件坐标系中的位置，即对刀问题。

常用的对刀方法有三种，分别为试切对刀法、机械对刀仪法、光学对刀仪法，如图 3-12 所示。

1. 试切对刀法

如图 3-13a 所示，将工件安装好后，先用手动方式（进给量大时）加步进方式（进给量为脉冲当量的倍数时）或 MDI 方式操作机床，用已装好选好的刀具将工件端面车一刀，然后保持刀具在 Z 向尺寸不变，沿 X 向退刀。当取工件右端面 O 为工件原

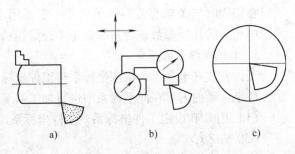

图 3-12　三种对刀法
a) 试切对刀法　b) 机械对刀仪对刀法
c) 光学对刀仪对刀法

点时，对刀输入为 Z0；当取工件左端面 O' 为工件原点时，停止主轴转动，需要测量从内端面到加工面的长度尺寸 δ，此时对刀输入为 Zδ。如图 3-13b 所示，用同样的方法，再将工件外圆表面车一刀，然后保持刀具在 X 向尺寸不变，从 Z 向退刀，停止主轴转动。再测量出工件车削后的直径值 $\phi\gamma$，根据 δ 和 $\phi\gamma$ 值即可确定刀具在工件坐标系中的位置。其他各刀具都需进行以上操作，以确定每把刀具在工件坐标系中的位置。

2. 机械对刀仪法

使每把刀的刀尖与指示表测头接触，得到两个方向的刀偏量。有的机床具有刀具探测功能，则通过刀具触及一个位置已知的固定测头，可测量刀偏量或直径、长度，并修正刀具偏移量。

3. 光学对刀仪法

使每把刀的刀尖对准刀镜的十字线中心，以十字线中心为基准，得到各把刀的刀偏量。如图 3-14 所示即为一种机外光学检测对刀仪法。

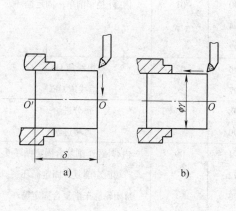

图 3-13　试切对刀法

a）车削端面　b）车削外圆

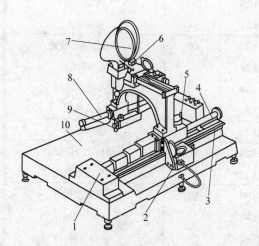

图 3-14　机外光学检测对刀仪法

1—刀具台安装座　2—微型读数器　3—刻度尺
4—轨道　5—Z 向进给手柄　6—X 向进给手柄
7—投影放大镜　8—轨道　9—光源　10—底座

第三节　FANUC 车削系统的编程方法

FANUC 数控系统是日本 FANUC 公司研制的。它的功能强，可靠性高，使用维护方便。我国的许多数控车床都配置了 FANUC 系统，FANUC 数控系统有许多系列产品。本节将介绍在生产实际中常用的 FANUC 0-TD 数控车削系统的编程方法。

一、编程指令表

1. 准备功能（G 功能）

准备功能用地址字 G 和两位数字表示，共有 G00～G99。FANUC 0-TD 系统的 G 指令功能见表 3-2，其中 00 组的 G 指令称为非模态式 G 指令，它只限定在被指定的程序段中有效，其余组的 G 指令属于模态式 G 指令。

表 3-2　FANUC 0-TD 系统的 G 指令功能表

代　码	组　号	功　　能	代　码	组　号	功　　能
G00	01	快速定位	G55	03	工件坐标系 2
G01		直线插补	G56		工件坐标系 3
G02		圆弧插补（顺时针）	G57		工件坐标系 4
G03		圆弧插补（逆时针）	G58		工件坐标系 5
G04	00	延时	G59		工件坐标系 6
G20	04	英制输入	G65	00	宏指令简单调用
G21		米制输入	G90	01	内/外径车削单一固定循环
G27	00	参考点返回检查	G94		
G28		返回参考点	G92		
G29		由参考点返回	G96	02	恒线速 ON
G31		跳跃机能	G97		恒线速 OFF
G32	01	螺纹切削	G98	03	每分进给
G36	00	X 轴自动刀偏设定	G99		每转进给
G37		Z 轴自动刀偏设定	G71	00	内/外径车削复合固定循环
G40	07	刀具补偿取消	G72		端面车削复合固定循环
G41		左刀补	G73		封闭轮廓车削复合固定循环
G42		右刀补	G74		端面深孔加工循环
G50	00	工件坐标系设定	G75		外圆、内圆切削槽循环
G54	03	工件坐标系 1	G76		螺纹车削复合固定循环

2. 辅助功能（M 功能）

辅助功能是用地址字 M 及两位数字表示的。它主要用于机床加工操作时的工艺性指令，其特点是靠继电器的通断来实现控制过程。FANUC 0-TD 数控系统的 M 指令功能见表 3-3。

表 3-3　FANUC 0-TD 数控系统的 M 指令功能表

指　令	功　能	说　　　　明
M00	程序暂停	执行 M00 后，机床所有动作均被切断，重新按动程序启动按钮后，再继续执行后面的程序段
M01	任选暂停	执行过程和 M00 相同，只是在机床控制面板上的"任选停止"开关置于接通位置时，该指令才有效
M02	主程序结束	切断机床所有动作，并使程序复位
M03	主轴正转	
M04	主轴反转	
M05	主轴停止	
M06	刀架转位	刀架转位必须与相应的刀号（T 代码）结合才构成完整的换刀指令
M08	切削液开	
M09	切削液关	
M98	调用子程序	其后 P 地址指定子程序号，L 地址指定调用次数
M99	子程序结束	子程序结束，并返回到主程序中 M98 所在程序行的下一行

二、程序的构成

1. 文件名

CNC 装置可以装入许多程序文件，以磁盘文件的方式读写。文件名格式（有别于 DOS 的其他程序文件名）如下：

程序号格式为：O□□□□　　　　　　（地址 O 后面必须有 4 位数字）

程序以程序号开始，以 M02、M30 或 M99 结束。M02 或 M30 表示主程序结束。M99 表示子程序结束。

2. 主程序和子程序

（1）主程序　程序分为主程序和子程序。通常 CNC 系统按主程序指令运行，但在主程序中遇见调用子程序的情形时，系统将按子程序的指令运行。在子程序调用结束后，控制权重新交给主程序。

CNC 存储区内可存储 200 个主程序和子程序，程序的开始为 O 地址指令的程序号。

（2）子程序　在程序中有一些顺序固定或反复出现的加工图形，把这些作为子程序预先写入存储器中可大大简化程序。

子程序和主程序必须存在于同一个文件中，调出子程序时可以再调用另一个子程序。主程序调用子程序称为一重子程序调用，重复调用子程序称为多重调用，一个子程序可被多重调用，用一次调用指令可以重复 999 次调用。

1）子程序的编制。子程序的开始为 O 地址指定的程序号，子程序中最后结束指令 M99 为一单独程序段。

2）子程序的执行。子程序是由上层主程序或子程序调出并执行的。

如图 3-15 所示，子程序调用指令如下：

M98　　　　　　　P***　　　　　　　L****

（调用子程序指令）（子程序号）　　　（子程序调用次数）

子程序调用次数的默认值为 1，如：M98 P1003L6，表示 O1003 号子程序被调用 6 次，M98 指令可与刀具移动指令放在同一程序段中。

注意：

1）M98、M99 指令信号不输出到机床处。

2）当找不到 P 地址指定的子程序号时报警。

3）在 MDI 下使用 M98　P****调用指定的子程序是无效的。

3. 顺序号和程序段

程序是由多条指令组成的，每一条指令都称为程序段（占一行）。程序段之间应用符号

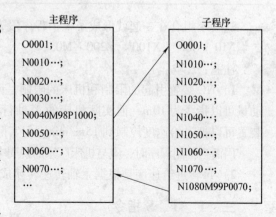

图 3-15　子程序的调用

隔开，系统规定每个程序段的末尾以";"作为程序段的结束。构成程序段的是程序字，程序字由地址及其后续的数值构成。

注意：

1）程序段中字符数没有限制。

2）ISO 代码中程序段结束符号为 LF，EIA 代码中程序段结束符号为 CR。

程序顺序号由 N 指定，范围为 1～9999，顺序号是任意给定的，可以不连续，可以在所有的程序段中都指定顺序号，也可只在必要的程序段指明顺序号。

4. 字和地址

程序段由字地址组成。字地址由地址和带符号的数字构成，如 X-10.0、Z20.0。

地址是大写字母 A 到 Z 中的一个，它规定了其后数字的意义。FANUC 0-TD 数控系统使用的各个地址及其含义和指令值范围见表 3-4。

表 3-4　FANUC 0-TD 数控系统地址指令

功 能	地 址	说 明
程序号	O	程序编号：O（1～9999）
顺序号	N	顺序编号：N（1～9999）
准备功能	G	指令运动状态（直线、圆弧等）G（00～99）
尺寸字	X、Y、Z、U、V、W	坐标轴的移动指令 ±9999.999
	R	圆弧半径、拐角 r
	I、J、K	圆弧中心的坐标
进给功能	F	进给速度的指令 F（0～15000）或螺距
主轴功能	S	主轴转速的指令 S（0～9999）
刀具功能	T	刀具号、刀具偏置号 T（0～9999）
辅助功能	M	机床侧开/关控制的指令 M（0～9）
暂停	X	暂停时间指令 X（1～9999.999）
程序号指令	P	指令子程序号 P（1～9999）
重复次数	L	子程序的调用次数 L（2～9999）
参数	P、Q、R、V、U、W、I、J、K、A	切削循环参数
倒角控制	C、R	

这些字组合在一起就形成了一个程序段，如下所示：

N10　G00　X100　Z200　M03；

注意：

1）NC 装置引起的限制和机床的限制是两个完全不同的概念。例如，NC 装置 X 轴的移动量可以指令为 10m，但实际机床的 X 轴行程可能只有 2m。进给速度也是如此，作为 NC 装置可以把进给速度控制到 15m/min，但实际的机床就要限制到 3m/min。

因而当编制程序时，应与机床厂家的说明书相结合，在很好地理解现有资料的基础上编程。

2）每转进给速度是根据主轴转速转换成每分钟进给，然后按每分钟进给量执行的。

三、F、T、S 指令

1. F 指令（进给功能）

F 指令表示进给速度，进给速度是用字母 F 和其后面的若干数字来表示的。

（1）G98　每分钟进给。系统在执行了 G98 指令后，再遇到 F 指令时，便认为 F 所指定的进给速度单位为 mm/min。G98 指令执行一次后，系统将保持 G98 状态，即使关机也不受影响。直到系统又执行了含有 G99 的程序段，G98 才被否定，而 G99 发生作用。

（2）G99　每转进给。若系统处于 G99 状态，则认为 F 所指定的进给速度单位为 r/min。要取消 G99 状态，必须重新指定 G98。

2. T 指令

T 指令表示换刀功能，它由字母 T 和其后的四位数字表示。其中前面两位为刀具号，后两位为刀具补偿号。每一刀具加工结束后，必须取消其刀具补偿，即用"00"补偿号取消补偿功能。举例如下：

O1001；

N10　G50　X50　Z50；

N20　G00　Z40　T0101；（用"01"号刀加工，刀补号为"01"）

N30　G01　X40　Z30　F100；

N40　G00　X50　Z50　T0100；（取消"01"号刀补）

N50　M30；

3. S 指令（主轴功能）

S 指令主要是表示主轴旋转速度，它由 S 和其后的数字组成。例如，S800 表示主轴转速为 800r/min。

四、FANUC 0-TD 车削系统的编程方法

1. 与坐标系相关的 G 指令

（1）工件坐标系设定指令（G50）　G50 指令的用法在本章第二节中已作介绍，在此不再赘述。

（2）零点偏置指令（G54～G59）　零点偏置是数控系统的一种特性，即允许把数控测量系统的原点在相对机床基准的规定范围内移动。而永久原点的位置被存储在数控系统中，因此当不用 G50 指令规定坐标系时，可以用 G54～G59 设定机床所特有的 6 个坐标系原点（工件坐标系 1～6 的原点）在机床坐标系中的坐标值，即工件零点偏移值。该值可用 MDI 方式输入相应项中，如图 3-16 所示。现举例如下：

G55　G00　X20　Z100；

X40　Z20；

此例中（20，100）及（40，20）的位置被定位于工件坐标系 2 上。

（3）绝对值输入和增量值输入　本系统中，不使用 G90、G91 指令来规范使用绝对值输入或增量值输入。X___ Z___ 指令是指按绝对值方式设定输入坐标。即移动指令终点的坐标值 X、Z 都是以工件坐标系坐标原点为基准来计算，X、Z 是工件坐标系中的坐标值。

U___ W___ 指令是指按增量方式设定输入坐标。即移动指令终点的坐标值 X、Z 都是以始点为基准来计算，根据终点相对于始点的方向判断正负，与坐标轴同向取

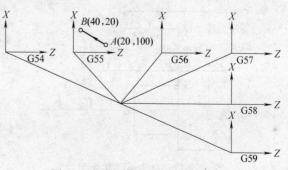

图 3-16　零点偏置 G54～G59 指令

正，反向取负。

（4）英制输入（G20）和米制输入（G21）　使用 G20、G21 指令可以选择是英制输入还是米制输入，它们两个可以互相取代。且断电前后一致，即停机前使用 G20 或 G21 指令，在下次开机时仍有效，除非再设定，而且要在程序开头设置坐标系统之前设定好。机床出厂时一般设定为 G21 状态。

（5）进给量的设定（G98 和 G99）　每分钟进给量设定用 G98 指令，系统在执行了一条含有 G98 的程序段后，再遇到 F 指令时，便认为 F 所指定的进给速度单位为 mm/min。G98 被执行一次后，系统将保持 G98 状态，即使断电也不受影响，直至系统再次执行了含有 G99 的程序段。每转进给量设定用 G99 指令，若系统处于 G99 状态，则认为 F 所指定的进给速度单位为 mm/r。如 F0.15，认为 F 所指定的进给速度为 0.15mm/r。要取消 G99 状态，必须重新指定 G98。

（6）回参考点检验（G27）、自动返回参考点（G28）、从参考点返回（G29）

1）回参考点检验（G27）。指令格式如下：

G27　X（U）＿＿　Z（W）＿＿　T＿＿；

G27 用于检查 X 轴与 Z 轴是否能正确返回参考点。执行 G27 指令的前提是机床在通电后必须先回参考点，然后再进行其他操作（手动返回或用 G28 指令返回）。

执行该指令时，各轴按指令中给定的坐标值快速定位。系统内部检测参考点的行程开关信号。如果定位结束后检测到开关信号指令正确，参考点的指示灯亮，说明滑板正确回到了参考点位置。如果检测的信号不正确，系统报警，说明程序中指令的参考点坐标值不对或机床定位误差过大。

该指令之后，如欲使机床停止，须加入辅助功能 M00 指令。否则机床将继续执行下一个程序段。

2）自动返回参考点（G28）。指令格式如下：

G28　X（U）＿＿　Z（W）＿＿　T＿＿；

执行该指令时，刀具先快速移动到指令值所指令的中间点位置，然后自动返回参考点。到达参考点后，相应坐标方向的指示灯亮，如图 3-17 所示。

注意使用 G27、G28 指令时，须预先取消刀补量（T000），否则会发生不正确的动作。

G28 指令举例如图 3-18 所示，程序如下：

G28　U40.0　W40.0　T0101；　　　　$A{\rightarrow}B{\rightarrow}R$

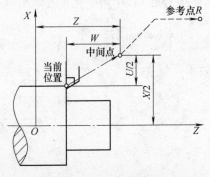

图 3-17　自动返回参考点

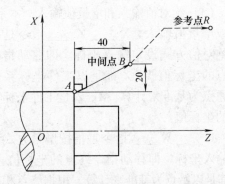

图 3-18　G28 指令举例

3）从参考点返回（G29）。指令格式如下：

G29　X（U）＿＿＿　Z（W）＿＿＿；

G29 指令各轴由参考点经由中间点移至指令值所指示的返回点位置定位。增量编程时，指令值 U、W 是从中间点到返回点位移在 X、Z 轴方向的坐标增量。执行 G29 指令时，被指示的各轴快速移动到前面 G28 所指示的中间点，然后再移到 G29 所指示的返回点定位。

G29 指令举例如图 3-19 所示，程序如下：

G28　U40.0　W100.0；	$A \rightarrow B \rightarrow R$
T0202；	换刀
G29　U－80.0　W50.0；	$R \rightarrow B \rightarrow C$

2. 与运动方式相关的 G 指令

（1）快速定位（G00）　指令格式如下：

G00　X（U）＿＿＿　Z（W）＿＿＿；

采用绝对编程时，刀具分别以各轴快速进给速度移动到工件坐标系中坐标值为 X、Z 的点上；采用增量编程时，则刀具移动到距始点（当前点）距离为 U、W 值的点上。执行该指令时，刀具的进给路线可能为折线，这与参数设定的各轴快速进给速度有关。

如图 3-20 所示，若 X 轴的快速进给速度为 3000mm/min，Z 轴的快速进给速度为 6000mm/min，刀具的始点位于工件坐标系的 A 点。程序如下：

G50　X80.0　Z222.0；	坐标系设定
G00　X40.0　Z162.0（或　G00　U－40.0　W－60.0）；	$A \rightarrow B \rightarrow C$

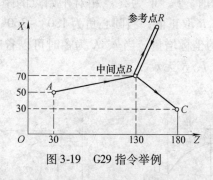

图 3-19　G29 指令举例

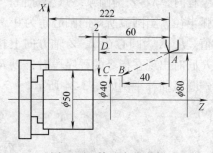

图 3-20　快速定位举例

刀具先沿 X 轴和 Z 轴同时移至 B 点，然后再沿 Z 轴移至 C 点。当此进给路线 $A \rightarrow B \rightarrow C$ 不合适时，可将指令分为两个程序段，两个轴分别移动，即

G50　X80.0　Z222.0；	坐标系设定
G00　Z162.0；	$A \rightarrow D$
X40.0；	$D \rightarrow C$

（2）直线插补（G01）　指令格式如下：

G01　X（U）＿＿＿　Z（W）＿＿＿　F＿＿＿；

采用绝对编程时，刀具以 F 指令的进给速度进行直线插补，移至坐标值为 X、Z 的点上；采用增量编程时，刀具则移至距当前点（始点）的距离为 U、W 值的点上。F 代码是进给路线的进给速度指令代码，在没有新的 F 指令前一直有效，不必在每个程序段中都写入 F 指令，如图 3-21 所示。

直线插补举例如图 3-22 所示。

1）绝对编程时程序如下：

G01　X45.0　Z13.0　F30；　　　　　　　$A{\to}B$

2）增量编程时程序如下：

G01　U20.0　W－20.0　F30；　　　　　　$A{\to}B$

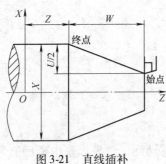

图 3-21　直线插补

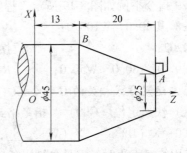

图 3-22　直线插补举例

（3）圆弧插补（G02、G03）　　指令格式如下：

$$\begin{Bmatrix} G02 \\ G03 \end{Bmatrix} \ X\ (U)\ \underline{\quad}\ Z\ (W)\ \underline{\quad} \begin{Bmatrix} I\ \underline{\quad}\ K\ \underline{\quad} \\ R\ \underline{\quad} \end{Bmatrix} \ F\ \underline{\quad}$$

圆弧插补 G02、G03 指令刀具相对工件以 F 指令的进给速度从当前点（始点）向终点进行圆弧插补。G02 是顺时针圆弧插补指令，G03 是逆时针圆弧插补指令，如图 3-23 所示。绝对编程时，X、Z 为圆弧终点坐标值；增量编程时，U、W 为终点相对于始点的距离。R是圆弧半径，当圆弧所对的圆心角为 0°～180°时，R 取正值；当圆心角为 180°～360°时，R取负值。I、K 为圆心在 X、Z 轴方向上相对始点的坐标增量，当 I、K 为零时可以省略；I、K 和 R 同时出现在指令的程序段时，以 R 为优先，I、K 无效。

顺圆弧插补举例如图 3-24 所示。

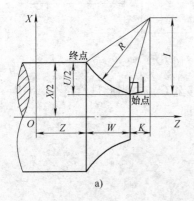

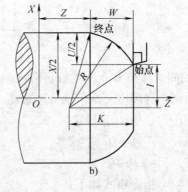

图 3-23　圆弧插补

a) G02　b) G03

图 3-24　顺圆弧插补举例

1）绝对编程时程序如下：

　　……

　　G01　Z25.0　F100；　　　　　　　　　$A{\to}B$

G02　X46.0　Z17.0　I8.0（或 R8.0）；　　*B→C*

G01　X50.0；　　　　　　　　　　　　　　*C→D*

......

2）增量编程时程序如下：

......

G01　W−10.0　F100；　　　　　　　　*A→B*

G02　U16.0　W−8.0　I8.0（或 R8.0）；*B→C*

G01　U4.0；　　　　　　　　　　　　　　*C→D*

......

逆圆弧插补举例如图 3-25 所示。

1）绝对编程时程序如下：

......

G01　X20.0　F100；　　　　　　　　　　*A→B*

G03　X44.0　Z23.0　K−12.0（或 R12.，0）；*B→C*

G01　Z10.0；　　　　　　　　　　　　　　*C→D*

......

2）增量编程时程序如下：

......

G01　U20.0　F100；　　　　　　　　　　*A→B*

G03　U24.0　W−12.0　K−12.0（或 R12.0）；*B→C*

G01　W−13.0；　　　　　　　　　　　　*C→D*

......

精加工如图 3-26 所示的零件，程序如下：

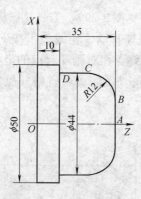

图 3-25　逆圆弧插补举例

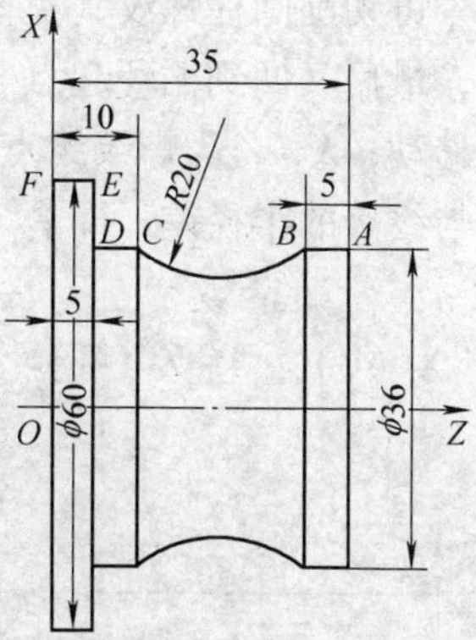

图 3-26　编程举例

O1000；

N10　G50　X100.0　Z50.0；　　　　建立工件坐标系

N20　M03　S1000　T0100；

N30　G00　X36.0　Z37.0；

N40　G01　Z30.0　F100；　　　　　　*A→B*

N50	G02	X36.0	Z10	R20.0；	$B \rightarrow C$
N60	G01	W−5.0；			$C \rightarrow D$
N70		X60.0；			$D \rightarrow E$
N80		W−5.0；			$E \rightarrow F$
N90	G00	X62.0；			退刀
N100		X100.0	Z50.0	M05；	
N110		M30；			程序结束

（4）螺纹加工指令（G32、G92）

1）单行程螺纹切削（G32）。指令格式如下：

G32　X（U）＿＿＿ Z（W）＿＿＿ F＿＿＿；

该指令可以加工圆柱螺纹以及等螺距的锥螺纹、端面螺纹，F后数字为螺纹导程。如图 3-27 所示，对于锥螺纹，当其斜角 α 在 45°以下时，螺纹导程以 Z 轴方向的值指令；45°以上至 90°时，以 X 轴方向的值指令。

圆柱螺纹切削时，X（U）指令省略，格式为：

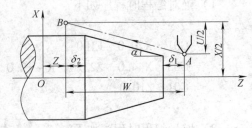

图 3-27　单行程螺纹切削（G32）

G32　Z（W）＿＿＿ F＿＿＿；

端面螺纹切削时，Z（W）指令省略，格式为：

G32　X（U）＿＿＿ F＿＿＿；

螺纹切削应注意在两端设置足够的升速进刀段 δ_1 和降速退刀段 δ_2。

2）螺纹切削循环（G92）。指令格式如下：

G92　X（U）＿＿＿ Z（W）＿＿＿ I＿＿＿ F＿＿＿；

该指令可切削圆柱螺纹（见图 3-28）和圆锥螺纹（见图 3-29）。刀具从循环起点开始按梯形循环，最后又回到循环起点。图中虚线表示按 R 快速移动，实线表示按 F 指令的工件进给速度移动；X、Z 为螺纹终点坐标值，U、W 为螺纹终点相对循环起点的坐标值，I 为锥螺纹始点与终点的半径差，即 $r_{始} - r_{终}$。加工圆柱螺纹时，I 为零，可省略（见图 3-29），其格式为：

G92　X（U）＿＿＿ Z（W）＿＿＿ F＿＿＿；

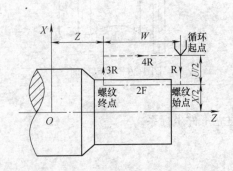

图 3-28　圆柱螺纹切削循环

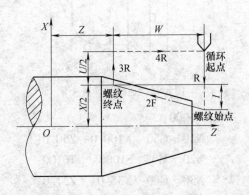

图 3-29　圆锥螺纹切削循环

3）编制螺纹加工程序应注意的几个问题。具体如下：

① 螺纹加工时切入与切出距离要确定。在数控车床上加工螺纹时，沿螺距方向（Z 向）进给速度与主轴转速有严格的匹配关系。为避免在进给机构加减速过程中切削，要求加工螺纹时，应留有一定的切入与切出距离，如图 3-30 所示。图中 δ_1 为切入量，δ_2 为切出量。其数值与进给系统的动态特性和螺纹精度及螺距有关。一般 $\delta_1 = 2 \sim 5$mm，$\delta_2 = (1/4 \sim 1/2) \delta_1$。当螺纹收尾处没有退刀槽时，可按45°退刀收尾。

② 螺纹加工时进给次数与切削余量要确定。加工螺距较大、牙型较深的螺纹时，通常是采用多次进给，分层切入的办法进行加工。每次粗切余量是按递减规律自动分配的。如图 3-31 所示。常用螺纹加工进给次数与分层切削余量参见表 3-5。

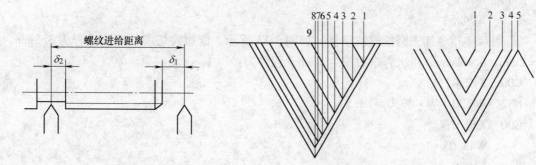

图 3-30　螺纹加工的切入与切出距离　　　　图 3-31　螺纹加工的进刀方法

表 3-5　常用螺纹加工进给次数与分层切削余量　　　　（单位：mm）

米 制 螺 纹							
螺距	1.0	1.5	2.0	2.5	3.0	3.5	4.0
牙深	0.649	0.977	1.299	1.624	1.949	2.273	2.598
进给次数及切削余量　1 次	0.7	0.8	0.9	1.0	1.2	1.5	1.5
2 次	0.4	0.5	0.6	0.7	0.7	0.7	0.8
3 次	0.2	0.4	0.6	0.6	0.6	0.6	0.6
4 次		0.16	0.4	0.4	0.4	0.6	0.6
5 次			0.1	0.4	0.4	0.4	0.4
6 次				0.15	0.4	0.4	0.4
7 次					0.2	0.2	0.4
8 次						0.15	0.3
9 次							0.2

英 制 螺 纹							
牙/in	24 牙	18 牙	16 牙	14 牙	12 牙	10 牙	8 牙
牙深	0.678	0.904	1.016	1.162	1.355	1.626	2.033
进给次数及切削余量　1 次	0.8	0.8	0.8	0.8	0.9	1.0	1.2
2 次	0.4	0.6	0.6	0.6	0.6	0.7	0.7
3 次	0.16	0.3	0.4	0.5	0.6	0.6	0.6
4 次		0.11	0.14	0.3	0.4	0.4	0.5
5 次				0.13	0.21	0.4	0.5
6 次						0.16	0.4
7 次							0.2

4）螺纹加工编程范例。具体如下：

① 用 G32 指令加工圆柱螺纹举例，如图 3-32 所示。圆柱螺纹切削，螺纹导程为 4mm，$\delta_1 = 3$mm，$\delta_2 = 1.5$mm，每次进给的背吃刀量为 1mm。程序为：

```
G00   U - 62.0;
G32   W - 74.5   F4.0;
G00   U62.0;
      W74.5;
      U - 64.0;
G32   W - 74.5   F4.0;
G00   U64.0;
      W74.5;
```

② 用 G32 指令加工圆锥螺纹举例，如图 3-33 所示。锥螺纹切削，螺纹导程为 3.5mm，$\delta_1 = 2$mm，$\delta_2 = 1$mm，每次背吃刀量为 1mm。程序为：

```
G00   X12.0;
G32   X41.0   W - 43.0   F3.5;
G00   X50.0;
      W43.0;
      X10.0;
G32   X39.0   W - 43.0   F3.5;
G00   X50.0;
      W43.0;
```

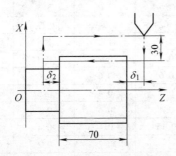

图 3-32　用 G32 指令加工圆柱螺纹举例

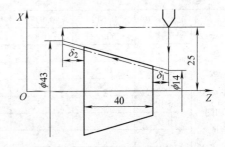

图 3-33　用 G32 指令加工圆锥螺纹举例

③ 用 G92 指令加工圆柱螺纹举例，如图 3-34 所示。M30 × 2 - 6g 普通圆柱螺纹，用 G92 指令加工时，程序设计如下：

由 GB/T 197—2003 中查出 M30 × 2 - 6g 的螺纹外径为 $\phi 30^{-0.038}_{-0.318}$ mm，取编程外（大）径为 ϕ29.7mm。设其牙底由单一的圆弧 R 构成，取 $R = 0.2$mm。计算螺纹底径为 27.246mm。取编程底（小）径为 ϕ27.3mm。程序如下：

```
N01   G50   X270.0   Z260.0;
N02   M03   S300   T0101;
```

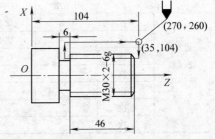

图 3-34　用 G92 指令加工圆柱螺纹

N03　G00　X35.0　Z104.0;

N04　G92　X28.9　Z53.0　F2.0;

N05　X28.2;

N06　X27.7;

N07　X27.3;

N08　G00　X270.0　Z260.0　T0100;

N09　M05;

N10　M30;

（5）延时指令（G04）　指令格式如下：

G04　X____;

执行 G04 指令可使其前一段的指令进给速度达到零之后，保持动作。其中 X 值是暂停时间，单位为 s，最大指令时间是 9999.999s。该指令除常用于车槽、钻孔、车孔外，还可用于拐角轨迹控制。由于系统的自动加减速作用，刀具在拐角处的轨迹并不是直角。如果拐角处的精度要求不严时，可在拐角处使用暂停指令。

（6）单一固定循环切削（G90、G94）

1）外圆切削循环（G90）。切削圆柱面时，格式为：

G90　X（U）____　Z（W）____　F____;

如图 3-35 所示，刀具从循环起点开始按矩形循环，最后又回到循环起点。图中虚线表示按 R 快速移动，实线表示按 F 指定的工件进给速度移动。X、Z 为圆柱面切削终点坐标值；U、W 为圆柱面切削终点相对循环起点的坐标分量。

切削锥面时，格式为：

G90　X（U）____　Z（W）____　I（或R）____　F____;

如图 3-36 所示，I（或 R）为切削始点与圆锥面切削终点的半径差。

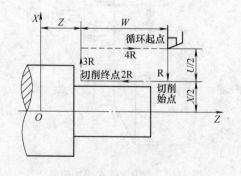

图 3-35　外圆切削循环　　　　　　图 3-36　锥面切削循环

外圆切削循环举例如图 3-37 所示。

G90　X40.0　Z20.0　F30;　　　　　　$A{\rightarrow}B{\rightarrow}C{\rightarrow}D{\rightarrow}A$

　　　X30.0;　　　　　　　　　　　　$A{\rightarrow}E{\rightarrow}F{\rightarrow}D{\rightarrow}A$

　　　X20.0;　　　　　　　　　　　　$A{\rightarrow}G{\rightarrow}H{\rightarrow}D{\rightarrow}A$

锥面切削循环举例如图 3-38 所示。

G90　X40.0　Z20.0　I－5.0　F30；　　$A \to B \to C \to D \to A$

　　　X30.0；　　　　　　　　　　　　$A \to E \to F \to D \to A$

　　　X20.0；　　　　　　　　　　　　$A \to G \to H \to D \to A$

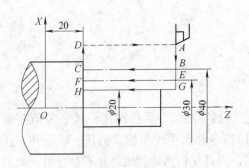
图 3-37　外圆切削循环举例

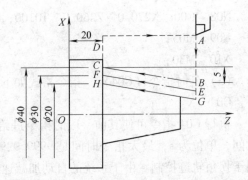
图 3-38　锥面切削循环举例

2）端面切削循环（G94）。切削端面时，格式为：

G94　X（U）＿＿＿Z（W）＿＿＿F＿＿＿；

如图 3-39 所示，X、Z 为端面切削终点坐标值，U、W 为端面切削终点相对循环起点的坐标分量。

切削带锥度的端面时，格式为：

G94　X（U）＿＿＿Z（W）＿＿＿K（或 R）＿＿＿F＿＿＿；

如图 3-40 所示，K（或 R）为端面切削始点至终点位移在 Z 轴方向的坐标增量。

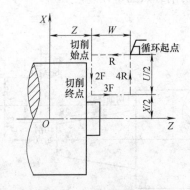
图 3-39　端面切削循环

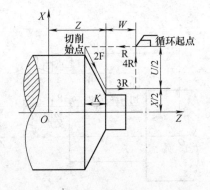
图 3-40　带锥度的端面切削循环

端面切削循环举例，如图 3-41 所示。

G94　X50.0　Z16.0　F30；　　　$A \to B \to C \to D \to A$

　　　X13.0；　　　　　　　　　　$A \to E \to F \to D \to A$

　　　X10.0；　　　　　　　　　　$A \to G \to H \to D \to A$

带锥度的端面切削循环举例，如图 3-42 所示。

G94　X15.0　Z33.48　K - 3.48　F30；　　　$A \rightarrow B \rightarrow C \rightarrow D \rightarrow A$

　　　　X31.48；　　　　　　　　　　　　$A \rightarrow E \rightarrow F \rightarrow D \rightarrow A$

　　　　X28.78；　　　　　　　　　　　　$A \rightarrow G \rightarrow H \rightarrow D \rightarrow A$

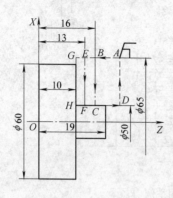
图 3-41　端面切削循环举例

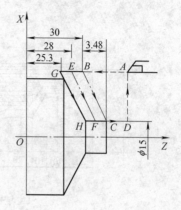
图 3-42　带锥度的端面切削循环举例

（7）复合形固定循环（G70～G73）　在使用 G90、G94 时，可使程序得到简化。但还有一类复合形固定循环，能使程序进一步得到简化。利用复合形固定循环，只要编出最终加工路线，给出每次切除的余量深度或循环次数，机床即可自动地重复切削直到工件加工完为止。

1）外圆粗切削循环（G71）。当给出如图 3-43 所示加工形状的路线 $A \rightarrow A' \rightarrow B$ 及给出的背吃刀量，就会进行平行于 Z 轴的多次切削，最后再按留有精加工切削余量 Δw 和 $\Delta u/2$ 之后的精加工形状进行加工。

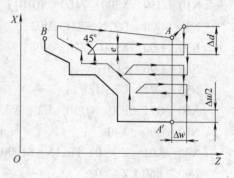
图 3-43　外圆粗切削循环

编程格式如下：

G71　U（Δd）　R（e）；

G71　P（ns）　Q（nf）　U（Δu）　W（Δw）　F（f）　S（s）　T（t）；

式中　Δd——背吃刀量。

　　　e——退刀量。

　　　ns——精加工形状程序段中的开始程序段号。

　　　nf——精加工形状程序段中的结束程序段号。

　　　Δu——X 轴方向精加工余量。

　　　Δw——Z 轴方向的精加工余量。

f、s、t——F、S、T 代码。

在此应注意以下几点：

① 在使用 G71 进行粗加工循环时，只有含在 G71 程序段的 F、S、T 功能才有效。而包含在 ns→nf 程序段中的 F、S、T 功能，即使被指定对粗车循环也无效。

② $A \rightarrow B$ 之间必须符合 X 轴、Z 轴方向的共同单调增大或减少的模式。

③ 可以进行刀具补偿。

如图 3-44 所示，试按图中尺寸编写粗车循环加工程序。

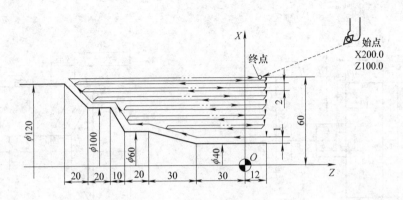

图 3-44   G71 指令的应用举例

O1000；

N10   G50   X200   Z100   T0101；

N20   G90   G97   S700   M03；

N30   G00   X120   Z10   M08；

N40   G96   S120；

N50   G71   U2   R0.1；

N60   G71   P70   Q130   U2   W2   F0.3；

N70   G00   X40   ；   （ns）

N80   G01   Z－30   F0.15   S1000；

N90   X60   Z－60；

N100   Z－80；

N110   X100   Z－90；

N120   Z－110；

N130   X120   Z－130；   （nf）

N140   G00   X125；

N150   X200   Z140   T0100；

N160   M02；

2）端面粗加工循环（G72）。G72 与 G71 均为粗加工循环指令。G72 是沿着平行于 X 轴进行切削循环加工的（见图 3-45），编程格式为：

G72   U（Δd）   R（e）；

G72   P（ns）   Q（nf）   U（Δu）   W（Δw）   F（f）   S（s）   T（t）；

其中参数含义与 G71 相同。

图 3-46 所示零件的加工程序为：

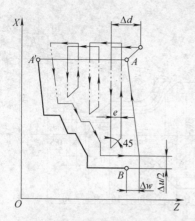

图 3-45 端面粗加工循环

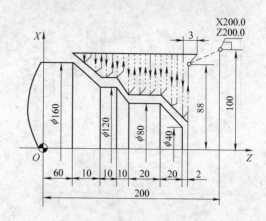

图 3-46 G72 指令的应用举例

N10　G50　X200　Z200　T0101；

N20　G90　G97　S600　M03；

N30　G00　X176　Z2　M08；

M40　G96　S120；

N50　G72　U3　R0.1；

N60　G72　P70　Q120　U2　W0.5　F0.3；

N70　G00　X160　Z60 ；　　　（ns）

N80　G01　X120　Z70　F0.15　S150；

N90　Z80；

N100　X80　Z90；

N110　X110；

N120　X36　Z132；　　　　（nf）

N130　G00　Z200　T0100；

N140　M02；

3）封闭切削循环（G73）。封闭切削循环是按照一定的切削形状逐渐地接近最终形状。这种方式对于铸造或锻造毛坯的切削是一种效率很高的方法。封闭切削循环如图 3-47 所示，编程格式为：

G73　U（i）　W（k）　R（d）；

G73　P（ns）　Q（nf）　U（Δu）　W（Δw）　F（f）　S（s）　T（t）；

式中　i——X 轴上的总退刀量（半径值）。

　　　　k——Z 轴上的总退刀量。

　　　　d——重复加工次数。

其余与 G71 相同。用 G73 时，与 G71、G72 一样，只有 G73 程序段中的 F、S、T 有效。

图 3-48 所示零件的加工程序为：

N10　G50　X200　Z200　T0101；

N20　G90　G97　S200　　M03；

N30　G00　X140　Z40　M08 ；

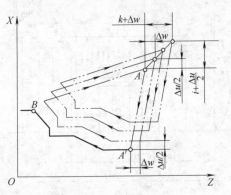

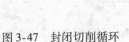

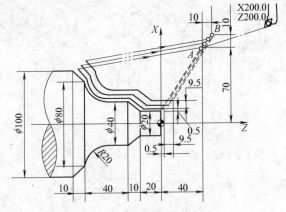

图 3-47　封闭切削循环　　　　　图 3-48　G73 指令的应用举例

M40　G96　S120；

N50　G73　U9.5　W9.5　R3；

N60　G73　P70　Q130　U1.0　W0.5　F0.3；

N70　G00　X20　Z0　；　　　　　　　（ns）

N80　G01　Z－20　F0.15　S150；

N90　X40　Z－30；

N100　Z－50；

N110　G02　X80　Z－70　R20；

N120　G01　X100　Z－80；

N130　X105；　　　　　　　　　　　（nf）

N140　G00　X200　Z200　T0100；

N150　M02；

4）精加工循环（G70）。由 G71、G72 完成粗加工后，可以用 G70 进行精加工。

编程格式为：

G70　P（ns）　Q（nf）；

其中 ns 和 nf 与前述含义相同。

在这里 G71、G72、G73 程序段中的 F、S、T 的指令都无效，只有在 ns～nf 程序段中的 F、S、T 才有效，以图 3-48 所示零件的加工程序为例，在 N130 程序段之后再加上：N140 G70　P70　Q130 就可以完成从粗加工到精加工的全过程。

3. 刀具补偿

刀具补偿功能包括刀具几何位置补偿、刀尖圆弧半径补偿和刀具磨损补偿。

（1）刀具几何位置补偿　主要介绍刀具几何位置补偿的意义、设置和实现。

1）刀具几何位置补偿的意义。当使用多把车刀加工时，换刀后刀尖点的几何位置将出现差异，而加工零件的程序编制是对同一刀尖点而言的，因此需要将各车刀的刀尖点统一到一点。

2）刀具几何位置补偿的设置。刀具几何位置补偿值是由 "OFFSET/GEOMETRY（几何位置）" 画面设定的。具体方法在不同的系统中是不一样的，请参见机床说明书。

3）刀具几何位置补偿的实现。FUNAC 0-TD 系统采用 T 代码指定刀具几何位置补偿，格式如下：

T× ×　　　　　× ×

刀具号（0～99）　　刀具补偿号（0～32）

说明：

① 刀具号应与刀盘上的刀位号相对应。

② 刀具几何位置补偿画面可以完成刀具几何位置补偿和刀尖圆弧半径补偿两个内容。

③ 刀具号和刀具补偿号可以不相同，如 T0103，此时 T01 号刀的几何位置补偿值和刀尖圆弧半径补偿值必须写在 03 号（刀补号）位置上。

④ T× ×00 为取消刀具补偿。

（2）刀具磨损补偿

1）刀具磨损补偿的意义。刀具磨损补偿是用来补偿由刀具磨损造成的工件误差，也可用来补偿对刀不准引起的误差。

2）刀具磨损补偿的设置。刀具磨损补偿值是在 "OFFSET/WEAR（磨损）" 画面下，用 U 和 W 输入的。具体方法在不同的系统中是不一样的，请参见机床说明书。

3）刀具磨损补偿的实现。刀具磨损补偿是与刀具几何位置补偿同时通过 T 代码指令实现的。T 代码中的刀补号既是刀具几何位置补偿号，也是刀具磨损补偿号。

4. 刀尖圆弧半径补偿

数控车削编程和对刀操作是以理想尖锐的车刀刀尖为基准进行的。为了提高刀具寿命和降低加工表面的粗糙度，实际加工中的车刀刀尖不是理想尖锐的，而是有一个半径不大的圆弧，因此可能会产生加工误差。在进行数控车削的编程和加工过程中，必须对由于车刀刀尖圆角产生的误差进行补偿，才能加工出高精度的零件。

（1）车刀刀尖圆角引起加工误差的原因　在实际加工过程中所用车刀的刀尖都呈一个半径不大的圆弧形状（见图 3-49）。而在数控车削编程过程中，为了编程方便，常把刀尖看作一个尖点，即所谓假想刀尖（如图 3-49 所示的 O' 点）。在对刀时一般以车刀的假想刀尖作为刀位点，所以在车削零件时，如果不采取补偿措施，将是车刀的假想刀尖沿程序编制的轨迹运动，而实际切削的是刀尖圆角的切削点。由于假想刀尖的运动轨迹和刀尖圆角切削点的运动轨迹不一致，使得加工时可能会产生误差。

在上述情况下，用带刀尖圆角的车刀车削端面、外径、内径等与轴线平行的表面时，不会产生误差。但在进行倒角、锥面及圆弧切削时，则会产生少切或过切现象（见图 3-50）。

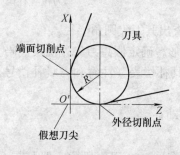

图 3-49　假想刀尖与刀尖圆角

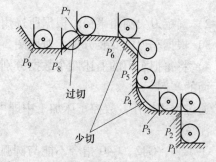

图 3-50　刀尖圆角造成的少切或过切现象

（2）消除车刀刀尖圆角所引起加工误差的方法　消除车刀刀尖圆角所引起的加工误差的前提条件是要确定刀尖圆角半径。在数控车削中一般都使用可转位刀片，每种刀片的刀尖圆角半径是一定的。所以选定了刀片的型号，对应刀片的刀尖圆角半径即可确定。

当机床具备刀具半径补偿功能 G41、G42 时，可用刀具半径补偿功能消除加工误差。

1）所用指令的确定。为了进行车刀刀尖圆角半径补偿，需要对应实际情况使用以下指令：

G40：取消刀具半径补偿。即按程序路径进给。

G41：左偏刀具半径补偿。按程序路径前进方向，刀具偏在零件左侧进给。

G42：右偏刀具半径补偿。按程序路径前进方向，刀具偏在零件右侧进给。

2）假想刀尖方位的确定。车刀假想刀尖相对刀尖圆角中心的方位和刀具移动方向有关，它直接影响刀尖圆角半径补偿的计算结果。如图 3-51 所示是车刀假想刀尖方位及代码。从图中可以看出假想刀尖 A 的方位有八种，分别用 1~8 八个数字代码表示。同时规定，假想刀尖取圆角中心位置时，代码为 0 或 9，可以理解为没有半径补偿。

（3）车刀刀具补偿值的确定和输入　车刀刀具补偿包括刀具位置补偿和刀尖圆角半径补偿两部分。刀具代码 T 中的补偿号对应的存储单元中（即刀具补偿表中）存放着一组数据，即 X 轴、Z 轴的位置补偿值，刀尖圆角半径值和假想刀尖方位（0~9）。操作时，按以下步骤进行：

1）确定车刀 X 轴和 Z 轴的位置补偿值。如果数控车床配置了标准刀架和对刀仪，在编程时可按照刀架中心编程，即将刀架中心设置在起始点，从该点到假想刀尖的距离设置为位置补偿值，如图 3-52 所示。该位置补偿值可用对刀进行测量。如果数控车床配置的是生产厂商所特供的特殊刀架，则刀具位置补偿值与刀杆在刀架上的安装位置有关，无法使用对刀仪。必须采用分别试切工件外圆和端面的方法来确定刀具位置补偿值。

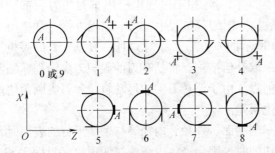

图 3-51　车刀假想刀尖方位及代码

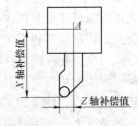

图 3-52　车刀位置补偿

2）确定刀尖圆角半径。根据所选用刀片的型号查出其刀尖圆角半径。

3）根据车刀的安装方位，对照图 3-51 所示的图形，确定假想刀尖方位及代码。

4）将每把车刀的上述四个数据分别输入车床刀具补偿表（注意和刀具补偿号对应，参见后面的实例）。

通过上述操作，数控车床加工中即可实现刀具自动补偿。

注意：

① G41、G42、G40 指令不能与圆弧切削指令写在同一个程序段内，但可与 G01、G00 指令写在同一程序段内。即它是通过直线运动来建立或取消刀具补偿的。

② 在调用新刀具前或要更改刀具补偿方向时，必须先取消前一个刀具补偿，避免产生加工误差。

③ 在 G41 或 G42 程序段后面加 G40 程序段，可以取消刀尖半径补偿，其格式为：

G41（或 G42）……；

……

G40……；

程序的最后必须以取消偏置状态结束，否则刀具不能在终点定位，而是停在与终点位置偏移一个矢量的位置上。

④ G41、G42、G40 是模态代码。

⑤ 在 G41 方式中，不要再指定 G42 方式，否则补偿会出错。同样在 G42 方式中，不要再指定 G41 方式。当补偿取负值时，G41 和 G42 互相转化。

⑥ 在使用 G41 和 G42 之后的程序段中，不能出现连续两个或两个以上的不移动指令，否则 G41 和 G42 会失效。

（4）应用刀具补偿编程的实例

1）实例一：精车如图 3-53 所示零件的一段圆锥外表面，使用 01 号车刀，按刀架中心编程。01 号车刀的假想刀尖距刀架中心的偏移量及安装方位如图 3-53 所示，刀尖圆角半径为 0.2。

01 号车刀的刀具补偿值见表 3-6（R 为刀尖圆角半径，T 为假想刀尖方位代码）。

表 3-6　刀具补偿表

刀补号	X	Z	R	T
01	100.0	150.0	0.2	3

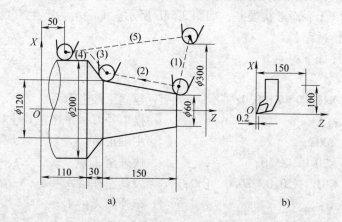

图 3-53　刀尖圆角半径补偿编程实例

a）加工图样　b）01 号刀

数控加工程序如下：

……

N10　G00　X300　Z330　T0101；　　　调用 01 号刀和 1 号刀补，刀具快速定位

N12　G42　G00　X60.0　Z290.0；　　　刀补引入程序段

N14　G01　X120.0　W－150.0　F0.3；　圆锥外圆面车削

N16　X200.0　W－30.0；　　　　　　锥形台阶车削

N18　Z50.0；　　　　　　　　　　　φ200mm 外圆车削

N20　G40　G00　X300.0　Z330；　　取消刀补

……

2）实例二：应用刀尖圆弧半径补偿指令车削如图 3-54 所示的零件，编写加工程序。

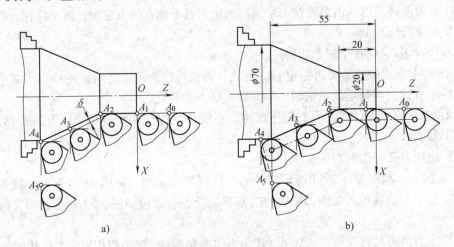

a)　　　　　　　　　　　　　　　b)

图 3-54　刀尖圆弧半径补偿编程实例

a）无刀具半径补偿　b）刀具半径左补偿

未采用刀尖圆弧半径补偿指令时，刀具以假想刀尖轨迹运动，圆锥面产生误差 δ，如图 3-54a 所示。采用刀尖圆弧半径补偿指令后，系统自动计算刀具圆弧中心轨迹，使刀具按刀尖圆弧轨迹运动，无表面形状误差，如图 3-54b 所示。$A_0 \rightarrow A_1$ 为产生刀具补偿过程，$A_4 \rightarrow A_5$ 为取消刀具补偿过程。

数控加工程序如下：

O0001；

N10　G50　X100.0　Z100.0；　　　　建立工件坐标系

N20　T0101；　　　　　　　　　　　换 1 号刀，并建立 1 号刀补

N30　S800　M03；　　　　　　　　　主轴正转

N40　G00　X20.0　Z5.0；　　　　　　快进至 A_0 点

N50　G41　G01　X20.0　Z0.0　F50；　刀具左补偿 $A_0 \rightarrow A_1$

N60　Z－20.0；　　　　　　　　　　车外圆 $A_1 \rightarrow A_2$

N70　X70　Z－55.0；　　　　　　　　车圆锥面 $A_2 \rightarrow A_4$

N80　G40　X80.0　Z－55.0；　　　　　退刀 $A_4 \rightarrow A_5$

N90　G00　X100.0　Z100.0　T0100；　快速退刀并取消 1 号刀补

N100　M05；　　　　　　　　　　　　主轴停

N110　M30；　　　　　　　　　　　　程序结束并返回

第四节　SIEMENS 车削系统的编程方法

SINUMERIK 802S 数控车削系统是西门子公司研发的一种普及型数控系统，功能较强，价格较低。该系统和 FANUC 系统有很多相似之处，但也有许多不同的地方，读者可对照 FANUC 数控车削系统学习该数控系统。下面介绍 SINUMERIK 802S 数控车削系统的主要功能。

一、SIEMENS 车削系统的常用功能

1. 准备功能

准备功能主要用来指令机床或数控系统的工作方式。与 FANUC 系统一样，SINUMERIK 802S 系统的准备功能也用地址符 G 和后面数字表示。具体准备功能 G 指令代码见表 3-7。

表 3-7　准备功能 G 指令代码

G 指令	功　　能	说　　明	G 指令	功　　能	说　　明
G00	快速定位		* G60	准确定位	定位性能
* G01	直线插补	运动指令	G64	连续路径方式	模态有效
G02	顺时针圆弧插补	模态有效	G09	准确定位	程序段有效
G03	逆时针圆弧插补		G70	英制尺寸编程	模态有效
G04	暂停指令	非模态指令	* G71	米制尺寸编程	
G05	中间点圆弧插补	模态有效	* G90	绝对尺寸编程	模态有效
G33	恒螺距螺纹切削	模态有效	G91	相对尺寸编程	
G74	回参考点	特殊运行程	G94	每分钟进给	模态有效
G75	回固定点	序段方式有效	* G95	每转进给	
G158	可编程零点偏移	写储存器	G96	恒线速度控制	模态有效
G25	主轴转速下限	程序段方式	* G97	取消恒线速度控制	
G26	主轴转速上限		* G450	圆弧过渡	模态有效
G17	加工中心孔时要求	平面选择	G451	等距线交点	
* G18	XZ 平面设定		G22	半径尺寸编程	模态有效
* G40	刀尖半径补偿取消	刀尖半径补偿	* G23	直径尺寸编程	
G41	刀尖半径左补偿	模态有效	* G500	取消可设定零点偏移	可设定零点
G42	刀具半径右补偿		G54	第一可设定零点偏移	偏移模态
G53	取消可设定零点偏移	程序段有效	G55	第二可设定零点偏移	有效
			G56	第三可设定零点偏移	
			G57	第四可设定零点偏移	

注：带有 * 记号的 G 代码，在电源接通时，显示此 G 代码；对于 G70、G71，则是电源切断前保留的 G 代码。

2. 辅助功能

辅助功能也称为 M 功能，主要用来指令操作时各种辅助动作及其状态，如主轴的起、停，切削液的开、关等。SINUMERIK 802S 系统辅助功能 M 指令代码见表 3-8。

表 3-8　辅助功能 M 指令代码

M 指令	功　能	M 指令	功　能
M00	程序暂停	M05	主轴停转
M01	选择性停止	M06	自动换刀，适应加工中心
M02	主程序结束	M08	切削液开
M03	主轴正转	M09	切削液关
M04	主轴反转	M30	主程序结束，返回开始状态

3. 进给功能

进给功能主要用来指令切削时的进给速度。对于车床，进给方式可分为每分钟进给和每转进给两种，SIEMENS 系统用 G94、G95 规定。

（1）每转进给指令 G95　在含有 G95 程序段后面遇到 F 指令时，认为 F 所指定的进给速度单位为 mm/r。系统开机状态为 G95 状态，只有输入 G94 指令后，G95 才被取消。

（2）每分钟进给指令 G94　在含有 G94 程序段后面遇到 F 指令时，认为 F 所指定的进给速度单位为 mm/min。G94 被执行一次后，系统将保持 G94 状态，即使断电也不受影响，直到被 G95 取消为止。

4. 主轴转速功能

主轴转速功能主要用来指定主轴的转速，单位为 r/min。

（1）恒线速度控制指令 G96　G96 是接通恒线速度控制的指令。系统执行 G96 指令后，S 后面的数值表示切削线速度。用恒线速度控制车削工件端面、锥度和圆弧时，X 轴会不断变化。当刀具逐渐移近工件旋转中心时，主轴转速会越来越高，工件有可能从卡盘中飞出。为了防止事故发生，必须限制主轴转速。SIEMENS 系统用 LIMS 来限制主轴转速（FANUC 系统用 G50 指令）。例如："G96S200LIMS ＝2500"表示切削速度是 200m/min，主轴转速限制在 2500r/min 以内。

（2）主轴转速控制指令 G97　G97 是取消恒线速度控制的指令。系统执行 G97 指令后，S 后面的数值表示主轴每分钟的转数。例如："G97 S600"表示主轴转速为 600r/min，系统开机状态为 G97 状态。

5. 刀具功能

刀具功能主要用来指令数控系统进行的选刀或换刀，SIEMENS 系统用刀具号加刀补号的方式来进行选刀和换刀。例如：T2 D2 表示选用 2 号刀具和 2 号刀补（FANUC 系统用 T0202 表示）。

二、程序结构及传输格式

SINUMERIK 802S 系统的加工程序，由程序名（号）、程序段（程序内容）和程序结束符三部分组成。程序名由程序地址码"%"表示，开始的两个符号必须是字母，其后的符号可以是字母、数字或下划线，最多为 8 个字符，不得使用分隔符。例如，程序名"% KG18"，其传输格式为

%＿＿＿N＿＿＿KG18＿＿＿MPF

；$PATH＝/＿＿＿N＿＿＿MPF＿＿＿DIR

三、SINUMERIK 802S 系统基本编程指令

下面重点介绍与 FANUC 数控车削系统用法不同的指令。

1. 米制和英制输入指令（G71、G70）

G70 和 G71 是两个互相取代的模态功能。机床出厂时一般设定为 G71 状态，机床的各项参数均以米制单位设定。

2. 直径/半径方式编程指令（G22、G23）

数控车床的工件外形通常是旋转体，其 X 轴尺寸可以用两种方式加以指定，分别为直径方式和半径方式。SIEMENS 系统 G23 为直径编程，G22 为半径编程，G23 为缺省值，机床出厂一般设为直径编程。

3. 可设置零点偏移指令（G54～G57）

编程人员在编写程序时，有时需要知道工件与机床坐标系之间的关系。SINUMERIK 802S 车床系统中允许编程人员使用 4 个特殊的工件坐标系。操作者在安装工件后，测量出工件原点相对机床原点的偏移量，并通过操作面板，输入到工件坐标偏移存储器中。其后系统在执行程序时，可在程序中用 G54～G57 指令来选择。

G54～G57 指令设置的工件原点在机床坐标系中的位置是不变的，在系统断电后也不会被破坏，再次开机后仍然有效（与刀具的当前位置无关）。

4. 取消零点偏移指令（G500、G53）

G500 和 G53 都是取消零点偏移指令，G500 是模态指令，指定后一直有效，直到被同组的 G54～G57 指令取代。而 G53 是非模态指令，仅在它所在的程序段中有效。

5. 可编程零点偏移指令（G158）

如果工件在不同的位置有重复出现的形状和结构，或者选用了一个新的参考点，在这种情况下可使用可编程零点偏移指令，由此产生一个当前工件坐标系。新输入的尺寸是在该坐标系中的数据尺寸。用 G158 指令可以对所有坐标轴编程零点偏移，后面的 G158 指令取代先前的可编程零点偏移指令。如图 3-55 所示，M 点为机床原点，W_1、W_2 和 W_3 分别为工件原点。G158 与 G54 都为零点偏移指令，但 G158 不需要在上述零点偏移窗口的设置，只需在程序中书写 G158 X ____ Z ____ 程序段，地址 X、Z 后面的数值为偏移的距离。

G158 指令的应用举例如图 3-55 所示。

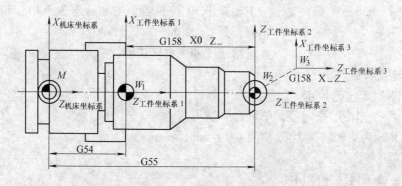

图 3-55　G158 指令的应用举例

（1）应用举例一

N10　G54；	调用第一可设置零点偏移指令，把 M 点偏移至 W_1 点
N20　G158　X0　Z＿＿＿；	调用可编程零点偏移指令，再把 W_1 点偏移至 W_2 点，建立了以 W_2 为工件原点的工件坐标系
N30　X＿＿＿　Z＿＿＿；	加工工件

（2）应用举例二

N10　G55；	调用第二可设置零点偏移指令，把 M 点偏移至 W_2 点，建立以 W_2 为工件原点的工件坐标系
N20　X＿＿＿　Z＿＿＿；	加工工件
…	
N60　G158　X＿＿＿　Z＿＿＿；	调用可编程零点偏移指令，再把 W_2 点偏移至 W_3 点，建立以 W_3 点为工件原点的当前工件坐标系
N70　X＿＿＿　Z＿＿＿；	以 W_3 点为工件原点的当前工件坐标系加工工件
…	
N100　G500；	取消可编程零点偏移指令
或 N100　G53；	可设置、可编程零点偏移指令一起取消，恢复机床坐标系

6. 暂停指令（G04）

G04 指令的程序段格式为

$$\text{G04}\begin{cases}\text{F \_\_\_\_；}\\\text{S \_\_\_\_；}\end{cases}$$

在两个程序段之间插入一个 G04 程序段，可以使加工暂停 G04 程序段所给定的时间。G04 程序段（含地址 F 或 S）只对自身程序段有效，并暂停所给定的时间，在此之前编程的进给速度 F 和主轴转速 S 保持存储状态。

在 G04 程序段中，用 F 指令暂停进给时间，单位为 s；用 S 指令暂停主轴转数，只有在主轴受控的情况下才有效。例如：

N5　S300　M03；	主轴正转，转速为 300r/min
N10　G01　Z－50　F200；	以 200mm/min 的速度进给
N15　G04　F2.5；	暂停进给 2.5s
N20　G00　X100　Z100；	
N25　G04　S30；	主轴暂停 30 转相当于主轴转速为 300r/min，且转速修调开关置于 100% 时，暂停 0.1min
N30；	进给速度和主轴转速继续有效

7. 恒线速度功能（G96）

格式：G96　S＿＿＿＿　LIMS＝＿＿＿；

说明：S 为线速度的指定值，单位为 m/min。

　　　　LIMS 为主轴转速上限，单位为 r/min。

其他相关指令如下：

1）G97：关闭恒线速度功能。

2）G25：指定主轴转速下限。格式为 G25　S＿＿＿；

3）G26：指定主轴转速上限。格式同 G26。

8. 返回参考点（固定点）**指令**（G74）

格式：G74（G75）　X＿＿＿　Z＿＿＿；

功能：用 G74（G75）指令实现在程序中回参考点（固定点）功能，每个轴的动作方向和速度存储在机床数据中。

说明：

1）固定点是指存储在机床数据中的一个特定位置，比如作为换刀位置的某个固定点，它不会产生偏移。

2）G74（G75）需要一个独立程序段，并按程序段方式有效。

3）在 G74（G75）之后的程序段中原先插补方式组中的 G 指令（G0，G1，G2，…）将再次生效。

4）程序段中 X 和 Z 后编程的数值不识别。换句话说就是 G74（G75）指令后可以编写一个数值，但该数值不起任何作用。

9. 圆弧插补指令（G02、G03）

SINUMERIK 802S 系统的圆弧插补编程有下列四种格式：

（1）用圆心坐标和圆弧终点坐标进行圆弧插补　其程序段格式为

G02（G03）　X＿＿＿　Z＿＿＿　I＿＿＿　K＿＿＿　F＿＿＿；

（2）用圆弧终点坐标和半径尺寸进行圆弧插补　其程序段格式为

G02（G03）　X＿＿＿　Z＿＿＿　CR＝＿＿＿　F＿＿＿；

（3）用圆心坐标和圆弧张角进行圆弧插补　其程序段格式为

G02（G03）　I＿＿＿　K＿＿＿　AR＝＿＿＿　F＿＿＿；

（4）用圆弧终点坐标和圆弧张角进行圆弧插补　其程序段格式为

G02（G03）　X＿＿＿　Z＿＿＿　AR＝＿＿＿　F＿＿＿；

说明：

1）用绝对尺寸编程时，X、Z 为圆弧终点坐标。用增量尺寸编程时，X、Z 为圆弧终点相对起点的增量尺寸。

2）不论是用绝对尺寸编程还是用增量尺寸编程，I、K 始终是圆心在 X、Z 轴方向上相对起始点的增量尺寸。当 I、K 为零时可以省略。

3）CR 是圆弧半径，当圆弧所对的圆心角小于等于 180° 时，CR 取正值。当圆心角大于 180° 时，CR 取负值。AR 为圆弧张角。

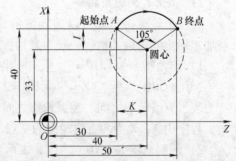

图 3-56　G02 指令的应用举例

举例如下：用四种圆弧插补指令编制如图 3-56 所示的加工程序，A 为圆弧的起点，B 为圆弧的终点。

程序一：

N5　G90　G00　X40　Z30；　　　　　　　进刀至圆弧的起始点 A

N10　G02　X40　Z50　I－7　K10　F100；　用终点和圆心坐标编程

程序二：

N5　G90　G00　X40　Z30；　　　　　　　进刀至圆弧的起始点 A

N10   G02   X40   Z50   CR = 12.207   F100；   用终点和半径编程

程序三：

N5   G90   G00   X40   Z30；   进刀至圆弧的起始点 A

N10   G02   1 – 7   K10   AR = 105   F100；   用圆心和张角编程

程序四：

N5   G90   G00   X40   Z30；   进刀至圆弧的起始点 A

N10   G02   X40   Z50   AR = 105   F100；   用终点和张角编程

10. 通过中间点进行圆弧插补指令（G05）

G05 程序段格式为

G05   X ____   Z ____   IX = ____   KZ = ____   F ____；

如果不知道圆弧的圆心、半径或张角，但已知圆弧轮廓上三个点的坐标，则可以使用 G05 指令。程序段中 X、Z 为圆弧终点的坐标值，IX、KZ 为中间点在 X、Z 轴上的坐标值。通过起始点和终点之间的中间点位置确定圆弧的方向，如图 3-57 所示。G05 指令为模态指令，直到被 G 功能组中其他指令（G00、G01、G02、G03、G33）取代为止。

举例如下：用 G05 指令编写如图 3-57 所示圆弧的加工程序

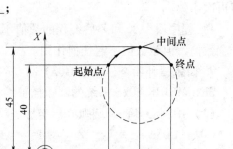

图 3-57   G05 指令的应用举例

N5   G90   G00   X40   Z30；   进刀至圆弧的起始点 A

N10   G05   X40   Z50   IX = 45   KZ = 40；   圆弧终点和中间点

11. 倒角、倒圆角指令

在一个轮廓拐角处可以插入倒角或倒圆角，指令"CHF = ……"或者"RND = ……"与加工拐角的轴运动指令一起写入到程序段中。

1）倒角指令为 CHF = ____，例如：

N10   G01   X ____   Z ____   CHF = 2；倒角 2mm

表示直线轮廓之间、圆弧轮廓之间以及直线轮廓和圆弧轮廓之间切入一条直线并倒去棱角，程序中 X、Z 为两直线轮廓的交点 A 的坐标，如图 3-58 所示。

2）倒圆角指令 RND = ____，表示直线轮廓之间、圆弧轮廓之间以及直线轮廓和圆弧轮廓之间切入一圆弧，圆弧与轮廓进行切线过渡。倒圆角举例如图 3-59 所示。

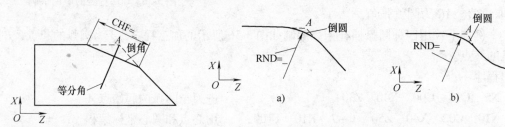

图 3-58   两段直线之间倒角举例

图 3-59   倒圆角举例

a）直线/直线之间倒圆角   b）直线/圆弧之间倒圆角

N10　G01　X____Z____RND=8;　　　倒圆半径为8mm

N20　G01　……;　　　　　　　　　继续走G01

直线与圆弧之间倒圆角（见图3-59b）:

N50　G01　X____Z____RND=7.3;　　　倒圆半径为7.3mm

N60　G03　……;　　　　　　　　　继续执行G03

注意程序中 X、Z 为图示轮廓线切线的交点 A 的坐标，如果其中一个程序段轮廓长度不够，则在倒角或倒圆角时会自动削减编程值。如果几个连续编程的程序段中有不含坐标轴移动指令的程序段，则不可以进行倒角或倒圆角。

12. 刀具补偿功能

刀具的补偿包括刀具的偏移和磨损补偿、刀尖半径补偿。

（1）刀尖半径补偿　关于刀尖半径补偿的含义和作用，请参阅本章第三节中的说明。在西门子系统中，同样使用 G41 和 G42 指令来建立刀尖半径补偿以消除刀尖圆角带来的加工误差。

G41 为刀尖半径左补偿指令。沿进给方向看，刀尖位置在编程轨迹的左边；G42 为刀尖半径右补偿指令。沿进给方向看，刀尖位置在编程轨迹的右边。刀尖补偿的方向及代码如图 3-60 所示。

数控机床总是按刀尖对刀，使刀尖位置与程序中的起刀点重合。刀尖位置方向不同，即刀具在切削时摆放的位置不同，则补偿量与补偿方向也不同。刀尖方位共有 8 种选择方式，如图 3-61 所示。外圆车刀的位置码为 3。

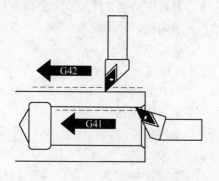

图3-60　刀尖补偿的方向及代码

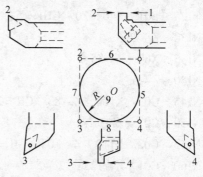

图3-61　刀尖方位

SINUMERIK 802S 系统刀具补偿指令的格式为：刀具号 T + 补偿号 D。一把刀具可以匹配 1～9 个不同补偿值的补偿号。例如：T1 D3 表示 1 号刀具选用 3 号补偿值，类似于 FANUC 系统中的 T0103。

（2）SINUMERIK 802S 系统刀具补偿的几点说明

1）建立补偿和撤销补偿程序段不能是圆弧指令程序段，一定要用 G0 或 G01 指令进行建立或撤销。

2）刀具号 T 后面若没有补偿号 D，则 D1 号补偿自动有效。编程时写 D0，刀具补偿值无效。

3）补偿方向指令 G41 和 G42 可以相互变换，无需在其中再写入 G40 指令。原补偿方向的程序段在其轨迹终点处按补偿矢量的正常状态结束，然后按新的补偿方向开始进行补偿。

举例如下：用刀尖半径补偿指令编制如图 3-62 所示工件的精加工程序。

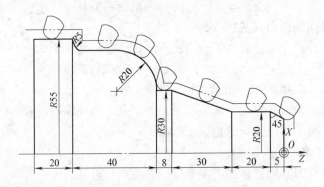

图 3-62　刀尖半径补偿举例

% ＿＿ N ＿＿ DJ01 ＿＿ MPF	程序名
；$ PATH ＝/ ＿＿ N ＿＿ MPF ＿＿ DIR	传输格式
N100　G90　G54　G94；	建立工件坐标系，采用每分钟进给、绝对尺寸编程
N105　T1　D1；	换 1 号外圆刀，并建立刀补
N110　S800　M03；	主轴正转，转速为 800r/min
N115　G00　X0　Z6；	快速进刀
N120　G01　G42　X0　Z0　F50；	刀具进给至工件原点并开始补偿运行
N125　G01　X40　Z0　CHF ＝5；	车端面，并倒角 C5
N130　Z－25；	车 R20 外圆
N135　X60　Z－55；	车圆锥
N140　Z－63；	车 R30 外圆
N145　G03　X100　Z－83　CR ＝20　F50；	车 R20 圆弧
N150　G01　Z－98；	车外圆
N155　G02　X110　Z－103　CR ＝5；	车 R5 圆弧
N160　G01　Z－123；	车 R55 外圆
N165　G40　G00　X200　Z100；	退回换刀点
N170　M05；	主轴停转
N175　M02；	主程序结束

13. 子程序

当在程序中出现重复使用的某段固定程序时，为简化编程，可将这一段程序预先存入存储器，以作为子程序调用。

子程序的结构与主程序的结构一样。SINUMERIK 802S 系统子程序结束除了用 M17 指令外，还可以用 RET 指令。在一个程序中（主程序或子程序）可以直接用程序名调用子程序，子程序调用要求占用一个独立的程序段。例如：

N10　KL785；调用子程序 KL785

N20　AAl；调用子程序 AAl

如果要求连续多次地执行某一子程序，必须在所要调用子程序的程序名后，用地址字符 P 写下调用次数，最大次数可以为 9999。例如：

N10 KL785 P3；

表示调用子程序 KL785，运行 3 次。

子程序不仅可以从主程序中调用，也可以从其他子程序中调用，这个过程称为子程序的嵌套。SINUMERIK 802S 系统子程序的嵌套深度可为三层。

14. 计算参数（R）

系统中共有 250 个计算参数可供使用，其中 R0 ~ R99 可以自由使用，R100 ~ R249 为加工循环传递参数。如果在程序中没有使用加工循环，这部分计算参数也同样可以自由使用。

计算参数的赋值范围为 ± (0.000 0001 ~ 99 999 999)。例如：

R1 = 20，

表示给 R1 参数赋值为 20。如果在程序中出现 G91 G01 Z = R1，就表示沿 Z 轴直线移动 20mm。

一个程序段中可以有多个赋值语句，也可以用计算表达式赋值。通过给其他的 NC 地址分配计算参数或参数表达式，可以增加 NC 程序的通用性。除地址 N、C 和 L 外，可以用数值、算术表达式或 R 参数对任意 NC 地址赋值。赋值时在地址符之后写入符号 " = "，赋值语句也可以赋值 " – " 号。给坐标轴地址（运行指令）赋值时，要求有一个独立的程序段，例如：

N10 G00 X = R2；给 X 轴赋值

在计算参数时也遵循通常的数学运算规则。圆括号内的运算优先进行。另外，乘法和除法运算优先于加法和减法运算。角度计算单位为度。例如：

NI0 R1 = R1 + 1；	由原来的 R1 加上 1 后得到新的 R1
N20 R1 = R2 + R3 R4 = R5 – R6	
R7 = R8 * R9 R10 = R11/R12；	
N30 R13 = SIN (25.3)；	R13 等于 25.3°的正弦值
N40 R14 = R1 * R2 + R3；	乘法和除法运算优先于加法和减法运算
R14 = RI * R2 + R3；	
N50 R14 = R3 + R2 * RI；	与 N40 一样
N60 R15 = SQRT (R1 * R1 + R2 * R2)；	意义等于 $R15 = \sqrt{R1^2 + R2^2}$

四、螺纹切削

1. 螺纹切削简单指令（G33）

用 G33 指令可以加工以下各种类型的恒螺距螺纹，如圆柱螺纹、圆锥螺纹、内螺纹/外螺纹、单线螺纹/多线螺纹等。但前提条件是主轴上有位移测量系统。

（1）圆柱螺纹加工 其程序段格式为

G33 Z____ K____ SF = ____；

（2）端面螺纹加工 其程序段格式为

G33 X____ I____ SF = ____；

（3）圆锥螺纹加工 其程序段格式为

G33　Z ____ X ____ I ____；锥角大于 45°

G33　Z ____ X ____ K ____；锥角小于 45°

其中 Z、X 为螺纹终点坐标，K、I 分别为螺距。SF 为起始点偏移量，单线螺纹可不设。加工多线螺纹时要求设置起始点偏移量，加工完一条螺纹后，再加工第二条螺纹时，要求车刀的起始偏移量与加工第一条螺纹的起始点偏移量偏移（转）一定的角度，如图 3-63 所示，也可以使车刀的起始点偏移一个螺距。

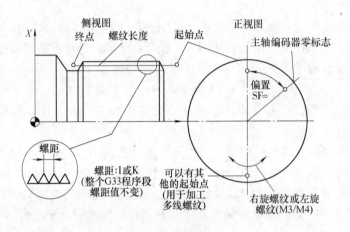

图 3-63　螺纹切削

例如，加工双线圆柱螺纹时：

加工第一道螺纹的指令为 G33　Z ____ K ____ SF = 0；

加工第二道螺纹的指令为 G33　Z ____ K ____ SF = 180；

2. 螺纹加工复合循环（LCYC97）

（1）功能　用螺纹切削循环可以按纵向或横向加工形状为圆柱体或圆锥体的外螺纹或内螺纹，并且既能加工单头螺纹也能加工多头螺纹。切削进刀深度可自动设定。

左旋螺纹/右旋螺纹由主轴的旋转方向确定。它必须在调用循环之前的程序中预先设定好。在螺纹加工期间，进给倍率修调功能和主轴倍率修调功能无效。

（2）指令使用的计算参数

1）循环 LCYC97 计算参数见表 3-9。

表 3-9　循环 LCYC97 计算参数

参　　数	含义及数值范围	参　　数	含义及数值范围
R100	螺纹起始点直径	R109	空刀导入量，无符号
R101	纵向轴螺纹起始点	R110	空刀退出量，无符号
R102	螺纹终点直径	R111	螺纹深度，无符号
R103	纵向轴螺纹终点	R112	起始点偏移，无符号
R104	螺纹导程值，无符号	R113	粗切削次数，无符号
R105	加工类型，数值 1 或 2	R114	螺纹线数，无符号
R106	精加工余量，无符号		

螺纹切削参数示意图如图 3-64 所示。

2）参数详细说明如下。

R100：螺纹起始点直径参数。

R101：纵向轴起始点参数。对圆柱螺纹，R101 为 Z 向起点坐标。

R102：螺纹终点直径参数。圆柱螺纹，该值与 R100 相等。

R103：纵向轴终点参数。

R104：螺纹导程值参数。对单头螺纹为螺距，该值无符号。

R105：加工方式参数。R105 参数确定加工外螺纹还是内螺纹，若 R105 = 1，则为外螺纹加工；若 R105 = 2，则为内螺纹加工。该参数不允许出现其他值。

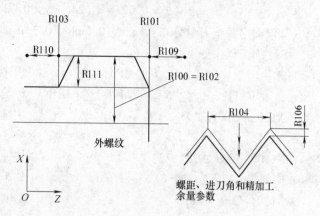

图 3-64　螺纹切削参数示意图

R106：精加工余量参数。由用户设定螺纹的精加工余量。

R109、R110：空刀导入量和空刀导出量参数，参数 R109 和 R110 用于循环内部计算空刀导入量和空刀退出量。循环中编程起始点提前一个空刀导入量，编程终点延长一个空刀退出量。

R111：螺纹深度参数。用于确定螺纹的背吃刀量。

R112：起始点偏移参数。在该参数下指定一个角度值，由该角度确定车削件圆周上第一个螺纹线的切入点位置。该值一般取 0 即可。

R113：粗切削次数参数。R113 确定螺纹加工中粗切削次数。循环根据参数 R106 和 R111 自动计算出每次切削的进刀深度，即将螺纹总切深（R111）减去螺纹精加工余量（R106）后剩下的尺寸划分为几次粗切削进给。

R114：螺纹头数参数。该参数确定螺纹头数。

3）纵向螺纹和横向螺纹的判别循环，自动地判别纵向螺纹加工或横向螺纹加工。如果圆锥角小于或等于 45°，则按纵向螺纹加工，否则按横向螺纹加工。参见前面 G33 指令。

（3）LCYC97 指令动作过程

1）G0 方式回第一条螺纹线空刀导入量的起始处。

2）按照参数 R105 确定的加工方式进行粗加工进刀。

3）根据编程的粗切削次数重复螺纹切削。

4）G33 切削精加工余量。

5）其他螺纹线的加工与上面所述重复。

3. 螺纹切削举例

（1）用 G33 指令切削螺纹　举例如下：

编制如图 3-65 所示双线螺纹 M24 × 3（P1.5）的加工程序。空刀导入量 δ_1 = 3mm，空刀导出量 δ_2 = 2mm。

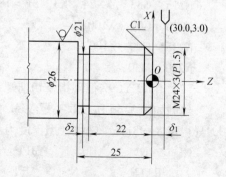

图 3-65　G33 指令切削螺纹举例

1）计算螺纹小径 d_1。

$$d = d - 2 \times 0.62P = (24 - 2 \times 0.62 \times 1.5)\text{mm} = 22.14\text{mm}$$

2）确定背吃刀量分布：1mm、0.5mm、0.36mm。

3）加工程序如下：

%＿＿ N ＿＿ LW01 ＿＿ MPF	程序名
；$ PATH = /＿＿ N ＿＿ MPF ＿＿ DIR	传输格式
N100　S300　M03；	主轴正转，转速为300r/min
N105　T3　D3；	换3号螺纹刀
N110　G00　X23　Z3；	快速进刀至螺纹起点
N115　G33　Z－24　K3　SF＝0；	切削第一条螺纹，背吃刀量为1mm
N120　G00　X30；	X轴向快速退刀
N125　C00　Z3；	Z轴快速返回螺纹起点处
N130　G00　X22.5；	X轴快速进刀至螺纹起点处
N135　G33　Z－24　K3　SF＝0；	切削第一条螺纹，背吃刀量为0.5mm
N140　G00　X30；	X轴向快速退刀
N145　G00　Z3；	Z轴快速返回螺纹起点处
N150　G00　X22.14；	X轴快速进刀至螺纹起点处
N155　G33　Z－24　K3　SF＝0；	切削第一条螺纹，背吃刀量为0.36mm
N160　G00　X30；	X轴向快速退刀
N165　C00　Z3；	Z轴快速返回螺纹起点处
N170　G00　X23；	X轴快速进刀至螺纹起点处
N175　G33　Z－24　K3　SF＝180；	切削第二条螺纹，背吃刀量为1mm
N180　G00　X30；	X轴向快速退刀
N185　G00　Z3；	Z轴快速返回螺纹起点处
N190　G00　X22.5；	X轴快速进刀至螺纹起点处
N195　G33　Z－24　K3　SF＝180；	切削第二条螺纹，背吃刀量为0.5mm
N200　G00　X30；	X轴向快速退刀
N205　G00　Z3；	Z轴快速返回螺纹起点处
N210　G00　X22.14；	X轴快速进刀至螺纹起点处
N215　G33　Z－24　K3　SF＝180；	切削第二条螺纹，背吃刀量为0.36mm
N220　G00　X100；	退回换刀点
N225　G00　Z100；	退回换刀点
N230　M30；	程序停止

（2）用 LCYC97 循环指令切削螺纹　举例如下：

编制如图 3-66 所示双头螺纹 M24 × 3 （$P1.5$）的加工程序。空刀导入量 $\delta_1 = 4$mm，空刀导出量 $\delta_2 = 3$mm，螺纹牙型深度为 $0.62P \times 1.5$mm $= 0.93$mm，其加工程序为：

%＿＿ N ＿＿ XH01 ＿＿ MPF	程序名
；$ PATH = /＿＿ N ＿＿ MPF ＿＿ DIR	传输格式

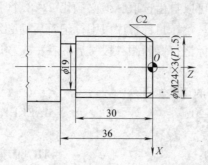

图 3-66 LCYC97 循环指令切削螺纹举例

N10 G54 G90 G95 F0.3 T1 D1 S600 M03;	采用 G54 工件坐标系，绝对编程，每转进给，主轴正转
N20 G00 X100 Z100;	编程的起始位置
R100 = 24;	螺纹起点直径为 24mm
R101 = 0;	螺纹轴向起点坐标为 0
R102 = 24;	螺纹终点直径为 24mm
R103 = -30;	螺纹轴向终点 Z 坐标为 -30
R104 = 3;	螺纹导程为 3mm
R105 = 1;	螺纹加工类型，外螺纹
R106 = 0.1;	螺纹精加工余量为 0.1mm（半径值）
R109 = 4;	空刀导入量为 4mm
R110 = 3;	空刀导出量为 3mm
R11l = 0.93;	螺纹牙深度为 0.93mm（半径值）
R112 = 0;	螺纹起始点偏移
R113 = 8;	粗切削次数为 8 次
R114 = 2;	螺纹线数
N30 LCYC97;	调用螺纹切削循环
N40 G00 X100 Z100;	循环结束后返回起始点
N50 M05;	主轴停转
N60 M02;	程序结束

五、程序跳转及应用

加工程序在运行时是以输入的顺序来执行的，但有时程序需要改变执行顺序，这时可应用程序跳转指令，实现程序的分支运行。实现程序跳转需要跳转目标和跳转条件两个要素。程序跳转包括绝对跳转和有条件跳转两种。

1. 标记符

（1）功能 标记符或程序段号是用于标记程序中所跳转的目标程序段。跳转功能可以实现程序运行分支。标记符可以自由选取，但必须由 2 ~ 8 个字母或数字组成，其中开始两个符号必须是字母或下划线。跳转目标程序段中标记符后面必须为冒号。标记符位于程序段段首，如果程序段有段号，标记符要紧跟在段号后。在一个程序段中，标记符不能含有其他意义。

（2）程序举例　标记符的用法如下：

N10　MARKE1：G1　X20；　　　　　　　　　MAEKE1 为标记符，跳转目标程序段

　……

TR789：G0　X10　Z20；　　　　　　　　　TR789 为标记符，跳转目标程序段，
　　　　　　　　　　　　　　　　　　　　　没有段号

N100　……；　　　　　　　　　　　　　　程序段号可以是跳转目标

2. 绝对跳转

（1）功能　NC 程序在运行时以写入时的顺序执行程序段。程序在运行时可以通过插入程序跳转指令改变执行顺序。

跳转目标只能是有标记符或一个程序段号的程序段。此程序段必须位于该程序之内。

绝对跳转指令必须占用一个独立的程序段。

（2）编程指令　举例如下：

GOTOF　Label；　　　　　　　　　　　　向前跳转（向程序结束的方向）

GOTOB　Label；　　　　　　　　　　　　向后跳转（向程序开始的方向）

Label 表示标记符或程序段号，为跳转目标。

（3）编程举例　绝对跳转的应用如下：

N10　G0　X____　Z____

　……

N20　GOTOF　MARKE0；　　　　　　　　跳转到 MARKE0

　……

N50　MARKE0：R1 = R2 + R3

N51　GOTOF　MARKE1；　　　　　　　　跳转到 MARKE1

　……

　　　MARKE2：X____　Z____

N100　M2；　　　　　　　　　　　　　　程序结束

　　　MAEKE1：X____　Z____

　……

N150　GOROB　MARKE2；　　　　　　　　跳转到 MARKE2

3. 有条件跳转

（1）功能　用 IF 条件语句表示有条件跳转。如果满足跳转条件（也就是值不等于零），则进行跳转。跳转目标只能是有标记符或程序段号的程序段。该程序段必须在此程序之内。

有条件跳转指令要求一个独立的程序段。在一个程序段中可以有多个条件跳转指令。

条件跳转指令有时会使程序得到明显的简化。

（2）编程指令　举例如下。

IF 条件 GOTOF　Label；　　　　　　　　向前跳转（向程序结束的方向）

IF 条件 GOTOF　Label；　　　　　　　　向后跳转（向程序开始的方向）

关于上面指令的说明如下：

1）条件：作为条件的计算参数或计算表达式。

2）Label：表示标记符或程序段号，为跳转目标。

（3）用作条件的比较运算符号　比较运算符见表3-10。

表 3-10　比较运算符

运算符号	说　明	运算符号	说　明
＝＝	等于	＜	小于
＜　＞	不等	＞＝	大于或等于
＞	大于	＜＝	小于或等于

用上述比较运算符表示跳转条件，计算表达式也可用于比较运算。比较运算的结果有两种，一种为满足，另一种为不满足。不满足时，该运算结果值为零。

4. 程序跳转编程举例

（1）有条件跳转的应用

N10　IF　R1　GOTOF　LABEL1；　　　　R1 不等于零时，跳转到 LABEL1 程序段

……

N90　LABEL1：…

N100　IF　R1 ＞1　GOTOF　LABEL2；　　R1 大于 1 时，跳转到 LABEL2 程序段

……

N150　IABEL2：…

……

N800　IABEL3：…

……

N1000　IF　R45 ＝＝ R7 ＋1　GOTOB　MARKE3；　R45 等于 R7 加 1 时，跳转到 LABEL3 程序段

……

（2）一个程序段中有多个条件跳转的情况

N10　MA1：…

……

N20　IF　R1 ＝＝1　GOTOB　MA1；　　　如果 R1 ＝1 跳转到 MA1 程序段

N30　IF　R1 ＝＝2　GOTOF　MA2；　　　如果 R1 ＝2 跳转到 MA2 程序段

……

N50　MA2：…

……

（3）用跳转指令和 R 参数编写如图 3-67 所示的椭圆加工程序，材料为 45 钢，棒料直径为 40mm。

编程原点在椭圆的中心 O，用角度作为变量。程序如下：

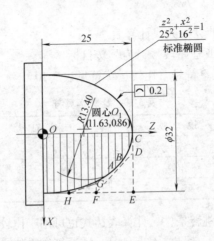

图 3-67　应用程序跳转加工椭圆

% ____ N ____ JY1 ____ MPF	程序名
; $ PATH = / ____ N ____ MPF ____ DIR	传输格式
N10　G54　G94　G90;	采用 G54 工件坐标系，绝对值编程，每分钟进给
N20　T1　D1;	换 1 号外圆车刀
N30　S600　M03;	主轴正转，转速为 600r/min
N40　R8 = 20;	设置 X 轴偏移值 20mm
N50　MA1：G158　X = R8;	设置标记符 MA1，X 轴采用可编程零点偏移
N60　TYJG1;	调用 TYJG1 子程序粗加工椭圆
N70　R8 = R8 - 1;	R8 变量每次减 1，即每次粗加工 X 向背吃刀量减 1mm（半径值）
N80　IF　R8 > 0.3　GOTOB　MA1;	如工件未加工余量大于 0.3mm，则返回 MA1 标记处再粗加工
N90　G158;	取消可编程零点偏移
N100　R8 = 0;	X 轴偏移值设置为零
N110　M05　M00;	主轴停转，程序暂停
N120　S1200　M03;	主轴变速，转速为 1200r/min
N130　TYJG1;	调用 TYJG1 子程序精加工椭圆
N140　G00　X100　Z100;	快退至换刀点
N150　M02;	主程序结束
% ____ N ____ TYJG1 ____ SPF	子程序名
; $ PATH = / ____ N ____ SPF ____ DIR	传输格式
N10　G90　G00　X0　Z27;	快速进刀

N20　G01　Z0　F50;	工进至椭圆零点
N30　R1＝25　R2＝16　R3＝1　R4＝90;	椭圆长轴为25，短轴为16，起始角为1°，总角度为90°
N40　MA2：R5＝R1*COS（R3）;	设置椭圆长轴（Z向）变量
R6＝2*R2*SIN（R3）;	设置短轴（X向）变量
N50　G01　X＝R6　Z＝R5　F100;	用直线插补拟合椭圆曲线
N60　R3＝R3＋1;	角度变量每次增加1°
N70　IF　R6＞40－2*R8　GOTOF　MA3;	如果刀具在X向超过毛坯直径，返回椭圆加工起始点，以减少空刀量
N80　IF　R3＜＝R4　GOTOB　MA2;	如果角度变量小于90°，椭圆未加工完毕，返回MA2标记处再粗加工
N90　MA3：G91　G00　X2;	X方向退刀2mm
N100　G90　Z27;	返回椭圆加工起始点
N110　RET;	子程序结束

六、循环指令及应用

1. SINUMERIK 802S 系统标准循环概述

（1）概述　循环是指用于特定加工过程的工艺子程序，一般应用于车槽、轮廓切削或螺纹车削等编程量较大的加工过程。循环在用于上述加工过程时只要改变相应的参数，进行少量的编程即可。调用一个循环之前，必须已经对该循环的传递参数赋值。循环结束后传递参数的值保持不变。

（2）SINUMERIK 802S 系统标准循环　见表3-11。

表3-11　SINUMERIK 802S 系统标准循环

指　令	功　能	指　令	功　能
LCYC82	钻孔，沉孔加工	LCYC93	凹槽切削
LCYC83	深孔钻削	LCYC94	凹凸切削（E型和F型，按DIN标准）
LCYC84	带补偿夹具内螺纹切削	LCYC95	毛坯切削（带根切）
LCYC85	车孔	LCYC97	螺纹切削

（3）关于循环的说明　LCYC82、LCYC83、LCYC84、LCYC85指令主要用于采用转塔式刀架装夹钻镗类刀具加工内孔，切削动作方式与数控铣床相应指令类似。LCYC94用于加工符合德国国标的E型和F型退刀槽。以上有关循环本书不作具体阐述。LCYC95用于对工件形状进行粗精加工，LCYC93用于加工凹槽形状，LCYC97为螺纹复合循环加工。

（4）循环参数应用规则

1）参数使用。循环中所使用的描述参数为R100～R249。调用一个循环之前必须已经对该循环所使用的参数赋值。循环结束以后这些参数的值保持不变。

2）计算参数。使用加工循环时用户必须预先确认保留参数R100～R249只被用于加工循环，而不被程序中其他地方使用。循环使用R250～R299作为内部计算参数。

3）调用/返回条件。调用循环之前，在循环LCYC93、LCYC94、LCYC95、LCYC97中，G25（直径编程）必须有效；在循环LCYC82、LCYC 83、LCYC84、LCYC85中，G17（选择

XY 坐标平面）必须有效。否则系统给出报警号"17040 坐标轴非法设定"。

如果在循环中没有用于设定进给值、主轴转速和主轴方向的参数，则在零件程序中必须设定这些值。循环结束以后 G0、G90、G40 一直有效。

4）循环中的刀补应用。循环开始前必须激活刀补号，精加工循环时程序自动启用刀具半径补偿。

2. 切槽复合循环 LCYC93

（1）功能　在圆柱形工件上，不管是进行纵向加工还是进行横向加工，都可以利用车槽循环对称加工出要求的槽，包括外部车槽和内部车槽。

（2）指令使用的计算参数

1）用于循环 LCYC93 的参数见表 3-12。

表 3-12　用于循环 LCYC93 的参数

参　　数	含义及数值范围	参　　数	含义及数值范围
R100	横向坐标轴起始点	R114	槽宽，无符号
R101	纵向坐标轴起始点	R115	槽深，无符号
R105	加工类型，数值 1～8	R116	角，无符号，范围：0～89.999°
R106	精加工余量，无符号	R117	槽沿倒角
R107	刀具宽度，无符号	R118	槽底倒角
R108	背吃刀量，无符号	R119	槽底停留时间

纵向加工时的车槽循环参数如图 3-68 所示。

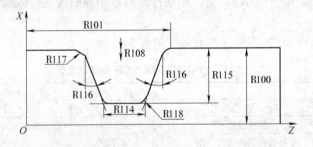

图 3-68　纵向加工时的车槽循环参数

2）关于使用参数的详细说明：

R100：指定 X 向车槽起始点直径。

R101：指定 Z 向车槽起始点。

R105：切削方式见表 3-13。

表 3-13　切削方式

数　　值	纵向/横向	外部/内部	起始点位置
1	纵向	外部	左边
2	横向	外部	左边
3	纵向	内部	左边
4	横向	内部	左边

（续）

数　　值	纵向/横向	外部/内部	起始点位置
5	纵向	外部	右边
6	横向	外部	右边
7	纵向	内部	右边
8	横向	内部	右边

R106：指定槽的精加工余量。

R107：定义刀具宽度。实际所用的刀具宽度必须与参数设定值一致，保证加工出的槽的形状符合零件图要求。刀具宽度必须小于槽的最小宽度。

R108：对较深的槽的切削，参数 R108 有重要意义。通过在 R108 中指定的进刀深度将整个槽切深分成多个切深进给。在每次切深后刀具上提 1mm，以便断屑。

R114：指定槽底的宽度值（不考虑倒角）。

R115：指定车槽的深度。

R116：指定槽侧面的斜度，单位为度（°）。取值为 0 时表示加工矩形槽。

R117：确定槽口的倒角。

R118：确定槽底的倒角。

R119：用于设定合适的槽底停留时间。

（3）指令动作过程

1）G00 方式回循环自动计算出的起始点。

2）切深进给分为 G01 方式切深进给和 G00 方式切宽进给。

3）用调用循环之前所编程的进给值从两边精加工整个轮廓，直至槽底中心。

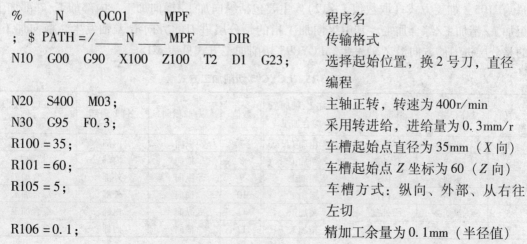

图 3-69　LCYC 93 循环指令应用举例

（4）LCYC93 循环指令应用　举例如下：

从起始点（35，60）起加工深度为 25mm，宽度为 30mm 的车槽，槽底倒角的编程长度为 2mm，精加工余量为 0.5mm，刀具宽度为 4mm（见图 3-69）。

%＿＿＿ N ＿＿＿ QC01 ＿＿＿ MPF	程序名
; $ PATH =/＿＿＿ N ＿＿＿ MPF ＿＿＿ DIR	传输格式
N10　G00　G90　X100　Z100　T2　D1　G23;	选择起始位置，换 2 号刀，直径编程
N20　S400　M03;	主轴正转，转速为 400r/min
N30　G95　F0.3;	采用转进给，进给量为 0.3mm/r
R100 = 35;	车槽起始点直径为 35mm（X 向）
R101 = 60;	车槽起始点 Z 坐标为 60（Z 向）
R105 = 5;	车槽方式：纵向、外部、从右往左切
R106 = 0.1;	精加工余量为 0.1mm（半径值）

R107 = 4；	车槽刀宽为 4mm
R108 = 2；	每次的背吃刀量为 2mm
R114 = 30；	槽宽为 30mm
R115 = 25；	槽深为 25mm（半径值）
R116 = 20；	车槽斜角为 20°
R117 = 0；	槽沿倒角为 0
R118 = 2；	槽底倒角为 2mm
R119 = 1；	槽底停留时间：主轴转 1 转
N40　LCYC93；	车槽循环
N50　G90　G00　X100　Z100；	退回至起始位置（X100　Z100）
N60　M02；	主程序结束

3. 毛坯切削循环 LCYC95

（1）功能　毛坯切削循环可以在坐标轴平行方向加工由子程序描述的零件轮廓，通过参数的选择进行纵向和横向加工以及内外轮廓的加工。在本循环中还可以通过参数选择对轮廓进行粗加工、精加工或综合加工，并且可以在任意位置调用此循环（前提是保证刀具进刀不发生碰撞）。

（2）指令使用的计算参数　具体介绍如下：

1）LCYC95 使用参数见表 3-14。

表 3-14　LCYC95 使用参数

参　数	含义及数值范围
R105	加工类型数值 1 ~ 12
R106	精加工余量，无符号
R108	背吃刀量，无符号
R109	粗加工切入角，在端面加工时该值必须为零
R110	粗加工时的退刀量
R111	粗切进给率
R112	精切进给率

2）关于参数的说明。

R105：加工方式（取数值 1 ~ 12）。主要包括纵向加工/横向加工、内部加工/外部加工、粗加工/精加工/综合加工。其中纵向加工指的是分层进刀的方向沿 X 轴发生。横向加工指的是分层进刀的方向沿 Z 轴发生。LCYC95 切削加工方式见表 3-15。

表 3-15　LCYC95 切削加工方式

数值	纵向/横向	外部/内部	粗加工/精加工/综合加工	数值	纵向/横向	外部/内部	粗加工/精加工/综合加工
1	纵向	外部	粗加工	7	纵向	内部	精加工
2	横向	外部	粗加工	8	横向	内部	精加工
3	纵向	内部	粗加工	9	纵向	外部	综合加工
4	横向	内部	粗加工	10	横向	外部	综合加工
5	纵向	外部	精加工	11	纵向	内部	综合加工
6	横向	外部	精加工	12	横向	内部	综合加工

R106：精加工余量。通过 R106 给出的值确定工件的精加工余量。精加工轮廓按子程序描述的轮廓向实体外偏置 R106 指定的值，系统不区分 X、Z 向的精加工余量。如果 R106 等于 0，则无精加工过程。

R108：设定用户指定的粗加工每层的背吃刀量。

R109：粗加工时的进刀方向按照参数给定的角度进行。进行端面加工时，不可以成角度进给，该值必须设为零。此参数推荐为零。

R110：坐标轴平行方向的每次粗加工之后都必须从轮廓处退刀，然后用 G0 返回到起始点。R110 用于设定用户指定的退刀量的大小。

R111、R112：粗、精加工的进给率。是否需要这两个参数与 R105 所指定的值有关，比如 R105 = 1 时，参数 R112 无效。

（3）轮廓的子程序定义　在一个子程序当中编写待加工的工件轮廓程序时，循环通过变量 CNAME 名下的子程序来调用相应的轮廓加工子程序。轮廓由直线或圆弧组成，并可以在其中使用圆角（RND）和倒棱（CHA）指令。编程的圆弧段最大可以为 1/4 圆。轮廓中不允许出现根切，即沿刀具主要切削方向工件尺寸单调增或减。轮廓的编程方向必须与精加工时选择的加工方向相一致。

（4）LCYC 95 的指令动作执行过程　具体介绍如下。

1）粗切削。

① G0 方式从初始点至循环加工起始点（系统内部计算）。

② 按照参数 R109 下的编程角度进行深度进给。

③ 在坐标轴平行方向用 G1 以粗切进给率回粗切削交点。

④ G1/G2/G3 方式按粗切进给率进行粗加工，直至沿着轮廓+精加工余量的方式加工到最后一点。

⑤ 在每个坐标轴方向按参数 R110 中所编程的退刀量退刀，并用 G0 返回。

⑥ 重复以上过程，直至加工到最后深度。

2）精加工。

① 用 G0 按不同的坐标轴分别回循环加工起始点。

② 用 G0 在两个坐标轴方向同时回轮廓起始点。

③ G1/G2/G3 方式按精切进给率进行精加工。

④ 用 G0 在两个坐标轴方向回循环加工起始点。

（5）LCYC95 指令应用　举例如下：

1）举例一：外圆横向综合加工，毛坯尺寸 $\phi60$mm 已加工，如图 3-70 所示。

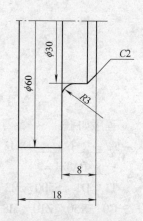

图 3-70　LCYC95 指令外圆横向综合加工

%___ N ___ EX2 ___ MPF	程序名
; $ PATH =/___ N ___ MPF ___ DIR	传输格式
T1　D1　S500　M3　M43;	93°外圆车刀
G0　X70　Z10　M8;	
__ CNAME = "EX21";	
R105 = 10　R106 = 1　R108 = 2;	
R109 = 0　R110 = 1;	

R111 = 0.3　R112 = 0.15；

LCYC95；

G74　X0　Z0；

M5　M9；

M2；

EX21. SPF；

G0　X62　Z - 8；

G1　X36；

G3　X30　Z - 3　CR = 3；

G1　Z - 2；

X24　Z1；

RET；

2）举例二：外圆纵向综合加工，毛坯尺寸 ϕ40mm 已加工，如图3-71 所示。

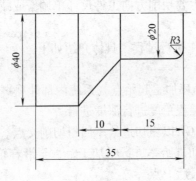

图 3-71　LCYC95 外圆纵向综合加工

程序如下：

% ＿＿ N ＿＿ EX1 ＿＿ MPF	程序名，包含有循环调用语句的主程序
；$ PATH = / ＿＿ N ＿＿ MPF ＿＿ DIR	传输格式
T1　D1　S500　M3　M43；	93°外圆车刀
G0　X50　Z10　M8；	安全起始点
＿ CNAME = "E × 11"；	轮廓子程序名为 E × 11. SPF
R105 = 9　R106 = 0.6　R108 = 4　R109 = 0；	精加工余量为 0.6，最大背吃刀量为 4，进刀角度为 0°
R110 = 1　R111 = 0.4　R112 = 0.25；	退刀量为 1，粗切进给率为 0.4，精切进给率为 0.25
LCYC 95；	调用轮廓循环加工
G74　X0　Z0；	
M5　M9；	
M2；	

%____ N ____ EX11 ____ SPF   描述工件轮廓的子程序

G0   X14   Z1；

G1   Z0；

G3   X20   Z－3   CR＝3；

G1   Z－15；

X40   Z－35；

RET；

3）举例三：内部纵向综合加工，毛坯尺寸 φ40mm 已加工，已钻底孔 φ20mm，如图 3-72 所示。

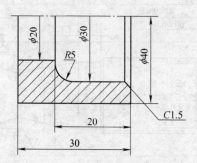

图 3-72   LCYC95 内部纵向综合加工

%____ N ____ EX3 ____ MPF   程序名，包含循环调用语句的主程序

；$ PATH ＝／____ N ____ MPF ____ DIR   传输格式

T2   D1   S500   M3   M43；   不通孔镗刀

G0   X10   Z10   M8；

__ CNAME ＝ "EX31"；

R105 ＝11   R106 ＝0.4   R108 ＝3   R109 ＝0；

R110 ＝1   R111 ＝0.3   R112 ＝0.15；

LCYC 95；

G74   X0   Z0；

M5   M9；

M2；

%____ N ____ EX31 ____ SPF   描述工件轮廓的子程序

G0   X35   Z1；

G1   X30   Z－1.5；

Z－15；

G3   X20   Z－20   CR＝5；

G1   X18；

RET；

第五节　数控车削加工编程综合实例

一、FANUC 车削系统的编程实例

例 3-1　毛坯尺寸为 $\phi40\text{mm} \times 220\text{mm}$，工件材料为 45 钢，刀具材料为 T15、YT15 等，粗车量 ΔD 为 4mm，精车余量为 0.5mm 左右。编写如图 3-73 所示零件的加工程序。

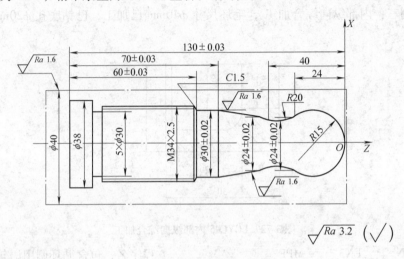

图 3-73　综合实例一零件图

1. 相关计算

（1）计算螺纹参数的经验公式　车外螺纹时，由于受车刀挤压会使螺纹大径尺寸膨胀，所以车螺纹前大径一般应车削地比基本尺寸小 0.2 ~ 0.4mm（约 0.13P），车好螺纹后牙顶处有 0.125P 的宽度（P 为螺距）。同理，车削三角形内螺纹时，内孔直径会缩小，所以车削内螺纹前的孔径要比内螺纹小径略大些，可采用下列近似公式计算：

1）车削外螺纹：

$$D_{底} = D_{小} \approx d - 1.3P$$
$$D_{顶} = D_{大} \approx d - (0.2 \sim 0.4\text{mm})$$

2）车削内螺纹：

$$D_{孔} = D_{顶} \approx d - P \qquad （塑性金属）$$
$$D_{孔} = D_{顶} \approx d - 1.05P \qquad （脆性金属）$$
$$D_{底} = D_{大} = d$$

式中，$D_{底}$ 为螺纹底径，$D_{顶}$ 为螺纹顶径，$D_{孔}$ 为车螺纹前的孔径，d 为螺纹公称直径，P 为螺距。

（2）本实例螺纹参数计算

$$D_{顶} = D_{大} \approx d - 0.2 = 34\text{mm} - 0.2\text{mm} = 33.8\text{mm}$$
$$D_{底} = D_{小} \approx d - 1.3P = 34\text{mm} - 1.3 \times 2.5\text{mm} = 30.75\text{mm}$$

2. 工艺方案

（1）自右至左粗加工各面

1）车端面。

2）车外圆 ϕ38.5mm，长 135mm。

3）车外圆 ϕ34.4mm，长 119.5mm。

4）车外圆 ϕ30.4mm，长 52.7mm。

5）倒角 C8。

（2）自右至左精加工各面

1）粗、精车 ϕ30mm 圆球右半球。

2）粗、精车 ϕ30mm 圆球左半球、R20 圆弧，粗车锥度。

3）精、车其余外形。

（3）切退刀槽

（4）车螺纹

（5）切断

3. 选择刀具及切削用量

1）外圆刀 T1：半粗车、精车。

2）切断刀 T2：宽 3mm。

3）螺纹刀 T3：车螺纹。

4）圆弧刀 T4：车圆弧。

5）切削用量（单位：转速为 r/min、进给量为 mm/min）：

① 粗车外圆 S500、F50；精车外圆 S900、F15。

② 切槽 S250、F8；车螺纹 S700。

③ 粗车圆弧 S500、F30；精车圆弧 S800、F15。

④ 切断 S200、F4。

4. 编程

（1）粗加工　程序如下：

N010	G50　X80　Z50；	设定工件坐标系
N015	T0100；	选用 01 号车刀，01 号车刀为标准刀
N020	S300　M03；	主轴正转，转速为 300r/min
N030	G00　X50　Z8；	车刀快速移至 X50、Z8 定位
N040	G94　X1　Z0　F20；	粗车外端面循环，进给量为 20mm/min
N050	S500；	提高主轴转速至 500r/min
N060	G90　X38.4　Z-135　F50；	车外圆 X38.4、Z-135，进给量为 50mm/min
N070	X34.2　Z-119.5；	车外圆 X34.2、Z-119.5
N080	X30.2　Z-69.5；	车外圆 X30.2、Z-69.5
N090	G00　X40　Z2；	车刀快速移至 X40　Z2 定位
N100	G90　X32　Z-5　R-7　F40；	倒角 C3
N110	X32　Z-90；	
N120	G00　X80　Z50；	回坐标系设定点，取消刀补
N130	M05；	主轴停转
N140	M30；	程序结束

（2）精加工　程序如下：

N010	G50　X80　Z50；	设定工件坐标系
N020	T0100；	选用 01 号车刀
N030	S500　M03；	主轴正转，500r/min
N040	G00　X0　Z5；	车刀快速移到 X0、Z8 定位
N050	G01　Z1　F30；	粗加工 R15 圆球的右半部分
N060	G03　X32　Z-15　R16；	
N070	G01　X36；	
N080	G00　X36　Z5；	
N090	X0　Z5　S900；	提高转速到 900r/min
N100	G01　Z0　F15；	精加工 R15 圆球的右半部分
N110	G03　X30　Z-15　R15；	
N120	G01　X36；	
N130	G00　X80　Z50；	回换刀起始点
N140	T0404；	选用 4 号刀，刀补为 04 号
N150	S500；	改变为 500r/min
N160	G00　X45　Z-15；	车刀快速移到 X45、Z-15 定位。
N170	G01　X36　F30；	
N180	M98　P0009；	调用子程序粗加工 R15 球
N190	G01　X32.5；	左半部分，R20 圆弧和圆锥
N200	M98　P0009；	
N210	G01　X30.10　S900　F15；	
N220	M98　P0009；	调用子程序精加工
N230	G01　X30；	
N240	M98　P0009；	
N250	G00　X80　Z50；	回换刀起始点
N260	T0400；	取消 04 号刀补
N270	T0100；	选用 01 号刀
N280	G00　X36　Z-58；	快速移到 X36、Z-58 定位
N290	G01　X30　F15；	
N300	Z-70；	
N310	X31；	
N320	X33.8　Z-71.5；	精加工其余外形，转速为 900r/min，
N330	Z-120；	进给量为 15mm/min
N340	X38；	
N350	Z-133；	
N360	X42；	
N370	G00　X80　Z50；	回换刀起始点，为 X80、Z50

N380	T0303；	选用 03 号刀，刀补号为 03
N390	M08 S250；	打开切削液，转速为 250r/min
N400	G00 X42 Z-120；	
N410	G01 X30 F8；	
N420	X38 F15；	
N430	W2；	切削退刀槽
N440	X30 F8；	
N450	X42 F15；	
N460	G00 X80 Z50；	回换刀起始点，为 X80、Z50
N470	T0300；	取消 03 号刀补
N480	S700 M09；	关闭切削液，改变转速为 700r/min
N490	T0202；	选用 02 号刀，刀补号为 02
N500	G00 X40 Z-65；	快速移到 X40、Z-65
N510	G92 X32.6 Z-116 F2.5；	
N520	X31.9；	
N530	X31.3；	切螺纹，导程为 2.5mm
N540	X30.75；	
N550	G00 X80 X50；	回换刀起始点
N560	T0200；	取消 02 号刀补
N570	S200 M08；	打开切削液，改变转速为 200r/min
N580	T0303；	选用 03 号刀补
N590	G00 X45 Z-133；	快速移到 X45、Z-133
N600	G01 X2 F4；	切断，进给率为 4mm/min
N610	X42 F15；	退刀，进给率为 15mm/min
N620	G00 X80 Z50；	回换刀起始点，为 X80、Z50
N630	T0300 M09；	取消 03 号刀补，关闭切削液
N640	M05；	停止主轴
N650	M30；	结束程序

子程序

O0009；		子程序名
N010	G03 X24 Z-24 R15；	走 $R15$ 圆弧
N020	G02 X24 Z-40 R20；	走 $R20$ 圆弧
N030	G01 X30 Z-60；	走锥度
N040	X42；	退刀
N050	G00 Z-15；	回起始进刀点
N060	M99；	结束子程序

例 3-2 零件如图 3-74 所示，毛坯为 φ40mm×220mm，工件材料为 45 钢，编写加工程序。

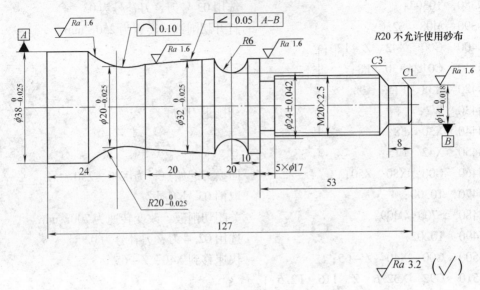

图 3-74　综合实例二零件图

1. 相关计算

螺纹参数计算如下：

$$D_顶 = D_大 \approx d - 0.2 = 20mm - 0.2mm = 19.8mm$$

$$D_底 = D_小 \approx d - 1.3P = 20mm - 1.3 \times 2.5mm = 16.75mm$$

2. 工艺方案

（1）自右至左粗加工各面

1）车端面。

2）车外圆 ϕ38.5mm，长 135mm。

3）车外圆 ϕ32.4mm，长 113mm。

4）车外圆 ϕ20.4mm，长 52.7mm。

5）车外圆 ϕ14.5mm，长 8mm。

6）倒角 C3

（2）自右至左精加工各面

（3）切退刀槽

（4）车螺纹

（5）车圆弧（调用子程序）

（6）切断

3. 选择刀具及切削用量

1）外圆刀 T1：粗、精。

2）切断刀 T2：刀宽 3mm。

3）螺纹刀 T3：车螺纹。

4）圆弧刀 T4：车圆弧。

5）切削用量（单位：转速为 r/min，进给量为 mm/min）：

粗车外圆 S500、F50。精车外圆 S900，F15；车槽 S250、F8；车螺纹 S500；粗车圆弧

S500、F25；精车圆弧 S800、F15；切断时 S200、F4。

4. 编程

（1）粗加工 程序如下。

N010 G50 X80 Z50 ;	设定工件坐标系
N020 S300 M03 ;	主轴正转，转速为 300r/min
N030 G00 X50 Z8 T0100 ;	选用 01 号车刀，刀补为 0，车刀快移至 X50，Z8 定位
N040 G94 X2 Z0 F20 ;	车外端面循环，进给量为 20mm/min
N050 S500 ;	提高主轴转速至 500r/min

N060 G90 X38.5 Z－135 F50 ;
N070 X35 Z－115 ;
N080 X32.4 Z－113 ;
N090 X28.3 Z－52.8 ; 粗车到各外圆轮廓尺寸，
N100 X24.3 ; 并保证 0.4～0.6mm 余量，
N110 X20.3 ; 进给量为 50mm/min
N120 X17 Z－8.5 ;
N130 X14.5 Z－8 ;

N140 G00 X14.5 Z2 ;	车刀快速移至 X14.5、Z2 定位
N150 G01 Z－7.5 ;	车刀走直线
N160 X20.5 Z－10.5 ;	倒角 3×45°
N170 X24 ;	
N180 G00 X80 Z50 ;	回坐标系设定点，为 X80、Z50
N190 M05 ;	主轴停转
N200 M30 ;	程序结束。

（2）精加工 程序如下：

N010 G50 X80 Z50 ;	设定工件坐标系
N015 S900 M03 ;	主轴正转，转速为 900r/min
N020 T0100 ;	选用 01 号刀，刀补为零
N030 X30 Z8 ;	车刀快速移到 X30、Z8 定位

N040 G01 X8 Z2 F60 ;
N050 G01 X14 Z－1 F15 ;
N060 Z－8 ;
N070 X19.8 Z－10.9 ;
N080 Z－53 ; 精车外形，保证各外圆精度，
N090 X32 ; 进给量为 15mm/min
N100 Z－110 ;
N110 X38 ;
N120 Z－130 ;
N125 X45 ;

N130	G00　X80　Z50；	回坐标系设定点
N140	S250；	降低主轴转速为 250r/min
N144	T0202；	选用 02 号车刀，刀补 02 号
N145	M08；	送切削液
N150	X34　Z－51；	快速移到 X34、Z－51 定位
N160	G01　X23　F40；⎫
N170	X17　F8；　　　⎬
N180	X34　F40；　　⎪
N190	Z－53　F8；　　⎬	切削退刀槽 5×φ17mm
N200	X17；　　　　　⎪
N210	X34　F40；　　⎭
N220	M09；	关切削液
N230	G00　X80　Z50　T0200；	回坐标系设定点，为 X80、Z50
N240	S700　T0303；	升主轴转速为 700r/min，选用 03 号车刀，刀补 03 号
N250	G00　X30　Z－5；	快速移到（X30，Z－5）定位
N260	G92　X18.7　Z－49　F2.5；	车螺纹循环，导程为 2.5mm
N270	X18.1；
N280	X17.7；
N290	X17.3；
N300	X16.75；
N310	G00　X80　Z50　T0300；	回坐标系设定点，取消 3 号刀补
N320	S500；	降低主轴转速为 500r/min
N325	T0404；	选用 04 号车刀，刀补 04 号
N330	G00　X50　Z－57.343；	快速移到 X50、Z－57.343
N340	G01　X40　F25；
N350	M98　P1303；	粗加工，调用子程序，程序名为 O1303
N360	G01　X37；
N370	M98　P1303；
N380	G01　X34；
N390	M98　P1303；
N400	G01　X32　S800　F15；
N410	M98　P1303；	精加工
N420	G00　X80　Z50　T0400；	回坐标系设定点，为 X80、Z50
N430	S200；	降低主轴转速为 250r/min
N440	T0202；	选用 02 号车刀，刀补 02 号
N450	M08；	打开切削液
N460	G00　X42　Z－130；	快速移到 X42、Z－130 定位
N470	G01　X2　F15；	切断

N480	X0	F4;		
N490	X40	F20;		
N500	G00	X80	Z50 M09 T0200;	回坐标系设定点，为X80、Z50
N510	M05;			主转停止
N520	M30;			程序结束

子程序

O1303;

N010	G02	W−11.314 R6;	车 R6mm 圆弧.
N020	G01	W−4.343;	走直线
N030	U−6.64 W−20;		走锥度
N040	G02	U12.64 W−26.703 R20;	走圆弧
N050	G01	U10;	退刀
N060	G00	W62.36;	回子程序进刀的 Z 轴坐标点
N070	M99;		子程序结束

二、SIEMENS 车削系统的编程实例

例 3-3 零件如图 3-75 所示，毛坯为 φ40mm 棒料，材料为 45 钢，应用 SINUMERIK 802S 系统编程并加工该零件。

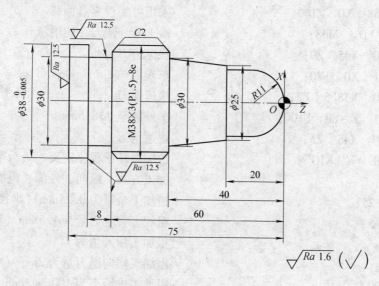

图 3-75 综合实例三零件图

1. 刀具设置

1 号刀：93°外圆刀；

2 号刀：车槽刀（刀宽为 4mm）；

3 号刀：60°外螺纹车刀。

2. 工艺路线

1）工件伸出卡盘外 85mm，找正后夹紧。

2）用 93°外圆刀车工件右端面，粗车外圆至 ϕ38.5mm × 80。

3）先车出 ϕ30.5mm × 40mm 圆柱，再车出 ϕ22.5mm × 20mm 圆柱。

4）用车圆法车右端圆弧和圆锥，分别留 0.5mm 精车余量。

5）精车外形轮廓至尺寸。

6）切退刀槽，并用车槽刀右刀尖倒出 M38 × 3 螺纹左端 C2 倒角。

7）换螺纹刀车双头螺纹。

8）切断工件。

3. 相关计算

1）计算双头螺纹 M38 × 3（P1.5）的底径：

$$d' = d - 2 \times 0.62p = 38 - 2 \times 0.62 \times 1.5 = 36.14mm$$

2）确定背吃刀量分布：1mm、0.5mm、0.3mm、0.06mm。

4. 加工程序

用 LCYC93 车槽循环、LCYC95 毛坯轮廓循环、LCYC97 螺纹切削循环指令编程。

% N ＿＿ SLl ＿＿ MPF	程序名
; \$ PATH =/＿＿ N ＿＿ MPF ＿＿ DIR	SINUMERIK 802S 系统传输格式
N10　G90　G94;	采用绝对值编程，分进给
N20　S600　M03;	主轴正转，转速为 600r/min
N30　G158　X0　Z100;	采用可编程零点偏移
N40　T1　D1　M08;	换 1 号外圆刀，切削液开
N50　G00　X45　Z0;	快速进刀
N60　G01　X0　F80;	车端面
N70　G00　X38.5　Z2;	快速退刀
N80　G01　Z－80　F100;	车外圆至 ϕ38.5mm
N90　G00　X45　Z5;	快速退刀
＿＿ CNAME = "LKJG";	轮廓循环子程序定义
R105 = 1;	加工方式：纵向、外部、粗加工
R106 = 0.25;	精加工余量为 0.25mm（半径值）
R108 = 1.5;	粗加工背吃刀量为 1.5mm（半径值）
R109 = 7;	粗加工切入角为 7°
R110 = 2;	粗加工横向退刀量为 2mm（半径值）
R111 = 100;	粗加工进给率为 100mm/min
N100　LCYC95;	调用轮廓循环
N110　S1200　M03　F50;	主轴变速，转速为 1200r/min，精加工进给率为 50mm/min
N120　LKJG;	调用 LKJG 子程序进行轮廓精加工
N130　G00　X100　Z100;	退回换刀点
N140　T2　D1;	换 2 号切刀

N150 S420 M03 F30;	主轴变速，转速为 420r/min，车槽进给率 为 30mm/min
N160 G00 Z-64;	快速进刀
N165 X40;	快速进刀
R100=38;	车槽起始点直径 38mm（X 向）
R101=-64;	车槽起始点 Z 坐标 -64（Z 向）
R105=5;	车槽方式：纵向、外部、从右往左切
R106=0.1;	精加工余量为 0.1mm（半径值）
R107=4;	车槽刀宽为 4mm
R108=1.5;	每次的背吃刀量为 1.5mm（半径值）
R114=8;	槽宽为 8mm
R115=4;	槽深为 4mm（半径值）
R116=0;	车槽斜角为 0°
R117=0;	槽沿倒角为 0°
R118=0;	槽底倒角 0°
R119=0;	槽底停留时间 0
LCYC93;	调用车槽循环
N170 G00 X40;	快速退刀
N180 G00 Z-61;	快速进刀
N190 G01 X34 Z-64 F30;	用车槽刀右刀尖倒 M38 螺纹左端 C2 倒角
N200 G00 X100;	
N210 Z100;	快退至换刀点
N220 T3 D1;	换 3 号螺纹刀
N230 S600 M03;	主轴变速，转速为 600r/min
R100=38;	螺纹起点直径为 38mm
R101=-40;	螺纹轴向起点 Z 坐标 -40
R102=38;	螺纹终点直径 38mm
R103=-60;	螺纹轴向终点 Z 坐标为 -60
R104=3;	螺纹导程为 3mm
R105=1;	螺纹加工类型，外螺纹
R106=0.1;	螺纹精加工余量为 0.1mm（半径值）
R109=4;	空刀导入量为 4mm
R110=3;	空刀导出量为 3mm
R111=0.93;	螺纹牙深度为 0.93mm（半径值）
R112=0;	螺纹起始点偏移
R113=8;	螺纹粗切削次数 8 次
R114=2;	螺纹线数
N240 LCYC97;	调用螺纹切削循环
N250 G00 X100 Z100;	退回换刀点

N260	T2	D1	S420	M03；	换 2 号切槽刀，主轴变速，转速 420r/min
N270	G00	X45	Z－79；		快速进刀
N280	G01	X0	F30；		切断
N290	G00	X100；			
N300	Z100	M09；			退回换刀点，切削液关
N310	M05；				主轴停转
N320	M02；				主程序结束

```
%____N____LKJG____MPF              轮廓加工子程序
;  $ PATH =/____N____MPF____DIR     子程序传输格式
N10    G01    X0    Z0；
N20    G03    X22    Z－11    CR＝11；
N30    C01    Z－20；
N40    X25；
N50    X30    Z－40；
N60    X37.8    Z－40    CHF＝2；
N70    Z－68；
N80    X37.975；
N90    Z－80；
N100   RET；                        子程序结束
```

本 章 小 结

　　本章讲述了 FANUC 车削系统和 SIEMENS 车削系统的编程指令和编程方法，重点是编写 FANUC 系统和 SIEMENS 系统数控车削程序，难点是两种系统在编程时指令用法的差别。

思考与训练

一、判断题

1. 为了保证数控机床正常运行，在加工首件前必须要对加工程序进行试运行。　　　　（　　）

2. 某些数控零件加工程序中使用了"/"符号，这是为了方便加工中途测量加工尺寸用的。　（　　）

3. 对刀点的设置应遵循方便对刀，尽量确定在编程零点上为原则。　　　　　　　　（　　）

4. 主程序与子程序的内容不同，但两者的程序格式应相同。　　　　　　　　　　　（　　）

5. 在使用子程序时，不但可以从主程序调用子程序，子程序也可以调用其他程序。　（　　）

6. FANUC 0T 系统的 G71 指令中的"ns"～"nf"程序段编写了非单调变化的轮廓，则在 G71 执行过程中会产生程序报警。　　　　　　　　　　　　　　　　　　　　　　　　　（　　）

7. G71 指令中和程序段段号"ns"～"nf"中同时指定了 F 和 S 值时，则粗加工循环切削过程中，程序段段号"ns"～"nf"中指定的 F 和 S 值有效。　　　　　　　　　　　　　（　　）

8. FANUC 数控复合固定循环指令中能进行子程序的调用。（　　）

9. 在 SINUMERIK 802S 系统中，子程序 L10 和子程序 L010 是相同的程序。（　　）

10. 在 SINUMERIK 802S 系统中，指令 T1D1 和指令 T2D1 使用的刀具补偿值是同一刀补存储器中的补偿值。（　　）

二、选择题

1. 程序编写中首件试切的作用是（　　）。

A. 检验零件图样的正确性

B. 检验零件工艺方案的正确性

C. 检验程序单或控制介质的正确性，并检验是否满足加工精度要求

D. 仅检验数控穿孔带的正确性

2. 编排数控机床加工工序时，为了提高加工精度，采用（　　）。

A. 一次装夹多工序集中　　　　　　B. 精密专用夹具

C. 工序分散加工法　　　　　　　　D. 流水线作业法

3. 下列指令属绝对坐标指令的有（　　）。

A. G90　　　　　B. G91　　　　　C. G92　　　　　D. G94

4. （　　）情况下可以使用子程序编程。

A. 零件加工部位完全一样　　　　　B. 零件尺寸变化有规律

C. 零件尺寸按比例变化　　　　　　D. 零件尺寸变化较小

5. 数控编程时，应首先设定（　　）。

A. 机床原点　　　B. 固定参考点　　　C. 机床坐标系　　D. 工件坐标系

6. 关于固定循环编程，以下说法不正确的是（　　）。

A. 固定循环是预先设定好的一系列连续加工动作

B. 利用固定循环编程，可大大缩短程序的长度，减少程序所占内存

C. 利用固定循环编程，可以减少加工时的换刀次数，提高加工效率

D. 固定循环编程，可分为单一形状与多重（复合）固定循环两种类型

7. 用刀具半径补偿功能时，如刀补设置为负值，刀具轨迹是（　　）。

A. 左补偿　　　　　　　　　　　　B. 右补偿

C. 不能补偿　　　　　　　　　　　D. 实际补偿方向与程序中指定的补偿方向相反

8. 指令"G71 U（Δd）R（e）；G71 P（ns）Q（nf）U（Δu）W（Δw）F ____ S ____ T ____;"中的 "Δd" 表示（　　）。

A. X 向每次进刀量，半径量　　　　B. X 向每次进刀量，直径量

C. X 向精加工余量，半径量　　　　D. X 向精加工余量，直径量

9. 为了高效切削铸造成型、粗车成型的工件，避免较多的空进给，选用（　　）指令作为粗加工循环指令较为合适。

A. G71　　　　　B. G72　　　　　C. G73　　　　　D. G74

10. G73 指令中的 R 是指（　　）。

A. X 向退刀量　　B. Z 向退刀量　　C. 总退刀量　　　D. 分层切削次数

三、编程题

1. 零件如图 3-76 所示，材料为 45 钢，编写数控加工程序。

2. 零件如图 3-77 所示，材料为 45 钢，编写数控加工程序。

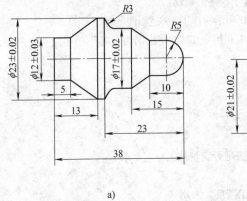 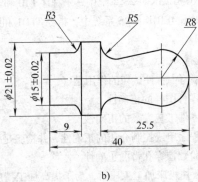

a)　　　　　　　　b)

图　3-76

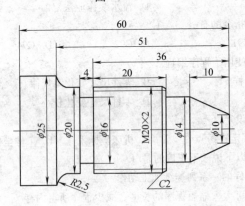

a)

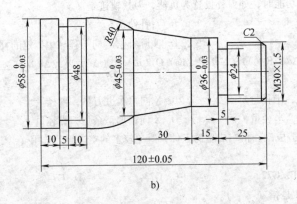

b)

图　3-77

第四章　数控车床的操作方法

> **学习目标：** 1. 掌握数控车床面板的构成、数控车床的对刀方法和数控车削工件的尺寸修正方法。
> 2. 能熟练操作 FANUC 系统数控车床和 SIEMENS 系统数控车床，会维护数控车床。

第一节　FANUC 系统数控车床的操作方法

本节以 CYNCP-320 型数控车床为例，介绍 FANUC 数控车床的操作方法。该卧式数控车床采用的是 FANUC 0-TD 数控系统。

一、数控车床的组成

CYNCP-320 型数控车床为两坐标连续控制卧式车床。如图 4-1 所示为 CYNCP-320 型数控车床外观。床身 14 为平床身，床身导轨面上支撑着 30° 倾斜布置的滑板 13，排屑方便。导轨的横截面为矩形，支撑刚性好，且导轨上配置有防护罩 8。床身的左上方安装有主轴箱 4，主轴由 AC 交流伺服电动机驱动，免去了变速传动装置，使主轴箱的结构变得十分简单。为了快速而省力地装夹工件，主轴卡盘 3 的夹紧与松开是由主轴尾端的液压缸来控制的。

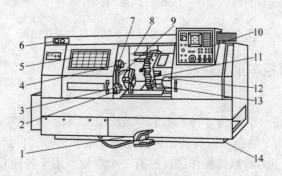

图 4-1　CYNCP-320 型数控车床外观

1—脚踏开关　2—对刀仪　3—主轴卡盘　4—主轴箱　5—机床防护门　6—压力表　7—对刀仪防护罩
8—防护罩　9—对刀仪转臂　10—操作面板　11—回转刀架　12—尾座　13—滑板　14—床身

床身右上方安装有尾座 12，CYNCP-320 型数控车床有两种可配置的尾座，一种是标准尾座，另一种是选择配置的尾座。

滑板的倾斜导轨上安装有回转刀架 11，刀盘上有 10 个工位，最多安装 10 把刀具。滑板上分别安装有 X 轴和 Z 轴的进给传动装置。

根据用户的要求，主轴箱前端面上可以安装对刀仪 2，用于机床的机内对刀。检测刀具时，对刀仪转臂 9 摆出，上端的接触式传感器测头对所用刀具进行检测。检测完成后，对刀仪转臂摆回如图 4-1 所示的原位，且测头被锁在对刀仪防护罩 7 中。

操作面板 10 由上下两部分组成，上半部分为数控系统操作面板，下半部分为机床操作面板。机床防护门 5 可以配置手动防护门，也可以配置气动防护门，液压系统的压力由压力表 6 显示。脚踏开关 1 控制主轴卡盘夹紧与松开。

二、FANUC 数控车削系统操作面板的组成

FANUC 0-TD 数控车削系统的操作面板如图 4-2 所示，由 CRT 显示器和 MDI 键盘两部分组成。

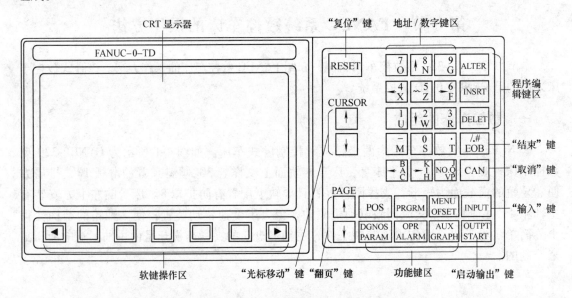

图 4-2　FANUC 0-TD 数控车削系统的操作面板

三、FANUC 数控车削系统操作面板功能简介

1. CRT 显示器

CRT 显示器可以显示车床的各种参数和状态。如显示车床参考点坐标、刀具起始点坐标、输入数控系统的指令数据、刀具补偿量的数值、报警信号、自诊断结果等。

在 CRT 显示器的下方有软键操作区，共有 7 个软键，用于各种 CRT 画面的选择。

（1）中间 5 个软键　其功能由显示器上相应位置所显示的内容而定。

（2）左端的软键（◄）　由中间的 5 个软键选择操作功能后，按此键返回最初画面状态，即在 MDI 键盘上选择操作功能时的画面状态。

（3）右端的软键（►）　用于显示当前操作功能画面未显示完的内容。

2. MDI 键盘

（1）功能键区　共有 6 个功能键，用于选择数控车床的各种操作功能。

1）"位置"键（POS）：用于当前数控车床位置的显示。

2）"程序"键（PRGRM）：用于程序的显示。在编辑方式下，编辑、显示存储器里的程序；在手动数据输入方式下，输入、显示手动输入数据；在车床自动运行方式下，显示程序指令值。

3）"偏置量"键（MENU/OFSET）：用于设定和显示刀具的偏置量和宏程序变量。

4）"参数诊断"键（DGNOS/PARAM）：用于系统参数的设定和显示及自诊断数据的显示。

5）"报警操作"键（OPR/ALARM）：用于报警信号的显示。

6）"图形显示"键（AUX/GRAPH）：用于图形的显示。

（2）"输入"键（INPUT） 按此键可输入参数和刀具补偿值等，也可以在手动数据输入方式下输入命令数据，还可用于输入/输出设备的输入开始。当按字母或者数字键后再按此键，数据就被输入到缓存区，并且显示在屏幕上。

（3）"启动输出"键（OUTPT/START） 按此键便可执行手动数据输入方式下的命令，还可用于输入/输出设备的输出开始。

（4）地址/数字键区 该键区共有15个键，同一个键可输入地址，也可输入数值及符号。按"地址/数字"键后，输入的信息显示在CRT屏幕的最下一行。此时只是把相关的信息输入到了缓冲寄存器中，若想把缓冲寄存器中的信息输入到偏置寄存器中，则必须按"插入"键。

（5）程序编辑键区 用于数控加工程序的编辑。

1）"修改"键（ALTER）：用于程序的修改。

2）"插入"键（INSRT）：用于程序的输入。按该键可在程序中插入新的程序内容或新的程序段。先输入新的程序内容，再按该键，则新的程序内容将被插入到光标所在点的后面；使用该键还可以建立新程序，先输入新的程序号，再按该键，则在系统中建立新的程序。

3）"删除"键（DELET）：用于程序的删除。按该键可删除光标所在处的程序内容。如要删除某一程序内容，可先移动光标到所需删除之处，再按该键，即可删除程序内容。

（6）"结束"键（EOB） 用于程序段结束号"；"的输入。

（7）"取消"键（CAN） 按此键即可删除最后一个进入输入缓存区的字母或符号。

（8）"光标移动"键（CURSOR） 在CRT屏幕上，"CURSOR↓"键将光标向下移，"CURSOR↑"将光标向上移。

（9）"翻页"键（PAGE） 该键用于将屏幕显示的页面整幅更换。在CRT屏幕上，"PAGE↓"键向后翻页，"PAGE↑"键向前翻页。

（10）"复位"键（RESET） 用于解除报警，使数控系统复位。当数控车床自动运行时，按此键，则数控车床的所有运动都停。

四、FANUC系统操作面板功能键的使用

1. "位置"键(POS)

按该功能键，再按相应的软键可以显示如下内容：

（1）绝对坐标 按软键后会显示如图4-3所示的刀具绝对位置显示画面，X、Z是刀具

在工件坐标系中当前的绝对坐标，且数值随着刀具的移动而改变。

```
现在位置（绝对坐标）
O  0001   N0000

X          0.000
Z          0.000          加工部品数    588
运行时间    254H13M        切削时间      OHOMOS
ACT,F      O   mm/min     S            OT
09,58,51                  TOG

[绝对]      [相对]         [总和]        [HNDL]
```

图4-3　刀具绝对位置显示画面

（2）相对坐标　当按软键"相对"后会显示如图4-4所示的画面。所显示的当前坐标值是相对坐标，其他与绝对位置显示的画面相同。

```
现在位置（绝对坐标）
O  0001   N0000

U          0.000
W          0.000          加工部品数    588
运行时间    254H13M        切削时间      OHOMOS
ACT,F      O   mm/min     S            OT
09,58,51                  TOG

[绝对]      [相对]         [总和]        [HNDL]
```

图4-4　相对坐标显示画面

（3）所有坐标　当按软键"总和"后，显示内容如图4-5所示。

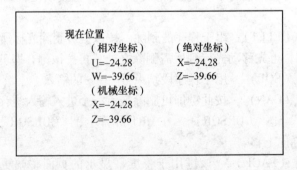

```
现在位置
        （相对坐标）        （绝对坐标）
        U=-24.28          X=-24.28
        W=-39.66          Z=-39.66
        （机械坐标）
        X=-24.28
        Z=-39.66
```

图4-5　所有坐标显示的画面

1）相对坐标。刀具当前位置在相对坐标系中的坐标。

2）绝对坐标。刀具当前位置在绝对坐标系中的坐标。

3）机械坐标。刀具当前位置在机床坐标系中的坐标。

2."程序"键（PRGRM）

在AUTO、MDI或EDIT模式下按该功能键后，会出现当前执行的程序画面，如图4-6所示。

光标移动到当前执行程序段上，按对应的软键如下：

```
N10 O0001;                        O0001 N0000
N20 G00 X70 Z−100
N30 T0101;
N40 M03 S1 F0.2;
N50 G00 X42 Z2;
N60 G01 X116 F0.1;
N70 G00 X42;
N80 G73 U4 R4;
N90 G73 P100 Q180 U0.5F0.2;
N100 G01 G01 Z0;
          ADRS        S      0T
                      EDIT
        [程式]    [LIB]   [I/0]
```

图 4-6　程序内容显示画面

1）软键 "CURRNT"。显示当前执行程序状态，并显示在 AUTO 或 MDI 操作方式下的模态指令。

2）MDI 模式。在 MDI 模式下显示从 MDI 输入的程序段和模态指令，并可进行单段程序的编辑和执行。

3）EDIT 模式。在 EDIT 模式下按相应的软键，可进行程序编辑、修改，文件的查找等操作。

3. "偏置量" 键（MENU/OFSET）

按该功能键后可以进行刀具补偿值的设定和显示、工件坐标系平移值设定、宏变量设定、刀具寿命管理设定以及其他数据设定等操作。

（1）刀具补偿值的设置和显示

1）在 EDIT、AUTO、MDI、STEP/HANDLE、JOG 操作模式下按功能键 "MENU/OFSET"。

2）按功能键 "PAGE" 后翻页出现如图 4-7 和图 4-8 所示的画面。

3）用 "CURSOR" 键将光标移到要设定或修改的补偿值处。

4）输入补偿值并按 "INPUT" 键。

```
工具补正 / 形状

番号      X            Z            R          T
G  01   0.500       −456.00      0.000      0
G  02   −373.161    −369.810     0.000      0
G  03   −357.710    −405.387     0.000      0
G  04   −263.245    −469.410     0.000      0

现在位置（相对坐标）
  U   −124.722           W   −182.476
ADRS                    S     0T
[磨耗]      [形状]      [工件移]    [MACRO]      [进尺]
```

图 4-7　刀具几何补偿设置画面

（2）刀具补偿值的直接输入　当编辑中使用的刀具参考位置（标准刀具刀尖、刀架中心等）与实际使用的刀具尖端位置之间有差异时，将其差值设定为补偿值。在进行这项操作时，应先设定好工件坐标系。

```
工具补正 / 磨耗

番号      X         Z          R        T
W  01    0.000     0.000      0.000    0
W  02    0.000     0.000      0.000    0
W  03    0.000     0.000      0.000    0
W  04    0.000     0.000      0.000    0

现在位置（相对坐标）
    U   −124.722   W   −182.476
ADRS        S        0T
[磨耗]     [形状]     [工件移]    [MACRO]     [进尺]
```

图 4-8　刀具磨损补偿设置画面

4."参数诊断"键（DGNOS/PARAM）

该功能键用于机床参数的设定和显示及诊断资料的显示等，如机床时间、加工工件的计数、米制/英制、半径编程/直径编程，以及与机床运行性能有关的系统参数的设定和显示，如图 4-9 所示。用户一般不用改变这些参数，只有非常熟悉各个参数，才能进行参数的设定或修改，否则会发生预想不到的后果。

```
（设定 1）              O0001  N000
TVON−1
TSO=1      (O:EIA  1:IO)
INCH=0     (0:MM   1:INCH)
IO=1
顺序 =0
番号 TVON          EDIT
[参数]     [诊断]     [ ]      [SV-PRM]     [ ]
```

图 4-9　按"DGNOS/PARAM"键

5."报警操作"键（OPR/ALARM）

该功能键主要用于数控车床中出现的警告信息的显示，如图 4-10 所示。每一条显示的警告信息都按错误编号进行分类，可以按该编号去查找其具体的错误原因和消除的方法。有的警告信息不在显示画面中出现，而是在操作面板上闪烁，这时可以先按功能键"OPR/A-LARM"，再按软键"ALARM"即可显示错误信息及其编号。

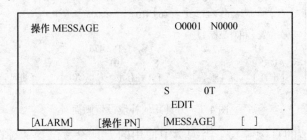

图 4-10　按"OPR/ALARM"键

6. "图形显示"键(AUX/GRAPH)

图形显示功能显示刀具在自动运行期间的移动过程，如图 4-11 所示。显示的方法是将编程的刀具轨迹显示在 CRT 上，以便于通过观察 CRT 上的刀具轨迹来检查加工进程。显示的图形可以放大或缩小。在显示刀具轨迹前必须设定绘图坐标参数和图形参数。

```
材料长 W=100        描画终了单节 N=0
材料径 D=100        消去          A=1
                   限制          L=1

画面中心坐标   X=26
              Z=34
倍率          S=100
番号 W=           S      0T
[图形]    [ ]   [扩大]   [ ]   [辅助]
```

图 4-11　图形显示功能画面

五、机床操作面板的组成及其使用方法

1. 机床操作面板的组成

机床操作面板的功能和按钮的排列与具体的数控车床的型号有关，如图 4-12 和图 4-13 所示为 CYNCP-320 型数控车床的操作面板，各主要按钮的作用将在下面进行介绍。

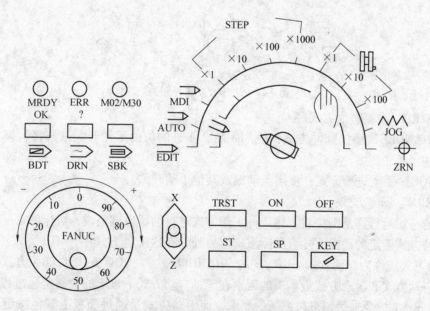

图 4-12　CYNCP-320 型数控车床操作面板左半部

2. 工作方式选择开关的使用方法

工作方式选择开关如图 4-14 所示，共有以下 7 种工作方式。

1）"EDIT" 程序编辑方式：编辑一个已存储的程序。

2）"AUTO" 程序自动运行方式：自动运行一个已存储的程序。

3）"MDI" 手动数据输入方式：直接运行手动输入的程序。

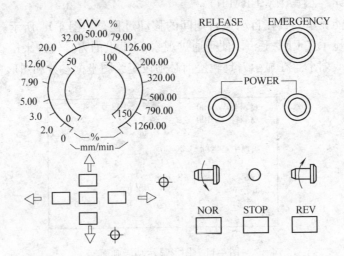

图 4-13　CYNCP-320 型数控车床操作面板右半部

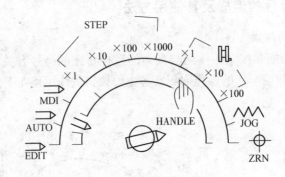

图 4-14　工作方式选择开关

4）"STEP"步进进给方式。

5）"HANDLE"手摇脉冲方式：使用手轮，步进的值由手轮开关来选择，该方式在图 4-14 中标注了手轮图案。

6）"JOG"手动进给方式：使用点动键或其他手动开关。

7）"ZRN"回零方式：手动返回参考点。

机床的一切运行都是围绕着上述 7 种工作方式进行的。也就是说，机床的每一个动作都必须在某种方式确定的前提下才有实际意义。另外，在这 7 种方式中，MDI 方式、AUTO 方式和 EDIT 方式统称为自动方式，INC 方式、HANDLE 方式、JOG 方式和 ZRN 方式统称为手动方式。自动方式和手动方式最本质的区别在于，自动方式下机床的控制是通过程序执行 G 代码和 M、S、T 指令来达到机床控制的要求，而手动方式是通过面板上其他按键和倍率开关的配合来达到控制的目的。

3. 各种启动和停止开关的作用

1）"ST"按钮：循环启动按钮；"SP"按钮：循环停止按钮，如图 4-12 所示。

"ST"按钮用来在 AUTO 方式、MDI 方式下启动程序。在自动方式下，只要按一下"ST"按钮，程序就开始运行，并且 ST 开关指示灯闪烁。当按一下"SP"按钮时，程序暂停，指示灯亮（不闪烁）。这时只要再按一下"ST"按钮，程序将继续执行，ST 指示灯又开始继续闪烁。在急停或复位情况下，程序复位，指示灯灭。

2）"KEY"开关：写保护开关，如图 4-12 所示。当开关打开时，用户可以对加工程序进行编辑，参数可以改变。当开关关闭时，程序和参数得到保护，不能进行修改。

3）"TRST"开关：手动换刀开关，如图 4-12 所示。"TRST"开关只能在手动方式下（INC、HANDLE、JOG）有效。在手动方式下，一直按着"TRST"开关，刀架电动机就一直朝着正方向旋转，并且指示灯亮。当放开"TRST"开关，刀架继续旋转，直到找到最近一个刀位时，电动机停止并反向锁紧。这时指示灯熄灭，换刀结束。

4）"ON"开关：水泵启动开关；"OFF"开关：水泵停止开关，如图 4-12 所示。

当按下"ON"开关时，水泵电动机就起动，可以进行冷却。当按一下"OFF"开关时，水泵电动机就停止。水泵起动停止确认方式在任何方式下都有效。另外，水泵的起动停止也可以通过 M08、M09 指令进行控制。

5）"NOR"开关：手动主轴正转开关，如图 4-13 所示。

6）"REV"开关：手动主轴反转开关，如图 4-13 所示。

7）"STOP"开关：手动主轴停止开关。手动主轴正转开关、反转开关和停止开关只能在手动方式下有效。当在手动方式下，按下"NOR"开关并保持 2s，电动机就开始正转。在通电的情况下，电动机以低速转动。当按一下"STOP"开关时，主轴电动机停止，并且通过制动盘进行制动控制。在一般情况下，制动动作保持 4s。主轴电动机停止也可能通过CRT 上的"RESET"复位按钮和用户面板上的"EMMEGE EMECGENCY"急停按扭来进行控制。

4. 功能按钮介绍

（1）"DRN"空运行开关 如图 4-12 所示，这个开关是锁紧开关。当按一下时，DRN指示亮，再按一下时，指示灯熄灭。当 DRN 指示灯亮的时候，说明 DRN 空运行有效。在DRN 有效的情况下，当快速移动开关有效时，机床以手动进给时最大进给倍率对应进给速度运行。一般情况下，这个功能开关是在试运行程序时运用。在程序加工过程中，不提倡运用这个功能。

注：这个功能要在 PLC 开关空运行为"ON"时有效。

（2）"BDT"程序跳转开关 如图 4-12 所示，这个开关是锁紧开关。当按一下时，BDT指示亮，再按一下时，指示灯熄灭。当 BDT 指示灯亮的时候，说明 BDT 跳转功能有效。在BDT 功能有效情况下，当程序执行到前面有反斜杠"/"的程序段时，程序就跳过这一段。这个功能要在 PLC 开关单节 SKIP 为"ON"时才有效。

（3）"SBK"程序单段开关 如图 4-12 所示，指示灯亮的时候，说明程序单段有效。在SBK 有效的情况下，程序每执行完一段暂停，按一下"ST"循环启动按钮，程序又执行下一段，以此类推。要想取消 SBK 功能，只要再按一下 SBK 开关，让 SBK 功能指示灯熄灭即可。

注：这个功能要在 PLC 开关单节为"ON"时有效。

5. "进给倍率"开关

如图 4-13 所示，此开关有双层数字标识符号。外层数字符号表示手动进给倍率，当在JOG 方式下，按方向进给键时，伺服电动机就按这些符号标示的进给速度进给。例如，在

200.00 挡位上时，按下 "+X" 方向键，X 轴就以 F200.00 的进给速度向正方向连续进给。内层的数字符号表示程序倍率。例如，在 50% 的挡位上时，如果程序设定的进给速度是 F400.00，那么机床就是以 F400.00 ×50% = F200.00 的实际进给速度进给。

6. "超程释放" 按钮（RELEASE）

如图 4-13 所示，在机床正面有一个 "超程释放" 按钮（RELEASE）。当机床碰到急停限位时，EMG 急停中间继电器失电，机床急停报警。要想解除急停报警，按超程释放按钮，用手轮方式移出限位区域，按复位按钮即可。

7. "急停" 按钮（EMERGENCY）

如图 4-13 所示，在机床正面有一个 "急停" 按钮（EMERGENCY）。在遇到紧急情况时按下该按钮，机床紧急停止，主轴也立即制动。当清除故障后，急停按钮复位，机床操作正常。

六、FANUC 系统数控程序的编辑和管理

在本节中，将针对图 4-2 所示的 FANUC 车削系统操作面板和图 4-12 所示的数控车床操作面板进行操作，介绍 FANUC 系统数控程序的编辑和管理方法。本节下列操作中，"方式选择" 开关如图 4-12 所示，其他键均如图 4-2 所示。

1. 新程序的创建

1）将 "方式选择" 开关选择到 EDIT（程序编辑）方式。

2）按操作板面上的 "PRGRM" 功能键。

3）按地址键 "O"，并在其后输入程序号××××。

4）按 "INSRT" 键后，"O××××" 被输入到程序显示区。

5）输入程序内容。

2. 字的插入、修改和删除方法

1）选择方式选择开关到 EDIT（程序编辑）方式。

2）按操作板面上的 "PRGRM" 功能键。

3）选择要编辑的程序。如果要编辑的程序未被选择，可以用程序号检索。按显示屏下的软键 "DIR"，显示所有存储的程序号。利用地址键 "O" 和数字键，输入有关程序号 "O××××"，并按显示屏下的软键 "O 检索"，该编号的程序将被调出并显示在显示屏上。

如果要编辑的程序已被选择（即要编辑的程序在画面中已显示出来），直接执行第 4）步操作。

4）检索要修改的字，可运用下述两种方法：

① 扫描方法。

② 字检索方法。

5）执行字的修改、插入或删除。

① 修改：键入数据，按 "ALTER" 键；

② 插入：键入数据，按 "INSRT" 键；

③ 删除：选中要删除的字，按 "DELET" 键。

在程序执行期间，如果通过程序单段运行或进给中停等操作使程序暂停，对程序进行修

改、插入或删除后，必须使系统进入复位状态；或者在程序的编辑结束后、程序执行前使系统复位，系统才能按修改后的程序运行。

3. 程序扫描的步骤

1）按光标键"→"，光标在屏幕上向前逐字移动，光标在被选择字处显示。

2）按光标键"←"，光标在屏幕上往回逐字移动，光标在被选择字处显示。

3）持续按光标键"→"或"←"，连续扫描字。

4）按光标键"↓"，下一个程序段的第一个字被检索。

5）按光标键"↑"，前一个程序段的第一个字被检索。

6）持续按光标键"↓"或"↑"，光标连续移动到程序段开头。

7）按翻页键"PAGE↓"，显示下一页并检索到该页的第一个字。

8）按翻页键"PAGE↑"，显示上一页并检索到该页的第一个字。

9）持续按翻页键"PAGE↓"或"PAGE↑"，一页接一页连续地显示。

4. 指向程序头的步骤

将光标移到程序的起始位置，该功能称为将程序指针指向程序头。主要有下面三种方法：

1）方法1：在 EDIT（程序编辑）方式，当选择程序画面时，按"RESET"键。当光标已经返回到程序的开始处时，在画面上开始显示程序的内容。

2）方法2：

① 在 MEMORY（存储器运行）方式或 EDIT（程序编辑）方式下，当选择程序画面时，按地址"O"。

② 输入程序号"O××××"。

③ 按软键"O"检索。

3）方法3：

① 选择 MEMORY（存储器运行）方式或程序编辑（EDIT）方式。

② 按"PRGRM"功能键。

③ 按软键"操作"。

④ 按软键"REWIND"。

5. 检索字的步骤

例如，检索 M03 的步骤如下：

1）键入"M"。

2）按"检索↓"键。

检索操作完成时，光标显示在 M03 处。

按"检索↑"键，则按反方向执行检索。

6. 检索程序号的步骤

当存储器中存有多个程序时，可以对程序进行检索，检索有以下两种方法。

（1）方法1

1）选择 EDIT（程序编辑）或 MEMORY（存储器运行）方式。

2）按"PRGRM"键显示程序画面。

3）键入地址"O"键。

4）键入要检索的程序号"××××"。

5）按"O"检索键。

检索操作完成后，程序显示在画面上，并在 CRT 屏幕的右上角显示被检索的程序号。如果程序未找到，则产生 P/S 报警 71 号。

（2）方法 2

1）选择 EDIT（程序编辑）或 MEMORY（存储器运行）方式。

2）按"PRGRM"键显示程序画面。

3）按"O"检索键。

7. 检索顺序号的步骤

顺序号检索用于检索程序中的顺序号，可在此顺序号的程序段处实现启动或再启动，期间不检索子程序。具体步骤如下：

1）选择 MEMORY（存储器运行）方式。

2）按"PRGRM"功能键。

3）如果程序包含有要检测的顺序号，执行下面第 4）~6）步操作。如果程序不包含要检测的顺序号，则选择包含要检测顺序号的程序。

4）键入地址"N"键。

5）键入要检测的顺序号。

6）按"N"检索键。

完成检索操作时，检索的顺序号显示在 CRT 屏幕的右上角。如果在当前选择程序中没有找到指定的顺序号，则产生 P/S 报警 60 号。

8. 删除程序的步骤

在存储器中存储的程序可以一个一个地删除，也可以同时全部删除，还可以指定一个范围删除多个程序。

（1）删除一个程序的步骤

1）选择 EDIT（程序编辑）方式。

2）按"PRGRM"键显示程序画面。

3）键入地址"O"键。

4）键入要求的程序号"××××"。

5）按"DELET"键。

6）按显示屏左下角的确认软键"EXEC"，键入程序号的程序被删除。

（2）删除存储器中全部程序的步骤

1）选择 EDIT（程序编辑）方式。

2）按"PRGRM"键显示程序画面。

3）键入地址"O"键。

4）键入数字"-9999"。

5）按"DELET"键。

6）按显示屏左下角的确认软键"EXEC"，删除全部程序。

（3）删除存储器中指定范围内多个程序的步骤

1）选择 EDIT（程序编辑）方式。

2）按"PRGRM"键显示程序画面。

3）按下面的格式用地址键和数字值输入要删除程序的程序号范围，如"OXXXX"、"OYYYY"，其中"XXXX"为起始号，"YYYY"为结束号。

4）按"DELET"键。

5）按显示屏左下角的确认软键"EXEC"，删除 NO. XXXX ~ NO. YYYY 的程序。

9. 删除一个或多个程序段的步骤

（1）删除一个程序段的步骤

1）检索或扫描要删除程序段的地址 N。

2）键入"EOB"键。

3）按"DELET"键。

（2）删除多个程序段的步骤（如删除太多，会产生 P/S 报警）

1）检索或扫描要删除部分的第一个程序段的字。

2）键入地址"N"键。

3）键入要删除部分最后一个程序段的顺序号。

4）按"DELET"键。

如图 4-15 所示，删除从 N01234 ~ N56789 号程序段的步骤如下：

1）检索或扫描 N01234。

2）键入 N56789。

3）按"DELET"键

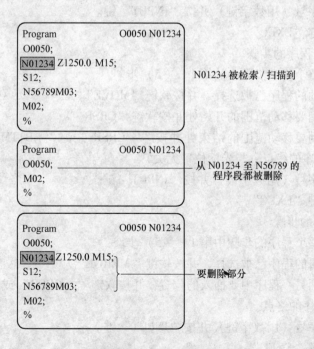

图 4-15　删除程序段画面

10. 复制、移动、合并程序的步骤

用复制程序号为"XXXX"的程序建立一个程序号为"YYYY"的新程序。由复制操作建立的程序，除程序号外，其他均与原程序一样。

（1）复制整个程序的步骤如图4-16所示。

1）进入 EDIT（程序编辑）方式。

2）按功能键"PRGRM"。

3）按软键"操作"。

4）按菜单继续键"→"。

5）按软键"EX-EDT"。

6）确认被复制程序的画面被选中并按软键"COPY"。

7）按软键"ALL"。

8）输入新程序号（用数字键）并按"INPUT"键。

9）按确认软键"EXEC"。

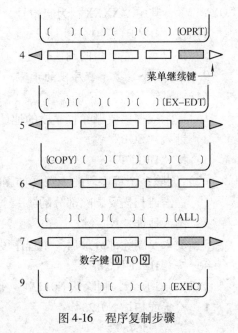

图4-16　程序复制步骤

（2）复制部分程序的步骤

1）执行复制整个程序步骤中第1）~6）步。

2）将光标移到要复制范围的开头并按软键"CRSR~"。

3）将光标移到要复制范围的终点并按软键"~CRSR"或"~BTTM"（在后一种情况，复制范围是到程序的终点，与光标位置无关）。

4）输入新程序号（用数字键）并按"INPUT"键。

5）按确认软键"EXEC"。

（3）移动部分程序的步骤

1）执行复制整个程序步骤中的第1）~5）步。

2）确认要移动的程序已被选择，并按软键"MOVE"。

3）移动光标到要移动范围的开始处并按软键"CRSR~"。

4）移动光标到要移动范围的结束处并按"~CRSR"或"~BTTM"（在后一种情况，被移动范围是到程序的终点，与光标位置无关）。

5）输入新程序号（用数字键）并按"INPUT"键。

6）按确认软键"EXEC"。

（4）合并程序的步骤

1）执行复制整个程序的步骤中第1）~5）步。

2）确认要编辑的程序已被选择，并按软键"MERGE"。

3）移动光标到另一程序中要插入的位置，并按软键"~CRSR"或"E~BTTM"，后一种情况显示当前程序的终点。

4）输入新程序号（用数字键）并按"INPUT"键。

5）按确认软键"EXEC"。

在第4）步中指定程序号的程序被插入到第3）步中指定光标位的前面。

七、应用数控车床加工零件的工作步骤

1. 加工前的准备

1）检查 CNC 车床的外表是否正常（如后面电控柜的门是否关上、车床内部是否有其他异物）。

2）打开位于车床后面电控柜上的主电源开关，应听到电控柜风扇和主轴电动机风扇开始工作的声音。

3）按操作面板上的"POWER ON"按钮接通电源，几秒钟后 CRT 显示屏上出现如图4-17 所示的画面，之后才能操作数控系统上的按钮，否则容易损坏机床。

4）顺时针方向松开"EMERGENCY"急停按钮。

5）绿灯亮后，机床液压泵已起动，机床进入准备状态。

6）如果在进行以上操作后，机床没有进

```
操作 MESSAGE          O0001 N0000
番号      2000
X  AXIS   NO-REF
09,48,18              S    0T
                      JOG
[ALARM]  [操作 PN]  [MESSAGE]  [  ]  [  ]
```

图 4-17　开机几秒钟后 CRT 显示屏

入准备状态，检查是否有下列情况，进行处理后再按"POWER ON"按钮。

① 是否按过操作面板上的"POWER ON"按钮？如果没有，则按一次。

② 是否有某一个坐标轴超过行程极限？如果是，则对机床超过行程极限的坐标轴进行恢复操作。

③ 是否有警告信息出现在 CRT 显示屏上？如果有，则按警告信息做相应操作处理。

2. 工件与刀具的装夹

（1）工件的装夹

1）CYNCP-320 型数控车床使用三爪自定心卡盘。对于圆棒料，装夹时工件要水平安放，右手拿工件，左手旋紧夹盘板手。

2）工件的伸出长度一般比被加工件长 10mm 左右。

3）对于一次装夹不能满足形位公差的零件，要采用鸡心夹头夹持工件，并用两顶尖顶紧的装夹方法。

4）用校正划针校正工件，经校正后再将工件夹紧，工件找正工作随即完成。

（2）刀具安装　将加工零件的刀具依次装夹到相应的刀位上，操作如下：

1）根据加工工艺路线分析，选定被加工零件所用的刀具号，按加工工艺的顺序安装。

2）选定 1 号刀位，装上第一把刀，注意刀尖的高度要与对刀点重合。

3）手动操作控制面板上的"刀架旋转"按钮，然后依次将加工零件的刀具装夹到相应的刀位上。

3. 返回参考点操作

在程序运行前，必须先对机床进行返回参考点操作，即将刀架返回机床参考点。有手动返回参考点和自动返回参考点两种方法。通常情况下，在开机时采用手动返回参考点方法，其操作方法如下：

（1）回零操作

1）将机床工作方式选择开关设置在"ZRN"手动方式位置上，如图4-18所示。

2）操作机床面板上的"+X"方向按钮，进行X轴回零操作如图4-19所示。

3）操作机床面板上的"+Z"方向按钮，进行Z轴回零操作如图4-19所示。

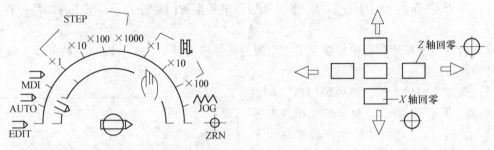

图4-18　工作方式选择开关置于"ZRN"　　　　图4-19　回零操作按钮

4）当坐标轴返回参考点时，刀架返回参考点，确认灯亮后，操作完成。

（2）操作时的注意事项

1）参考点返回时，应先移动X轴。

2）应防止参考点返回过程中刀架与工件、尾座发生碰撞。

3）由于坐标轴加速移动方式下速度较快，没有必要时尽量少用，以免发生预想不到的危险。

4. 手动操作

（1）手动操作　使用机床操作面板上的开关、按钮或手轮，用手动操作移动刀具，可使刀具沿各坐标轴移动。

1）手动连续进给。用手动可以连续地移动机床，操作步骤如下：

将方式选择开关置于"JOG"的位置上（见图4-14）。

操作控制面板上的X方向慢速或Z方向慢速移动按钮（见图4-20），机床将按选择的轴方向连续慢速移动。

2）快速进给。同时按下X方向和Z方向两个快速移动按钮（见图4-21），刀具将按选择的方向快速进给。

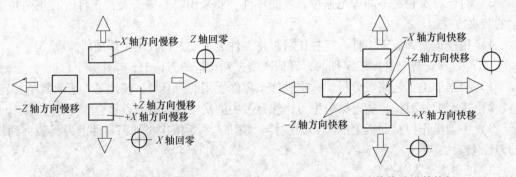

图4-20　连续慢速移动按钮　　　　图4-21　连续快速进给按钮

3）步进进给（STEP）。用步进进给可实现步进移动，操作如下：

① 将方式选择开关置于"STEP"的位置，如图4-14所示。

② 选择移动量。步进进给量见表4-1。

表 4-1　步进进给量

倍率	×1	×10	×100	×1000
进给量	0.001mm	0.01mm	0.1mm	1mm

注：指定直径时，X 轴的移动量为直径变化。

③ 每按一次按钮（见图 4-20），按选定方向移动轴，刀具移动一个进给量。

4）手轮进给。转动手摇脉冲发生器，可使机床微量进给，步骤如下：

① 将控制面板的方式选择开关置于手轮"HANDLE"的位置上，如图 4-14 所示。

② 选择手轮移动轴（见图 4-22），按下所选轴向开关，使轴选择按钮在 X 轴。转动手轮，右转为向 X 正方向移动，左转为向 X 负方向移动，如图 4-23 所示。

用类似的方法，可使机床向 Z 正方向移动和 Z 负方向移动。

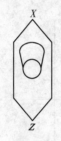

图 4-22　手轮选择按钮在 X 轴

图 4-23　手摇脉冲发生器

5. 程序的输入

（1）程序的输入有两种方式　用键盘输入和用 RS232C 通信接口输入。用 RS232C 通信接口输入程序的操作步骤如下：

1）连接好计算机，把 CNC 程序装入计算机。

2）设定好 RS232C 有关的参数。

3）把程序保护开关置于"ON"上，操作方式设定为"EDIT"方式（即编辑方式）。

4）按屏幕下方的"程序"按键后，显示程序。

5）当 CNC 磁盘上无程序号或者想变更程序号时，键入 CNC 所希望的程序号，如 O××××（当磁盘上有程序号且不改变程序号时，不需此项操作）。

6）运行通信软件，并使之处于输出状态（详见通信软件说明）。

7）按"INPUT"键，此时程序即传入存储器。传输过程中，画面状态显示"输入"。

（2）程序存储、编辑操作前的准备

1）把程序保护开关置于"ON"上，接通 KEY（数据保护键），如图 4-24 所示。

图 4-24　数据保护键打开图

2）将操作方式置为"EDIT"方式（即编辑方式），如图 4-25 所示。

3）按"PRGRM"键或程序软键后，显示程序后方可编辑程序，显示如图 4-26 所示的画面。

（3）把程序存入存储器中

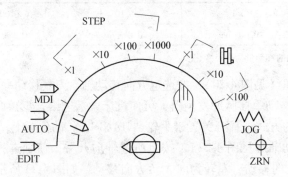

图 4-25 操作方式选择开关置于"EDIT"

```
N10 O0001;                    O0001 N0000
N20 G00 X70 Z−100;
N30 T0101;
N40 M03 S1 F0.2;
N50 G00 X42 Z2;
N60 G01 X16 F0.1;
N70 G00 X42 ;
N80 G73 U4 R4;
N90 G73 P100 Q180 U0.5F0.2;
N100 G01 G01 Z0;
         ADRS           S    0T
                       EDIT
      [程式]  [LIB]   [I/O]
```

图 4-26 按"PRGRM"键显示画面

① 工作方式选择为 EDIT（编辑方式）。

② 再按如前图 4-2 所示的"PRGRM"键。

③ 按字母"O"，CRT 显示如图 4-27a 所示，有以下两种情况：

```
 系列登录程式数已用MEMORY领域程式一览表
       (8空): 192      (2820空): 120060
O0014
O0006
O0001
O9901
O0020
O0010                 S       0T
 ADRS: 0      EDIT
 10:14:38
    [程式]   [整理]  [ ]   [ ]
```

a)

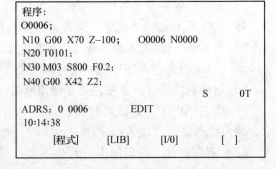

b)

图 4-27 CRT 显示

a) 键入"O"后的显示 b) 键入"O0006"后的显示

如果存储器中有该程序，如输入"O0006"，再按"CURSOR"的向下键，显示如图 4-27b 所示；如果存储器中没有该程序，输入"O0009"，再按"CURSOR"的向下键，会出现报警画面，报警灯亮，如图 4-28a 所示。消除报警的方法是，按"RESET"键复位，再按"PRGRM"键，重新输入。

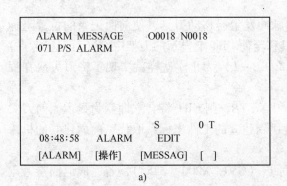

图 4-28　CRT 显示
a) 报警画面　b) 按"INSRT"键画面

④ 如果存储器中没有该程序的话，输入"O0009"，应按"INSRT"键，出现如图 4-28b 所示的画面。

⑤ 通过这个操作存入程序号，输入程序中的每个字，然后按"INSRT"键便将键入程序存储起来。

6. 对刀与刀具补偿

（1）对刀　在数控车床车削加工过程中，首先应确定零件的加工原点，建立准确的加工坐标系；其次要考虑刀具的不同尺寸对加工的影响。这些都需要通过对刀来解决。下面介绍生产中常用的试切对刀方法。

用 G50 Xα Zβ 设定工件坐标系，在执行此程序段之前必须先进行对刀，通过调整机床，将刀尖放在程序要求的起刀点位置（α，β）上，其方法如下：

1）返回参考点操作。用 ZRN（返回参考点）方式进行参考点的操作，建立机床坐标系。此时 CRT 上将显示刀架中心（对刀参考点）在机床坐标系中当前位置的坐标值。

2）试切测量。如图 4-29a 所示。用 MDI 方式操作机床将工件外圆表面试切一刀，然后保持刀具在横向（X 轴方向）上的位置尺寸不变，沿纵向（Z 轴方向）退刀；测量工件试切后的直径 D 即可知道刀尖在 X 轴方向上当前位置的坐标值，并记录 CRT 上显示的刀架中心（对刀参考点）在机床坐标系中 X 轴方向上当前位置的坐标值 X_t。

用同样的方法再将工件右端面试车一刀，如图 4-29b 所示。保持刀具纵向（Z 轴方向）位置不变，沿横向（X 轴方向）退刀，同样可以测量试切端面至工件原点的距离（长度）尺寸 L，并记录 CRT 上显示的刀架中心（对刀参考点）在机床坐标系中 Z 轴方向上当前位置的坐标值 Z_t。

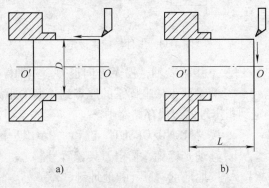

图 4-29　试切对刀
a) 切外圆　b) 切右端面

3）计算坐标增量。根据试切后测量的工件直径 D、端面距离长度 L 与程序所要求的起刀点位置 (α, β)，算出将刀尖移到起刀点位置所需的 X 轴坐标增量 $\alpha - D$ 与 Z 轴坐标增量 $\beta - L$。

4）对刀。根据算出的坐标增量，用手摇脉冲发生器移动刀具，使前面记录的位置坐标值 (X_t, Z_t) 增加相应的坐标增量，即将刀具移至使 CRT 上显示的刀架中心（对刀参考点）在机床坐标系中位置坐标值为 $(X_t + \alpha - D, Z_t + \beta - L)$ 为止。这样就实现了将刀尖放在程序所要求的起刀点位置 (α, β) 上。

5）建立工件坐标系。若执行程序段为 G50 Xα Zβ，则 CRT 将会立即变为显示当前刀尖在工件坐标系中的位置 (α, β)，即数控系统用新建立的工件坐标系取代了前面建立的机床坐标系。

如图 4-30 所示，设以卡爪前端面为工件原点（G50 X200 Z253），若完成返回参考点操作后，经试切削测得工件直径为 $\phi 67\text{mm}$，试切端面至卡爪前端面的距离为 131mm，而 CRT 上显示的位置坐标值为 X265.763、Z297.421。为了将刀尖调整到起刀点位置（X200, Z253）上，只要将显示的位置 X 坐标增加 $200 - 67 = 133$，Z 坐标增加 $253 - 131 = 122$，即将刀具移到使 CRT 上显示的位置为 X398.763、Z419.421 即可。执行加工程序段 G50 X200 Z253，即可建立工件坐标系，并显示刀尖在工件坐标系中当前位置。

（2）刀具补偿

1）直接输入刀具偏置值。把编程时假设的基准位置（基准刀具刀尖和转塔中心等）与实际使用的刀尖差值作为偏置量来设定，用以下方法比较简便。工件坐标系已经设定，如图 4-30 所示。

① 选择实际使用的刀具用手动方式切削 A 面，如图 4-31 所示。

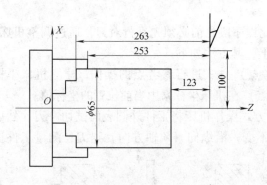

图 4-30　工件坐标系设定

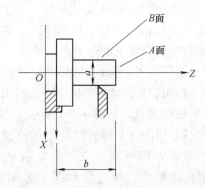

图 4-31　对刀时的工件坐标

② 不移动 Z 轴，仅 X 方向退刀，主轴停止。

③ 测量从工件坐标系的原点到 A 面的距离 b，把该值作为 Z 轴的测量值，用下述方法设定到指定号的刀偏存储器中。

a. 按 "MENU/OFSET" 键和 "PAGE" 键，显示刀具补偿画面，如图 4-32 所示。

b. 移动光标键，指定刀具偏置号。

c. 按地址键 "M" 和地址键 "Z"。

d. 键入测量获得的工件坐标原点到 A 面的距离 b 的数值。

e. 按 "INPUT" 按钮，显示输入形状补偿画面，如图 4-33 所示。

```
工具补偿/形状

  番号      X          Z          R        T
  G  01    0.000      0.000      0.000    0
  G  02    0.000      0.000      0.000    0
  G  03    0.000      0.000      0.000    0
  G  04    0.000      0.000      0.000    0

现在位置(相对坐标)
     U   -124.722    W  -182.476
  ADRS              S    0T
  [磨耗]    [形状]    [工件移]   [MACRO]      [进尺]
```

图 4-32　输入刀具形状补偿前画面

```
工具补偿/形状

  番号      X           Z           R        T
  G  01    0.500      -456.00      0.000    0
  G  02   -373.161    -369.810     0.000    0
  G  03   -357.710    -405.387     0.000    0
  G  04   -263.245    -469.410     0.000    0

现在位置(相对坐标)
     U   -124.722       W   -182.476
  ADRS                  S    0T
  [磨耗]    [形状]    [工件移]   [MACRO]         [进尺]
```

图 4-33　输入刀具形状补偿画面

④ 用手动方式切削 B 面，如图 4-31 所示。

⑤ 不移动 X 轴，仅 Z 轴方向退刀，主轴停止。

⑥ 测量直径 a，将此值设定为所要求的偏置号的 X 测量值，对每把刀具重复上述步骤，自动地计算出偏置量并设定在相应的刀偏号中。

例如，如图 4-31 所示 B 面图样上的坐标值为 70.0 时，如果 a = 69.0，在刀偏号 No. 2 中设定 MX69.0，则偏置号 2 中输入 1. 0 作为 X 轴的刀偏值。

说明：刀具位置偏置量的直接输入，仅在参数 "DOFST"（参数 No. 0010）为 "1" 时有效。

a. X 轴为直径测量值。

b. 若把测量值作为几何形状补偿输入，所有的偏置量都变为几何形状补偿量，与之相应的磨损补偿量为 "0"。

c. 若把测量值作为磨损补偿输入，几何形状偏置量不动，补偿量之和与几何形状补偿量的差值为磨损补偿量。

2）偏置量的计数器输入。将刀具分别移动到机床上的一个参考点，可直接设定刀偏置值。

① 将基准刀具用手动移动到参考位置。

② 把相对坐标值 U、W 复位为零。

③ 将基准刀具移走，将要设定刀偏量的刀具移到参考位置。

④ 用光标选择偏置欲置入的偏置号。

⑤ 按地址键 "X"（或 "Z"），按 "INPUT" 键。

通过上述操作，即可把刀具的偏置量输入至该偏置号的存储器中。

7. 图形模拟功能

1）在 9in CRT 画面上可描绘加工中的刀具轨迹。由 CRT 显示的轨迹可检查加工的进展状况。另外也可对画面进行放大或缩小。

2）图形参数设定。在按了功能按钮 "AUX/GRAPH" 之后显示如图 4-34 所示的图形参数画面，在用光标键将光标移到要求的数据处并输入数值之后，当按 "INPUT" 键时，数据即被设定。

材料长W=100		描画终了单节N=0	
材料直径D=100		消去	A=1
		限制	L=1
画面中心坐标	X=26		
	Z=34		
倍率	S=100		
番号W=	S	0T	
[图形] [ ]	[扩大]	[ ]	[辅助]

图 4-34　图形参数画面

8. 空运行

1）机床锁。使机床操作面板上的机床锁开关接通。自动运行加工程序时，机床刀架并不移动，只是在 CRT 上显示各轴的移动位置。该功能可用于加工程序的检查。

说明：用 G27、G28 指令，机床也不返回参考点，且指令灯不亮。

2）辅助功能锁。接通机床操作面板的辅助功能锁开关后，程序中的 M、S、T 代码指令被锁，不能执行。该功能与机床锁一起用于程序检测。

注：M00、M01、M30、M98、M99 可正常执行。

3）空运行开关如图 4-35 所示。若按一下空运行开关，如图 4-35 所示的空运行灯变亮。不装工件，在自动运行状态运行加工程序，机床空跑。

说明：操作中，程序指定的进给速度无效，根据参数（No.0001，RDRN）的设定运行。

DRN
（"DRN"指示灯变亮）

图 4-35　空运行开关有效

9. 自动运行

（1）存储器运行　存储器运行步骤如下：

1）预先将程序存入存储器中。

2）选择要运行的程序。

3）将方式选择开关置于 "AUTO" 位置，如图 4-36 所示。

4）按 "ST" 按钮（见图 4-12），即开始自动运转，循环启动灯亮。

（2）MDI 运转　从 "CRT/MDI" 操作面板输入一个程序段的指令并执行该程序段。例如执行下列程序：

N10　G00　X28.80　W180.88;

1）将方式选择开关置于 "MDI" 的位置，

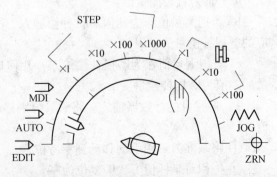

图 4-36　工作方式选择开关置于 "AUTO"

如图 4-37 所示。

2）按"PRGRM"按钮。

3）按"PAGE"按钮，使画面的左上角显示"MDI"，CRT 显示如图 4-38 所示。

4）由面板键入"G00"，再按"IN-PUT"键，则 G00 被输入。

5）由"数据输入"键键入"X28.80"。

6）按"INPUT"键。在按"INPUT"键之前，如果发现键入的数字是错误的，按"CAN"键，可以重新键入 X 及正确的数字。

图 4-37　工作方式选择开关置于"MDI"

7）键入"W188.88"。

8）按"INPUT"键，"W188.88"的数据被输入并显示。如果输入的数字是错误的，可按 6）的操作同样处理。

9）按"START"键，或机床操作面板的启动按钮。

（3）自动运行停止　使自动运行停止的方法有：预先在程序中需要停止的地方输入停止指令及按操作面板上的按钮使其停止。

1）程序停止（M00）。程序中执行 M00 指令后，自动运行停止。此时各模态信息、寄存状态与单段运行相同。按下"ST"按钮（见图 4-12），程序从下一个程序段重新自动运行。

2）任选停止（M01）。与 M00 相同，执行含有 M01 指令的程序段落之后，自动运行停止。但 M01 指令的执行要求机床操

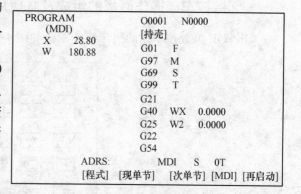

图 4-38　MDI 方式下 CRT 显示

作面板上必须有"任选停机开关"，且该开关置于接通。

（4）程序结束（M02、M30）　M02、M30 指令的意义如下：

1）表示主程序结束。

2）自动运行停止，CNC 呈复位状态。

3）M30 使自动运行停止，并使程序返回到程序的开头。

（5）进给暂停　程序运行时，按机床操作面板上的"进给暂停"按钮，可使自动运行暂时停止，此时进给暂停灯亮，循环启动灯灭。

（6）复位　按下操作面板上的"RESET"（复位）按钮，或输入外部复位信号，自动运行时的坐标轴减速，然后停止，CNC系统置于复位状态。

10. 单程序段执行

若按一下单程序段开关，如图 4-39 所示的单程序段灯变亮。执行一个程序段后，机床停止。其后，每按一次"ST"（循环启

SBK
（"SBK"指示灯变亮）

图 4-39　单程序段开关有效

动）按钮，CNC 执行一个程序段的程序。

单程序段执行简称为"单段"功能。

说明：用返回参考点指令 G28 时，即使在中间点，单程序段也停止。

提示：在程序试运行时，常使用"单段"功能，以防止程序出错时打刀甚至撞坏机床。

11. 跳过任选程序段

此功能使程序中含有"/"的程序段无效，程序跳转灯亮，有效；程序跳转灯灭，无效。

第二节　SIEMENS 系统数控车床的操作方法

本节将以 CJK6240 型数控车床为例介绍西门子系统数控车床的操作方法。CJK6240 型数控车床配置西门子公司的 SINUMERIK 802S 数控系统，由步进电动机驱动，带有四刀位自动回转刀架和可开闭式半封闭防护门，能完成内径、外径、切断、倒角、外圆柱面、任意锥面、圆弧面、端面和米/英制螺纹等各种车削加工，适合于多品种、中小批量产品的加工，对复杂异形面、加工精度要求高的零件更能显示其优越性。

一、数控车床操作面板的组成及其使用

CJK6240 型数控车床的机床操作面板如图 4-40 上半部分所示，图 4-40 下半部分所示为

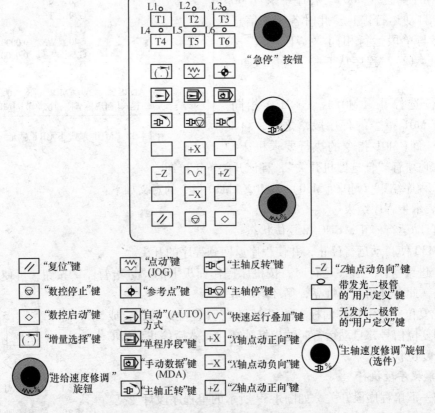

图 4-40　CJK6240 型数控车床的机床操作面板

各键作用的描述。以下将介绍操作面板上各开关及按钮的功能与使用方法。

（1）"复位"键　当机床自动运行时，按下此键，机床的所有操作都停下来。当出现超程或操作故障报警时，将故障消除后，可通过复位键消除屏幕上的报警信号。

（2）"数控停止"键　在机床自动运行时，按下此键，机床各坐标轴的运动将停止。

（3）"数控启动"键　用于自动方式下自动运行的启动。

（4）"增量选择"键　坐标轴以选择的步进增量方式运动，步进量的大小在屏幕上显示。

（5）"点动"（JOG）键　手动控制坐标轴运动。

（6）"参考点"键　机床执行回参考点操作。

（7）"进给速度修调"旋钮　在自动运行中，由 F 代码指定的进给速度可以用此开关来调整，调整范围为 0～150%，每格增量为 10%。

（8）"自动"（AUTO）方式　在自动方式下，按下数控启动键，机床即自动运行程序。

（9）"单程序段"键　在单段方式下，按下数控启动键，机床执行一段程序后，即停下来。

（10）"手动数据"（MDA）键　用键盘直接将程序段输入到存储器内，按下"数控启动"键，即可立刻运行输入的程序段。

（11）"主轴正转"键　使机床主轴正转。

（12）"主轴反转"键　使机床主轴反转。

（13）"主轴停"键　使机床主轴停止转动。

（14）"快速运行叠加"键　在点动方式下，同时按下此键和相应的坐标轴键，坐标轴以快进速度运行。

（15）点动按钮（＋X、－X、＋Z、－Z）　每次只能压下一个，按钮压下时，滑板移动；抬起时，滑板停止移动。

（16）"主轴速度修调"旋钮（选件）　用于调整主轴转速。

二、数控系统操作面板的组成及其使用

CJK6240 型数控车床的 SINUMERIK 802S 数控系统操作面板如图 4-41 上半部分所示，它由 CRT 显示器和软键盘两部分组成，图 4-41 下半部分所示为面板上各键作用的描述。

下面对几个主要的键进行介绍。

（1）"加工显示"键　按此键后，屏幕上将显示加工信息，包括坐标数据、正在执行的程序段等。

（2）"返回"键　返回上一级菜单。

（3）"菜单扩展"键　进入下一级子菜单。

（4）"区域转换"键　该数控系统有加工、参数、程序、通信、诊断五个操作区域，按此键可实现操作区域的转换。

（5）光标移动键　有"光标向左"、"光标向右"、"光标向上"、"光标向下"四个键，按这些键可实现屏幕上光标的左、右、上、下移动。

（6）"上档"键　同时按下此键和其他键时，可实现其他键的上档功能转换。

（7）"删除"键　用于删除已输入到缓冲器里的最后一个字符或符号。

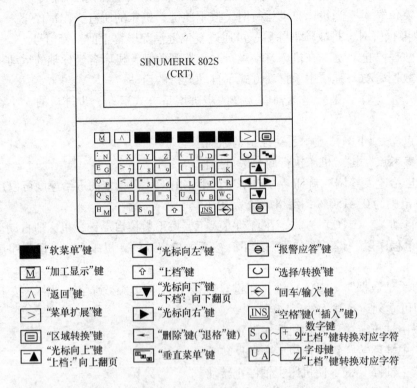

图 4-41　SINUMERIK 802S 数控系统操作面板

（8）"回车/输入"键　按下此键，可输入参数或补偿值等，也可在 MDA 方式下输入命令数据。

三、SINUMERIK 802S 系统显示屏幕的划分及其功能

1. SINUMERIK 802S 系统的显示屏幕划分如图 4-42 所示，屏幕符号说明见表 4-2。

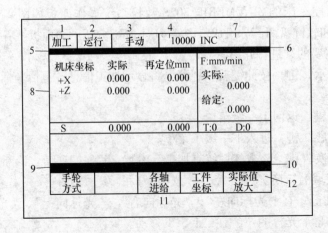

图 4-42　SINUMERIK 802S 系统的显示屏幕划分

表 4-2　屏幕符号说明

图中元素	缩略符	含义
1. 当前操作区域	MA、PA、PR、DI、DG	加工、参数、程序、通信、诊断
2. 程序状态	STOP、RUN、RESET	程序停止、程序运行、程序复位
3. 运行方式	JOG、MDA、AUTO	点动方式；手动输入、自动执行；自动方式
4. 状态显示	SKP	程序段跳跃
	DRY	空运行
	ROV	快进修调。修调开关对于快速进给也生效
	SBL	单段运行。只有处于程序复位状态时才可以选择
	M1	程序停止。运行到有 M01 指令的程序段时停止运行
	PRT	程序测试（无指令进给驱动）
	1…1000INC 步进增量	步进增量：JOC 运行方式时显示所选择的步进增量
5. 操作信息	1～23	分别表示机床的各种状态
6. 程序名		正在编辑或运行的程序
7. 报警显示行		只有在 NC 或 PLC 报警时才显示报警信息，在此显示的是当前报警的报警号及其删除条件
8. 工作窗口		工作窗口和 NC 显示
9. 返回键		软键菜单中出现此键符时表明存在上一级菜单。按下返回键，不存储数据直接返回到上一级菜单
10. 扩展键		出现此符号时表明同级菜单中还有其他菜单功能。按下扩展键后，可选择这些功能
11. 软键		其功能显示在屏幕的最下边一行
12. 垂直菜单		出现此符号时表明存在其他菜单功能。按下此键后，这些菜单显示在屏幕上，并可用光标进行选择

2. 操作区域的功能

控制器中的基本功能可以划分为加工、参数、编程、通信和诊断五个操作区域，如图 4-43 所示。系统开机后首先进入"加工"操作区，使用"区域转换"键可从任何操作区域返回主菜单。

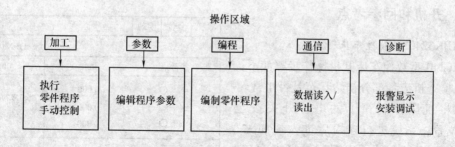

图 4-43　SINUMERIK 802S 操作区域

3. 软件功能简要描述

SINUMERIK 802S 系统主要的软件功能如图 4-44 所示。

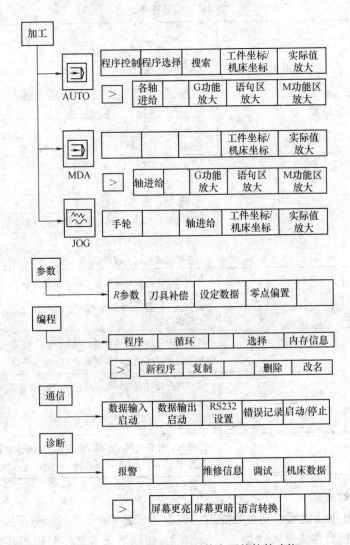

图 4-44　SINUMERIK 802S 系统主要的软件功能

四、开机和回参考点

1. CJK6240 型数控车床开机

CJK6240 型数控车床开机操作步骤如下：

1）检查机床各部分初始状态是否正常。

2）将机床控制箱上的电源开关拨至"ON"位置，系统进行自检后进入"加工"操作区 JOG 运行方式，出现回参考点窗口，如图 4-45 所示。

2. 回参考点

打开机器后必须确定零点，通常是通过回参考点来完成，若不回参考点，如螺距误

加工	复位	手动		
				DEM01.MPF
参考点		mm		F:mm/min
+X ○		0.000		实际:0.000
+Z ○		0.000		编程:0.000
+SP ○		0.000		
S	0.000	0.000		T:0　D:0

图 4-45　JOG 运行方式回参考点窗口

差补偿、间隙补偿等功能将无法实现，回参考点只有在 JOG 方式下才能进行。

回参考点操作步骤如下：

1）用机床控制面板上"参考点"键启动回参考点运行。

2）按坐标轴方向键" + X、 - X、 + Z、 - Z"，点动使每个坐标轴逐一回参考点，如果选错了回参考点方向，则不会产生运动。

3）通过选择另一种运行方式（如 MDA、AUTO 或 JOG）可以结束该功能。

五、对刀和参数设置

1. 建立新刀具

建立新刀具操作步骤如下：

1）打开刀具补偿窗口，按"新刀具"键，建立一个新刀具，出现如图 4-46 所示的输入窗口，显示所给定的刀具号。

2）输入新的刀具号（T），并定义刀具类型。

3）按"回车"键确认输入，刀具补偿窗口打开。

参数	复位	手动		10 000	INC
					DEM01.MPF
已有刀具表					
T1					
T2					
新刀具					
	T-号:3				
	T-型:500				
▲					
					确认

图 4-46　新刀具输入窗口

2. 刀具补偿参数

刀具补偿分为刀具长度补偿和刀具半径补偿，参数表的结构因刀具类型的不同而不同，用"扩展"键扩展软件功能，如图 4-47 所示。

程序	运行	手动	10000INC		
					DEM01.MPF
刀具补偿数据				T-型:200	
刀沿数:1				T-号:2	
D-号:1					
		mm	几何尺寸	磨损	
		长度1	0.000	0.000	
		长度2	0.000	0.000	
		长度3	0.000	0.000	
<<D	D>>	<<T	T>>	搜索	
复位刀沿	新刀沿	删除刀具	新刀具	对刀	

图 4-47　刀具补偿参数窗口

3. 对刀、设置零点偏置

回参考点后，实际值以机床零点为基准，加工程序则以工件零点为基准，之间的差值作为可设定的零点偏置量。通过对刀确定以上参数，然后将数值输入到零偏和刀偏参数中。

对刀、设置零点偏置操作步骤如下：

1）选择"JOG"方式，在 Z 轴和 X 轴方向用刀尖接触工件断面和表面，如图4-48所示为典型车刀对刀位置示意图。

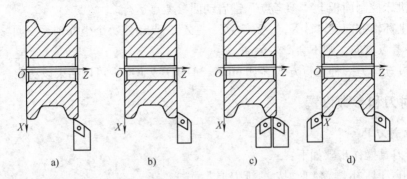

图4-48　典型车刀对刀位置示意图

a）一把刀 X 方向对刀　b）一把刀 Z 方向对刀　c）两把刀 X 方向对刀　d）两把刀 Z 方向对刀

2）由"参数"操作区和"零点偏置"键选择可设定零点偏置量，出现如图4-49所示的零点偏置窗口。

参数	复位	手动	10000INC
			DEM01.MPF
可设置零点偏置			
		G54	G55
轴		零点偏置	零点偏置
X		0.000	0.000mm
Z		0.000	0.000mm
▲滚动按: ⇧+P_g ▲ P_g▼			
	测量		可编程零点 零点总和

图4-49　零点偏置窗口

3）计算刀具的零点偏移值，输入零点偏置量。

六、程序编辑

1. 输入新程序

输入新程序操作步骤如下：

1）选择操作区的"程序"键，显示 NC 中已经存在的程序目录。

2）按动"新程序"键，出现一对话窗口（见图4-50），输入新主程序和子程序名称，在名称后输入文件类型，主程序扩展名".MPF"可以自动输入，子程序扩展名".SPF"必须与文件名一起输入。

3）按"回车"键确认输入，生成新程序文件，此时可以对新程序进行编辑。

4）用"RECALL"键中断程序的编辑，关闭此窗口。

2. 程序编辑

在零件程序处于非执行状态时，可以进行编辑。

程序编辑操作步骤如下：

1）在主菜单下选择"程序"键，出现程序目录窗口。

2）用光标键选择待执行的程序。

3）按"确定"键，调用所选程序编辑器，屏幕上出现编辑窗口（见图4-51），即可对程序进行编辑。

程序	复位	手动	10000INC	
				DEM01.MPF
零件程序编辑: DEM01.MPF				
ANF:GI G94 X78 F300 T1 D1"				
ANA:X70 Z75"				
N51 Z0 M3 S1000"				
N60 X100 Z90 F1000"				
N75 F850 Z0"				
N76 F0 Z100"				
N80 GOTOB ANA"				
N90 M2"				
LCYC8.3	LCYC93	LCYC94	LCYC95	轮廓
编辑	搜索			关闭

图 4-50　新程序输入窗口

程序	复位	手动	10000INC	
				DEM01.MPF
名称		类型		
REMO1		MPF		
LOAD1		MPF		
LOAD2		MPF		
LOAD3		MPF		
给定新程序号:				
				确定

图 4-51　编辑窗口

3. 辅助编程垂直菜单的使用

使用垂直菜单可以在零件程序中非常方便地直接插入 NC 指令。

辅助垂直菜单使用的操作步骤如下：

1）在程序编辑状态，操作"垂直菜单"键，从垂直菜单（见图4-52）中选择指令。

2）用光标键在菜单中定位。

3）按"输入"键将所选的内容输入到程序中，后面带"…"的显示行含有一组 NC 指令（见图4-53），这些指令可用"输入"键输入或用相应的行号列出。

程序	复位	手动	10000INC
			DEM01.MPF
名称		类型	
		插入　zyklus …	
LOAD1		1.LCYCL固定循环	
LOAD2		2.SIN正弦函数sin(x)	
LOAD3		3.COS余弦函数cos(x)	
LOAD4		4.TAN正切函数tan(x)	
RING1		5.SQRT平方根sprt(x)	
TEST1		6.GOTOF转到前面<标号>	
X1234		7.GOTOB转到后面<标号>	
▲选择: →			

图 4-52　垂直菜单

程序	复位	手动	10000INC	
				LCYC83
名称		类型		LCYC93
		插入　LCYC83		LCYC94
LOAD1		1.LCYCL固定循环		LCYC95
LOAD2		2.SIN正弦函数sin(x)		LCYC97
LOAD3		3.COS余弦函数cos(x)		
LOAD4		4.TAN正切函数tan(x)		
RING1		5.SQRT平方根sprt(x)		
TEST1		6.GOTOF转到前面<标号>		
X1234		7.GOTOB转到后面<标号>		
▲选择: →				

图 4-53　下级垂直菜单

七、加工操作

1. 手动方式运行

在手动运行方式中，可以使坐标轴点动运行，其运行速度可以通过修调开关调节，手动方式的运行状态如图 4-54 所示。

手动方式运行操作步骤如下：

1）通过机床控制面板上的"JOG"键选择手动方式。

2）操作相应的键"+X"或"-Z"使坐标轴运行，坐标轴以机床设定数据中规定的速度运行。

3）必要时可用"修调"开关调节速度。

4）在手动方式中，可以通过"功能扩展"键，进入"手轮"方式操作。

加工	复位	手动		10000 INC
				DEM01.MPF
机床坐标	实际	再定位 mm		F:mm/min
+X	0.000	0.000		实际：0.000
+Z	0.000	0.000		编程：0.000
+SP	0.000	0.000		
S	0.000	0.000		T:0　D:0
手轮方式		各轴进给	工件坐标	实际值放大

图 4-54　手动方式的运行状态

2. MDA 方式运行

在"MDA"运行方式下，可以编制一个零件程序段加以执行，此运行方式中所有的安全锁定功能与自动方式一样，"MDA"方式的运行状态如图 4-55 所示。

"MDA"方式运行操作步骤如下：

1）通过控制面板上的"手动数据"键选择"MDA"运行方式。

2）由操作面板输入加工程序段。

3）按"程序启动"键执行输入的程序段，执行完毕后，输入区的内容仍保留，这样该程序段可以重复地执行，输入一个字符可以删除程序段。

加工	复位	MAD		10000 INC
				DEM01.MPF
机床坐标	实际	剩余 mm		F:mm/min
+X	0.000	0.000		实际：0.000
+Z	0.000	0.000		编程：0.000
+SP	0.000	0.000		
S	0.000	0.000		T:0　D:0
	语句区放大			工件实际	实际值放大
各轴进给		G 功能放大		M 功能放大

图 4-55　"MDA"方式的运行状态

3. 自动方式运行

在自动方式下零件程序可以自动加工执行，其前提条件是已经回参考点，被加工的零件程序已经装入，已输入了必要的补偿值，安全锁定装置已启动，自动方式的运行状态如图 4-56 所示。

（1）选择和启动零件程序　操作步骤如下：

1）通过"AUTO"键选择自动工作方式，屏幕上显示系统中所有的程序，如图

加工	复位	自动		10000 INC
				DEM01.MPF
机床坐标	实际	剩余 mm		F:mm/min
+X	0.000	0.000		实际：0.000
+Z	0.000	0.000		编程：0.000
+SP	0.000	0.000		
S	0.000	0.000		T:0　D:0
程序控制	语句区放大	搜索	工件实际	实际值放大
各轴进给		G 功能放大		M 功能放大

图 4-56　自动方式的运行状态

4-57所示。

2）把光标"移动"键定位到所选的程序上。

3）用"选择"键选择待加工的程序。

4）可以控制被选中程序的运行状态，程序的运行状态如图 4-58 所示。

5）按动"NC 启动"键执行程序。

（2）"停止"、"中断"零件程序　零件程序在自动执行过程中，可以停止或中断。操作步骤如下：

1）用"NC 停止"键停止加工的零件程序，通过按"NC 启动"键恢复程序运行。

2）用"复位"键中断加工的零件程序，当按"NC 启动"时，恢复程序运行。

加工	复位	自动	
选择程序			
LOAD1			MPF
LOAD2			MPF
LOAD3			MPF
LOAD4			MPF
RING1			SPF
TEST1			MPF
X1234			MPF
▲ 读 / 写错误：			
			选择

图 4-57　程序选择

加工	运行	自动	
选择程序			
☐ SKP	段跳跃		
☐ DRY	空运行		
☐ ROV	快速修调		
☐ M1	编辑停止		
☐ PRT	程序测试有效		
○ SLB	单段 1 停于每个加工功能段后		
○ SLB2	单段 2 停于每个程序段后		
▲ 选择：⇒			
			确定

图 4-58　程序的运行状态

第三节　数控车床的操作规程、注意事项及技巧

一、数控车床的正确使用

操作人员在操作、使用数控车床之前，应该详细阅读有关操作说明书，了解所用数控车床的性能，熟练掌握数控车床和控制面板上各个开关的作用，并严格按照操作规程进行操作。而且要做到：

1）熟悉数控车床部件的运动范围。如机械原点、各轴行程、夹具和工件安装位置、工件坐标系、各坐标的干涉区、换刀空间、主轴转速和定位范围等。

2）掌握数控车床的操作方式。如工件的主要装夹方式及定位方法、主轴挂挡方法、主轴转速和进给速度的调整、刀具位置的调整等。

二、数控车床的操作规程

在使用过程中要严格遵守操作规程，数控车床的操作规程一般如下：

1）操作者必须熟悉数控车床的性能、结构、传动原理及控制，严禁超性能使用。

2）使用机床时，必须带上防护镜，穿好工作服，带好工作帽。

3）工作前，应按规定对机床进行检查，查明电气控制是否正常，各开关、手柄位置是否在规定位置上，润滑油路是否畅通，油质是否良好，并按规定加好润滑剂。

4）开机时应先注意液压或气压系统的调整，检查总系统的工作压力是否在额定范围，溢流阀、顺序阀、减压阀等调整压力是否正确。

5）开机时应低速运转 3 ~ 5min，查看各部分运转是否正常。

6）加工工件前，必须进行加工模拟或试运行，严格检查调整加工原点、刀具参数、加工参数、运动轨迹。并且要先将工件清理干净，特别注意工件是否固定牢靠，调节工具是否已经移开。

7）工作中发生不正常现象或故障时，应立即停机排除或通知维修人员检修。

8）工作完毕后，应及时清扫机床，并将机床恢复到原始状态，各开关、手柄放于非工作位置上，切断电源，认真执行交接班制度。

9）必须严格按照操作步骤操作机床，未经操作者同意，不许其他人员私自开动机床。

10）按动按键时用力应适度，不得用力拍打键盘、按键和显示屏。

11）禁止敲打中心架、顶尖、刀架、导轨、主轴等部件。

三、数控车床通电后的检查

数控车床通电后有必要进行以下检查：

1）检查数控装置中各个风扇是否正确运转。

2）用手动或低速运转各坐标轴，观察机床移动方向的显示是否正确。然后让各轴碰到各个方向的超程开关，用以检查超程限位是否有效，数控装置是否在超程时报警。

3）进行几次返回机床基准点的动作，用来检查数控机床是否有返回基准点的功能以及每次返回基准点的位置是否完全一致。

4）最好按照使用说明书，用自编的简单程序检查数控系统的主要功能是否完好。如定位、直线插补、圆弧插补、螺旋线插补、自动加速/减速、辅助机能（M、S、T 指令）、刀径补偿、刀长补偿、螺距误差补偿、间隙补偿、固定循环、镜像功能以及用户宏程序等。

四、操作数控车床时的注意事项

1）重视工作环境、避开阳光直射，有防振装置并尽量远离振动源。机床附近不应有电焊机、高频处理器等设备，避免高温对机床精度的影响。始终保持机床的清洁与完整。周围工具、夹具及附属设备要整齐排放。

2）对操作与维修人员要求及时培训与知识更新。管理工作中特别要注意日常运行及日常维护中避免盲目操作和误操作。无关人员不要参与。

3）机床电源保持稳定。波动范围控制在 10% ~ 15% 之间。要有稳压装置，防止损坏系统。

4）机床需要的压缩空气压力应符合标准，并保持清洁。通风管路严禁使用镀锌铁管，防止铁锈堵塞过滤器。要定期检查和维护气、液分离器，严禁水分进入气路。要有保护环节与装置。

5）润滑装置要保持清理、油路畅通，各部位润滑良好。油液必须符合标准，并经过滤。过滤要定期清洗更换滤芯，经检验合格才能使用。尤其对有气垫导轨及光栅尺通气清洁的精密部位更重要。

6）电气系统的控制柜和强电柜的门应尽量少开。防止灰尘、油雾对电子元器件的腐蚀及损坏。

7）经常清理数控装置的散热通风系统，使数控系统可靠地运行。数控装置的正常工作温度在 55 ~ 60℃ 之间。有超温情况时，一定要立即停机检测。

8）数控装置的储存器（RAM）的电池由系统自行随时测定报警，及时更换才能继续维持 RAM 中的参数和程序等数据。更换电池时要在通电情况下更换，千万不要在断电情况下拔掉电池，防止数据丢失。

9）插板、印制电路板（如 EPROM 块等）不能在通电情况下插拔，这样会出现一些无法补救的故障。也不要经常断电插拔。

10）正确选用优质刀具，使刀具的材质、型号等均符合要求，是避免故障、保证切削质量的重要环节。

11）在加工工件前，须先对各坐标检测，复查程序，经试运行后再正式开始加工。

12）操作者必须在机床起动后进行"归零"操作。停机 2 周以上时应及时给机床通电，防止数据丢失。

13）机床精密测量装置不能随意拆动。

14）机床参数设定不能随意修改，以免影响机床性能发挥。误操作时要即时向维修人员说明情况，进行即时处理。

15）数控设备外部结构简化，密封可靠，自诊断功能日益完善，在日常维护中除必要部分清洁擦拭外，不得任意拆卸其他部位。

五、工件加工后尺寸不符合图样要求的修改方法

在数控车床上加工零件，如果发现加工的工件不符合图样要求，当工件还存在余量时，可通过修改程序、刀具起点或刀补来修正工件尺寸。在加工过程中，如果发现程序有错漏，应立即停止加工，对程序进行修正，下面以 FANUC 系统数控车床为例介绍这些操作技巧。

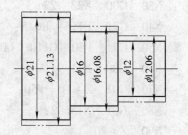

图 4-59　车削出的工件
尺寸与图样不符

1. 修改程序的方法（单件使用）

各个位置尺寸差值不相同时在程序里修改（即各个位置的尺寸实际大多少，在程序里的尺寸直接减去多少即可）。如图 4-59 所示，X21 实际车出来是 X21.13，X16 实际车出来是 X16.08，X12 实际车出来是 X12.06。因此，要把编程的尺寸减去实际的尺寸，即 21mm − 0.13mm = 20.87mm，16mm − 0.08mm = 15.92mm，12mm − 0.06mm = 11.94mm，

在程序里把 21 改成 20.87，16 改成 15.92，12 改成 11.94 即可。

程序如下：

O1101；

N10　G50　X80　Z80；

N20　M03　S600　T0100；

N30　G00　X23　Z2；

N40　G71　U1.5　R0.5；

N50　G71　P60　Q110　U0.3　W0　F50；

N60　G00　X12；

N70　G01　Z−10　F50；

N80　G01　X16；

N90　Z−20；

N100　X21；

N110　Z−30；

N120　G70　P60　Q110；

图样编程尺寸分别为：X21、X16、X12。

实际加工出来的尺寸分别为：X21.13、X16.08、X12.06。

程序里的尺寸应分别改为：X20.87、X15.92、X11.94。

修改程序的步骤如下：

1）当加工到 N120 时（即已执行了 G70），按单段运行，测量工件。

2）计算修改后的尺寸，即

修改后的尺寸 = 原程序尺寸 + （图样尺寸−实际加工出来的尺寸）

如：20.87 = 21 + （21−21.13）。

3）修改尺寸后的程序如下：

O1101；

N10　G50　X80　Z80；

N20　M03　S600　T0100；

N30　G00　X23　Z2；

N40　G71　U1.5　R0.5；

N50　G71　P60　Q110　U0.3　W0　F50；

N60　G00　X11.94；

N70　G01　Z−10　F50；

N80　G01　X15.92；

N90　Z−20；

N100　X20.87；

N110　Z−30；

N120　G70　P60　Q110；

4）将光标移到 N120 处，按"自动"键，按"循环启动"键。

5）重复以上的方法修改，直到符合尺寸要求。

2. 修改刀具起点位置的方法

修改刀具起点位置（G50）的方法如图 4-60 所示。

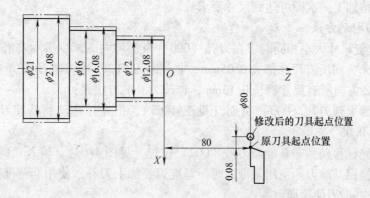

图 4-60 修改刀具起点位置（G50）的方法

各个位置尺寸差值相同时才能使用此方法。即基准刀回到加工原点（程序起点）后，在录入方式或单步方式下，移动实际差值（大则移近工件方向，小则移离工件方向），再在录入方式中重新设置 G50 位置即可。

例如，X 方向各个位置都大 0.08mm。

（1）修改方法一 具体步骤如下。

1）在录入方式（见图 4-61）中输入"G01 U-0.08 F30"，然后按"循环启动"键，刀具走到修改后的刀具起点位置。

2）再在录入方式（见图 4-62）中输入"G50 X80"，然后按"循环启动"键。

程序	O2000 N0100
（程序段值）	（模态值）
G01 X	F 30
Z	G01 M
U−0.08	G97 S
W	T
R	G96
F30	G99
M	G21
S	
T	
P	
Q	SACT 0000
地址：	S0000 T0100
	录入方式

图 4-61 在录入方式中输入"G01 U-0.08 F30"

程序	O2000 N0100
（程序段值）	（模态值）
G50 X 80	F 100
Z	G01 M
U	G97 S
W	T
R	G96
F	G99
M	G21
S	
T	
P	
Q	SACT 0000
地址：	S0000 T0100
	录入方式

图 4-62 在录入方式中输入"G50 X80"

3）重复精加工一次即可达到尺寸要求。

（2）修改方法二 具体步骤如下。

1）在手动单步方式下，将刀具向 −X 方向移动 0.08mm，X 的尺寸原为 X80，现变为

X79.92，比原来的尺寸少了 0.08mm。

2）再在录入方式（如图 4-62 所示）中输入"G50　X80"，然后按"循环启动"键。

3）重复精加工一次即可达到尺寸要求。

3. 修改刀补的方法

各把刀位置尺寸大小相同时，在刀补（000）页面增大或减少实际差值即可。例如，基准刀 T0100，X 方向所有尺寸都大 0.05mm；非基准刀 T0202（切断刀），X 方向所有尺寸都小 0.10mm，Z 方向所有尺寸都长 0.13mm，修改刀补的方法是：

1）刀补翻页到刀补（000）页面（见图 4-63），把光标移动到基准刀刀号"001"位置，输入"U-0.05"。

2）再把光标移动到非基准刀刀号"002"位置（见图 4-64），输入"U0.10　W0.13"。

3）然后换回基准刀。使用基准刀时，基准刀要加上刀补；使用非基准刀时，换回基准刀后，再换非基准刀使用即可。

位置			O0001	N0001
序号	X	Z	R	T
000	0.000	0.000	0.000	0
001	−0.050	0.000	10.000	1
002	−5.620	1.200	1.000	1
003	0.000	0.000	0.000	3
004	0.000	0.000	0.000	5
005	0.000	0.000	0.000	0
006	0.000	0.000	0.000	2
007	0.000	0.000	0.000	6
008	0.000	0.000	0.000	0
现在位置（相对坐标）				
U	−0.050		W	0.000
序号	001=		S0000	T0200
				录入方式

位置			O0001	N0001
序号	X	Z	R	T
000	0.000	0.000	0.000	0
001	−0.050	0.000	10.000	1
002	−5.620	1.200	1.000	1
003	0.000	0.000	0.000	3
004	0.000	0.000	0.000	5
005	0.000	0.000	0.000	0
006	0.000	0.000	0.000	2
007	0.000	0.000	0.000	6
008	0.000	0.000	0.000	0
现在位置（相对坐标）				
U	0.100		W	0.130
序号	002=		S0000	T0200
录入方式				

图 4-63　刀补（000）页面　　　　图 4-64　在非基准刀刀号 002 位置输入修改数据

六、切削过程中发现错漏的修改方法

1. 切削过程中发现下面程序段有错漏时的修改

先按"单段"停，暂停后按"编辑方式→程序"，把光标移到错漏的地方进行修改。修改完毕，如是单一固定循环或插补方法加工的，把光标移回到原光标停的程序段，按"自动"方式，再按"循环启动"键自动切削加工；如果是复合型循环加工到一半的，把光标移回到原切削前的 G00 定位的程序段，把刀具回到加工原点的定位位置，再按"自动"方式、"循环启动"键，继续切削加工。如不需要单段停，再按一下"单段停"键取消即可。

2. 切削过程中发现切削当前程序段有错漏时的修改

应立即按"暂停"键，按"手动"方式，把刀具移回到原 G00 定位点。选择"编辑"方式，再按"程序"键，修改错漏的尺寸，修改完毕，把光标移动回到原切削前的 G00 定位的程序段，再选择"自动"方式，按"循环启动"键，继续切削加工。

本章小结

　　本章讲述了数控车床面板的构成、数控车床的对刀方法和数控车削工件的尺寸修正方法，通过本章的学习，要求能熟练操作 FANUC 系统数控车床和 SIEMENS 系统数控车床，会维护数控车床。

思考与训练

一、判断题

1. 机床在开机后应空转一段时间，在达到或接近热平衡后再进行加工。（　　）

2. 转塔式刀架是一刀多位的自动定位装置，通过转塔头的旋转、分度和定位来实现机床的自动换刀动作。（　　）

3. 数控车床中，车刀的对刀基准必须以刀架刀槽的底面为基准。（　　）

4. 只要通过图形模拟加工，即可安全进行工件首件的自动加工。（　　）

5. 机床空运行时，刀具不运动。（　　）

6. 对数控车床进行"回零"操作前，机床各轴的位置要距离原点 100mm 以上。（　　）

7. 在 MDI 方式中，用机床操作面板上的键在程序显示画面可编制最多 6 行程序段（与普通程序的格式一样），然后执行。（　　）

8. 如中途停止或结束 MDI 运行，只有按 MDI 面板上的"RESET"键才能停止 MDI 运行。（　　）

9. "手动"工作方式运行时，其速度不可以通过修调开关调解。（　　）

10. 在数控车床上，用刀具半径补偿编程加工直径 20mm 圆柱体，试切后为直径 21mm。若程序和刀具半径不变，则设定刀具半径补偿量应减少 0.5mm。（　　）

二、单项选择题

1. 数控车床起动前，必须检查机床的（　　），观察是否正常，然后才能起动车床。

A. 外部设施　　　　　B. 电器设备　　　　　C. 刀架部分　　　　　D. 润滑状况

2. 数控机床开机后，（　　）返回参考点（回零）操作。

A. 不必进行　　　　　B. 必须进行　　　　　C. 可进行　　　　　D. 其他操作后进行

3. 数控车床加工过程中，按了"紧急停止"按钮后，应（　　）。

A. 排除故障后接着走　B. 手动返回参考点　C. 重新装夹工件　　D. 重新上刀

4. 数控车床的"MDI"表示（　　）。

A. 自动循环加工　　　B. 手动数据输入　　　C. 手动进给方式　　D. 点动

5. FANUC 系统中，但系统出现报警，可以通过（　　）键来消除报警。

A. HELP　　　　　　　B. INPUT　　　　　　C. SHIFT　　　　　D. RESET

6. FANUC 系统中，显示刀偏/设定画面的功能键是（　　）。

A. PROG　　　　　　　B. OFFSET SETTING　C. SYSTEM　　　　D. MESSAGE

7. FANUC 系统中，显示位置画面的功能键是（　　）。

A. PROG　　　　　　　B. POS　　　　　　　C. SYSTEM　　　　D. MESSAGE

8. 所谓"刀位点"是指刀具的（　　）。

A. 对刀点　　　　　　B. 换刀点　　　　　　C. 装夹基准点　　　D. 定位基准点

9. 数控车床中，使用手轮要在（　　）模式下进行。

A. EDIT　　　　　　　B. AUTO　　　　　　　C. JOG　　　　　　　D. HANDLE

10. 数控机床上的（　　）过程，实际上就是将编程时用的刀具参考位置（标准刀具的刀尖或转塔中心等）与加工中实际使用刀具的刀尖位置之间的差值设定为刀偏量，直接输入到刀偏存储器。

A. 对刀　　　　　　　B. 半径偏置　　　　　　C. 原点偏置　　　　　　D. 坐标系偏置

三、简答题

1. 数控车床加工零件时为什么需要对刀？常用什么方法对刀？

2. 在开起数控机床前后，必须要进行哪些检查？

3. 数控机床为什么会产生超程？如何解除超程？

4. 数控车床的"机床锁住"按钮和"进给保持"按钮的作用是什么？两者有什么区别？

第五章 数控车床加工技能综合实训
（中级考证）

> **学习目标**：1. 掌握数控车床中级操作工水平工件的编程方法。
> 2. 能编程并加工数控车床中级操作工水平的工件。

第一节 FANUC系统数控车床综合实训（中级考证）

一、综合实训（一）

零件如图5-1所示，毛坯材料为45钢，尺寸为$\phi44mm \times 110mm$。试编写其数控车床加工程序并进行加工。

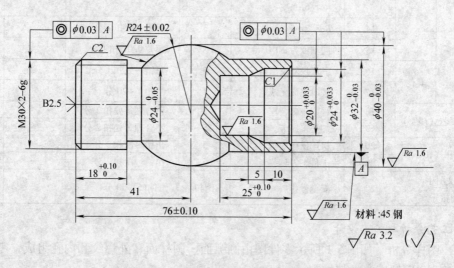

图5-1 FANUC系统数控车床综合实训一零件图

评分表见表5-1。为使叙述简练，后面的综合实训中将把评分表省略。

表 5-1　评分表　　　　　　　　　　　　　　　　　　　　　（单位：mm）

工件编号				总　得　分			
项目与分配		序号	技术要求	配分	评分标准	检测记录	得分
工件加工评分（80%）	外形轮廓	1	$\phi32_{-0.03}^{0}$	5	超差 0.01 扣 2 分		
		2	$\phi40_{-0.03}^{0}$	5	超差 0.01 扣 2 分		
		3	$\phi24_{-0.05}^{0}$	4	超差 0.01 扣 2 分		
		4	76 ± 0.10	4	超差 0.02 扣 1 分		
		5	$18_{0}^{+0.10}$	4	超差 0.02 扣 1 分		
		6	$R24\pm0.02$	5	超差 0.01 扣 2 分		
		7	$M30\times2\text{-}6g$	5	超差全扣		
		8	同轴度为 $\phi0.03$	3×2	超差 0.01 扣 1 分		
		9	$Ra1.6\mu m$	3	每错一处扣 1 分		
		10	$Ra3.2\mu m$	4	每错一处扣 1 分		
	内轮廓	11	$\phi20_{0}^{+0.033}$，$Ra1.6\mu m$	5/1	超差 0.01 扣 2 分		
		12	$25_{0}^{+0.10}$	4	超差 0.02 扣 1 分		
		13	$\phi24_{0}^{+0.033}$，$Ra1.6\mu m$	5/1	超差 0.01 扣 2 分		
		14	$Ra3.2\mu m$	3	每错一处扣 1 分		
		15	同轴度为 $\phi0.03$	3×2	超差 0.01 扣 1 分		
	其他	16	一般尺寸及倒角	6	每错一处扣 1 分		
		17	按时完成无缺陷	4	酌扣 4～20 分		
程序与工艺（10%）		18	程序正确合理	5	不合理每处扣 2 分		
		19	加工工序卡	5	不合理每处扣 2 分		
机床操作（10%）		20	机床操作规范	5	出错一次扣 2 分		
		21	工件、刀具装夹	5	出错一次扣 2 分		
安全文明生产（倒扣分）		22	安全操作	倒扣	酌扣 5～30 分		

1. 工艺分析与工艺设计

（1）图样分析　如图 5-1 所示零件图由圆弧面、圆柱面、外螺纹和内孔组成，零件的尺寸精度要求和同轴度要求都较高。

（2）加工工艺路线设计

1）手工钻 $\phi18mm$ 底孔，预切除内孔余量。

2）粗、精车右端内孔，到达图样各项要求，粗加工时留 0.2～0.5mm 精加工余量。

3）车槽加工。

4）粗、精车右端外圆表面（包括圆弧轮廓），达到图样要求，加工时最好用顶尖顶住内孔，提高刚性。

　　5）调头手动车削端面，钻中心孔，装夹，找正夹紧。

　　6）粗、精车左端螺纹表面外圆轮廓，粗加工时留 0.2～0.5mm 精加工余量。

　　7）螺纹粗、精加工达图样要求。

　　8）去毛倒刺，检测工件各项尺寸要求。

2. 程序编制

　　选择完成后工件的左右端面回转中心作为编程原点，选择的刀具为：T01 外圆车刀；T02 外车槽刀（刀宽 3mm）；T03 外螺纹车刀；T04 内孔车刀。编制程序如下：

程序	程序说明
O00001；	加工右端外轮廓程序
G99　G21　G40；	
T0404；	程序开始部分换 4 号内孔车刀
M03　S600；	
G00　X100.0　Z100.0　M08；	
X16.0　Z2.0；	
G71　U1.0　R0.5；	毛坯切削循环加工右端内轮廓
G71　P100　Q200　U-0.3　W0　F0.1；	
N100　G00　X26.0　S1200　F0.05；	N100～N200 为右端内轮廓描述
G01　Z0；	
X24.0　Z-1.0；	
Z-10.0；	
X20.0　Z-15.0；	
Z-25.0；	
N200　X16.0；	
G70　P100　Q200；	精加工右端内轮廓
G00　X100.0　Z100.0；	
T0202　S600；	换外车槽刀
G00　X42.0　Z-55.89；	刀具定位
G75　R0.5；	加工外圆槽
G75　X24.0　Z-58.0　P2000　Q2000　F0.1；	
G00　X100.0　Z100.0；	
T0101　S800；	换 1 号外圆车刀
G00　X42.0　Z2.0；	刀具定位
G73　U8.0　W0　R6；	仿形车加工右端外轮廓
G73　P300　Q400　U0.5　W0　F0.1；	
N300　G00　X30.0　Z0.0　S1500　F0.05；	N300～N400 为右端外轮廓描述
G01　X32.0　Z-1.0；	
Z-20.34；	
G03　X24.0　Z-52.89　R24.0；	

```
N400   G01   X42.0;
G70   P300   Q400;                              精加工右端外轮廓
G00   X100.0   Z100.0;
M05   M09;
M30;                                            程序结束


O0002;                                          加工左端外轮廓程序
G99   G21   G40;                                程序开始部分
T0101;
M03   S800;
G00   X100.0   Z100.0   M08;
      X42.0   Z2.0;                             刀具快速定位
G71   U1.0   R0.5;                              毛坯切削循环粗加工左端外轮廓
G71   P100   Q200   U0.5   W0.0   F0.1;
N100   G00   X25.8   S1500   F0.05;             N100~N200 为左端精加工外轮廓描述
       G01   Z0;
       X29.8   Z-2.0;
       Z-20.01;
N200   X42.0;
G70   P100   Q200;                              精加工左端外轮廓
G00   X100.0   Z100.0;
T0303   S600;                                   换 3 号外螺纹车刀
G00   X32.0   Z2.0;                             刀具定位
G76   P020560   Q50   R0.05;                    加工外螺纹
G76   X27.4   Z-20.0   P1300   Q400   F2.0;
G00   X100.0   Z100.0;
M05   M09;
M30;                                            程序结束
```

3. 上机床调试程序并加工零件

4. 修正尺寸并检测零件

二、综合实训（二）

零件如图 5-2 所示，毛坯直径为 $\phi55mm$，毛坯长度为 150mm，材料为 45 钢。未标注处倒角为 C1，表面粗糙度值为 $Ra1.6\mu m$，棱边倒钝 C0.5。在数控车床上编程并加工该零件。

1. 工艺分析与工艺设计

（1）图样分析　如图 5-2 所示零件图由圆弧面、圆柱面、外螺纹、槽和内孔组成，零件的尺寸精度要求和同轴度要求都较高。

（2）加工工艺路线设计　经过分析，确定工件轴心线为定位基准。先将毛坯表面车一刀，夹已加工表面，伸出124mm。具体工艺路线如下：

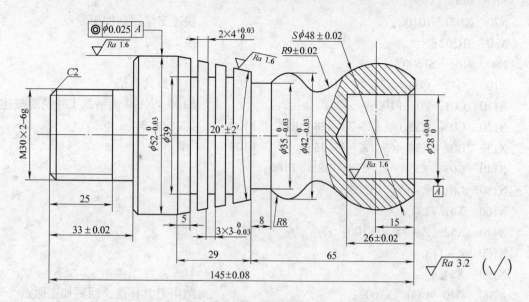

图 5-2 FANUC 系统数控车床综合实训二零件图

1）用外圆刀粗车、精车右端外轮廓。

2）车槽。

3）手工钻 ϕ25mm 底孔。

4）用车孔刀镗右端内孔。

5）零件调头，用铜皮包住工件，找正后夹紧。用刀尖角 75°的外圆车刀粗车、精车左端外轮廓。

6）车螺纹。

（3）刀具选择 1 号刀：外圆粗车刀；2 号刀：外圆精车刀；3 号刀：车槽刀；4 号刀：外螺纹刀。

用图表示各刀具、确定对刀点，刀具如图 5-3 所示。车孔时 1 号刀换为车孔刀。工件调头后，1 号刀换为刀尖角为 75°的外圆车刀。

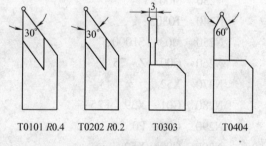

图 5-3 刀具

2. 程序编制

使用 FANUC 0i 系统编程，程序如下：

程序	程序说明
O0001；	
N10 G00 X100 Z100 T0101；	换 1 号刀（外圆车刀），快速定位加工原点
N20 M03 S800；	主轴正转
N30 G00 X56. Z2.；	快速定位起刀点
N40 G71 U1.2 R0.5；	粗车循环
N50 G71 P100 Q190 U0.5 W0.5 F120；	

```
N60    G00   X100;
N70    Z100  T0100;                          快速定位回到加工原点
N80    T0202;                                换 2 号刀
N90    M03   S1600;                          主轴正转
N100   G42   G00   X34.47   D02;             调出刀具补偿
N110   G01   Z0   F100;                       N100 ~ N190 为精加工外轮廓描述
N120   G03   X35.08   Z - 31.328   R24.   F100;
N130   G02   X36.463   Z - 43.333   R9.   F100;
N140   G03   X35.   Z - 57.   R8.   F100;
N150   G01   Z - 65   F100;
N160   X41.773;
N170   X52   Z - 94.   F100;
N180   Z - 113.;
N190   X54.;
N200   G40   G00   X100.;                    结束刀具补偿，回到加工原点
N210   Z100   T0200;
N220   M05;
N230   M00;                                  程序暂停
N240   T0303;                                换 3 号刀
N250   M03   S1000;                          主轴正转
N260   G00   Z - 75.;
N270   X52.;                                 快速定位起刀点
N280   G01   X39   F25;                       车槽
N290   G04   P0.5;
N300   G00   X52.;
N310         Z - 82.;
N320   G01   X39.   F25;
N330   G04   P0.5;
N340   G00   X52.;
N350         Z - 89;
N360   G01   X39.   F25;
N370   G04   P0.5;
N380   G00   X100;                           快速定位回到加工原点
N390         Z100   T0300;
N400   M30;                                  程序结束

O0002;                                       车孔程序
N420   T0101;                                换 1 号刀（车孔刀）
N430   G00   X100   Z80;                      快速定位加工原点
```

N440　M03　S800；

N450　G00　X24　Z2；

N460　G71　U0.7　R0.1；

N470　G71　P480　Q520　U－0.5　W0.5　F120；

N480　G00　X30；　　　　　　　　　　　　N480～N520 为内孔精加工轮廓描述

N490　G01　Z0　F100；

N500　X28　Z－1；

N510　Z－26；

N520　X27.；

N530　G70　P480　Q520；　　　　　　　　内孔精加工

N540　G00　Z100.；

N550　X80.　T0100；

N560　M05；

N570　M30；　　　　　　　　　　　　　　程序结束

O0003；　　　　　　　　　　　　　　　　调头程序

N580　T0101；　　　　　　　　　　　　　换1号刀（外圆车刀）

N590　G00　X100.　Z80.；　　　　　　　快速定位加工原点

N600　M03　S800；　　　　　　　　　　　主轴正转

N610　G00　X56　Z2；　　　　　　　　　快速定位起刀点

N615　G71　U1.2　R0.2；

N620　G71　P670　Q720　U0.5　W0.5　F120；　粗车循环

N630　G00　X100.；　　　　　　　　　　快速定位回到加工原点

N640　Z80　T0100；

N650　T0202；　　　　　　　　　　　　　换2号刀

N660　M03　S1600；　　　　　　　　　　主轴正转

N670　G00　X26.；　　　　　　　　　　　N670～N720 为精车路线描述

N680　G01　Z0　F100；

N690　X30　Z－2；

N700　Z－33；

N710　X50.；

N720　X52　W－1.；

N730　G00　X100.；　　　　　　　　　　快速定位回到加工原点

N740　Z80.　T0200；

N750　M05；　　　　　　　　　　　　　　主轴停止

N760　M00；　　　　　　　　　　　　　　程序暂停

N770　T0404；　　　　　　　　　　　　　换4号刀

N780　G00　X32.　Z3.；　　　　　　　　快速定位起刀点

N790　G76　C2　A60　X27.　Z－25.　K1.3　U0.1　V0.1　Q0.3　F2；

<table>
<tr><td>N800</td><td>G00</td><td>X100.；</td><td>螺纹粗车循环</td></tr>
<tr><td>N810</td><td>Z80</td><td>T0400；</td><td>快速定位回到加工原点</td></tr>
<tr><td>N820</td><td>M05；</td><td></td><td></td></tr>
<tr><td>N830</td><td>M30；</td><td></td><td>主轴停止</td></tr>
</table>

N800	G00	X100.；	螺纹粗车循环
N810	Z80	T0400；	快速定位回到加工原点
N820	M05；		主轴停止
N830	M30；		程序结束

3. 上机床调试程序并加工零件

4. 修正尺寸并检测零件

第二节　SIEMENS 系统数控车床综合实训（中级考证）

一、综合实训（一）

零件如图 5-4 所示，毛坯为 $\phi45\text{mm}$ 的棒料，长 140mm，材料为 45 钢，应用 SINUMER-IK 802S 系统编程并加工零件。

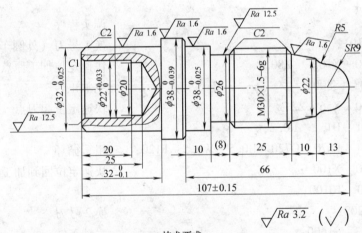

图 5-4　SIEMENS 系统数控车床综合实训一零件图

1. 刀具设置

1 号刀：93°正偏刀；2 号刀：车槽刀（刀宽 4mm）；3 号刀：60°外螺纹车刀；4 号刀：内孔镗刀。

2. 工艺路线

1）夹住工件右端面，手动车左端面，用 $\phi20\text{mm}$ 麻花钻钻 $\phi20\text{mm}$ 底孔。

2）用 1 号外圆刀，粗、精车左端 $\phi32\text{mm}$ 和 $\phi38\text{mm}$ 外圆。

3）用 4 号内孔镗刀镗 $\phi22\text{mm}$ 内孔。

4）调头夹住工件 $\phi32\text{mm}$ 外圆，用 1 号外圆刀车右端面，车对总长度，用 LCYC95 轮廓循环粗、精车右端外形轮廓。

5）用 2 号车槽刀、LCYC93 车槽循环切 $\phi26\text{mm}$ 螺纹退刀槽，并用车槽刀右刀尖倒出

M30×1.5 螺纹左端 C2 倒角。

6）用 3 号螺纹刀、LCYC97 螺纹车削循环车 M30×1.5 螺纹。

3. 加工程序及说明（SINUMERIK 802S 系统）

1）左端加工程序如下：

% ____ N ____ KGl2ZD ____ MPF；	主程序名
；SPATH = / ____ N ____ MPF ____ DIR；	SINUMERIK 802S 系统传输格式
N10　G94　G90　T1　D1；	每分进给，绝对编程，选 1 号外圆刀
N20　G158　X0　Z60；	可编程零点偏移
N30　M03　S600；	主轴正转，转速为 800r/min
N40　G00　X45　Z0；	快速进刀
N50　G01　X18　F80；	车端面，进给速度为 80mm/min
N60　G00　X38.5　Z2；	快速退刀
N70　G01　Z−50　F100；	粗车外圆至 φ38.5mm
N80　G00　X42　Z2；	快速退刀
N90　G00　X35；	快速进刀
N100　G01　Z−31.9；	粗车外圆至 φ35mm，长度方向留 0.1mm 余量
N110　G00　X42　Z2；	快速退刀
N120　G00　X32.5；	快速进刀
N130　G01　Z−31.9；	粗车外圆至 φ32.5mm，长度方向留 0.1mm 余量
N140　G00　X42　Z2；	快速退刀
N150　M05；	主轴停转
N165　M00；	程序暂停
N160　S1200　M03　T1　D1；	主轴变速，转速为 1200r/min，调整 1 号刀补值，消除磨损或对刀误差
N170　G00　X26　Z1；	快速进刀
N180　G01　X31.9875　Z−2；	倒 C2 角
N190　G01　Z−31.95；	以公差中间值精车 φ32mm 外圆，并控制长度尺寸
N200　G01　X37.9875；	精车台阶面
N210　G01　Z−50；	以公差中间值精车 φ38mm 外圆
N220　G00　X100　Z100；	快退回换刀点
N230　M05；	主轴停转
N240　M00；	程序暂停
N250　S600　M03　T4　D1；	主轴变速，转速为 600r/min，换 4 号内孔镗刀
N260　G00　X21.5　Z2；	快速进刀
N270　G01　Z−20　F80；	镗内孔至 φ21.5mm
N280　G01　X18；	孔内退刀
N290　G00　Z100；	快退回换刀点

N300　X100；

N310　M05；　　　　　　　　　　主轴停转

N320　M00；　　　　　　　　　　程序暂停

N330　S1200　M03　T4　D1；　　主轴变速，转速为 1200r/min，调整 4 号刀
　　　　　　　　　　　　　　　　补值，消除磨损或对刀误差

N340　G00　X26　Z1；　　　　　快速进刀

N350　G01　X22.0165　Z-1；　　倒孔口 C1 角

N360　G01　Z-20　F50；　　　　以公差中间值精镗内孔至 φ22mm

N370　G01　X18；　　　　　　　孔内退刀

N380　G00　Z100；　　　　　　　快退回换刀点

N390　X100；

N400　M05；　　　　　　　　　　主轴停转

N410　M30；　　　　　　　　　　主程序结束

2）右端加工程序如下：

%____N____KGl2YD____MPF　　　主程序名

; $ PATH=/____N____MPF____DIR　　SINUMERIK 802S 系统传输格式

N10　G94　G23　G90　G71　T1　D1；　　每分进给，米制尺寸，选 1 号外圆车刀

N20　G158　X0　Z75；　　　　　可编程零点偏移

N30　M03　S600；　　　　　　　主轴正转，转速为 800r/min

N40　G00　X45　Z0；　　　　　　快速进刀

N50　G01　X0　F80；　　　　　　车端面，进给速度为 80mm/min

N60　G00　X45　Z2；　　　　　　快速退刀

N70　____CNAME="YDLKJG"；　　轮廓循环子程序定义

N80　R105=1；　　　　　　　　　加工方式：纵向、外部、粗加工

N90　R106=0.25；　　　　　　　精加工余量为 0.25mm（半径值）

N100　R108=1；　　　　　　　　背吃刀量为 1mm（半径值）

N110　R109=7；　　　　　　　　粗加工切入角为 7°

N120　R110=2；　　　　　　　　粗加工横向退刀量为 1mm（半径值）

N130　R111=100；　　　　　　　粗加工进给率为 100mm/min

N140　LCYC95；　　　　　　　　调用轮廓循环

N150　M05　M00；　　　　　　　主轴停转，程序暂停

N165　S1200　M03　T1　D1　F50；　　主轴变速，转速为 1200r/min，调整 1 号刀
　　　　　　　　　　　　　　　　补值，消除磨损或对刀误差，精加工进给率
　　　　　　　　　　　　　　　　为 50mm/min

N160　YDLKJG；　　　　　　　　调用 YDLKJG 子程序进行轮廓精加工

N170　G00　X100　Z100；　　　　快退回换刀点

N180　M03　S420　T2　D1　F30；　　主轴变速，转速为 420r/min，换 2 号刀车槽
　　　　　　　　　　　　　　　　刀，车槽进给率为 30mm/min

N190　G00　Z-52；　　　　　　　快速进刀

N200	X35；	快速进刀
N210	R100 = 30；	车槽起始点直径为 30mm（X 向）
N220	R101 = −52；	车槽起始点 Z 坐标为 −52（Z 向）
N230	R105 = 5；	车槽方式：纵向、外部、从右往左切
N240	R106 = 0.1	精加工余量为 0.1mm（半径值）
N250	R107 = 4；	车槽刀宽度为 4mm
N260	R108 = 1.5；	每次的背吃刀量为 1.5mm（半径值）
N270	P1.14 = 8；	车槽宽度为 8mm
N280	R115 = 2；	车槽深度为 2mm（半径值）
N290	R116 = 0；	槽边倾角 0°
N300	R117 = 0；	槽沿倒角 0°
N310	R118 = 0；	槽底倒角 0°
N320	R119 = 0；	槽底暂停时间 0
N330	LCYC93；	调用车槽循环
N340	G00　X32；	快速退刀
N350	Z −49；	快速退刀
N360	G01　X26　Z −53；	倒 M30 螺纹左端 $C2$ 角
N370	G00　X100；	快退回换刀点
N380	Z100；	
N390	M03　S600　T3　D1；	主轴变速，转速为 600r/min，换 3 号螺纹刀
N400	R100 = 30；	螺纹起始点直径为 30mm
N410	R101 = −23；	螺纹起始点 Z 坐标为 −23
N420	R102 = 30；	螺纹终点直径为 30mm
N430	R103 = −48；	螺纹终点 Z 坐标为 −48
N440	R104 = 1.5；	螺纹导程为 1.5mm
N450	R105 = 1；	加工方式：外螺纹
N460	R106 = 0.05；	精加工余量为 0.05mm（半径值）
N470	R109 = 4；	空刀导入量为 4mm
N480	R110 = 3；	空刀退出量为 3mm
N490	R111 = 0.93；	螺纹牙深 0.93mm（半径值）
N500	R112 = 0；	螺纹起始点偏移
N510	R113 = 8；	粗加工次数 8 次
N520	R114 = 1；	螺纹线数 1
N530	LCYC97；	调用螺纹切削循环
N540	G00　X100　Z100；	快速退刀至换刀点
N550	M05；	主轴停转
N560	M02；	主程序结束

%＿＿＿N＿＿＿YDLKJG＿＿＿MPF	轮廓加工子程序名

```
;  $ PATH =/____ N ____ MPF ____ DIR    SINUMERIK 802S 系统传输格式
N10   G01   X0  Z0；
N20   G03   X18  Z-9   CR=9；
N30   G02   X22  Z-13  CR=5；
N40   G01   X26  Z-23；
N50   G01   X29.8  Z-25；
N60   G01   Z-56；
N70   G01   X31.9875；
N80   G01   Z-66；
N90   G01   X37.9805  CHF=1；
N100  G01   X40；
N110  RET；                              子程序结束并返回
```

二、综合实训（二）

零件如图 5-5 所示，毛坯为 $\phi 50\text{mm} \times 85\text{mm}$ 的棒料，材料为 45 钢，试编程并加工零件，工时定额为 4h。

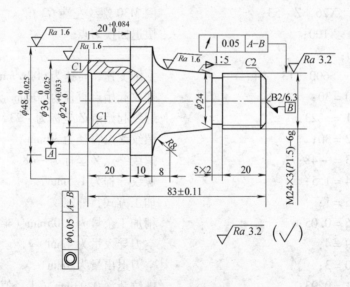

技术要求：
1. 线性尺寸的一般公差按 GB/T 1804-C。
2. 工件表面不允许用砂布或锉刀修整。
3. 工时定额 4h。

图 5-5　SIEMENS 系统数控车床综合实训二零件图

1. 精度分析

（1）尺寸精度　本例中精度要求较高的尺寸主要有：外圆 $\phi 48_{-0.025}^{0}\text{mm}$、$\phi 36_{-0.025}^{0}\text{mm}$，内孔 $\phi 24_{0}^{+0.033}\text{mm}$，长度 $20_{0}^{+0.084}\text{mm}$、$83\text{mm} \pm 0.11\text{mm}$ 和螺纹中径 $d_2\left(_{-0.182}^{-0.032}\right)$。

对于尺寸精度要求，主要通过在加工过程中的准确对刀、正确设定刀补值及磨耗，以及正确制订合适的加工工艺等措施来保证。

（2）形位精度　本例中主要的形位精度有：外圆 $\phi48mm$ 轴线对组合基准轴线 AB 的同轴度公差及螺纹轴线对 AB 轴线的跳动公差。

对于形位精度要求，主要通过调整机床的机械精度，制订合理的加工工艺及工件的装夹、定位与找正等措施来保证。

（3）表面粗糙度　本例中，加工后的表面粗糙度值为 $Ra1.6\mu m$，螺纹的表面粗糙度值为 $Ra3.2\mu m$，车槽与其他表面的粗糙度值为 $Ra6.3\mu m$。

对于表面粗糙度要求，主要通过选用合适的刀具及其几何参数，正确的粗、精加工路线，合理的切削用量及冷却等措施来保证。

2. 编程原点的确定

由于工件在长度方向的要求较低，根据编程原点的确定原则，该工件的编程原点取在完工工件的右端面与主轴轴线相交的交点上。

3. 制订加工方案及加工路线

（1）选择数控机床及数控系统　根据工件的形状及加工要求，选用 CK6132 数控车床（前置刀架）进行本例工件的加工。数控系统选用 SINUMERIK 802S。

（2）制定加工方案与加工路线　本例采用两次装夹后完成粗、精加工的加工方案，先加工左端内、外形，完成粗、精加工后，调头加工另一端。

进行数控车削加工时，加工的起始点定在离工件毛坯 2mm 的位置。尽可能采用沿轴向切削的方式进行加工，提高加工过程中工件与刀具的刚性。

4. 工件的定位、装夹与刀具的选用

（1）工件的定位及装夹　工件采用三爪自定心卡盘进行定位与装夹。当调头加工另一端时，采用一夹一顶的装夹方式。工件装夹时的夹紧力要适中，既要防止工件的变形与夹伤，又要防止工件在加工过程中产生松动。工件装夹过程中，应对工件进行找正，保证工件轴线与主轴轴线同轴。

（2）刀具的选用　本例选用如图 5-6 所示的几种刀具。

根据实习条件，可选用整体式或机夹式车刀，4 种刀具的刀片材料均选用硬质合金。

5. 确定加工参数

加工参数的确定取决于实际加工经验、工件的加工精度及表面质量、工件的材料性质、刀具的种类及形状、刀柄的刚性等诸多因素。

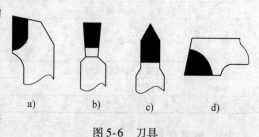

图 5-6　刀具

a）T01、T02 号 90°外圆车刀　b）T03 号外车槽刀
c）T04 号普通螺纹车刀　d）T05 号不通孔车刀

（1）主轴转速（n）　硬质合金刀具材料切削钢件时，切削速度 v 取 $80\sim220m/min$，根据公式 $n=1000v/\pi D$ 及加工经验，并根据实际情况，本题粗加工主轴转速在 $400\sim1000r/min$ 内选取，精加工的主轴转速在 $800\sim2000r/min$ 内选取。

（2）进给速度（F）　粗加工时，为提高生产效率，在保证工件质量的前提下，可选择较高的进给速度，一般取 $100\sim200mm/min$。当进行车槽、切断、孔加工或采用高速钢刀具进行加工时，应选用较低的进给速度，一般在 $50\sim100mm/min$ 内选取。

精加工的进给速度一般取粗加工进给速度的 1/2。

刀具空行程的进给速度一般取 G00 速度，或在 G01 时选取 F800～F1500mm/min。

（3）背吃刀量（a_p）　背吃刀量根据机床与刀具的刚性及加工精度来确定，粗加工的背吃刀量一般取 2～5mm（直径量），精加工的背吃刀量等于精加工余量，精加工余量一般取 0.2～0.5mm（直径量）。

6. 轮廓基点坐标的计算

基点坐标常用的计算方法有数值计算法和 CAD 软件作图找点法。

通过以上的方法计算出图 5-5 所示 $R8$mm 圆弧两切点（右和左）的坐标分别为（28.16，-45.8）和（44.08，-53.0）。

7. 制订加工工艺

通过以上分析，数控加工工艺卡见表 5-2。

表 5-2　数控加工工艺卡

（厂名）	数控加工工艺卡片		产品代号		零件名称	零件图号	
工艺序号	程序编号	夹具名称	夹具编号		使用设备	车间	
					CK6132		
工步号	工步内容（加工面）		刀具号	刀具规格	主轴转速 /（r/min）	进给速度 /（mm/min）	背吃刀量 /mm
1	手动钻孔			φ22mm 钻头	250	50	
2	手动加工左端面（含 Z 向对刀）		T01	外圆粗车刀	600	200	0.5
3	粗加工左端内轮廓		T05	不通孔车刀	500	100	1.0
4	精加工左端内轮廓				1000	50	0.15
5	粗加工左端外圆轮廓		T01	外圆粗车刀	600	200	1.5
6	精加工左端外圆轮廓		T02	外圆精车刀	1200	80	0.15
7	调头手动加工右端面（Z0）		T01	外圆粗车刀	600	150	0.5
8	粗加工右端外圆轮廓		T01	外圆精车刀	600	200	1.5
9	精加工右端外圆轮廓		T02	车槽刀	1200	80	0.15
10	车槽 5mm×2mm		T03	普通外螺纹车刀	600	80	
11	分线加工双线普通外螺纹		T04		400	1200	
12	工件精度检测						
编制		审核		批准		共__页　第__页	

8. 编写程序

应用 SINUMERIK 802S 系统编程，程序如下：

1）工件左端的加工程序如下：

```
%____ N ____ ZJL ____ MPF;              车左端的主程序

G90  G54  G95;

G00  X100  Z100;

T05  D1;                                转内孔车刀

M42  M03  S500;

G04  F4;                                暂停等待转速到位
```

```
M08；                                                切削液开
G00  X20  Z2；                                       定位到循环起点
__ CNAME = "ZJSUBK"；                               内孔粗加工
R105 = 3；                                           纵向、内部粗加工
R106 = 0.1；                                         精加工余量为 0.1mm
R108 = 0.5；                                         背吃刀量为 0.5mm
R109 = 7；                                           粗加工切入角为 7°
R110 = 1；                                           粗加工退刀量为 1mm
R111 = 0.2；                                         粗加工进给速度为 0.2m/min
R112 = 0.1；                                         精加工进给速度为 0.1m/min
LCYC95；
G42  G00  X20  Z2；
S1000  F0.1；
G04  F3；

ZJSUBK；                                             内孔精加工
G00  X20  Z2；
G40  X100  Z100；                                    车孔结束，返回转刀点
M00；                                                可以卸下内孔车刀
T1  D1；                                             转外圆粗车刀
S600；
G04  F3；
G00  X52  Z2；
__ CNAME = "ZJSUBK"；                               左端外轮廓粗车
R105 = 1  R106 = 0.2  R108 = 1.5  R109 = 7  R110 = 1  R111 = 0.25  R112 = 0.1；
LCYC95；
G00  X100  Z100；
T2  D1；                                             转外圆精车刀
S1200  F0.1；
G04  F3；
G42  G00  X32  Z2；
ZJSUBL；                                             调用子程序精车左端
M09；
G40  G00  X100  Z100；
M30；


%  N  ZJSUBK  SPF；                                  车削左端内孔的子程序
G01  X26  Z0；
X24  Z - 1；
Z - 20；
```

```
X21；
RET；


% ____ N ____ ZJSUBL ____ SPF；          车削左端外轮廓的子程序
G01   X34   Z0；
X36   Z－1；
Z－20；
X48；
Z－40；                                  为便于调头后准确找正，Z向多切
                                        10mm，允许时，可尽量加长
X52；
RET；
```

2）工件右端的加工程序

```
% ____ N ____ ZJR ____ MPF；            车右端的主程序
G90   G54   G95；
G00   X100   Z100；
T1   D1；                              转外圆粗车刀
M42   M03   S600；
G04   F4；
M08；
G00   X52   Z2；
__ CNAME ＝ "ZJSUBR"；                  粗车右端外轮廓
R105 ＝1   R106 ＝0.2   R108 ＝1.5   R109 ＝7   R110 ＝1   R111 ＝0.25   R112 ＝0.1；
LCYC95；
G00   X100   Z100；
T2   D1；                              转外圆精车刀
S1200   F0.1；
G04   F3；
G42   G00   X26   Z2；
ZJSUBR；                               调用子程序精车右端
G40   G00   X100   Z100；
T3   D1；                              转车槽刀
S600   F0.05；
G04   F3；
G00   X26   Z－25；.
R100 ＝24；                            起点X坐标
R101 ＝－25；                          起点Z坐标
R105 ＝1；                             纵向外部左边起刀
R106 ＝0.1；                           精加工余量为0.1mm
```

R107＝4；	刀具宽度为4mm
R108＝10；	背吃刀量为10mm
R114＝5；	槽宽为5mm
R115＝2；	单边槽深为2mm
R116＝0；	槽侧壁与X轴夹角0°
R117＝0；	槽沿倒角0°
R118＝0；	槽底倒角0°
R119＝1；	槽底停留时间为1s
LCYC93；	车槽循环
G00　X100　Z100；	
T4　D1；	转外螺纹车刀
S400；	
G04　F3；	
G00　X26　Z5；	
R100＝24；	螺纹起点X坐标
R101＝0；	螺纹起点Z坐标
R102＝24；	螺纹终点X坐标
R103＝－20；	螺纹终点Z坐标
R104＝3；	螺纹导程为3mm
R105＝1；	外螺纹
R106＝0.1；	精加工余量为0.1mm
R109＝6；	空刀导入量为6mm
R110＝4；	空刀导出量为4mm
R111＝0.9；	螺纹深度为0.9mm
R112＝0；	切入点角度偏移0
R113＝3；	粗切削次数为3
R114＝2；	螺纹线数为2
LCYC97；	螺纹循环
M09；	
G00　X100　Z100；	
M30；	
％＿＿＿N＿＿＿ZJSUBR＿＿＿SPF；	右端外轮廓子程序
G01　X19.8　Z0；	螺纹大径减小0.2mm
X23.8　Z－2；	
Z－25；	
X24；	
X28.16　Z－45.8；	
G02　X44.08　Z－53　CR＝8；	

G01　X52；

RET；

本章小结

　　本章讲述了4个数控车床中级操作工考核实例，实例涉及FANUC和SIEMENS两种数控系统。通过本章的学习和实训，读者能达到中级数控车床操作工的水平。

思考与训练

一、中级职业技能鉴定实操模拟题一

零件如图5-7所示，毛坯为45钢棒料，编程并加工零件。

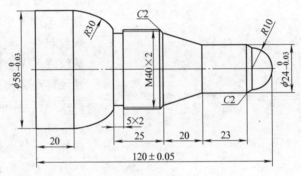

图　5-7

二、中级职业技能鉴定实操模拟题二

零件如图5-8所示，毛坯为45钢棒料，编程并加工零件。

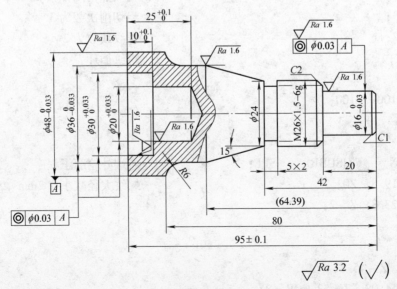

图　5-8

三、中级职业技能鉴定实操模拟题三

零件如图5-9所示，毛坯为45钢棒料，编程并加工零件。

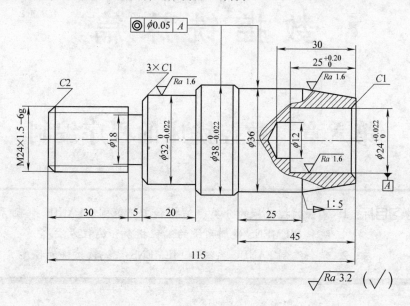

图 5-9

四、中级职业技能鉴定实操模拟题四

零件如图5-10所示，毛坯为45钢棒料，编程并加工零件。

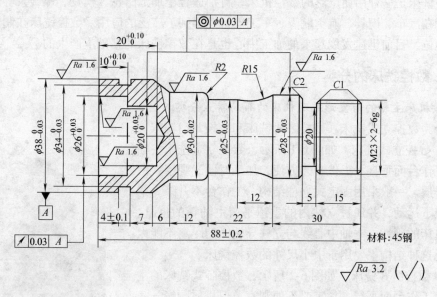

材料:45钢

图 5-10

数控铣床篇

第六章 数控铣床的程序编制

学习目标: 1. 掌握数控铣床的分类、结构和工艺范围，FANUC 铣削系统和 SIEMENS 铣削系统的编程指令和编程方法。
2. 学会编制 FANUC 系统和 SIEMENS 系统数控铣削程序。

第一节 数控铣床概述

数控铣床是一种用途广泛的数控机床，特别适合于加工凸轮、模具、螺旋浆等形状复杂的工件。在汽车、模具、航空航天、军工等行业得到了广泛的应用。数控铣床在制造业中具有重要地位，目前迅速发展起来的加工中心也是在数控铣床的基础上产生的。

一、数控铣床的分类

1. 按机床主轴的布置形式及机床的布局特点分类

可分为数控立式铣床、数控卧式铣床和数控龙门铣床等。

（1）数控立式铣床 如图 6-1 所示，数控立式铣床主轴与机床工作台面垂直，工件安装方便，加工时便于观察，但不便于排屑。一般采用固定式立柱结构，工作台不升降。主轴箱做上下运动，并通过立柱内的重锤平衡主轴箱的重量。为保证机床的刚性，主轴中心线与立柱导轨面的距离不能太大，因此这种结构主要用于中小尺寸的数控铣床。

（2）数控卧式铣床 如图 6-2 所示，数控卧式铣床的主轴与机床工作台面平行，加工时不便观察，但排屑顺畅。一般配有数控回转工作台，便于加工零件的不同侧面。单纯的数控卧式铣床现在已比较少，多是在配备自动换刀装置（ATC）后成为卧式加工中心。

（3）数控龙门铣床 对于大尺寸的数控铣床，一般采用对称的双立柱结构，保证机床的整体刚性和强度，即数控

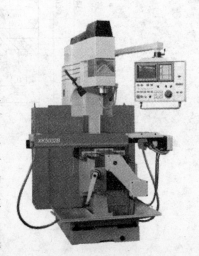

图 6-1 数控立式铣床

龙门铣床。有工作台移动和龙门架移动两种形式。它适用于加工飞机整体结构体零件、大型箱体零件和大型模具等，如图 6-3 所示。

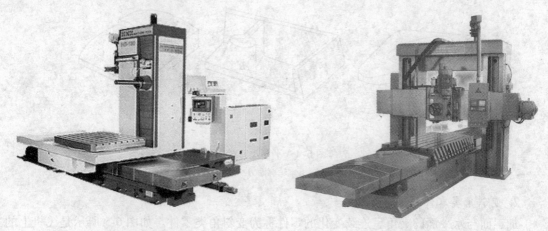

图 6-2　数控卧式铣床　　　　　　　　　图 6-3　数控龙门铣床

2. 按数控系统的功能分类

可分为经济型数控铣床、全功能数控铣床和高速铣削数控铣床等。

（1）经济型数控铣床　一般采用经济型数控系统，如 SIEMENS 802S 等。采用开环控制，可以实现三坐标联动。这种数控铣床成本较低，功能简单，加工精度不高，适用于一般复杂零件的加工。一般有工作台升降式和床身式两种类型。

（2）全功能数控铣床　采用半闭环控制或闭环控制，数控系统功能丰富，一般可以实现四坐标以上联动，加工适应性强，应用最广泛。

（3）高速铣削数控铣床　高速铣削是数控加工的一个发展方向，技术比较成熟，已逐渐得到广泛的应用。这种数控铣床采用全新的机床结构、功能部件和强大的数控系统并配以加工性能优越的刀具系统，加工时主轴转速一般在 8000～40000r/min，切削进给速度可达 10～30m/min，可以对大面积的曲面进行高效率、高质量的加工。但目前这种机床价格昂贵，使用成本比较高。

二、数控铣床的加工工艺范围

铣削加工是机械加工中最常用的加工方法之一，它主要包括平面铣削和轮廓铣削，也可以对零件进行钻、扩、铰、镗、锪加工及螺纹加工等。数控铣削主要适合于下列几类零件的加工。

1. 平面类零件

平面类零件是指加工面平行或垂直于水平面，以及加工面与水平面的夹角为一定值的零件，这类加工面可展开为平面。

如图 6-4 所示的三个零件均为平面类零件。其中，图 6-4a 所示的曲线轮廓面 A 垂直于水平面，可采用圆柱立铣刀加工。图 6-4b 所示的凸台侧面 B 与水平面成一定角度，这类加工面可以采用专用的角度成形铣刀来加工。对于图 6-4c 所示的斜面 C，当工件尺寸不大时，可用斜板垫平后加工；当工件尺寸很大，斜面坡度又较小时，常用行切加工法加工，这时会在加工面上留下进刀时的刀锋残留痕迹，要用钳修方法加以清除。

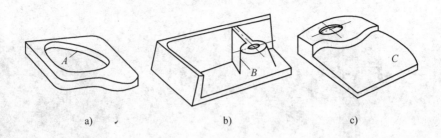

图 6-4　平面类零件

a）轮廓面 A　b）轮廓面 B　c）轮廓面 C

2. 变斜角类零件

加工面与水平面的夹角呈连续变化的零件称为变斜角类零件。如图 6-5 所示是飞机上的一种变斜角梁缘条，该零件在第 2 肋至第 5 肋的斜角从 3°10′ 均匀变化成 2°32′，从第 5 肋至第 9 肋再均匀变化为 1°20′，从第 9 肋到第 12 肋又均匀变化至 0°。变斜角类零件的变斜角加工面不能展开为平面。但在加工中，加工面与铣刀圆周接触的瞬间为一条直线。

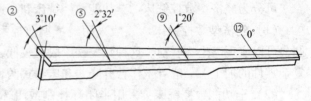

图 6-5　变斜角零件

3. 曲面类零件

加工面为空间曲面的零件称为曲面类（立体类）零件。曲面类零件的加工面不仅不能展开为平面，而且加工面与铣刀始终为点接触。加工曲面类零件一般采用三坐标数控铣床。常用的加工方法主要有下列两种：

（1）采用三坐标数控铣床进行二轴半坐标控制加工　加工时只有两个坐标联动，另一个坐标按一定行距周期性进给。这种方法常用于不太复杂的空间曲面的加工，如图 6-6 所示是进行二轴半坐标行切加工曲面示意图。

（2）三坐标联动加工　采用三坐标数控铣床三轴联动加工，即进行空间直线插补。如半球形，可用行切加工法加工，也可用三坐标联动的方法加工。这时，数控铣床用 X、Y、Z 三坐标联动的空间直线插补，实现球面加工，如图 6-7 所示。

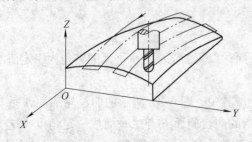

图 6-6　二轴半坐标行切加工曲面示意图

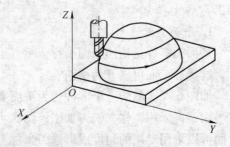

图 6-7　三坐标联动加工

4. 箱体类零件

箱体类零件一般是指具有一个以上孔系，内部有一定型腔或空腔，在长、宽、高方向有一定比例的零件。这类零件在机械、汽车、飞机制造等行业用得较多，如汽车的发动机缸体、变速箱体，机床的床头箱、主轴箱、柴油机缸体、齿轮泵壳体等。

三、数控铣床的组成

数控铣床形式多样，不同类型的数控铣床在组成上也有所差别，但也都有许多相似之处。如图6-8 所示为一种数控铣床的外观图。

下面以 XK5040A 型数控立式升降台铣床为例介绍其组成情况。

图6-8 数控铣床的外观图

XK5040A 型数控立式升降台铣床，配有 FANUC-3MA 数控系统，采用全数字交流伺服驱动。如图6-9 所示为 XK5040A 型数控铣床的结构布局。

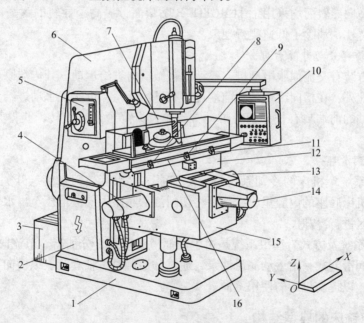

图6-9 XK5040A 型数控铣床的结构布局

1—底座 2—强电柜 3—变压器箱 4—垂直升降（Z 轴）进给伺服电动机
5—主轴变速手柄和按钮板 6—床身 7—数控柜 8、11—保护开关（控制纵向行程硬限位）
9—挡铁（用于纵向参考点设定） 10—操纵台 12—横向溜板 13—纵向（X 轴）进给伺服电动机
14—横向（Y 轴）进给伺服电动机 15—升降台 16—纵向工作台

该机床由六个主要部分组成，即床身部分，铣头部分，工作台部分，横向进给部分，升降台部分，冷却、润滑部分。

1. 床身

床身内部布筋合理，具有良好的刚性。底座上设有 4 个调节螺栓，便于机床水平调整，切削液储液池设在机床底座内部。

2. 铣头部分

铣头部分由有级（或无级）变速箱和铣头两部件组成。

铣头主轴支承在高精度轴承上，保证主轴具有高回转精度和良好的刚性。主轴装有快速换刀螺母，前端锥孔采用 ISO50# 锥度。主轴采用机械无级变速，调节范围宽，传动平稳，操作方便。制动机构能使主轴迅速制动，节省辅助时间，制动时通过制动手柄撑开止动环使主轴立即制动。起动主电动机时，应注意松开主轴制动手柄。铣头部件还装有伺服电动机、内齿带轮、滚珠丝杠副及主轴套筒，形成垂向（Z 向）进给传动链，使主轴做垂向直线运动。

3. 工作台

工作台与床鞍支承在升降台较宽的水平导轨上。工作台的纵向进给是由安装在工作台右端的伺服电动机驱动的。通过内齿带轮带动精密滚珠丝杠副，从而使工作台获得纵向进给。工作台左端装有手轮和刻度盘，便于进行手动操作。

床鞍的纵横向导轨面均采用了 TURCTTE-B 贴塑面，提高了导轨的耐磨性、运动的平稳性和精度的保持性，消除了低速爬行现象。

4. 横向进给部分与升降台部分

升降台前方装有交流伺服电动机，驱动床鞍做横向进给运动，其传动原理与工作台的纵向进给相同。此外，在横向滚珠丝杠前端还装有进给手轮，可实现手动进给。升降台左侧装有锁紧手柄，轴的前端装有长手柄可带动锥齿轮及升降台丝杆旋转，获得升降台的升降运动。

5. 冷却、润滑部分

（1）冷却系统　机床的冷却系统是由冷却泵、出水管、回水管、开关及喷嘴等组成。冷却泵安装在机床底座的内腔里，冷却泵将切削液从底座内储液池压至出水管，然后经喷嘴喷出，对切削区进行冷却。

（2）润滑系统及方式　润滑系统是由手动润滑液压泵、分油器、节流阀、油管等组成。机床采用周期润滑方式，用手动润滑油泵，通过分油器对主轴套筒、纵横向导轨及三向滚珠丝杆进行润滑，以提高机床的使用寿命。

四、数控铣床的典型结构

1. XK5040A 型数控铣床的传动系统图

XK5040A 型数控铣床的传动系统图如图 6-10 所示。该机床的主体运动是主轴的旋转运动。由 7.5kW、1450r/min 的主电动机驱动，经 ϕ140mm/ϕ285mm 三角带传动，再经 Ⅰ～Ⅱ 轴间的三联滑移齿轮变速组、Ⅱ～Ⅲ 轴间的三联滑移齿轮变速组、Ⅲ～Ⅳ 轴间的双联滑移齿轮变速组和 Ⅳ～Ⅴ 轴间的圆锥齿轮副 29/29 及 Ⅴ～Ⅵ 轴间的齿轮副 67/67 传到主轴，使之获得 18 级转速，转速范围为 30～1500r/min。

进给运动有工作台纵向、横向和垂直三个方向。纵向、横向进给运动由 FB-15 型直流伺服电动机驱动，经过圆柱斜齿轮副带动滚珠丝杠转动。垂直方向进给运动由 FB-25 型带制动

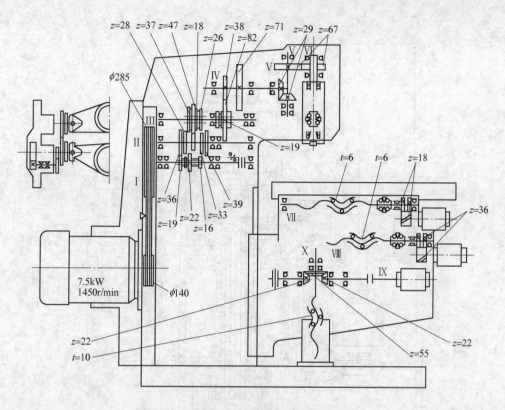

图 6-10　XK5040A 型数控铣床的传动系统图

器的直流伺服电动机驱动，经圆锥齿轮副带动滚珠丝杠转动。进给系统传动齿轮间隙的消除，采用双片斜齿轮消除间隙机构。

2. 数控铣床的主轴部件

数控铣床的主轴部件是机床中最关键的部件之一，是体现整台机床技术水平的一个主要标志，它的精度、刚度和热变形对加工质量产生直接影响。如图 6-11 所示是一种数控铣床带有变速齿轮的主传动结构。

在具有自动换刀功能的数控铣床中，刀具自动夹紧装置的刀杆常采用 7:24 的大锥度锥柄，既利于定心，也为松开带来方便。用碟形弹簧（见图 6-11）通过拉杆及夹头拉住刀柄的尾部，使刀具锥柄与主轴锥孔紧密配合，夹紧力达到 10000N 以上。松刀时，通过液压缸活塞推动拉杆来压缩碟形弹簧，使夹头胀开，夹头与刀柄上的拉钉脱离，刀具即可拔出以进行刀具的交换。新刀装入后，液压缸活塞后移，新的刀具又被碟形弹簧压紧。在活塞推动松开刀柄的过程中，压缩空气由喷嘴经过活塞中心孔和拉杆中的孔吹出，将锥孔清理干净，防止主轴锥孔中掉入切屑和灰尘划伤主轴锥孔表面和刀杆的锥柄，同时保证刀杆的正确位置。对于自动换刀的数控机床来说，主轴锥孔的清洁是十分重要的。如果在主轴锥孔中掉进了切屑或其他污物，则在拉紧刀具时，主轴锥孔表面和刀杆的锥柄就会被划伤，使刀杆发生偏斜，破坏刀具的正确定位，影响加工零件的精度，甚至使零件报废。

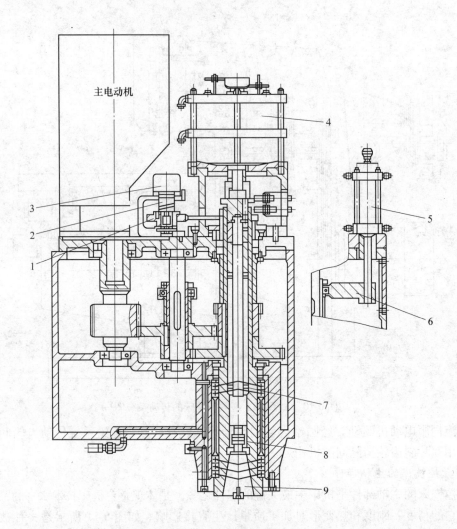

图 6-11　数控铣床带有变速齿轮的主传动结构
1—同步带轮　2—联轴器　3—编码器　4—松刀气缸　5—变速液压缸
6—拨叉　7—碟形弹簧　8—弹簧卡头　9—主轴

五、数控铣床的坐标系统

和数控车床一样，数控铣床坐标系也采用右手笛卡儿直角坐标系。数控铣床的坐标系统如图 6-12 所示。刀具运动的正方向是使刀具远离工件的方向，各轴的具体规定如下：数控机床的 Z 轴为机床的主轴方向，刀具远离工件的方向为 Z 轴正向；X 轴是水平的，平行于工件装夹面，对于立式数控铣床，从工件向立柱的方向看，右侧为 X 轴正向；Y 轴及其方向是根据 X 轴和 Z 轴，按右手法则确定。A、B、C 轴的旋转运动的正向按右手螺旋法则确定。

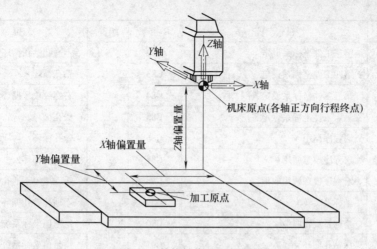

图 6-12 数控铣床的坐标系统

第二节 FANUC 铣削系统的编程方法

FANUC 0i 数控铣削系统的主要 G 指令见表 6-1，本节将介绍 FANUC 0i 数控铣削系统各主要指令的编程方法。

表 6-1 FANUC 0i 数控铣削系统的主要 G 指令

G 指令	组群	机 能	G 指令	组群	机 能
* G00		快速定位	G31	00	跳转功能
G01	01	直线插补	G33	01	螺纹切削
G02		顺时针方向圆弧插补	* G40		刀具半径补正取消
G03		逆时针方向圆弧插补	G41	07	刀具半径左补正
G04	00	暂停指令	G42		刀具半径右补正
G10		可编程数据输入	G43		刀具长度正向补正
* G15	17	极坐标系统取消	G44	08	刀具长度负向补正
G16		极坐标系统设定	* G49		刀具长度补正取消
* G17		XY 平面设定	G45		刀具位置增加一倍补正值
G18	02	XZ 平面设定	G46	00	刀具位置减少一倍补正值
G19		YZ 平面设定	G47		刀具位置增加两倍补正值
G20	06	英制单位设定	G48		刀具位置减少两倍补正值
* G21		公制单位设定	* G50	11	比例缩放取消
G22	04	软体极限设定	G51		比例缩放有效
G23		软体极限设定取消	* G50.1	22	可编程镜像取消
G27		机械原点回归检测	G51.1		可编程镜像有效
G28	00	自动经中间点回归机械原点	G54	14	第一工件坐标系设定
G29		自动从机械原点经中间点至参考点	G55		第二工件坐标系设定

（续）

G 指令	组群	机　能	G 指令	组群	机　能
G56	14	第三工件坐标系设定	G82	09	不通孔钻孔循环
G57		第四工件坐标系设定	G83		钻孔循环
G58		第五工件坐标系设定	G84		右螺纹攻牙循环
G59		第六工件坐标系设定	G85		铰孔循环
G65	00	宏程序调用	G86		镗孔循环
G66	12	宏程序模态调用	G87		反镗孔循环
* G67		宏程序模态调用取消	G88		手动退刀不通孔镗孔循环
G68	16	坐标系旋转	G89		不通孔铰孔循环
* G69		坐标系旋转取消	G90	03	绝对值坐标系统
G73	09	深钻孔循环	G91		增量值坐标系统
G74		左螺纹攻牙循环	G92	00	工作坐标系设定
G76		精钻孔循环	G95	05	每转进给
* G80		固定循环取消	G98	10	返回固定循环起始点
G81		钻孔循环	G99		返回固定循环参考点（R 点）

注：1. "＊"为开机时系统的起始设定功能，如 G40、G49、G80 等。

2. 属于"00 组群"的 G 码为一次式 G 码。

3. "00 组群"以外的 G 码皆为模态 G 码。

4. 在同一程度段中，同一组群的 G 码仅能设定一个。若重复设定，则以最后一个 G 码有效。

一、绝对值输入指令和增量值输入指令

绝对值输入指令为 G90，增量值输入指令为 G91，格式如下：

G90　X ____ Y ____ Z ____ ；

G91　X ____ Y ____ Z ____ ；

G90 指令按绝对值方式设定输入坐标，即移动指令终点的坐标值 X、Y、Z 都是以工件坐标系坐标原点（程序零点）为基准来计算。

G91 指令按增量值方式设定输入坐标，即移动指令终点的坐标值 X、Y、Z 都是以始点为基准来计算，再根据终点相对于始点的方向判断正负，与坐标轴同向取正，反向取负。

二、设定工件坐标系指令

设定工件坐标系的指令为 G92，格式如下：

G92　X ____ Y ____ Z ____ ；

G92 指令是规定工件坐标系坐标原点的指令。工件坐标系坐标原点又称为程序零点，坐标值 X、Y、Z 为刀具刀位点在工件坐标系中（相对于程序零点）的初始位置。执行 G92 指令后，也就确定了刀具刀位点的初始位置（也称为程序起点或起刀点）与工件坐标系坐标原点的相对距离，并在 CRT 上显示出刀具刀位点在工件坐标系中的当前位置坐标值（即建立了工

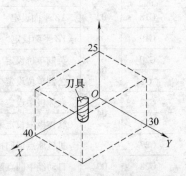

图 6-13　设定工件坐标系

件坐标系），如图 6-13 所示。程序为

G92　X40.0　Y30.0　Z25.0；

注意，G92 指令执行前的刀具位置，须放在程序所要求的位置上。因为刀具在不同的位置所设定出的工件坐标系的坐标原点位置不同。在编程中可以任意改变坐标系的程序零点，所以，在计算较为简便的条件下，对复杂的工件，经常要改变坐标系。

三、加工坐标系选择指令

加工坐标系选择指令为 G54 ~ G59。若在工作台上同时加工多个相同零件时，可以设定不同的程序零点，如图 6-14 所示，可建立 G54 ~ G59 六个加工坐标系。其坐标原点（程序零点）可设在便于编程的某一固定点上，这样建立的加工坐标系，在系统断电后不被破坏，再次开机后仍有效，并与刀具的当前位置无关，只需按选择的坐标系编程。G54 ~ G59 指令可使其后的坐标值视为用加工坐标系 1 ~ 6 表示的绝对坐标值。

加工坐标系的应用举例如图 6-15 所示。具体程序如下：

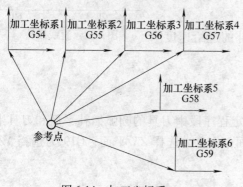

图 6-14　加工坐标系

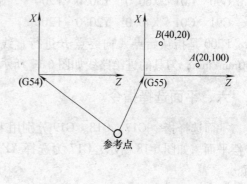

图 6-15　加工坐标系的应用举例

G55　G00　X20.0　Z100.0；　　　　刀具→A

　　　　　X40.0　Z20.0；　　　　　　A→B

这六个加工坐标系程序零点的位置可通过在程序中变更加工坐标系指令 G10 来设定，也可直接在 CRT/MDI 操作面板上用"OFSET"来设定，即将程序零点相对于机床坐标系的坐标值（零点偏移值）置入相应项中即可。

四、点定位指令

点定位指令为 G00，格式如下：

G00　X ＿＿＿　Y ＿＿＿　Z ＿＿＿；

点定位指令 G00 为刀具相对于工件分别以各轴快速移动速度由始点（当前点）快速移动到终点定位。当使用绝对值 G90 指令时，刀具分别以各轴快速移动速度移至工件坐标系中坐标值为 X、Y、Z 的点上；当使用增量值 G91 指令时，刀具则移至距始点（当前点）为 X、Y、Z 值的点上。各轴快速移动速度可分别用参数设定。在执行加工时，还可以在操作面板上用快速进给速率修调旋钮来调整控制。

例如，若 X 轴和 Y 轴的快速移动速度均为 4000mm/min，刀具的始点位于工件坐标系的

A 点（见图6-16），程序如下：

G90　G00　X60.0　Y30.0 或　G91　G00　X40.0
Y20.0；

则刀具的进给路线为一折线，即刀具从始点 A 先沿 X 轴、Y 轴同时移动至 B 点，然后再沿 X 轴移至终点 C。

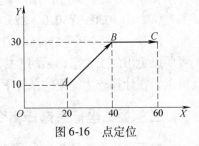

图6-16　点定位

五、直线插补指令

直线插补指令为 G01，格式如下：

G01　X ＿＿＿ Y ＿＿＿ Z ＿＿＿ F ＿＿＿；

直线插补指令 G01 为刀具相对于工件以 F 指令的进给速度从当前点（始点）向终点进行直线插补。F 代码是进给速度指令代码，在没有新的 F 指令以前一直有效，不必在每个程序段中都写入 F 指令。例如：

G90　G01　X60.0　Y30.0　F200　　　始点 A→终点 B

G91　G01　X40.0　Y20.0　F200

F200 是指从始点 A 向终点 B 进行直线插补的进给速度 200mm/min，刀具的进给路线如图6-17所示。

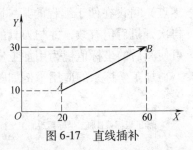

图6-17　直线插补

六、平面选择指令

平面选择指令 G17、G18、G19 分别用来指定程序段中刀具的圆弧插补平面和刀具半径补偿平面。如图6-18所示，G17 为选择 XY 平面；G18 为选择 ZX 平面；G19 为选择 YZ 平面。

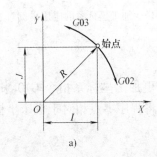 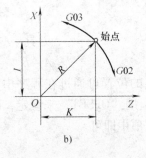 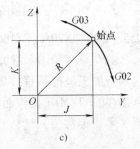

a)　　　　　　　　b)　　　　　　　　c)

图6-18　圆弧插补

a) G17　b) G18　c) G19

七、顺时针圆弧插补指令和逆时针圆弧插补指令

顺时针圆弧插补指令为 G02，逆时针圆弧插补指令为 G03，格式如下：

1. XY 平面圆弧

$$G17 \begin{Bmatrix} G02 \\ G03 \end{Bmatrix} X \_\_\_ Y \_\_\_ \begin{Bmatrix} R \_\_\_ \\ I \_\_\_ J \_\_\_ \end{Bmatrix} F \_\_\_;$$

2. ZX 平面圆弧

$$G18 \begin{Bmatrix} G02 \\ G03 \end{Bmatrix} X\_\_\_\_ Z\_\_\_\_ \begin{Bmatrix} R \_\_\_\_ \\ I \_\_\_ K \_\_\_ \end{Bmatrix} F\_\_\_\_ ;$$

3. YZ 平面圆弧

$$G19 \begin{Bmatrix} G02 \\ G03 \end{Bmatrix} Y\_\_\_\_ Z\_\_\_\_ \begin{Bmatrix} R \_\_\_\_ \\ J \_\_\_ K \_\_\_ \end{Bmatrix} F\_\_\_\_ ;$$

圆弧插补指令 G02、G03 为刀具相对于工件在指定的坐标平面（G17、G18、G19）内，以 F 指令的进给速度从当前点（始点）向终点进行圆弧插补（图 6-18）。X、Y、Z 是圆弧终点坐标值。R 是圆弧半径，当圆弧所对应的圆心角为 0°～180°时，R 取正值；当圆心角为 180°～360°时，R 取负值。I、J、K 分别为圆心相对于圆弧始点在 X、Y、Z 轴方向的坐标增量。

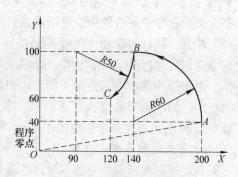

图 6-19 圆弧插补实例

注意，I、J、K 为零时可以省略；在同一程序中，如 I、J、K 与 R 同时出现时，R 有效，而其他被忽略。圆弧插补实例如图 6-19 所示。具体程序如下：

（1）采用增量值指令 G91

G92 X0 Y0 Z0;	程序零点为 O
G91 G00 X200.0 Y40.0;	点定位 O→A
G03 X－60.0 Y60.0 I－60.0（或 R60.0）F300;	A→B
G02 X－20.0 Y－40.0 I－50.0（或 R50.0）;	B→C

（2）采用绝对值指令 G90

G92 X0 Y0 Z0;

G90 G00 X200.0 Y40.0;

G03 X140.0 Y100.0 I－60.0（或 R60.0）F300;

G02 X120.0 Y60.0 I－50.0（或 R50.0）;

八、暂停指令

暂停指令为 G04，格式如下：

$$G04 \begin{cases} X \_\_\_\_ ; \\ P \_\_\_\_ ; \end{cases}$$

暂停指令 G04 指令刀具暂时停止进给，直到经过指令的暂停时间再继续执行下一程序段。地址 P 或 X 指令暂停的时间；其中地址 X 后可以是带小数点的数，单位为 s，如暂停 1s 可写 G04 X1.0；地址 P 不允许用小数点输入，只能用整数，单位为 ms，如暂停 1s 可写为 G04 P1000。此功能常用于车槽或钻到孔底时。

九、返回指令

1. 返回参考点校验指令

返回参考点校验指令为 G27，格式如下：

G27　X ____ Y ____ Z ____；

根据 G27 指令，刀具以参数设定的速度快速进给，并在指令规定的位置（坐标值为 X，Y，Z 点）定位。若到达的位置是机床零点，则返回参考点的各轴指示灯亮。如果指示灯不亮，说明程序中所给的指令有错误或机床定位误差过大。

注意，执行 G27 指令的前提是机床在通电后必须返回过一次参考点（手动返回或 G28 指令返回）。使用 G27 指令时，必须先取消刀具长度和半径补偿，否则会发生不正确的动作。由于返回参考点不是每个加工周期都需要执行的，所以可作为选择程序段。G27 程序段执行后，如不希望继续执行下一程序段（使机械系统停止）时，必须在该程序段后增加 M00 或 M01 也可在单个程序段中运行 M00 或 M01。

2. 自动返回参考点指令

自动返回参考点指令为 G28，格式如下：

G28　X ____ Y ____ Z ____；

执行 G28 指令，使各轴快速移动，分别经过指定的（坐标值为 X、Y、Z）中间点返回到参考点定位。

在使用 G28 指令时，必须先取消刀具半径补偿，不必先取消刀具长度补偿，因为 G28 指令包含刀具长度补偿取消、主轴停止、切削液关闭等功能。故 G28 指令一般用于自动换刀。

3. 从参考点返回指令

从参考点返回指令为 G29，格式如下：

G29　X ____ Y ____ Z ____；

执行 G29 指令时，首先使被指令的各轴快速移动到前面 G28 所指令的中间点，然后再移到被指令的（坐标值为 X、Y、Z 的返回点）位置上定位。如 G29 指令的前面，未指令中间点，则执行 G29 指令时，被指令的各轴经程序零点再移到 G29 指令的返回点上定位。

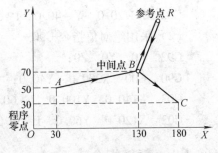

图 6-20　自动返回参考点实例

自动返回参考点实例如图 6-20 所示，具体程序如下：

（1）增量值指令 G91

G91　G28　X100.0　Y20.0；　　　　当前点 A→B→R

M06；　　　　　　　　　　　　　　换刀

G29　X50.0　Y—40.0；　　　　　　参考点 R→B→C

（2）绝对值指令 G90

G90　G28　X130.0　Y70.0；

M06；

G29　X180.0　Y30.0；

如程序中没有 G28 指令，则程序段 G90 G29 X180.0 Y130.0 的进给路线为 $A \rightarrow O \rightarrow C$。

通常 G28 和 G29 指令应配合使用，使机床换刀后直接返回加工点 C，而不必计算中间点 B 与参考点 R 之间的实际距离。

十、刀具半径补偿功能

在数控铣床上进行轮廓的铣削加工时，由于刀具半径的存在，刀具中心（刀心）轨迹和工件轮廓不重合。如果数控系统不具备刀具半径补偿功能，则只能按刀心轨迹进行编程，即在编程时给出刀具的中心轨迹，如图 6-21 所示的点划线轨迹，其计算相当复杂。尤其当刀具磨损、重磨或换新刀而使刀具直径变化时，必须重新计算刀心轨迹，修改程序。这样既繁琐，又不易保证加工精度。当数控系统具备刀具半径补偿功能时，数控编程只需按工件轮廓进行，如图 6-21 所示的粗实线轨迹，数控系统会自动计算刀心轨迹，使刀具偏离工件轮廓一个半径值，即进行刀具半径补偿。

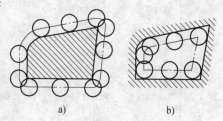

图 6-21 刀具半径补偿
a）外轮廓加工 b）内轮廓加工

下面讨论在 G17 情况时半径补偿问题。

1. 刀具半径左补偿指令和刀具半径右补偿指令

刀具半径左补偿指令为 G41，刀具半径右补偿指令为 G42，格式如下：

$$\begin{Bmatrix} G00 \\ G01 \end{Bmatrix} \begin{Bmatrix} G41 \\ G42 \end{Bmatrix} X \underline{\quad} Y \underline{\quad} H（或 D）\underline{\quad} ;$$

格式中的 X 和 Y 表示刀具移至终点时，轮廓曲线（编程轨迹）上点的坐标值；H（或 D）为刀具半径补偿寄存器地址字，在寄存器中存有刀具半径补偿值。

不论是刀具长度补偿值还是刀具半径补偿值，都是由操作者在 CRT/MDI 面板上用"MENU OFSET"功能键置入刀具补偿寄存器 H01 ~ H99（或 D01 ~ D99），菜单中有相应的偏置号（OFFSET NO.）与之对应，如偏置号 005 对应于 H05 寄存器。设定刀具补偿量时，操作者只需用面板上的光标键（CURSOR），将光标移至所选的偏置号上，键入刀具补偿值，将其输入到偏置号后面的偏移量（OFFSET DATA）位置上即可。刀具偏移量菜单如图 6-22 所示。

为了保证刀具从无半径补偿运动到希望的刀具半径补偿始点，须用一直线程序段 G00 或 G01 指令来建立刀具半径补偿。

2. 取消刀具半径补偿指令

取消刀具半径补偿指令为 G40，格式如下：

$$G40 \begin{Bmatrix} G00 \\ G01 \end{Bmatrix} X \underline{\quad} Y \underline{\quad} ;$$

最后一段刀具半径补偿轨迹加工完成后，与建立刀具半径补偿类似，也应有一直线程序段 G00 或 G01 指令取消刀具半径补偿，保证刀具从刀具半径补偿终点（刀补终点）运动到取消刀具半径补偿点（取消刀补点）。指令中有 X、Y 时，X 和 Y 表示编程轨迹上取消刀具补偿点的坐标值。

3. 刀具半径补偿应用举例

如图 6-23 所示，刀具起始点为 S，要铣削加工图中的实线矩形轮廓，运用刀具半径补偿编程如下：

OFFSET		00013	N0008
NO.	DATA	NO.	DATA
001	10.000	009	0.000
002	−1.000	010	10.000
		011	−20.000
003	0.000		
004	0.000	012	0.000
005	20.000	013	0.000
006	0.000	014	0.000
007	0.000	015	0.000
008	0.000	016	0.000
ACTUAL	POSITION	(RELATIVE)	
X	0.000		
Z	0.000	Y	0.000
NO.005			

图 6-22　刀具偏移量菜单

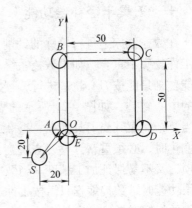

图 6-23　刀具半径补偿应用举例

N1	G00	G90	X −20	Y −20	M03	S600;	刀具运动到开始点 S
N2	G17	G01	G41	X0	Y0	D01	F200;	在 A 点切入工件，建立刀具左补偿，刀具半径补偿值存放在 01 寄存器中

N2　G17　G01　G41　X0　Y0　D01　F200;　在 A 点切入工件，建立刀具左补偿，刀具半径补偿值存放在 01 寄存器中

N3　X0　Y50;　$A \rightarrow B$

N4　X50　Y50;　$B \rightarrow C$

N5　X50　Y0;　$C \rightarrow D$

N6　X0　Y0;　$D \rightarrow E$

N7　G01　G40　X −10　−10;　取消刀具半径补偿

N8　M05;

N9　M30;

十一、刀具长度正补偿指令、刀具长度负补偿指令和取消刀具长度补偿指令

刀具长度正补偿指令为 G43，刀具长度负补偿指令为 G44，取消刀具长度补偿指令为 G49，格式如下：

$$\begin{cases} G43 \\ G44 \end{cases} \quad Z\underline{\quad} H\underline{\quad};$$

当刀具磨损时，可在程序中使用刀具补偿指令补偿刀具尺寸的变化，不必重新调整刀具或重新对刀。在 G17 的情况下，刀具补偿 G43 和 G44 只用于 Z 轴的补偿，对 X 轴和 Y 轴无效。格式中的 Z 值是指程序中的指令值。H 为补偿功能代号，它后面的两位数字是刀具补偿寄存器的地址字，如 H01 是指 01 号寄存器，在该寄存器中存放刀具长度的补偿值。从 H00 ~ H99，除 H00 寄存器必须置 0 外，其余寄存器存放刀具长度补偿值，该值的范围为：米制 0 ~ ±999.99mm；英制 0 ~ ±99.999in。

如图 6-24 所示，执行 G43 时：

$$Z_{实际值} = Z_{指令值} + (H \times \times)$$

执行 G44 时：

$$Z_{实际值} = Z_{指令值} - (H \times \times)$$

式中，（H××）是指编号为××寄存器中的补偿量。

采用取消刀具长度补偿 G49 指令或用 G43 H00 和 G44 H00 可以撤销补偿指令。

图 6-25 所示为刀具长度补偿实例，H05 = 200mm，编程如下：

N1 G92 X0 Y0 Z0;　　　　　　设定 O 点为程序零点
N2 G90 G00 G44 Z30.0 H05;　　　指令点 A，到达点 B

如 H05 = -200mm，则程序为：

N1 G92 X0 Y0 Z0;　　　　　　设定 O 点为程序零点
N2 G90 G43 Z30.0 H05;　　　　指令点 A，到达点 B，其效果一样

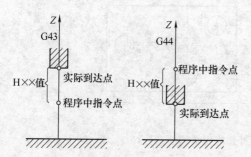

图 6-24 刀具长度补偿

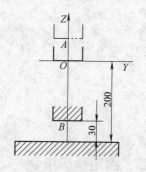

图 6-25 刀具长度补偿应用举例（一）

下面再来看一个刀具长度补偿实例，如图 6-26 所示。要加工#1、#2、#3 孔，刀具实际位置与刀具编程位置相差 8mm，要使用刀具长度补偿来解决此问题，取长度补偿值 H01 = -8mm，程序如下（①～⑬表示刀具运动过程）：

N1 G91 G00 X120.0 Y80.0 M03 S500 M08;　　刀具到达#1 孔上方，动作①
N2 G43 Z-32.0 H01;　　　　　　刀具运动到距工件表面 3mm 处，动作②
N3 G01 Z-21.0 F120;　　　　　　钻#1 孔，动作③
N4 G04 P1000;　　　　　　　　暂停 1 秒，动作④
N5 G00 X21.0;　　　　　　　　具抬起，到达距工件表面 3mm 处，动作⑤
N6 X30.0 Y-50.0;　　　　　　动作⑥
N7 G01 Z-41.0 F120;　　　　　钻#2 孔，动作⑦
N8 G00 Z41.0;　　　　　　　　动作⑧
N9 X60.0 Y30.0;　　　　　　　动作⑨
N10 G01 Z-23.0 F120;　　　　　钻#3 孔，动作⑩
N11 G04 P1000;　　　　　　　暂停 1s，动作⑪

N12   G49   G00   Z55.0；   取消刀具长度补偿，刀具回到

                                               起始位置，动作⑫

N13   X-210.0   Y-60.0   M09   M05；   返回 O 点，动作⑬

N14   M02；

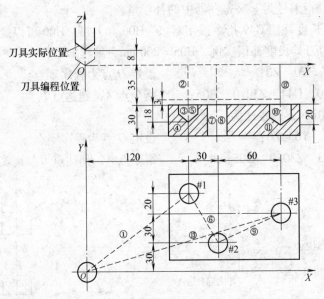

图 6-26   刀具长度补偿应用举例（二）

十二、固定循环指令

1. 固定循环的组成

固定循环常由六个动作顺序组成，如图 6-27 所示。

           ① X 和 Y 轴定位

           ② 快速运行到 R 点

           ③ 钻孔（或镗孔等）

动作 {   ④ 在孔底相应地动作

           ⑤ 退回到 R 点

           ⑥ 快速运行到初始点位置

     由图可知，动作①为 $A{\rightarrow}B$，是快速进给到 X、Y 指定的点。动作②为 $B{\rightarrow}R$，是快速趋近加工表面。动作③为 $R{\rightarrow}E$，是加工动作（如钻、镗、攻螺纹等）。动作④是在 E 点处执行一些相应动作（如暂定、主轴停、主轴反转等）。动作⑤是返回到 R 点或 B 点。动作⑥为快速运行到初始点位置。

     图 6-27 中，⇢ 表示快速移动，→ 表示切削进给，后同。

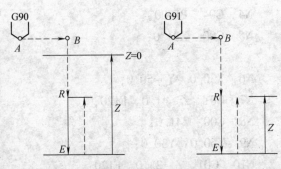

图 6-27   固定循环动作

2. 定位平面及钻孔轴选择

定位平面决定于平面选择指令 G17、G18、G19，其相应的钻孔轴分别平行于 Z 轴、Y 轴和 X 轴。

对于立式数控铣床，定位平面只能是 XY 平面，钻孔轴平行于 Z 轴，它与平面选择指令无关。下面只讨论立式铣床固定循环指令。

3. 固定循环指令格式

固定循环指令格式如下：

$$\begin{Bmatrix} G90 \\ G91 \end{Bmatrix} \begin{Bmatrix} G99 \\ G98 \end{Bmatrix} \quad G\times\times \quad X\_\_\_\_ Y\_\_\_\_ Z\_\_\_\_ R\_\_\_\_ Q\_\_\_\_ P\_\_\_\_ F\_\_\_\_ L\_\_\_\_ ;$$

其中，$G\times\times$ 为孔加工方式，对应于固定循环指令；X、Y 为孔位数据，Z、R、Q、P、F 为孔加工数据；L 为重复次数。

（1）孔加工方式 孔加工方式的固定循环指令见表6-2。

表6-2 固定循环指令

G 代码	加工动作 $-Z$ 方向	在孔底部动作	回退动作 $+Z$ 方向	用 途
G73	间歇进给		快速进给	高速深孔钻
G74	切削进给	主轴正转	切削进给	反转攻螺纹
G76	切削进给	主轴定向停止	快速进给	精镗循环（只用于第二组固定循环）
G80				撤销
G81	切削进给		快速进给	钻循环（定点钻）
G82	切削进给	暂停	快速进给	钻循环（锪钻）
G83	间歇进给		快速进给	深孔钻
G84	切削进给	主轴反转	切削进给	攻螺纹
G85	切削进给		切削进给	镗循环
G86	切削进给	主轴停止	切削进给	镗循环
G87	切削进给	主轴停止	手动操作或快速运行	镗循环（反镗）
G88	切削进给	暂停、主轴停止	手动操作或快速运行	镗循环
G89	切削进给	暂停	切削进给	镗循环

（2）孔位数据 X、Y 刀具以快速进给的方式到达（X、Y）点。

（3）返回点平面选择 G98 指令返回到初始平面 B 点，G99 指令返回到 R 点平面。如图6-28 所示。

（4）孔加工数据 在 G90 时，Z 值为孔底的绝对值。在 G91 时，Z 是 R 平面到孔底的距离（如图6-29 所示）。从 R 平面到孔底是按 F 代码所指定的速度进给。

1）R：在 G91 时，R 值为从初始平面（B）到 R 点的增量。在 G90 时，R 值为绝对坐标值（见图6-29）。此段动作是快速进给。

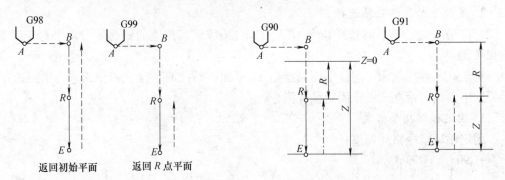

图 6-28　返回点平面选择　　　　　　　图 6-29　孔加工数据

2）Q：在 G73 或 G83 方式中，规定每次加工的深度，以及在 G76 或 G87 方式中规定移动值。

3）P：规定在孔底的暂停时间，用整数表示，以 ms 为单位。

4）F：进给速度，以 mm/min 为单位。

5）L：重复次数，用 L 的值来规定固定循环的重复次数，执行一次可不写 $L1$。如果是 $L0$，系统存贮加工数据，但不执行加工。

上述孔加工数据，不一定全部都写，根据需要可省去若干地址或数据。

固定循环指令是模态指令，一旦指定，就一直保持有效，直到用 G80 指令撤销为止。此外，G00、G01、G02、G03 也有撤销固定循环指令的作用。

例如，要钻出孔位在（50，30）、（60，10）、（−10，10）的孔，孔深为 $Z = -20.0$mm，程序如下：

N1　G90　G99　G81　X50.0　Y30.0　Z−20.0　R5.0　F80；
N2　　　　　　　　　　X60.0　Y10.0；
N3　　　　　　　　　　X−10.0；
N4　G80；

4. 各种孔加工方式说明

（1）G73　高速深孔钻削，如图 6-30 所示。G73 用于深孔钻削，每次背吃刀量为 q（用增量表示，根据具体情况由编程者给值）。退刀距离为 d，d 是 NC 系统内部设定的。到达 E 点的最后一次进刀是进刀若干个 q 之后的剩余量，它小于或等于 q。G73 指令是在钻孔时间段进给，有利于断屑、排屑，适用于深孔加工。

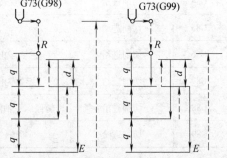

图 6-30　高速深孔钻削 G73

（2）G74　左旋攻螺纹，如图 6-31 所示。主轴在 R 点反转直至 E 点，到达 E 点后，正转返回。

（3）G76　精车，如图 6-32 所示。图中"Ⓟ"表示暂停；"OSS"表示主轴定向停止；箭头表示刀具移动。

在孔底，主轴停止在定向位置上，然后使刀头做离开加工面的偏移之后拔出，这样可以高精度、高效率地完成孔加工而不损伤工件表面。刀具的偏移量由地址 Q 来规定，Q 总是正数（负号不起作用），移动的方向由参数设定。

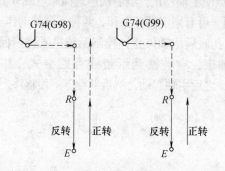

图 6-31　左旋攻螺纹 G74

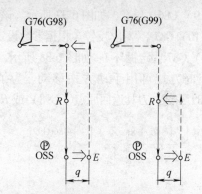

图 6-32　精车 G76

Q 值在固定循环方式期间是模态的，在 G73、G83 指令中做背吃刀量值使用。

（4）G81　钻孔循环、定点钻，如图 6-33 所示。

（5）G82　钻孔、镗孔，如图 6-34 所示。该指令使刀具在孔底暂停，暂停时间用 P 来指定。

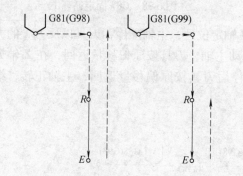

图 6-33　钻孔循环、定点钻 G81

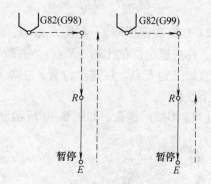

图 6-34　钻孔、镗孔 G82

（6）G83　深孔钻削，如图 6-35 所示。其中 q 和 d 与 G73 相同，G83 和 G73 的区别是：G83 指令在每次进刀 q 距离后返回 R 点，这样对深孔钻削时排屑有利。

（7）G84　右旋攻螺纹，G84 指令和 G74 指令中的主轴旋转方向相反，其他均与 G74 指令相同。

（8）G85　镗孔，如图 6-36 所示。

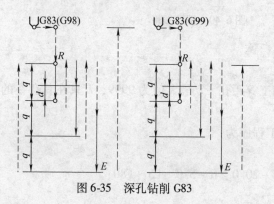

图 6-35　深孔钻削 G83

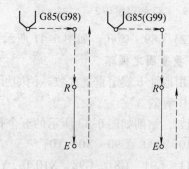

图 6-36　镗孔 G85

（9）G86　镗孔，如图6-37所示。该指令在 E 点使主轴停止，然后快速返回原点或 R 点。

（10）G87　镗孔/反镗。根据参数设定值的不同，可有固定循环1和2两种不同的动作。

1）G87固定循环1：如图6-38所示，刀具到达孔底后主轴停止，控制系统进入进给保持状态，此时刀具可用手动方式移动。为了再起动加工，应转换到纸带或存贮方式，并且按"START"键，刀具返回原点（G98）或 R 点（G99）之后主轴起动，然后继续下一段程序。

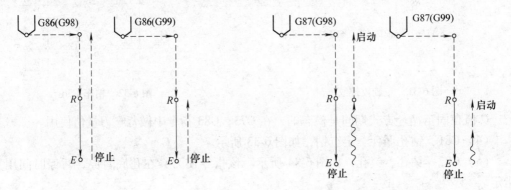

图6-37　镗孔G86　　　　　　　　　　图6-38　G87固定循环1

2）G87固定循环2：如图6-39所示。X、Y 轴定位后，主轴准停，刀具以反刀尖的方向偏移，并快速定位在孔底（R 点）。并顺时针起动主轴，刀具按原偏移量返回，在 Z 轴方向上一直加工到 E 点。在这个位置，主轴再次准停后刀具按原偏移量返回，主轴正转，继续执行下段程序。

（11）G88　镗孔，如图6-40所示。

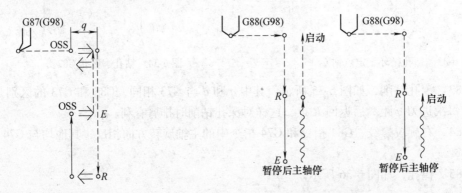

图6-39　G87固定循环2　　　　　　　　图6-40　镗孔G88

（12）G89　镗孔，如图6-41所示。

5. 重复固定循环

可用地址 L 规定重复次数。例如可用来加工等距孔。L 最大值为9999，L 只在其存在的程序段中有效。

例如，钻削如图6-42所示的五个孔，加工程序为：

```
N10   G00   G90   X0   Y0;
N11   G91   G81   G98   X10.0   Y5.0   Z-20.0   R-5.0   L5   F80;
```

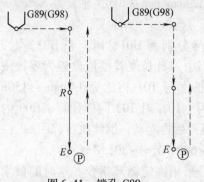

图 6-41 镗孔 G89

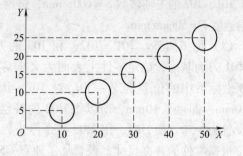

图 6-42 重复固定循环举例

6. 固定循环注意事项

1）指定固定循环前，必须用 M 代码规定主轴转动。

2）在固定循环方式中，其程序段必须有 X、Y、Z 轴（包括 R）的位置数据，否则不执行固定循环。

3）撤销固定循环指令除了 G80 外，G00、G01、G02、G03 也能起撤销作用，编写固定循环时要注意。

4）固定循环方式中，G43、G44 仍起刀具长度补偿作用。

7. 固定循环应用举例

使用刀具补偿功能和固定循环功能加工如图 6-43 所示零件上的 12 个孔。

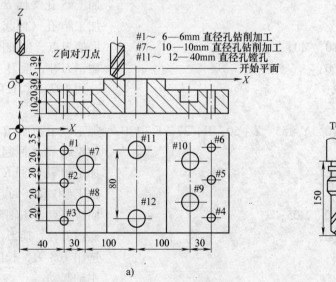

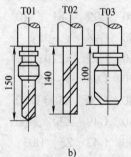

图 6-43 固定循环应用举例

（1）分析零件图样，进行工艺处理 该零件孔加工中，有通孔、不通孔，需钻、扩和镗加工。故选择钻头 T01、扩孔刀 T02 和镗刀 T03，加工坐标系原点在零件上表面处。由于有三种孔径尺寸的加工，按照先小孔后大孔加工的原则，确定加工路线为：从编程原点开始，先加工 6 个 $\phi6mm$ 的孔，再加工 4 个 $\phi10mm$ 的孔，最后加工 2 个 $\phi40mm$ 的孔。

T01、T02 的主轴转数 $S=600\text{r/min}$，进给速度 $F=120\text{mm/min}$；T03 主轴转数 $S=300\text{r/min}$，进给速度 $F=50\text{mm/min}$。

（2）加工调整　T01、T02、和 T03 的刀具补偿号分别为 H01、H02 和 H03。对刀时，以 T01 刀为基准，确定零件上表面为 Z 向零点，H01 中刀具长度补偿值设置为零，该点在 G53 坐标系中的位置为 $Z-30$。对 T02，因其刀具长度与 T01 相比为 $140\text{mm}-150\text{mm}=-10\text{mm}$，即短了 10mm，所以将 H02 的补偿值设置为 -10。对 T03 同样计算，H03 的补偿值设置为 -50。换刀时，用 M00 指令停止后，手动换刀后再起动，继续执行程序。

根据零件的装夹尺寸，设置加工原点 G54：$X=-600$，$Y=-80$，$Z=-30$。

（3）数学处理　在多孔加工时，为了简化程序，采用固定循环指令。这时的数学处理主要是按固定循环指令格式的要求，确定孔位坐标、快进尺寸和工作进给尺寸值等。固定循环中的开始平面为 $Z=5$，R 点平面定为零件孔口表面 $+Z$ 向 3mm 处。

（4）编写零件加工程序　程序如下：

N10　G54　G90　G00　X0　Y0　Z30;	进入加工坐标系
N20　G43　G00　Z5　H01;	选用 T01 号刀具
N30　S600　M03;	主轴起动
N40　G99　G81　X40　Y−35　Z−63　R−27　F120;	加工#1 孔（回 R 平面）
N50　Y−75;	加工#2 孔（回 R 平面）
N60　G98　Y−115;	加工#3 孔（回起始平面）
N70　G99　X300;	加工#4 孔（回 R 平面）
N80　Y−75;	加工#5 孔（回 R 平面）
N90　G98　Y−35;	加工#6 孔（回起始平面）
N100　G00　X500　Y0　M05;	回换刀点，主轴停
N110　G49　Z20　M00;	撤销刀补，换刀
N120　G43　Z5　H02;	选用 T02 刀，长度补偿
N130　S600　M03;	主轴起动
N140　G99　G81　X70　Y−55　Z−50　R−27　F−120;	加工#7 孔（回 R 平面）
N150　G98　Y−95;	加工#8 孔（回起始平面）
N160　G99　X270;	加工#9 孔（回 R 平面）
N170　G98　Y−55;	加工#10 孔（回起始平面）
N180　G00　X500　Y0　M05;	回换刀点，主轴停
N190　G49　Z20　M00;	撤销刀补，换刀
N200　G43　Z5　H03;	选用 T03 刀，长度补偿
N210　S300　M03;	主轴起动
N220　G76　G99　X170　Y−35　Z−65　R3　F50;	加工#11 孔（回 R 平面）
N230　G98　Y−115;	加工#12 孔（回起始平面）
N240　G49　Z30;	撤销刀补
N250　M30;	程序停

参数设置如下：

H01 $=0$，H02 $=-10$，H03 $=-50$；

G54：X = – 600，Y = – 80，Z = – 30。

十三、比例缩放

编程的形状可以被放大或缩小。用 X ＿＿＿、Y ＿＿＿和 Z ＿＿＿指定的尺寸可以放大或缩小相同或不同的比例。比例可以在程序中指定，也可以用参数指定。比例缩放指令为 G50、G51。比例缩放如图 6-44 所示。

（1）沿所有轴以相同的比例放大和缩小　指令格式如下：

G51　X＿＿＿ Y＿＿＿ Z＿＿＿ P＿＿＿；缩放开始
……　　　　　　　　　　　　　　　；缩放有效
G50　　　　　　　　　　　　　　　　；缩放取消

其中，X＿＿＿ Y＿＿＿ Z＿＿＿表示比例缩放中心坐标值的绝对值指令，P＿＿＿表示缩放比例。

（2）沿各轴以不同的比例放大和缩小　指令格式如下：

G51　X＿＿＿ Y＿＿＿ Z＿＿＿ I＿＿＿ J＿＿＿ K＿＿＿；缩放开始
……　　　　　　　　　　　　　　　　　　　；缩放有效
……
G50　　　　　　　　　　　　　　　　　　　；缩放取消

其中，X＿＿＿ Y＿＿＿ Z＿＿＿表示比例缩放中心坐标值的绝对值指令，I＿＿＿ J＿＿＿ K＿＿＿表示和 X、Y 和 Z 各轴对应的缩放比例

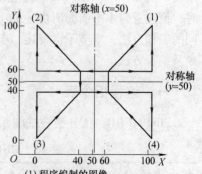

P_0：缩放中心
$(P_1 P_2 P_3 P_4 \rightarrow P_1' P_2' P_3' P_4')$

图 6-44　比例缩放

十四、可编程镜像

用编程的镜像指令可实现坐标轴的对称加工，如图 6-45 所示。可编程镜像指令为 G50.1 和 G51.1，格式如下：

G51.1　IP＿＿＿；设置可编程镜像
……　　　　；根据 G51.1　IP＿＿＿指定的对称
　　　　　　　轴生成在这些程序段中指定的镜像
……
G50.1　IP　　；取消可编程镜像

说明：IP＿＿＿用 G51.1 指定镜像的对称点（位置）和对称轴；用 G50.1 指定镜像的对称轴，不指定对称点。

十五、坐标系旋转

用坐标系旋转功能可将工件旋转某一指定的角度。另外，如果工件的形状由许多相同的图形组成，可将图形单元提前编写成子程序，然后用主程序的旋转指令调用。这样可简化编程，节省时间、节省存储空间，如图 6-46 所示。

(1) 程序编制的图像。
(2) 该图像的对称轴与 Y 轴平行，并与 Y 轴在 $x=50$ 处相交。
(3) 图像对称在点 (50,50)。
(4) 该图像的对称轴与 X 轴平行，并与 Y 轴在 $y=50$ 处相交。

图 6-45　可编程镜像

坐标系旋转指令为 G68、G69，格式如下：

$$\left.\begin{array}{l} G17 \\ G18 \\ G19 \end{array}\right\}$$ G68　α ＿＿　β ＿＿　R ＿＿　；坐标系开始旋转

……　　　　　　　　　　　　　；在旋转之后的坐标系中运行

G69　　　　　　　　　　　　　；坐标系旋转取消命令

说明如下：

在坐标系旋转指令 G68 之前，指定平面选择指令（G17，G18，G19）。平面选择指令不能在坐标系旋转方式中指定。

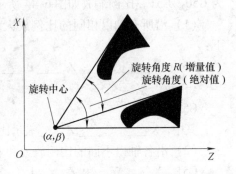

图 6-46　坐标系的旋转

α ＿＿ β ＿＿ 为旋转中心坐标值，是与指令的平面坐标（G17，G18，G19）相应的 X ＿＿ Y ＿＿ 和 Z ＿＿ 中的两个轴的绝对指令。在 G68 后面指定旋转中心 R ＿＿ 为角度位移，正值表示逆时针旋转。

当 G68 被编程时，在 G68 之后，绝对值指令之前，增量值指定的旋转中心是刀具位置。当 α ＿＿ β ＿＿ 不编程时，G68 程序段的刀具中心认为是旋转中心。如程序中未编入 R ＿＿ 值，则参数 5410 中的数值被认为是角度位移值。

最小输入增量单位：0.001°。

有效数据范围：−360.000 ~ 360.000。

在坐标系旋转之后，执行刀具半径补偿、刀具长度补偿、刀具偏置和其他补偿操作。

第三节　SIEMENS 铣削系统的编程方法

SIEMENS 数控铣削系统有多种形式，其编程指令和编程方法大同小异。本节以其中应用较广的 SINUMERIK 802D 铣削系统为例，介绍其编程指令及编程方法。读者在阅读本节时，请注意与本书前面所讲述的 FANUC 系统做比较，弄清两者的异同。与 FANUC 系统相同的编程方法，本节不再赘述。本节只重点介绍 SINUMERIK 802D 铣削系统中独特的编程指令及编程方法。

一、编程指令表

SINUMERIK 802D 数控铣削系统的编程指令见表 6-3。

表 6-3　SINUMERIK 802D 数控铣削系统的编程指令

指令代码	功能说明	指令代码	功能说明
S	主轴转速	G19	选择 YZ 平面
T	刀具号	G40	撤销刀具半径补偿
D	刀沿号	G41	激活刀具半径左补偿
F	进给速度	G42	激活刀具半径右补偿

（续）

指令代码	功能说明	指令代码	功能说明
G0	快速定位	G500	撤销工件零点偏置并激活基本零点偏置
G1	直线插补	G54	激活第一工件零点偏置
G2	顺时针圆弧插补	G55	激活第二工件零点偏置
G3	逆时针圆弧插补	G56	激活第三工件零点偏置
G4	程序暂停	G57	激活第四工件零点偏置
CIP	过中间点圆弧插补（空间三点圆弧）	G58	激活第五工件零点偏置
G331	刚性攻螺纹进刀	G59	激活第六工件零点偏置
G332	刚性攻螺纹退刀	G53	非模态撤销工件零点偏置
G63	补偿夹头攻螺纹	G153	非模态撤销工件零点偏置以及基本零点偏置
CT	带切线过渡的圆弧插补	G60	准停定位方式
G74	返回参考点	G64	连续路径进给方式
G75	返回固定点	G9	非模态准停定位方式
TRANS	坐标系平移	G70	英制尺寸单位制
ATRANS	可叠加的坐标系平移	G71	米制尺寸单位制
ROT	坐标系旋转	G700	英制尺寸单位制，包括进给速度的单位
AROT	可叠加的坐标系旋转	G710	米制尺寸单位制，包括进给速度的单位
RPL	所选平面内的坐标旋转角度	G90	绝对尺寸编程
SCALE	比例缩放	G91	增量尺寸编程
ASCALE	可叠加的比例缩放	G94	每分钟进给量
MIRROR	坐标轴镜像	G95	每转进给量
AMIRROR	可叠加的坐标轴镜像	CFC	激活圆弧加工自动倍率修调
G25	加工区域下限或主轴转速下限	CFTCP	撤销圆弧加工自动倍率修调
G26	加工区域上限或主轴转速上限	G450	拐角处刀具中心轨迹沿圆弧过渡
G110	以刀具当前点为基准定义极点	G451	拐角处刀具中心轨迹沿等距线交点过渡
G111	以当前激活的坐标系原点为基准定义极点	BRISK	轨迹加速突变
G112	以当前存在的极点为基准定义新的极点	SOFT	轨迹加速平滑
AP =	极角度	FFWON	前馈控制打开
RP =	极半径	FFWOF	前馈控制关闭
G17	选择 XY 平面	WALIMON	加工区域限制生效
G18	选择 ZY 平面	WALIMOF	加工区域限制无效
G290	西门子指令形式	AR =	定义圆弧的圆心角
G291	ISO 指令形式	CR =	定义圆弧的半径
M0	程序停止	RND =	在两个轮廓元素之间用指定半径的圆弧过渡
M1	程序选择停止	CHF =	在两个轮廓元素之间用指定长度的倒角过渡

（续）

指令代码	功能说明	指令代码	功能说明
M2	程序结束	CHR =	在两个轮廓元素之间用指定边长的倒角过渡
RET	子程序结束	CYCLE82	钻孔、锪孔循环
M3	主轴正转	CYCLE83	深孔钻削循环
M4	主轴反转	CYCLE84	刚性攻螺纹循环
M5	主轴停转	CYCLE840	浮动夹头攻螺纹循环
M6	主轴刀具交换	CYCLE85	镗孔循环1
M40	主轴空挡	CYCLE86	镗孔循环2
M41 ~ M45	主轴一挡 ~ 五挡	CYCLE88	镗孔循环4
N	程序段标识符	HOLES1	线性排列孔循环
P	子程序连续调用次数	HOLES2	圆弧排列孔循环
R0 ~ R299	算术参数	SLOT1	铣长孔
SIN（）	正弦	SLOT2	铣放射状长槽
ASIN（）	反正弦	POCKET3	铣矩形腔
COS（）	余弦	POCKET4	铣圆形腔
ACOS（）	反余弦	CYCLE71	平面铣削
TAN（）	正切	CYCLE72	轮廓铣削
ATAN2（，）	反正切	CYCLE76	矩形凸台铣削
POT（）	平方	CYCLE77	圆形凸台铣削
SQRT（）	平方根	MCALL	模态调用加工循环及子程序
ABS（）	取绝对值	IF	条件跳转
TRUNC（）	取整	GOTOB	向程序开头处跳转
AC（）	非模态绝对坐标	GOTOF	向程序结尾处跳转
IC（）	非模态增量坐标	MSG（）	屏幕信息显示
ACP（）	旋转轴沿正转方向接近指定位置	TURN =	在螺旋线插补中指定整圆的圈数（即圆弧经过起点的次数）
ACN（）	旋转轴沿反转方向接近指定位置		
DC（）	旋转轴沿最近的方向接近指定位置	SPOS =	主转定向的角度
ANG =	定义直线的角度		

二、程序的结构及格式

1. 程序名称

为了识别程序和调用程序，每个程序必须有一个程序名。在编制程序时可以按以下规则确定程序名：

1）开始的两个符号必须是字母，其后的符号可以是字母、数字或下划线。

2）最多为16个字符，不得使用分隔符。

例如：MILL10。

2. 程序结构和内容

NC 程序由若干个程序段组成，所采用的程序段格式属于可变程序段格式。

每一个程序段执行一个加工工步，每个程序段由若干个程序字组成，最后一个程序段包含程序结束符：M02 或 M30。

3. 程序字及地址符

（1）程序字 程序字是组成程序段的元素，由程序字构成控制器的指令。程序字由以下几部分组成：

1）地址符：地址符一般是一个字母。

2）数值：数值是一个数字串，它可以带正负号和小数点。正号可以省略不写。

如：G1、X30.16。

（2）地址符 有多个地址符和扩展地址，具体如下：

1）多个地址符。一个程序字可以包含多个字母，数值与字母之间还可以用符号" ＝"隔开。

例如：CR＝16.5，表示圆弧半径为 16.5mm。

此外，G 功能也可以通过一个符号名进行调用。例如：SCALE，即打开比例系数。

2）扩展地址。对于如下地址：

R	计算参数
H	H 功能
I, J, K	插补参数/中间点

可以通过 1~4 个数字进行地址扩展。在这种情况下，其数值可以通过" ＝"进行赋值，见表 3-1。

例如：R10＝6.234；H5＝12.1；I1＝32.67。

4. 程序段结构

一个程序段中含有执行一个工序所需的全部数据。

程序段由若干个字和程序段结束符"L$_F$"组成。在程序编写过程中进行换行时或按输入键时，可以自动产生程序段结束符。程序段格式如下：

／ N… 字1…＿ 字2…＿ 字3… ；注释… L$_F$

其中：

1）"／"表示在运行中可以被跳跃过去的程序段。

2）"N…"表示程序段号，主程序段中可以由字符"："取代地址符"N"。

3）"字1…"表示程序段指令。

4）"＿"表示中间空格。

5）"；注释"表示对程序段进行说明，位于最后，用"；"分开。

6）L$_F$ 表示程序段结束。

三、常见编程指令的用法

1. 尺寸系统指令

（1）绝对尺寸和增量尺寸编程（G90，G91，AC，IC） G90 和 G91 分别对应着绝对尺寸编程和增量尺寸编程。在一个程序段中，可以进行混合编程，即一个坐标用绝对尺寸编程，另一个坐标用增量尺寸编程。此时，可以在程序段中通过 AC/IC 对坐标进行绝对尺寸/增量尺寸方式的设定。格式为：$X = AC$（…），$X = IC$（…），对 Y 轴和 Z 轴坐标可同样设定。举例如下：

MDJ100	（程序名）
N10　G90　G1　X20　Y90　F100;	绝对值尺寸
N20　X75　Y = IC（-32）;	X 仍然是绝对值尺寸，Y 是增量值尺寸
…	
N180　G91　X40　Y20;	转换为增量值尺寸
N190　X - 12　Y = AC（17）;	X 仍然是增量值尺寸，Y 是绝对值尺寸
…	

（2）可设定的零点偏置（G53，G54 ~ G59，G500，G153）　可设定的零点偏置给出了工件零点在机床坐标系中的位置（工件零点以机床零点为基准偏移）。当工件装夹到机床上后对刀求出偏移量，并通过操作面板输入到零点偏置数据区。程序可以通过选择相应的 G 功能（G54 ~ G59）调用此值。如图 6-47 所示。也可以通过对某机床轴设定一个旋转角，使工件成一角度装夹。该旋转角可以在 G54 ~ G59 调用时同时有效。

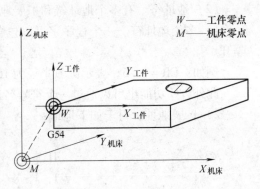

图 6-47　可设定零点偏置

编程指令格式如下：

G54;	第一可设定零点偏置
G55;	第二可设定零点偏置
G56;	第三可设定零点偏置
G57;	第四可设定零点偏置
G58;	第五可设定零点偏置
G59;	第六可设定零点偏置
G500;	取消可设定零点偏置——模态有效
G53;	取消可设定零点偏置——程序段方式有效，可编程的零点偏置也一起取消
G153;	同 G53，取消附加的基本偏置

编程举例如下：

N10　G54 ____;	调用第一个可设定零点偏置
N20　L47;	加工工件 1，调用子程序 L47
N30　G55 ____;	调用第二个可设定零点偏置
N40　L47;	加工工件 2，调用子程序 L47
N50　G56 ____;	调用第三个可设定零点偏置
N60　L47;	加工工件 3，调用子程序 L47
N70　G57 ____;	调用第四个可设定零点偏置
N80　L47;	加工工件 4，调用子程序 L47

N90　G500　G0　X____;　　　取消可设定零点偏置

（3）可编程的零点偏置（TRANS，ATRANS）　如果工件上不同的位置有重复出现的形状要加工，或者选用了一个新的参考点，在这种情况下就需要使用可编程零点偏置。由此产生一个当前工件坐标系，输入的新尺寸均是在该坐标系中的数据尺寸。可以在所有坐标轴中进行零点偏移。如图6-48所示。

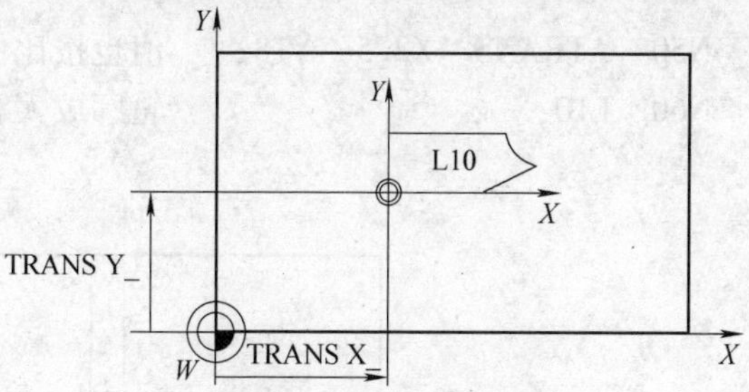

图6-48　可编程的零点偏置

编程指令格式如下：

TRANS　X____Y____Z____;　　　可编程的偏移，清除所有有关偏移、旋转、比例数、镜像的指令

ATRANS　X____Y____Z____;　　　可编程的偏移，附加于当前的指令

TRANS;　　　　　　　　　　　不带数值，清除所有有关偏移、旋转、比例系数、镜像的指令

注意：TRANS/ATRANS指令要求一个独立的程序段。

编程举例如下：

N20　TRANS　X20　Y15____;　　　可编程零点偏移

N30　L10;　　　　　　　　　　调用子程序，其中包含待偏移的几何量

…

N70　TRANS;　　　　　　　　　取消偏移

…

子程序调用参见后面章节中的"子程序"。

（4）可编程的比例缩放（SCALE，ASCALE）

1）功能。使用SCALE、ASCALE指令，可以为所有坐标轴按编程的比例系数进行缩放，按此比例使所给定的轴放大或缩小若干倍。

2）编程指令格式如下：

SCALE　X____Y____Z____;　　　可编程的比例系数，清除所有有关偏移、旋转、比例系数、镜像的指令

ASCALE　X____Y____Z____;　　　可编程的比例系数，附加于当前的指令

SCALE;　　　　　　　　　　　不带数值，清除所有有关偏移、旋转、比例系数、镜像的指令

说明：

① SCALE、ASCALE指令要求一个独立的程序段。

② 图形为圆时，两个轴的比例系数必须一致。

③ 如果在SCALE、ASCALE有效时编制ATRANS功能，偏移量也同样被比例缩放。

3）编程举例如图6-49所示。程序如下：

N10　G17;　　　　　　　　　　X/Y平面

N20　L10;　　　　　　　　　　编程的轮廓为原尺寸

N30　SCALE　X2　Y2；　　　　　　X 轴和 Y 轴方向的轮廓放大 2 倍

N40　L10；

N50　ATRANS　X2.5　Y18；　　　值也按比例

N60　L10；　　　　　　　　　　轮廓放大和偏置

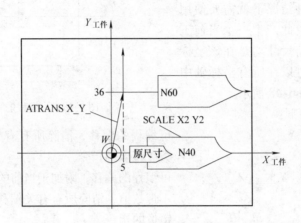

图 6-49　比例和偏置举例

（5）可编程旋转（ROT，AROT）　　在当前的平面 G17、G18 或 G19 中执行旋转，值为 RPL = ＿＿＿，单位是度（°）。如图 6-50 所示。

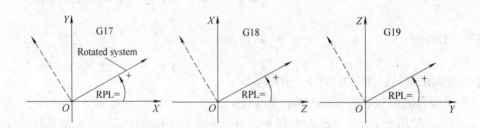

图 6-50　在不同的平面中旋转角正方向的定义

1）编程指令格式如下：

ROT　RPL = ＿＿＿；　　　　可编程旋转，删除以前的偏移、旋转、比例系数和镜像指令

AROT　RPL = ＿＿＿；　　　可编程旋转，附加于当前的指令

ROT；　　　　　　　　　　没有设定值，删除以前的偏移、旋转、比例系数和镜像指令

注意：ROT、AROT 指令要求一个独立的程序段。

2）编程举例如图 6-51 所示。程序如下：

N10　G17；　　　　　　　　　X/Y 平面

N20　TRANS　X20　Y10；　　可编程的偏置

N30　L10；　　　　　　　　　调用子程序，含有待偏移的几何量

N40　TRANS　X30　Y26；　　新的偏移

N50　AROT　RPL = 45；　　　附加旋转 45°

N60　L10；　　　　　　　　　调用子程序

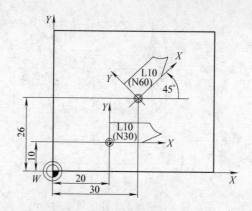

图 6-51 可编程的偏移和旋转举例

N70 TRANS; 删除偏移和旋转

…

（6）可编程的工作区域限制（G25，G26，WALIMON，WALIMOF） 用 G25、G26 定义坐标轴的工作区域，规定哪些区域可以运行，哪些区域不可以运行。当刀具长度补偿有效时，刀尖必须在此区域内；或者，刀架参考点必须在此区域内，否则将受到限制。坐标值以机床坐标系为基准。

可以在设定参数中分别规定每个轴的工作区域。

除了通过 G25、G26 在程序中编制这些值之外，还可以通过操作面板在设定参数时输入这些值。

为了使用或取消各个轴的工作区域限制，可以使用可编程的指令组 WALIMON 或 WALIMOF。

1）编程指令格式如下：

G25 X ___ Y ___ Z ___; 工作区域下限

G26 X ___ Y ___ Z ___; 工作区域上限

WALIMON; 使用工作区域限制

WALIMOF; 工作区域限制取消

说明：

① G25、G26 可以与地址 S 一起，用于限定主轴转速。

② 坐标轴只有在返回参考点之后工作区域限制才有效。

2）编程举例如图 6-52 所示。程序如下：

N10 G25 X10 Y-20 Z30；工作区域限制下限值

N20 G26 X400 Y110 Z300；工作区域限制上限值

N30 T1 M6；

N40 G0 X90 Y100 Z180；

N50 WALIMON; 使用工作区域限制

… 仅在工作区域内

N90 WALIMON; 工作区域限制取消

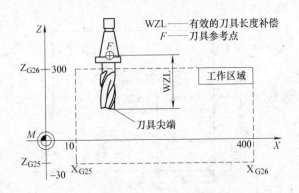

图 6-52　可编程的工作区域限制举例

（7）可编程的镜像（MIRROR，AMIRROR）　　用 MIRROR 和 AMIRROR 指令可以使工件镜像加工。编写了镜像加工的坐标轴，其所有运动都以反向运行。

1）编程指令格式如下：

MIRROR　X0　Y0　Z0；	可编程的镜像功能，消除所有有关偏移、旋转、比例系数、镜像的指令
AMIRROR　X0　Y0　Z0；	可编程的镜像功能，附加于当前的指令上
MIRROR；	不带数值，清除所有有关偏移、旋转、比例系数、镜像的指令

说明：

① MIRROR、AMIRROR 指令要求一个独立的程序段。坐标轴的数值没有影响，但必须要定义一个数值。

② 在镜像功能有效时，已经使用的刀具半径补偿（G41、G42）自动反向。

③ 在镜像功能有效时，旋转方向 G2/G3 自动反向。在不同的坐标轴中，镜像功能对使用的刀具半径补偿和 G2/G3 的影响，如图 6-53 所示。

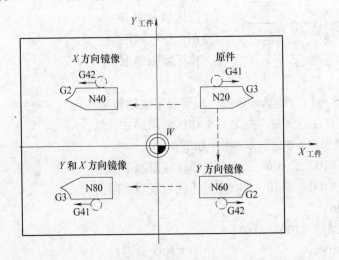

图 6-53　镜像功能举例

2）编程举例如图 6-53 所示。程序如下：

…

N10	G17;	X/Y 平面，Z 面垂直于该平面
N20	L10;	编程的轮廓，带 G41
N30	MIRROR X0;	在 X 轴上改变方向加工
N40	L10;	镜像的轮廓
N50	MIRROR Y0;	在 Y 轴上改变方向加工
N60	L10;	
N70	AMIRROR X0;	在 Y 轴镜像的基础上 X 轴再镜像
N80	L10;	轮廓镜像两次加工
N90	MIRROR;	取消镜像功能

…

2. 坐标轴运动指令

G0、G1 指令的用法与 FANUC 系统中 G00、G01 指令的用法完全相同，在此不再赘述。

（1）圆弧插补：G2/G3 的功能　刀具沿圆弧轮廓从起始点运行到终点。运行方向由 G 功能定义。

G2：顺时针方向圆弧插补。

G3：逆时针方向圆弧插补。

所要求的圆弧可以用不同的方式进行描述，如图 6-54 所示。

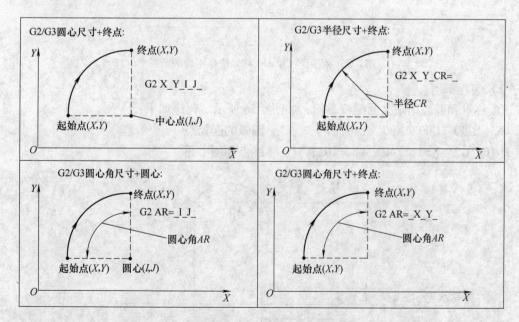

图 6-54　用 G2/G3 进行圆弧编程的方法

G2/G3 是模态指令，一直有效，直到被 G 功能组中其他的指令（G0，G1，…）取代为止。进给速度由编程的进给率决定。

1）编程指令格式如下：

G2/G3　X＿＿＿Y＿＿＿I＿＿＿J＿＿＿；　　　圆弧终点和圆点

G2/G3　CR = ＿＿＿ X ＿＿＿ Y ＿＿＿;　　　　半径和圆弧终点

G2/G3　AR = ＿＿＿ I ＿＿＿ J ＿＿＿;　　　　圆心角和圆心

G3/G3　AR = ＿＿＿ X ＿＿＿ Y ＿＿＿;　　　　圆半角和圆弧终点

其他的圆弧编程方法有：

CT：圆弧用切线连接。

CIP：通过中间点的圆弧。

说明：只有用圆心和终点定义的程序段才可以编制整圆。

用半径定义的圆弧中，"CR = ＿＿＿"的符号用于选择正确的圆弧。使用同样的起始点、终点、半径和相同的方向，可以编制两个不同的圆弧，即圆心角大于180°的圆弧和圆心角小于180°的圆弧，为了区分这两个圆弧，所以"CR ="后可以有正、负符号。"CR = –＿＿＿"中的负号说明圆弧段大于半圆；"CR = +＿＿＿"中的正号说明圆弧段小于或等于半圆。如图6-55所示虚线就是圆弧半径，用同样的半径和起点、终点，可以编制两个不同的圆弧。

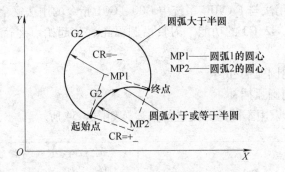

图6-55　使用"CR ="符号选择正确的圆弧

2）编程举例。

① 终点和圆心角定义的编程举例，如图6-56所示。程序如下：

N5　G90　G00　X30　Y40;　　　　　圆弧的起始点

N10　G2　X50　Y40　AR = 105;　　　终点和圆心角

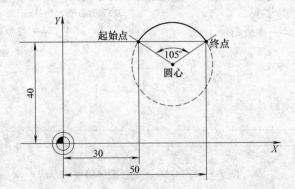

图6-56　终点和圆心角定义的编程举例

② 圆心和圆心角定义的编程举例，如图6-57所示。程序如下：

N5　G90　G0　X30　Y40;　　　　　　圆弧的起始点

N10　G2　I10　J – 7　AR = 105;　　　圆心和圆心角

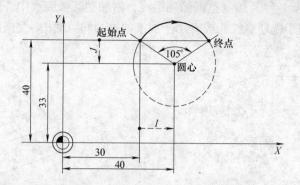

图 6-57　圆心和圆心角定义的编程举例

（2）通过中间点进行圆弧插补 CIP 的功能

1）CIP 功能。如果已经知道圆弧轮廓上 3 个点而不知道圆弧的圆心、半径和圆心角，建议使用 CIP 功能。在此圆弧方向由中间点的位置确定（中间点位于起始点和终点之间）。用 I1、J1、K1 对应着不同的坐标轴，中间点定义如下：

I1 =＿＿用于 X 轴，J1 =＿＿用于 Y 轴，K1 =＿＿用于 Z 轴。

CIP 一直有效，直到被 G 功能组中其他的指令（G0，G1，G2，…）取代为止。

CIP 指令可以用绝对值 G90，增量值 G91 进行数据输入，指令对终点和中间点都有效。

2）编程举例如图 6-58 所示。程序如下：

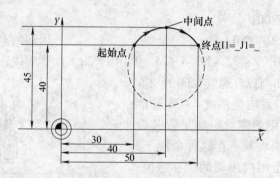

图 6-58　已知终点和中间点的圆弧插补（用 G90）

| N5 | G90 | G00 | X30 | Y40； | 圆弧起始点 |

N5　　G90　G00　X30　Y40；　　　　　　　圆弧起始点
N10　 CIP　X50　Y40　I1 =40　J1 =45；　　终点和中间点

（3）切线过渡圆弧 CT 的功能

1）CT 功能。在当前平面 G17、G18 或 G19 中，使用 CT 功能和编程的终点可以使圆弧与前面的轨迹（圆弧或直线）进行切向连接，如图 6-59 所示。

圆弧的半径和圆心可以从前面的轨迹与编程的圆弧终点之间的几何关系中得出。

2）编程举例，程序如下：

N10　　G1　X ＿＿ F300；　　　　　　　直线
N20　　CT　X ＿＿ Y ＿＿；　　　　　　切向连接的圆弧

（4）螺旋插补 G2/G3、TURN 的功能　螺旋插补由两种运动组成：在 G17、G18 或 G19 平面中进行的圆弧运动加垂直该平面的直线运动。

用指令"TURN =＿＿"编制整圆循环螺线，附加到圆弧编程中，即可加工螺旋线。螺旋插补可以用于铣削螺纹，或者用于加工油缸的润滑油槽。如图6-60所示。

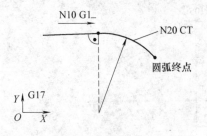

图6-59　圆弧与前段轨迹切向连接　　　　图6-60　螺旋插补

1）编程指令格式如下：

G2/G3 X＿＿ Y＿＿ I＿＿ J＿＿ TURN =＿＿;	圆心和终点，"TURN ="后的数据为螺旋线导程
G2/G3　CR =＿＿ X＿＿ Y＿＿ TURN =＿＿;	圆半径和终点
G2/G3　AR =＿＿ I＿＿ J＿＿ TURN =＿＿;	圆心角和圆心
G2/G3　AR =＿＿ X＿＿ Y＿＿ TURN =＿＿;	圆心角和终点

2）编程举例，程序如下：

N10　G17;	X/Y平面，Z垂直于该平面
N20　G01　Z0　F200;	
N30　G1　X0　Y50　F80;	回起始点
N40　G3　X0　Y0　Z－33　I0　J－25　TURN =3;	螺旋线，导程为3mm

（5）等螺距螺纹切削或攻螺纹G33的功能

该功能要求主轴有位置测量系统。G33功能可以用来加工带等螺距的螺纹，如果刀具合适，可以使用浮动夹头攻丝。在这种情况下，浮动夹具可补偿一定范围内出现的位移差值。如图6-61所示。

钻削深度由坐标轴X、Y或Z定义，螺距由相应的I、J或K值决定。

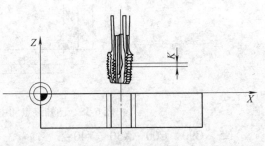

图6-61　用G33攻螺纹

G33一直保持有效，直到被G组中其他的指令取代为止（G0，G1，G2，G3，…）。

1）RH或LH螺纹（右旋或左旋螺纹）。RH或LH螺纹由主轴的旋转方向确定：M3为顺时针旋转；M4为逆时针旋转。要求在地址S下编制速度值，或者设定一个转速。

说明：标准循环（CYCLE840）提供一个完整的带补偿夹具的攻丝循环，可选用。

2）编程举例。米制螺纹的公称直径为5mm，查表得螺距为0.8mm，螺纹底孔已钻好。程序如下：

N10　G54　G0　G90　X10　Y10　Z5　S200　M3;	回起始点，主轴顺时针旋转
N20　G33　Z－25　K0.8;	攻螺纹，终点为－25mm

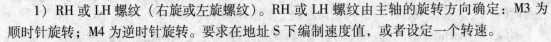

N40　Z5　K0.8　M4；　　　　　　　　　　退出，主轴逆时针旋转

N50　G0　X____　Y____　Z____；

3）轴速度。用 G33 功能编程攻螺纹，加工螺纹的轴速度由主轴速度和螺距决定。不能超越快速参数设定值，此时进给率 F 不起作用。但是，该进给率仍保持存储状态。

注意：在加工螺纹期间主轴速度倍率开关不得改变，在此程序段中进给倍率开关也不起作用。

（6）螺纹插补 G331、G332 的功能　G331、G332 指令要求主轴必须是位置控制的主轴，且具有位置测量系统。如果主轴和坐标轴的动态性能许可，可以用 G331、G332 进行不带补偿夹具的螺纹切削。

使用 G331、G332 指令和补偿夹具时，补偿夹具产生的位移量会减少，从而可以进行高速攻螺纹。如图 6-62 所示。

用 G331 加工螺纹，用 G332 退刀。

攻螺纹深度由一个轴指令（X、Y 或 Z 轴）定义；螺距则由相应的 I、J 或 K 指令定义。

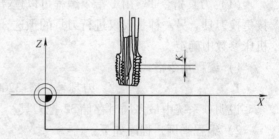

在 G332 中编程的螺距与在 G331 中编程的螺距一样，主轴自动反向。

主轴转速用 S 编程，不带 M3、M4。

在攻螺纹之前，必须用 "SPOS =____" 指令使主轴处于位置控制运行状态。

图 6-62　用 G331、G332 攻螺纹

1）右旋螺纹或左旋螺纹。螺距的符号确定主轴方向，即

　　　　　　正：右旋（同 M3）；　　　　反：左旋（同 M4）

说明：LCYC84 标准循环提供了一个完整的带螺纹插补的攻丝循环，可选用。

2）坐标轴速度。G331、G332 中在加工螺纹时坐标轴速度由主轴转速和螺距确定，而与进给率 F 没有关系，进给率 F 处于存储状态。此时，机床数据中规定的最大轴速度（快速移动速度）不允许超过。否则会产生一报警。

3）编程举例。公制螺纹的公称直径为 10mm，螺距为 1.5mm，孔已经预钻好。程序如下：

N5　G54　G0　G90　X10　Y10　Z5；　回起始点

N10　SPOS = 0；　　　　　　　　　　主轴处于位置控制状态

N20　G331　Z－25　K1.5　S300；　　攻螺纹，K 为正，表示主轴右旋，终点为－25mm

N40　G332　Z5　K1.5；　　　　　　　退刀

N50　G0　X____　Y____　Z____；

（7）返回固定点 G75 的功能　用 G75 指令可以返回到机床中某个固定点，比如换刀点。固定点位置固定地存储在机床数据中，它不会产生偏移。每个轴的返回速度都是快速移动速度。

G75 需要一独立程序段，且程序段方式有效。机床坐标轴的名称必须要编程！

在 G75 之后的程序段中原先"插补方式"组中的 G 指令（G0，G1，G2，…）将再次生效。

编程举例如下：

N10　G75　X＝0　Y＝0　Z＝0;

（8）回参考点 G74 的功能　用 G74 指令实现 NC 程序中返回参考点功能，每个轴的方向和速度存储在机床数据中。

G74 需要一独立程序段，且程序段方式有效。机床坐标轴的名称必须要编程。

在 G74 之后的程序段中原先"插补方式"组中的 G 指令（G0，G1，G2，…）将再次生效。

编程举例如下：

N10　G74　X1＝0　Y1＝0　Z1＝0;

说明：程序段中 X1、Y1 和 Z1（在此 ＝0）下编程的数值不识别，必须写入。

3. 刀具和刀具补偿

（1）刀具指令 T　用 T 指令编程可以选择刀具。有两种方法来执行：一种是用 T 指令直接更换刀具。另一种是仅仅进行刀具的预选，换刀还必须由 M6 来执行。具体用哪一种，在机床参数中确定。

1）编程指令格式如下：

T ____;　　　　　　　　刀具号：1～32000，T0 表示没有刀具

说明：系统中最多同时存储 32 把刀具。

2）编程举例，程序如下：

①不用 M6 更换刀具：

N10　T1;　　　　　　　　刀具 1

…

N70　T588;　　　　　　　刀具 588

②用 M6 更换刀具：

N10　T14;　　　　　　　预选刀具 14

N15　M6;　　　　　　　执行刀具更换，然后 T14 有效

…

（2）刀具补偿 D　一个刀具可以匹配 1～9 个不同补偿的数据组（用于多个切削刃）。用 D 指令及其相应的序号可以编制一个专门的切削刃，如图 6-63 所示。

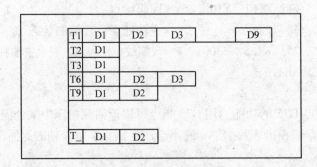

图 6-63　刀具补偿号匹配举例

如果没有编写 D 指令，则 D1 自动生效；如果编程时为 D0，则刀具补偿值无效。

说明：系统中最多可以同时存储 64 个刀具补偿数据组。

1）编程指令格式如下：

D ____;　　　　　　　刀具补偿号：1~9

D0;　　　　　　　　　补偿值无效

说明：刀具更换后，程序中调用的刀具长度补偿、半径补偿立即生效；如果没有编程 D 指令，则 D1 值自然生效。编程的长度补偿先执行，对应的坐标轴也先运行。

刀具半径补偿必须与 G41、G42 一起执行。

2）编程举例，程序如下：

① 不用 M6 更换刀具（只用 T）：

N5　G17;　　　　　　确定待补偿的平面

N10　T1;　　　　　　刀具 1，补偿值 D1 值生效

N11　G0　Z ____;　　在 G17 平面中，Z 是刀具长度补偿，长度补偿在此覆盖

N50　T4　D2;　　　　更换刀具 4，T4 中 D2 值生效

…

N70　G0　Z ____ D1;刀具 4 中 D1 值生效，在此仅更换切削刃

② 用 M6 更换刀具：

N5　G17;　　　　　　确定待补偿的平面

N10　T1;　　　　　　预选刀具

…

N15　M6;　　　　　　更换刀具，T1 中 D1 值生效

N16　G0　Z ____;　　在 G17 平面中，Z 是刀具长度补偿，长度补偿在此覆盖

…

N20　G0　Z ____ D2;刀具 1 中 D2 值生效，D1→D2 长度补偿的差值在此覆盖

N50　T4;　　　　　　刀具预选 T4，注意：T1 中 D2 仍然有效

…

N55　D3　M6;　　　　更换刀具，T4 中 D3 值生效

…

在补偿存储器中有如下内容：

① 几何尺寸、长度、半径。几何尺寸由基本尺寸和磨损尺寸组成。控制器处理这些尺寸，计算并得到最后尺寸（比如：总和长度、总和半径）。在接通补偿存储器时这些最终尺寸有效。

由刀具类型指令和 G17、G18 和 G19 指令确定如何在坐标轴中计算出这些尺寸值，如图 6-64 所示。

② 刀具类型。由刀具类型可以确定需要哪些几何参数以及怎样进行计算（铣刀或钻头，如图 6-65 和图 6-66 所示。）

刀具的特殊情况：在铣刀和钻头刀具型号中，长度 2 和长度 3 的参数仅用于特殊情况（比如弯头结构的多尺寸长度补偿）。

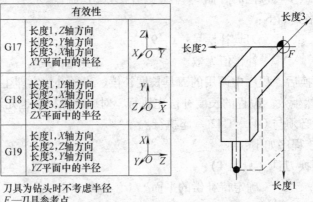

有效性		
G17	长度1, Z轴方向 长度2, Y轴方向 长度3, X轴方向 XY平面中的半径	
G18	长度1, Y轴方向 长度2, X轴方向 长度3, Z轴方向 ZX平面中的半径	
G19	长度1, X轴方向 长度2, Z轴方向 长度3, Y轴方向 YZ平面中的半径	

刀具为钻头时不考虑半径
F—刀具参考点

图 6-64　3 维刀具长度补偿有效

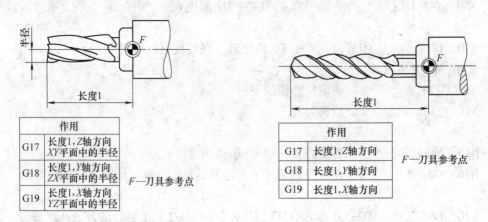

作用	
G17	长度1, Z轴方向 XY平面中的半径
G18	长度1, Y轴方向 ZX平面中的半径
G19	长度1, X轴方向 YZ平面中的半径

F—刀具参考点

图 6-65　铣刀所要求的补偿参数

作用	
G17	长度1, Z轴方向
G18	长度1, Y轴方向
G19	长度1, X轴方向

F—刀具参考点

图 6-66　钻头所需求的补偿参数

（3）刀具半径补偿 G41、G42　刀具在所选择的平面 G17～G19 平面中带刀具半径补偿工作。刀具必须有相应的 D 补偿号才能有效。刀具半径补偿通过 G41/G42 生效。控制器自动计算出当前刀具运行所产生的、与编程轮廓等距离的刀具轨迹。

1）编程指令如图 6-67 所示。程序如下：

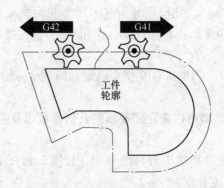

图 6-67　刀补在工件轮廓左边/右边有效

G41　G0/G1　X ＿＿＿ Y ＿＿＿；　　　　刀补在工件轮廓左边有效

G42　G0/G1　X ＿＿＿ Y ＿＿＿；　　　　刀补在工件轮廓右边有效

说明：只有在线性插补时（G0，G1）才可以进行 G41/G42 的补偿。编制两个坐标轴（比如 G17 平面：X，Y），如果只给出一个坐标轴的尺寸，则第二个坐标轴自动地以上次编程的尺寸赋值。

刀具补偿时刀具以直线方式走向轮廓，并在轮廓起始点处与轨迹切向垂直。正确地选择起刀点，保证刀具运行不发生碰撞至关重要。

说明：通常情况下，在 G41、G42 程序段之后会紧接着工件轮廓的第一个程序段。

2）编程举例如图 6-68 所示。程序如下：

N10　T ＿＿＿；

N20　G17　D2；　　　　　　　　　　　补偿号为 2

N25　G1　X ＿＿＿ Y ＿＿＿ F300；　　P0 为刀补前起始点

N30　G1　G42　X ＿＿＿ Y ＿＿＿；　　工件轮廓右边补偿，运行到 P1 点

N31　X ＿＿＿ Y ＿＿＿；　　　　　　起始轮廓，圆弧或直线指令

…

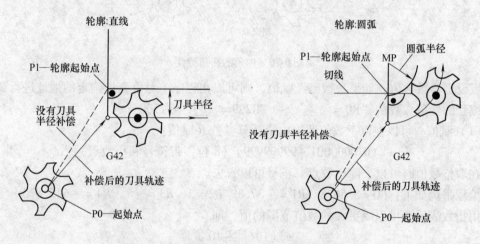

图 6-68　G42 刀具半径补偿举例

（4）取消刀具半径补偿 G40　用 G40 取消刀具半径补偿。

（5）拐角特性 G450、G451　在 G41、G42 有效的情况下，一段轮廓到另一段轮廓以不连续的拐角过渡时，可以通过 G450 和 G451 功能调节拐角特性。

控制器自动识别内角和外角。对于铣削内角，系统控制刀具走到轨迹等距线交点。然后执行下一个程序段。内、外角的拐角特性如图 6-69 和图 6-70 所示。

编程指令格式如下：

G450；　　　　　圆弧过渡

G451；　　　　　交点

4. 计算参数 R

一个数控程序不仅仅适用于常数下的加工，有时还可以用变量计算出数值进行加工，这种情况可以使用计算参数。在程序运行时由控制器计算或设定所需要的数值，也可以通过操

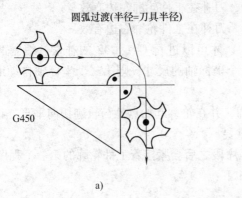 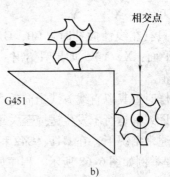

a)　　　　　　　　　　　　　　　b)

图 6-69　外角的拐角特性

a）G450　b）G451

图 6-70　内角的拐角特性

作面板设定参数数值。如果参数已经赋值，则可以在程序中对由变量确定的地址进行赋值。

编程的变量参数从"R0 = ____" ~ "R299 = ____"共 300 个。

（1）赋值　可以在以下数值范围内给计算参数 R 赋值：

$$± （0.0000001 ~ 99999999）（8 位，带符号和小数点）$$

在取整数值时可以去除小数点。正号可以省去。

编程举例如下：$R0 = 3.5678$　$R1 = -37.3$　$R2 = 2$　$R3 = -7$　$R4 = -645.872$

用指数表示法可以赋更大的数值范围的值，即

$$± （10^{-300} ~ 10^{+300}）$$

指数数值写在"EX"符号之后，最大符号数为 10（包括符号和小数点）；EX 值范围为 $-300 ~ +300$。

例如：

R0 = -0.1EX -5;　　　　　　意义：R0 = -0.000001

R1 = 1.874EX8;　　　　　　意义：R1 = 187400000

说明：一个程序段中可以有多个赋值语句，也可以用计算表达式赋值。

（2）给其他的地址赋值　通过给其他的 NC 地址分配计算参数或参数表达式，可以增加 NC 程序的通用性。可以用数值、算术表达式或 R 参数对任意 NC 地址赋值，但对地址 N、G 和 L 例外。

赋值时在地址符之后写入符号" ="。赋值语句也可以赋值一负数。给坐标轴地址（运行指令）赋值时，要求有一独立的程序段。

例如：

N10　G0　X = R2;　　　　　　　　　给 X 轴赋值

（3）参数的计算　在计算参数时也遵循通常的数学运算法则。圆括号内的运算优先进行。另外，乘法和除法运算优先于加法和减法运算。

角度计算单位为度（°）。

1）R 参数编程举例如下：

N10　R1 = R1 + 1;　　　　　　　由原来的 R1 加上 1 后得到新的 R1

N20　R1 = R2 + R3　　R4 = R4 − R6　　R7 = R8 ∗ R9　　R10 = R11/R12

N30　R13 = SIN（25.3）;　　　　R13 等于正弦 25.3°

N40　R14 = R1 ∗ R2 + R3;　　　乘法和除法运算优先于加法和减法运算

N50　R14 = R3 + R2 ∗ R1;　　　与 N40 一样的含义

N60　R15 = SQRT（R1 ∗ R1 + R2 ∗ R2）; 意义：$R15 = \sqrt{(R1)^2 + (R2)^2}$

2）坐标轴赋值编程举例如下：

N10　G1　G91　X = R1　Z = R2　F300;

N20　Z = R3;

N30　X = − R4;

N40　Z = − R5;

…

5. 程序跳转

（1）标记符　标记符或程序段号用于标记程序中跳转的目标程序段，用跳转功能可以实现程序运行分支。标记符可以自由选取，但必须由 2~8 个字母或数字组成，其中开始两个符号必须是字母或下划线。跳转目标程序段中标记符后面必须为冒号。标记符位于程序段段首。如果程序段有段号，则标记符紧跟着段号。在一个程序段中，标记符不能含有其他意义。

编程举例如下：

N10　MARKE1：G1　X20;　　　　　MARKE1　为标记符，跳转目标程序段

…

TR789：G0　X10　Z20;　　　　　　TR789 为标记符，跳转目标程序段没有段号

N100…;　　　　　　　　　　　　程序段号可以是跳转目标

（2）绝对跳转　NC 程序在运行时以写入时的顺序来执行程序段。程序在运行时，可以通过插入程序跳转指令改变执行顺序。跳转目标只能是有标记符的程序段，此程序段必须位于该程序之内。绝对跳转指令必须占用一个独立的程序段。

绝对跳转指令见表6-4，格式如下：

GOTOF　Label;　　　　　向前跳转

GOTOB　Label;　　　　　向后跳转

表 6-4　绝对跳转指令

AWL	说　明
GOTOF	向前跳转（向程序结束的方向跳转）
GOTOB	向后跳转（向程序开始的方向跳转）
Label	所选的字符串用于标记符或程序段号

（3）有条件跳转　用 IF 条件语句表示有条件跳转。如果满足跳转条件（也就是值不等于零），则进行跳转。跳转目标只能是有标记符的程序段。该程序段必须在此程序之内。

条件跳转指令要求一个独立的程序段。在一个程序段中可以有许多个条件跳转指令。

使用了条件跳转后有时会使程序得到明显的简化。

有条件跳转指令见表 6-5，格式如下：

IF 条件　GOTOF　Label；　　　　　向前跳转

IF 条件　GOTOB　Label；　　　　　向后跳转

表 6-5　有条件跳转指令

AWL	说　　明
GOTOF	向前跳转（向程序结束的方向跳转）
GOTOB	向后跳转（向程序开始的方向跳转）
Label	所选的字符串用于标记符或程序段号
IF	跳转条件导入符
条件	作为条件的计算参数，计算表达式

用比较运算（见表 6-6）表示跳转条件，计算表达式也可用于比较运算。

表 6-6　比较运算

运　算　符	意　　义
=	等于
< >	不等
>	大于
<	小于
> =	大于或等于
< =	小于或等于

比较运算的结果有两种：一种为"满足"，另一种为"不满足"。"不满足"时，运算结果值为零。

比较运算编程举例如下：

R1 > 1；　　　　　　　　R1 大于 1

1 < R1；　　　　　　　　1 小于 R1

R1 < R2 + R3；　　　　　R1 小于 R2 加 R3

R6 > = SIN（R7 * R7）；　R6 大于或等于 SIN（R7）^{2}

有条件跳转编程举例如下：

N10　IF　R1　GOTOF　MARKE1；　　　R1 不等于零时，跳转到 MARKE1 程序段

…

N100　IF　R1 > 1　GOTOF　MARKE2；　　R1 大于 1 时，跳转到 MARKE2 程序段

…

N800　IF　R45 = R7 + 1　GOTOB　MARKE3；　R45 等于 R7 加 1 时，跳转到 MARKE3

程序段

...

一个程序段中有多个条件跳转的情况如下:

...

N20　IF　R1 = 1　GOTOB　MA1　IF　R1 = 2　GOTOF　MA2;

说明: 第一个条件实现后就进行跳转。

(4) 程序跳转举例　圆弧上点的移动如图6-71所示。已知:

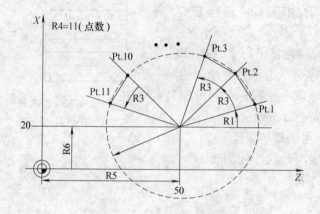

图6-71　圆弧上点的移动

起始角:	30°	R1
圆弧半径:	32mm	R2
位置间隔:	10°	R3
点数:	11	R4
圆心位置, Z 轴方向:	50mm	R5
圆心位置, X 轴方向:	20mm	R6

程序如下:

N10　R1 = 30　R2 = 32　R3 = 10　R4 = 11　R5 = 50　R6 = 20;　　赋初始值

N20　MA1: G0　Z = R2 ∗ COS (R1) + R5　X = R2 ∗ SIN (R1) + R6;　　坐标轴地址的
　　　　　　　　　　　　　　　　　　　　　　　　　　　　　　　　　　　计算及赋值

N30　R1 = R1 + R3　R4 = R4 − 1;

N40　IF　R4 > 0　GOTOB　MA1;

N50　M2;

说明: 在程序段 N10 中给相应的计算参数赋值。在 N20 中进行坐标轴 X 和 Z 的数值计算并进行赋值。在程序段 N30 中 R1 增加 R3 角度, R4 减小数值 1。在 N40 程序中, 如果 R4 > 0, 则重新执行 N20, 否则运行 N50。

6. 子程序

原则上讲主程序和子程序之间并没有区别。用子程序编写经常重复进行的加工, 比如某一确定的轮廓形状。子程序位于主程序中适当的地方, 在需要时进行调用、运行, 可简化程序编写。

（1）子程序的结构　子程序的结构与主程序的结构一样，子程序也是在最后一个程序段中用M2 结束运行，子程序结束后返回主程序。

子程序结束除了用 M2 指令外，还可以用 RET 指令。RET 指令要求占用一个单独的程序段，不能和其他内容写在同一行。用 RET 指令结束子程序，返回主程序时不会中断 G64 连续路径运行方式，用 M2 指令则会中断 G64 运行方式，并进入停止状态。

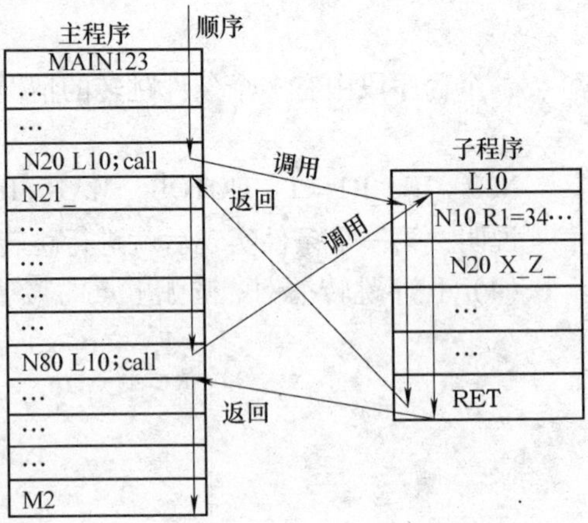

图 6-72　两次调用子程序的示意图

如图 6-72 所示是两次调用子程序的示意图。

（2）子程序程序名　为了方便地调用某一子程序，必须给子程序取一个程序名。程序名可以自由选取，但必须符合以下规定：

1）开始两个符号必须是字母。

2）其他符号为字母、数字或下划线。

3）最多 16 个字符。

4）没有分隔符。

其方法与主程序中程序名的选取方法一样。例如：FRAME7。

另外，在子程序中还可以使用地址字"L ___"，其中的值可以有 7 位（只能为整数）。

注意：地址字 L 之后的每个零均有意义，不可省略。例如：L128 并非 L0128 或 L00128，以上表示 3 个不同的子程序。

说明：子程序名 L6 专门用于刀具更换。

（3）子程序调用。在一个程序中（主程序或子程序）可以直接用程序名调用子程序。子程序调用要求占用一个独立的程序段。

例如：

N10　L785；　　　　　　　　　　调用子程序 L758

N20　LFRAME7；　　　　　　　　调用子程序 LFRAME7

（4）程序重复调用次数（P ___）　　如果要求多次连续地执行某一子程序，在编程时必须在所调用子程序的程序名后地址 P 下写入调用次数，最大次数可以为 9999，即 P1 ～ P9999。

例如：

N10　L785　P3；　　　　　　　　调用子程序 L785，运行 3 次

7. 调用固定循环

循环是指用于特定加工过程的工艺子程序，比如用于钻孔、铣槽切削或螺纹切削等。用于各种具体加工过程时，只要改变循环参数就可以。编辑程序时在面板上调用相应的循环指令，根据图形显示，修改参数即可。按确认键，需要的参数即传送进入程序。

编程举例如下：

N10　CALL　CYCLE83（5，3，…）；　　　　调用循环 83，单独程序段

…

有关固定循环的指令，请见表 6-3。在系统程序管理窗口下，按循环键，显示系统所有循环指令。在编辑时调用所要求的循环指令，然后输入参数即可。

在有 MCALL 指令的程序段中调用子程序，如果其后的程序段中含有轨迹运行，则子程序会自动调用。该调用一直有效，直到执行下一个程序段。

MCALL 指令是模态调用子程序的程序段，模态调用结束也用 MCALL 指令。它们都需要一个独立的程序段。

用 MCALL 指令可方便地加工各种形状排列的孔，如：多排行孔、圆周孔等，如图 6-74和图 6-75 所示。

（1）CYCLE82 编程格式（见图 6-73）

CYCLE82（RTP，RFP，SDIS，DP，DPR，DTB）

RTP	返回平面（绝对值）
RFP	参考平面（绝对值）
SDIS	安全距离
DP	最终钻深（绝对值）
DPR	相对参考平面的最终钻深
DTB	钻深断屑暂停时间

（2）排孔 HOLES1 编程格式（见图 6-74）

HOLES1（SPCA，SPCO，STA1，FDIS，DBH，NUM）

SPCA	参考点横坐标
SPCO	参考点纵坐标
STA1	孔中心轴线与横轴角度
FDIS	从参考点到第一孔的距离
DBH	孔间距
NUM	孔数

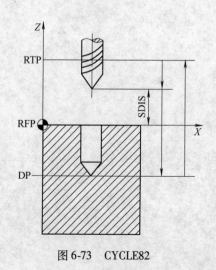

图 6-73　CYCLE82

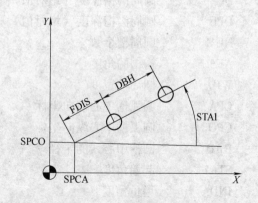

图 6-74　排孔 HOLES1

（3）圆周孔 HOLES2 编程格式（见图 6-75）

HOLES2（CPA，CPO，RAD，STA1，INDA，NUM）

CPA	圆周孔中心的横坐标
CPO	圆周孔中心的纵坐标
RAD	圆周孔的半径
STA1	起始角度
INDA	孔的角度增量
NUM	孔数

（4）铣模式 SLOT2 编程格式（见图 6-76）

SLOT2（RTP，RFP，SDIS，DP，DPR，NUM，AFSL，WID，CPA，CPO，RAD，STA1，INDA，FFD，FFP1，MID，CDIR，FAL，VARL，MIDF，FFP2，SSF）

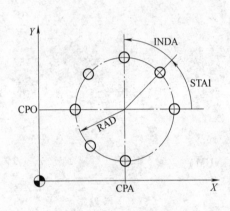

图 6-75　圆周孔 HOLES2

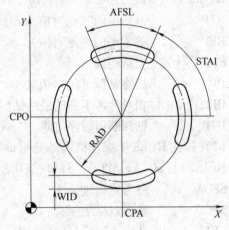

图 6-76　铣模式 SLOT2

RTP	返回平面（绝对值）
RFP	参考平面（绝对值）
SDIS	安全距离
DP	圆周沟槽深度（绝对值）
DPR	圆周沟槽深度（增量值）
NUM	圆周槽个数
AFSL	沟槽的角度
WID	圆周槽宽度
CPA	圆弧槽中心横向坐标
CPO	圆弧槽中心纵向坐标
RAD	圆槽中心线的半径
STA1	起始角度
INDA	增量角度
FFD	Z 向进给率
FFP1	切削进给率
MID	每次切削进给的最大进给深度
CDIR	沟槽铣削方向（2：G2，3：G3）

FAL　　　　精加工余量

VARL　　　加工：完全/粗加工/精加工

MIDF　　　精加工深度

FFP2　　　精加工进给率

SSF　　　　精加工的转速

（5）编程举例　行孔钻削编程举例如下：

N10　MCALL　CYCLE82（…）；　　　钻削循环 82

N20　HOLES1（…）；　　　　　　　行孔循环，在每次到达孔位置之后，使用传送参数执行

　　　　　　　　　　　　　　　　　　CYCLE82（…）循环

N30　MCALL；　　　　　　　　　　结束 CYCLE82（…）的模态调用

第四节　数控铣削加工编程综合实例

一、FANUC 铣削系统的编程实例

例 6-1　凸轮零件如图 6-77 所示，毛坯材料为 45 钢，直径为 ϕ100mm，毛坯厚度为 6mm，进行工艺分析、编写其加工程序，并加工出合格零件。

1. 图样分析

该凸轮轮廓由一段 R50mm 的圆弧（FGE）、两段 R20mm 的圆弧（AF 和 DE）、一段 R30mm 的圆弧（BC）和两段直线（AB 和 CD）构成，凸轮厚 6mm，材料为 45 钢。零件毛坯是一个圆形毛坯，在普通车床已粗车外圆至直径 110mm，两平面（间距 6mm）及中心的孔已加工出来。

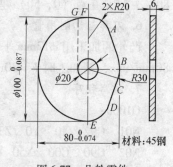

图 6-77　凸轮零件

2. 选择加工机床

单件的凸轮加工，用立式数控铣床较为合适，选用 J425 数控铣床。

3. 加工工序的划分

该凸轮的材料为 45 钢，毛坯直径为 110mm，材料的切削量不大，铣刀沿凸轮的轮廓铣削一圈即可完成加工，加工时用两道工序。第一道工序是粗铣凸轮轮廓，第二道工序是精铣，精铣时凸轮的径向切削余量为 0.5mm。编程时只用一个程序，只不过在粗加工时设刀具的半径比实际半径值大 0.5mm。精加工时再改为实际值。

4. 零件的装夹方式与夹具

因凸轮的外轮廓要加工，而凸轮的设计基准是 ϕ20mm 的孔的轴线，用台虎钳和压铁都不适合，故设计一个专用夹具，如图 6-78 所示。

用一个定位心轴对工件毛坯进行定位，用螺栓压紧工件，工件毛坯下有一垫铁将工件托起 10mm，以防刀具和工作台相碰，夹具底板放在铣床的工作台上，用压铁固定。

5. 编程坐标系、坐标与进给路线

为计算方便，编程坐标系零点设在凸轮毛坯轴心表面处，如图 6-79 所示。

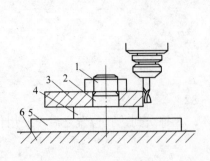

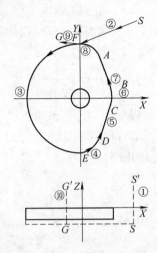

图 6-78　凸轮加工夹具

1—螺栓　2—定位心轴　3—工件
4—垫块　5—底板　6—机床工作台

图 6-79　编程坐标系与进给路线

各点坐标计算如下：

A（18.856，36.667）、B（28.284，10.00）、C（28.284，-10）、D（18.856，-36.667）。

进给路线从工件毛坯上方 35mm 处的 S 点（50，80，35）起刀，垂直进刀到 S 点（58，80，-7），在点（0，50）建立刀具半径补偿，随后沿图中所标的工序数路线进行加工。

6. 刀具与切削用量

凸轮的加工用 ϕ12mm 平底立铣刀，主轴转速为 $S = 800$r/min，粗加工时进给速度 $F = 80$mm/min，精加工时 $F = 30$mm/min。

7. 编写程序

O1000；

N01　G92　X0　Y0　Z35；

N02　G90　G00　X50　Y80；

N03　G01　Z-7.0　M03　F200　S800；

N04　G01　G42　X0　Y50　D01　F80；

N05　G03　Y-50　J-50；

N06　G03　X18.856　Y-36.667　R20.0；

N07　G01　X28.284　Y-10.0；

N08　G03　X28.284　Y10.0　R30.0；

N09　G01　X18.856　Y36.667；

N10　G03　X0　Y50　R20；

N11　G01　X-10；

N12　Z35.0　F200；

N13　G00　X0　Y0　M05；

N14　M30；

例 6-2 如图 6-80 所示，零件上有 4 个形状、尺寸相同的方槽，槽深 4mm，槽宽 8mm，末圆角半径为 R5，试用子程序编程。

设工件坐标系位于工件上表面左下角，ϕ8mm 端铣刀具的初始位置在工件坐标系的（0，0，300）处，程序编制如下：

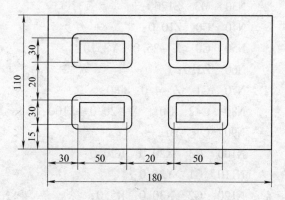

图 6-80　铣四个槽

```
O0001（主程序）
N10   G92   X0   Y0   Z300；
N15   G90；
N20   G00   X30   Y15   Z5；
N30   G91   S600   M03   M07；
N40   M98   P0002；
N50   G00   X70；
N60   M98   P0002；
N70   G00   X–70   Y50；
N80   M98   P0002；
N90   G00   X70；
N100  M98   P0002；
N110  M05   M09；
N120  G90   G00   X0   Y0   Z300；
N130  M02；
O0002（子程序）
N10   G01   Z–9   F50；
N20   X50   F150；
N30   Y30；
N40   X–50；
N50   Y–30；
N60   G00   Z9；
N70   M99；
```

二、SIEMENS 铣削系统的编程实例

例 6-3 加工如图 6-81 所示零件的内槽，试编写加工程序。

1. 零件分析

零件对槽有较高要求，所以不能选用与槽宽相等的铣刀，这样可以避免由于刀具原因产生的超差，现选用 ϕ8mm 的键槽铣刀。选择工件上表面中心为工件坐标系原点。

2. 程序编制

%____ N____ CHX1____ MPF（程序名）

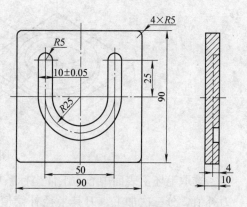

图 6-81　检验用 U 形槽零件图

N10　G54　G90　G0　X0　Y0；

N20　G0　Z50.0；

N30　M3　S1200；

N40　G0　Z10.0；

N50　G0　X－25.0　Y25.0；

N60　Z2.0；

N70　G1　Z－4.0　F80；

N80　G42　G01　X－20.0　F100；

N90　G1　Y0

N100　G3　X20.0　R20.0；

N110　G1　Y25.0；

N120　G2　X30.0　R5.0；

N130　G1　Y0.0；

N140　G2　X－30.0　R－30.0；

N150　G1　Y25.0；

N160　G2　X－25.0　Y20.0　I5.0；

N170　G1　Z2.0　F500；

N180　G40；

N190　G0　Z150.0；

N200　M5；

N210　M30；

例 6-4 零件如图 6-82 所示，毛坯为 120mm×120mm×10mm 方料，材料为硬铝，要求编程并加工凸台的内外轮廓。

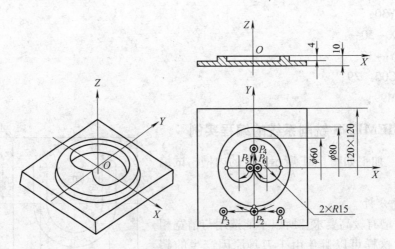

图 6-82　心形凸台

选取毛坯上表面中心为工件坐标系原点，选用 φ16mm 立铣刀，使用同一个程序，修改刀补值，分三次加工，刀具半径补偿值 D01 依次为 40mm、23mm、8mm，D02 依次设定为 9mm、8.5mm、8mm。

外轮廓加工采用刀具半径左补偿，沿圆弧切线方向切入 $P_1 \rightarrow P_2$，切出时也沿切线方向 $P_2 \rightarrow P_3$。内轮廓加工采用刀具半径右补偿，$P_4 \rightarrow P_5$ 为切入段，$P_6 \rightarrow P_4$ 为切出段。外轮廓加工完毕取消刀具半径左补偿，待刀具至 P_4 点，再建立半径右补偿。程序如下：

```
%____ N ____ CHX3 ____ MPF（程序名）；
N10   G54；
N20   G17  G21  G90；
N30   M3  S800；
N40   G0  Z50.0；
N50   G0  X100.0  Y100.0；
N60   G42  G1  X20.0  Y－40.0  F100  D1；
N70   G1  Z－4.0；
N80   X0  Y－40.0；
N90   G2  X0  Y－40.0  I0  J40.0；
N100  G1  X－20.0；
N110  G0  Z50.0；
N120  G40  G1  X－30.0  Y10.0  F100；
N130  G1  X0  Y15.0；
N150  G1  Z－4.0；
N160  G42  G1  X0  Y0  D2；
N170  G2  X－30.0  Y0  I－15.0  J0；
N180  G2  X30.0  Y0  I30.0  J0；
N190  G2  X0  Y0  I－15.0  J0；
N200  G1  G40  X0  Y15.0；
N210  G0  Z100.0  M5；
N220  M2；
```

本 章 小 结

本章讲述了 FANUC 铣削系统和 SIEMENS 铣削系统的编程指令和编程方法，本章的重点是编制 FANUC 系统和 SIEMENS 系统数控铣削程序，本章的难点是这两种系统在编程时指令用法的差别。

思考与训练

一、判断题

1. 铣削时，铣刀切入工件时的切削速度方向和工件的进给方向相反，这种铣削方式称为顺铣。（　　）

2. 不对称逆铣的铣削特点是刀齿以较小的切削厚度切入，又以较大的切削厚度切出。（　　）

3. 在编程时，要尽量避免法向切入和进给中途停顿，防止在零件表面留下划痕。（　　）

4. 钻中心孔时不宜选择较高的机床主轴转速。（　　）

5. 粗加工时，加工余量和切削用量均较大，因此会使刀具磨损加快，所以应选用以润滑为主的切削液。（　　）

6. 机床在实际加工时不论是工件运动还是刀具运动，在确定编程坐标时，一般看作刀具相对静止，工件产生运动。（　　）

7. 如果单轴移动的定位精度为 0.010mm，那么移动该轴加工两个孔，孔距误差可在 0.011mm 以内。（　　）

8. 刀具补偿的建立和取消在任何程序段中都可以实现。（　　）

9. 对刀点可以选在零件上、夹具上或机床上，该点必须与程序零点有确定的坐标位置。（　　）

10. 在轮廓铣削加工中，若采用刀具半径补偿指令编程，刀具补偿的建立与取消应在轮廓上。（　　）

二、选择题

1. 通常切削温度随着切削速度的提高而增高。当切削速度增高到一定程度后，切削温度将随着速度的进一步增加而（　　）。

A. 开始降低　　B. 继续增高　　C. 保持恒定不变　　D. 开始降低，然后趋于平缓

2. （　　）夹紧机构不仅结构简单，容易制造，而且自锁性能好，夹紧力大，是夹具上用得最多的一种夹紧机构。

A. 斜楔形　　B. 螺旋　　C. 偏心　　D. 铰链

3. 刀具刀位点相对于工件运动的轨迹称为加工路线，加工路线是编写程序的依据之一。下列叙述中，（　　）不属于确定加工路线时应遵循的原则。

A. 加工路线应保证被加工零件的精度和表面粗糙度

B. 使数值计算简单，减少编程工作量

C. 应使加工路线最短，这样既可以使程序简短，又可以减少进给时间

D. 对于既有铣面又有镗孔的零件，可先铣面后镗孔

4. 在数控铣床上加工零件，应按（　　）的原则划分工序。

A. 工步分散　　B. 工步集中　　C. 工序分散　　D. 工序集中

5. 加工工件的程序中，G00 代替 G01，数控铣床会（　　）。

A. 报警　　B. 停机　　C. 继续加工　　D. 改正

6. 数控铣床加工过程中，按了"紧急停止"按钮后，应（　　）。

A. 排除故障后接着走　　B. 手动返回参考点

C. 重新装夹工件　　D. 重新上刀

7. 数控机床中，代码 G53 的含义是（　　）。

A. 局部坐标系设定　　B. 工件坐标系预定

C. 机床坐标系设定　　D. 选择工件坐标系

8. 数控机床中，可以用来调用一个子程序的指令是（　　）。

A. M97　　B. M68　　C. M99　　D. M98

9. 铣削凹球面时，铣刀刀尖回转半径应（　　）球面半径。

A. >　　B. =　　C. <　　D. ≥

10. 数控机床的编程基准是（　　）。

A. 机床零点　　B. 机床参考点　　C. 工件零点　　D. 机床参考点及工件零点

三、编程题

1. 零件如图 6-83 所示，编写数控加工程序。

2. 零件如图 6-84 所示，编写数控加工程序。

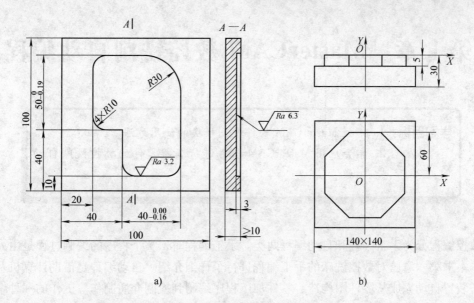

图　6-83

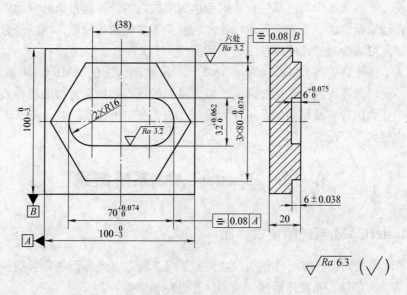

图　6-84

第七章　MasterCAM 数控铣削自动编程

> 学习目标：1. 掌握 MasterCAM 软件铣削模块的使用方法。
> 　　　　　2. 学会应用 MasterCAM 软件进行二维零件的数控铣削自动
> 　　　　　　编程。

数控编程分为手工编程和自动编程两类。手工编程时，整个程序的编制过程是由人工完成的，本书第六章已对数控铣床的手工编程进行了详细介绍。自动编程是借助计算机及其外围设备装置自动完成从零件图构造、零件加工程序编制到控制介质制作等工作的一种编程方法。目前，除工艺处理仍主要依靠人工进行外，编程中的数学处理、编写程序单、制作控制介质、程序校验等各项工作均已通过自动编程达到了较高的计算机自动处理的程度。与手工编程相比，自动编程解决了手工编程难以处理的复杂零件的编程问题，既减轻劳动强度、缩短编程时间，又可减少差错，使编程工作更加简便。

MasterCAM 软件是美国 CNC SoftWsre INC 公司所研制开发的 CAD/CAM 系统，自 1984年诞生以来，就以其强大的加工功能闻名于世，是最经济有效的全方位的软件系统。包括美国在内的各工业大国皆一致采用本系统作为设计、加工制造的标准。MasterCAM 软件在我国的许多企业也得到了广泛的应用。

第一节　MasterCAM 系统概述

一、MasterCAM 系统的窗口界面

MasterCAM 系统的窗口界面（铣削模块）如图 7-1 所示。该界面主要包括：标题栏、工具栏、主菜单、次菜单、系统提示区、绘图区和坐标轴图标等。

1. 标题栏

窗口界面的最上面为标题栏，显示系统模块名称以及系统打开的文件名与路径。

2. 工具栏

标题栏下面的一排按钮即为工具栏。用户可以通过单击工具栏中"←"和"→"按钮来改变工具栏的显示，也可以通过"屏幕"子菜单中的"系统规划"命令来设置用户自己的工具栏。

3. 主菜单及主菜单区

在主菜单中选择一个命令后，系统将在主菜单区域显示该命令菜单的下一级菜单。单击"上层功能表"和"回主功能表"，即可返回上级菜单或主菜单。

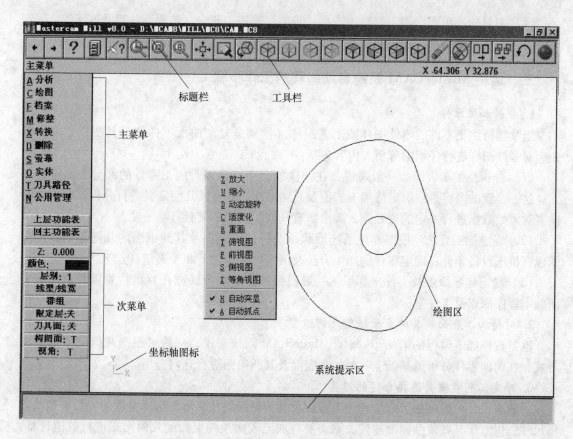

图 7-1 MasterCAM 系统的窗口界面

4. 次菜单

次菜单主要包含了图层、线型、颜色和视角等参数的设置，单击各按钮可进行设置。

5. 系统提示区

在窗口的最下部为系统提示区，该区域用来给出操作过程中的相应提示，有些命令的操作结果也在该提示区显示。

二、MasterCAM 系统的功能

1. 系统的功能框架

MasterCAM 系统的总体功能框架包括二维线架设计、曲面造型设计、NC 等功能模块。

2. 系统的数控加工编程能力

对于数控加工编程，至关重要的是系统的数控编程能力。MasterCAM 系统的数控编程能力主要体现在以下几方面：

（1）适用范围 车削、铣削、线切割。

（2）可编程的坐标数 点位、二坐标、三坐标、四坐标和五坐标。

（3）可编程的对象 多坐标点位加工编程、表面区域加工编程（多曲面区域的加工编程）、轮廓加工编程、曲面交线及过渡区域加工编程、型腔加工编程、曲面通道加工编

程等。

（4）刀具轨迹编辑　如刀具轨迹变换、裁剪、修正、删除、转置、分割及连接等。

（5）刀具轨迹验证　如刀具轨迹仿真、刀具运动过程仿真、加工过程模拟等。

三、运用 MasterCAM 系统自动编程的工作步骤

1. 分析加工零件

当拿到待加工零件的零件图样或工艺图样（特别是复杂曲面零件和模具图样）时，首先应对零件图样进行仔细的分析，内容包括：

（1）分析待加工表面　一般来说，在一次加工中，只需对加工零件的部分表面进行加工。这一步骤的内容是：确定待加工表面及其约束面，并对其几何定义进行分析，必要的时候需对原始数据进行一定的预处理，要求所有几何元素的定义具有唯一性。

（2）确定加工方法　根据零件毛坯形状以及待加工表面及其约束面的几何形状，并根据现有机床设备条件，确定零件的加工方法及所需的机床设备和工夹量具。

（3）确定程序原点及工件坐标系。一般根据零件基准面（或孔）的位置以及待加工表面确定程序原点及工件坐标系。

2. 对待加工表面及其约束面进行几何造型

这是数控加工编程的第一步。对于 MasterCAM 系统来说，一般可根据几何元素的定义方式，在前面零件分析的基础上，对加工表面及其约束面进行几何造型。

3. 确定工艺步骤并选择合适的刀具

一般来说，可根据加工方法和加工表面及其约束面的几何形态选择合适的刀具类型及刀具尺寸。但对于某些复杂曲面零件，则需要对加工表面及约束面的几何形态进行数值计算，根据计算结果才能确定刀具类型和刀具尺寸。这是因为，对于一些复杂曲面零件的加工，希望所选择的刀具加工效率高，同时又希望所选择的刀具符合加工表面的要求，且不与非加工表面发生干涉或碰撞。但在某些情况下，加工表面及其约束面的几何形态数值计算很困难，只能根据经验和直觉选择刀具，这时便不能保证选择的刀具是合适的。在刀具轨迹生成之后，需要进行刀具轨迹验证。

4. 刀具轨迹生成及刀具轨迹编辑

对于 MasterCAM 系统来说，一般可在定义的加工表面及其约束面（或加工单元）上确定其外法矢方向，并选择一种进给方式，根据选择的刀具（或定义的刀具）和加工参数，系统将自动生成所需的刀具轨迹。

刀具轨迹生成以后，利用系统的刀具轨迹显示及交互编辑功能，将刀具轨迹显示出来。有不合适的地方，可以在人机交互方式下对刀具轨迹进行适当的编辑与修改。

5. 刀具轨迹验证

对可能过切、干涉与碰撞的刀位点，采用系统提供的刀具轨迹验证手段进行检验。

6. 后置处理

根据所选用的数控系统，调用其机床数据文件，运行数控编程系统提供的后置处理程序，将刀位原文件转换成数控加工程序。

第二节　运用 MasterCAM 进行二维图形铣削自动编程

一、二维基本几何绘图及图形的编辑

1. 二维基本几何绘图

二维绘图功能表如图 7-2 所示，包括点、直线、圆弧、倒圆角、曲线、曲面曲线、矩形、尺寸标注、倒角、文字等功能表。下面只介绍曲线子功能表和文字子功能表。

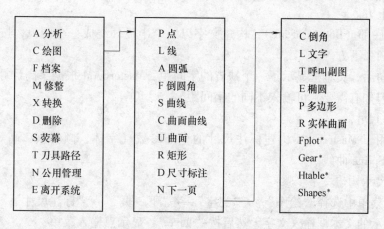

A 分析		P 点		C 倒角
C 绘图		L 线		L 文字
F 档案		A 圆弧		T 呼叫副图
M 修整		F 倒圆角		E 椭圆
X 转换		S 曲线		P 多边形
D 删除		C 曲面曲线		R 实体曲面
S 荧幕		U 曲面		Fplot*
T 刀具路径		R 矩形		Gear*
N 公用管理		D 尺寸标注		Htable*
E 离开系统		N 下一页		Shapes*

图 7-2　二维绘图功能表

（1）曲线子功能表　从主功能表里选择"绘图"→"Spline 曲线"，即进入 Spline 曲线子功能表。在 MasterCAM 中，Spline 曲线指令会产生一条经过所有选点的平滑 Spline 曲线。有两种 Spline 曲线型式：参数式 Spline 曲线（型式 P）和 NURBS 曲线（型式 N）。用户可以通过选择功能表中的"曲线型式"来切换。

参数式 Spline 曲线可以被想作一条有弹性的皮带，在其上面加上适当的重量使它经过所给的点，要求点两侧的曲线有同样的斜率和曲率。

NURBS 是 NON-Uniform Rational B-Spline 曲线或曲面的缩写。一般而言，NURBS 曲线比一般的 Spline 曲线光滑且较易编辑，只要移动它的控制点就可以了。

产生 Spline 曲线有以下三种方法：

1）手动：人工选择 Spline 曲线的所有控制点。

2）自动：自动选择 Spline 曲线的控制点。

3）转成曲线：串连现有的图表以产生 Spline 曲线。

Spline 曲线功能表的最后一项是"端点状态"。这是一个切换选择，可以调整 Spline 曲线起始点和终止点的斜率，预设值是"关（N）"。

（2）文字子功能表　文字图形可用于在饰板上切出文字。进入文字指令的顺序是"绘图"→"下一页"→"文字"，会得到其三个子项目：真实字型、标注尺寸、档案。

1）真实字型。

该选项是用真实字型（True Type）构建文字，只限于现在已安装在计算机内的真实字型号。关于真实字型，参看 Windows 可得到更多的信息。从主功能表里选择"绘图"→

"下一页"→"文字"→"真实文字"，出现相应的对话框，可选取所需的真实字型"True Type"。

选择字型和字体后，系统提示输入要构建的文字和字高。在有些情况下，实际字高可与输入的值不匹配，可用转换"Xform"中比例功能来改变字型的尺寸。

构建真实字型 True Type 文字几何图形，要选择一个方向，可选择下列方法：

① 水平（Horizontal）：构建文字平行构图平面的 X 轴。

② 垂直（Vertical）：构建文字平行构图平面的 Y 轴。

③ 圆弧顶部（Top of arc）：构建文字以一个半径环绕盛开个圆弧，按顺时针方向排列，文字在圆弧上方。

④ 圆弧底部（Bottom of arc）：构建文字以一个半径环绕成一个圆弧，按逆时针方向排列，文字在圆弧下方。

输入方向后，文本框显示了一个缺省的字间距，MasterCAM 根据字高计算的，推荐接受该字间距，但如有需要，可输入不同的字间距。

2）标注尺寸。

该选项用于 MasterCAM 构建标注尺寸的全部参数（字体、倾斜、字高等），它包括了线、圆弧和 Spline 曲线。

用标注尺寸构建文字步骤：

① 从主菜单中选择"绘图"→"文字"→"下一页"→"标注尺寸"；

② 在显示的文本框输入文字，然后按"回车"，显示点输入菜单；

③ 输入文字的起点，构建标注尺寸文字。

3）档案。

从主功能表里选择"绘图"→"下一页"→"文字"→"档案"，可从选取 MasterCAM 现有的文字图形来构建文字，有单线字、方块字、罗马字、斜体字四种。使用"其他"项，可从指定子目录文档中调用文字、符号来使用或编辑。

2. 几何图形的编辑

要产生复杂工件的几何图形，必须通过编辑功能来修改现有的几何图素，以使作图更容易更快。几何图形的编辑功能有删除、修整和转换等三种。

（1）删除功能　删除功能是用于从屏幕和系统的资料库中删除一个或一组设定因素。从主功能表选择"删除"（或者在键盘上按 F5），系统会显示它的子菜单，包括串连、窗选、区域、仅某图素、所有的、群组、重复图素和回复删除等。

（2）修整功能　在修整功能表下包括一组相关的修整功能，用于改变现有的图素。从主功能表中选择"修整"，系统会显示它的子菜单，包括倒圆角、修剪延伸、打断、连接、曲面法向、控制点、转成 NURBS 曲线、延伸、动态移位、曲线变弧等。

（3）转换功能　MasterCAM 提供了 9 种有用的编辑功能来改变几何图素的位置、方向和大小。从主功能表中选择"转换"，系统会显示它的子菜单，包括镜像、旋转、等比例、不等比例、平移、单体补正、串连补正、牵移、缠绕等。

二、刀具设置

当运用 MasterCAM 的 CAD 功能生成工件的几何外形之后，下一步就是根据工件的几何外形设置相关的切削加工数据并生成刀具路径。刀具路径实际上就是工艺数据文件（NCI），它包含了一系列刀具运动轨迹以及加工信息，如进刀量、主轴转速、切削液控制指令等。再由后处理器将 NCI 文件转换为 CNC 控制器可以解读的 NC 码，通过介质传送到数控机车，就可以加工出所需的零件。在这个过程中，刀具设置是操作者要做的一项很重要的工作。

在 MasterCAM 中，用户可以直接从系统的刀具库中选择要使用的刀具，也可以对已有的刀具进行编修和重新定义，还可以自己定义新刀具，并加入到刀具库中。

1. 从刀具库中选择刀具

当在主功能表中选择"T 刀具路径"，进行某项加工任务如选择"C 外形铣削"时，系统提示定义要加工的对象，串联外形，选定加工对象后选择"D 执行"，此时系统弹出刀具参数对话框，如图 7-3 所示。

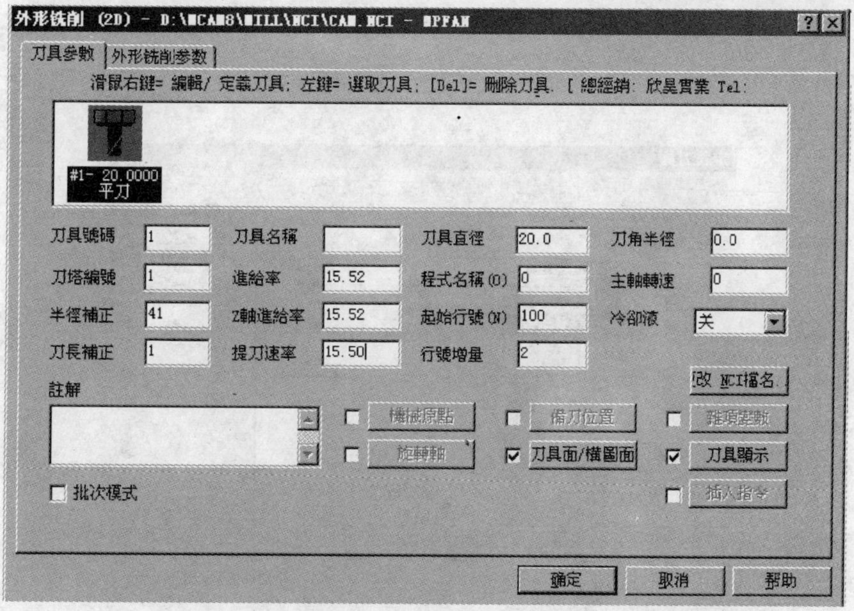

图 7-3　刀具参数对话框

将鼠标移到如图 7-3 所示刀具区中，单击鼠标右键，弹出图 7-4 所示的快捷菜单。再移动鼠标，用鼠标左键单击"从刀具库中选取刀具…"，系统弹出如图 7-5 所示的刀具管理对话框，移动下拉条从中选择要用的刀具，如选择直径是 20mm 的平刀，单击确定即可选定该刀具。

确定所选刀具后，系统返回如图 7-3 所示刀具参数对话框。此时对话框中刀具区多了一把直径 20mm 的平刀。

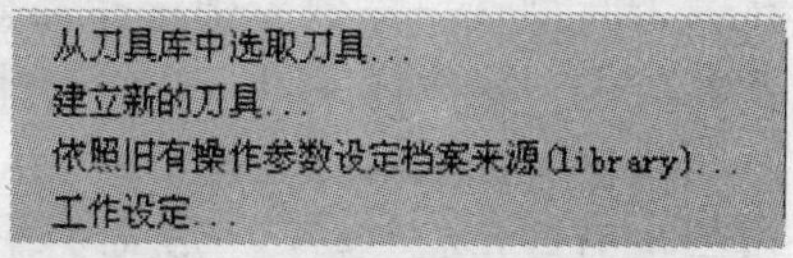

2. 定义新刀具

系统允许用户从刀具库中选取刀具的形状，通过设置刀具参数，在刀具列表中添加一个新刀具。如图 7-4 所

图 7-4　右键快捷菜单

示的快捷菜单中选择"建立新刀具…"时，系统弹出如图 7-6 所示的定义刀具对话框。当采用公制单位时，系统给出的默认刀具为直径 10mm 的平刀。

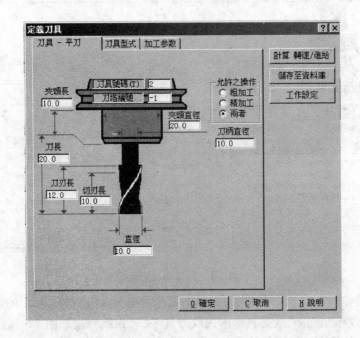

图 7-5　刀具管理对话框

图 7-6　定义刀具对话框

如果要改变刀具类型，单击"刀具型式"参数卡，出现刀具型式对话框如图 7-7 所示，在"刀具型式"参数卡中选择需要的刀具类型，选定刀具类型后，自动打开该类刀具的型式参数卡，如选择球刀，就变为球刀定义对话框。

选择刀具类型后，对照图 7-6，填写各项几何参数，对刀具的几何外观参数进行设定。设定完刀具几何参数后，还要对刀具加工参数进行设定，选择"加工参数"，如图 7-8 所示。可在此输入刀具的加工参数。主要参数说明如下：

（1）XY 粗（精）切步进（%）　粗（精）切削加工时允许刀具切入材料的吃刀厚度用直径百分比表示。如一个 10mm 平铣刀的粗切步进百分比是 60%，那它在粗加工过程中

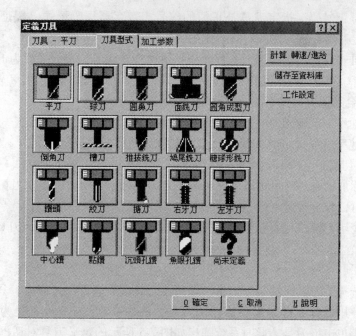

图 7-7　刀具型式对话框

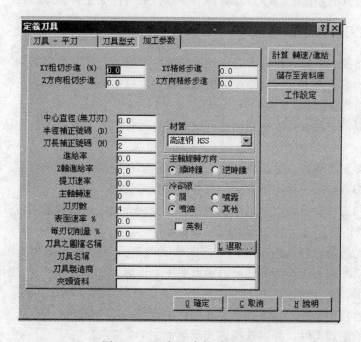

图 7-8　刀具加工参数对话框

的步进量是 6mm。

（2）Z 方向粗（精）切步进（%）　粗（精）切削加工时允许刀具沿 Z 方向切入材料的吃刀深度用直径百分比表示。

（3）刀具材质　单击"材质"下拉菜单，有 4 个选项：高速钢、碳钢、碳化钢和陶瓷。

（4）中心直径（无切削刃）。刀具中心无切削刃部位的直径。

（5）半径补正号码　指定刀具补正值的编号，暂存器号码形式一般是 D×× ，该参数只有当系统设定刀具补正为左或右时才使用。

（6）刀长补正号码　存储刀具长度补正值的暂存器编号，形式一般为 H×× 。

（7）进给率　共有两种进给率能控制切削速度，Z 轴进给率只用于 Z 轴垂直进刀方向，XY 进给率能适合其他方向的进给，单位是 mm/min。

（8）提刀速率　Z 轴方向空行程时刀具移动速度。

（9）表面速率（% of matl. SFM）　刀具切削线速度的百分比。

（10）每刃切削量（% of matl. Feed/Tooth）　刀具进刀量的百分比。

说明：实际加工时进刀量可以由刀具来决定，也可由材料来决定。当在工作设定中选择由刀具来决定时，以上参数有效。

参数设定完毕，按"储存至资料库"按钮，以便将来使用时调用该刀具资料。

三、编辑刀具

如果已经选择了刀具库的某把刀具，现想要对其参数进行部分修改，只要在如图 7-3 所示的刀具区中，用鼠标右键单击要修改的刀具，例如修改图 7-3 中直径为 20mm 的平刀参数，用鼠标右键单击该刀具，此时系统弹出如图 7-5 所示的定义刀具对话框，用户可按前面介绍的定义新刀具的办法去修改刀具的各项参数，最后存储至资料库即可。

四、二维刀具路径的生成

二维刀具路径的生成有四种方式：外形铣削、挖槽、钻孔及文字雕刻。这些加工方式是通过各种类型的参数来定义刀具路径时所需的资料。这些参数可以分为三类：刀具定义、共同参数及加工特定参数。

刀具定义提供了从刀具库中调出已有的刀具进行修改与定义新刀具和依现场加工需要设定刀具。

共同参数即刀具参数，是指所有加工方式产生刀具路径都需要的参数。

加工特定参数指某一种加工方式所特有的部分参数。

刀具定义和刀具参数在前面已作了叙述，现分别介绍上述四种加工方式。

1. 外形铣削

外形铣削是指沿着一系列串联的几何图形来产生刀具路径。几何图形有线段、弧及曲线。而外形是指一系列相连接的几何图素形成一个切削加工的工件外形。外形有两种：封闭外形和开放外形。

外形铣削通常用于加工二维外形，在加工中背吃刀量不变。

进行外形铣削加工时，外形选择方式菜单如图 7-9 所示。

一般点选串联选取，所谓串联选取是用于串联所选图素以形成一串联的外形。所选的第一个图素即成为串联外形的第一个图素，第一个图素的位置决定了刀具开始运动位置和图形串联方向，串联方向即刀具进给运动方向，选择外形后可点选"D 执行"项来确定外形选择完毕。

串联外形示意如图 7-10 所示。

（1）刀具参数　刀具参数是每种加工方式都需设定的参数，在前面已作了介绍，但是

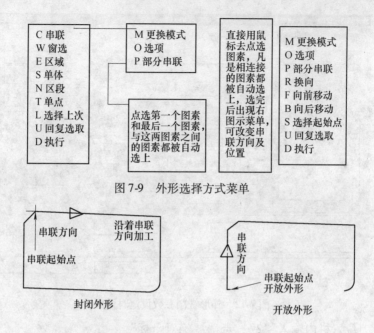

图 7-9　外形选择方式菜单

图 7-10　串联外形示意图

因加工方式的不同参数会不一样。

在 MasterCAM 中，铣刀一般分为三种：平底铣刀、球刀、象鼻刀，如图 7-11 所示。

外形铣削的主要刀具参数如下：

1）刀具直径（D）、刀角半径（R）：通过设定刀具直径与刀角半径来设定刀具的类型、大小。

2）切削液：有关闭、喷雾（M07）、喷油（M08）选项。

3）主轴转速：主轴的转速，单位为 r/min。

4）进给率：X、Y 轴的进给速率。

5）Z 轴进给率：Z 轴的进给速率。

6）提刀速率：刀具往上提的速率，即快速进给速率；

7）刀具面/构图面：一般要求刀具面与构图面在同一平面。

图 7-11　刀具种类

（2）外形铣削参数　外形铣削参数设定对话框如图 7-12 所示。

参数简介及设定如下：

1）安全高度：刀具加工的起始高度，刀具端面到工件表面的距离，取正值，一般取 20mm 左右。

点选"安全高度"按钮前的复选框，在栏内输入"20"，点选"绝对坐标"。

2）参考高度：设定刀具下一次加工的起始高度，通常安全高度设定了，无需再设定参考高度，可不点选。

3）进给下刀位置：指刀具从安全高度快速移动到工件表面上的某位置时，速度改变为进给速度，开始加工工件，该位置即是进给下刀位置，该位置离工件表面都较近，一般取 2～3mm 即可。

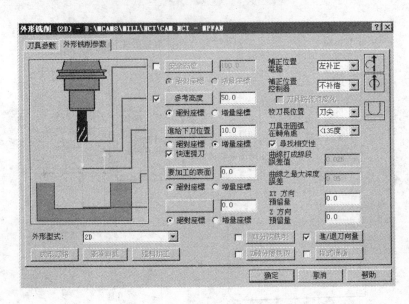

图 7-12　外形铣削参数设定对话框

在进给下刀位置栏内输入"2"，点选"绝对坐标"。

4）要加工的表面：设定工件表面位于 Z 轴的高度，在二维刀路中一般设为"0"。在要加工的表面栏内输入"0"，点选"绝对坐标"。

5）最后深度：指工件的加工深度，即工件有多厚就输入多少，一般为负值。如图 7-8 所示。

在最后深度栏内输入"−10"，点选"绝对坐标"，指加工的工件厚度为 −10mm。

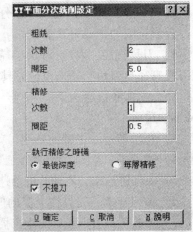

6）XY 分次铣削：确定 XY 方向的加工余量分几次加工完，点选"XY 分次铣削"按钮，弹出 XY 平面分次设定对话框，如图 7-13 所示。可根据加工余量进行粗、精加工的次数和每次切削量的设定。

说明：在粗加工时，考虑刀具寿命及工件表面状况，铣刀的进刀间距一般取刀具直径的 3/4 左右；精加工则进刀间距较小。

图 7-13　XY 平面分次铣削设定对话框

7）XY 方向预留量：指 XY 方向的精加工余量，一般根据需要留 0.1～0.5mm 左右。

8）Z 轴分层铣深：指在 Z 方向的粗切削和精切削的次数。

点选"Z 轴分层铣深"按钮前的复选框，点选"Z 轴分层铣深"按钮，弹出 Z 轴分层铣深设定对话框，如图 7-14 所示。

① 最大粗切量：设定刀具下刀的最大深度。

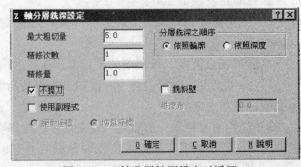

图 7-14　Z 轴分层铣深设定对话框

② 精修次数及精修量：决定了 Z 方向的精修次数及精修量。

③ 不提刀：设定刀具在完成每一层切削时是否提刀到安全高度或参考高度，再下刀到下一层切削点。

④ 铣斜壁及锥度角：指工件外形边界铣削是否带锥度。

9）Z 方向预留量：在 Z 轴方向是否留精加工余量。

10）补正位置：在外形铣削时，为了精确控制要切削的外形，需进行刀具半径补偿。刀具补偿分为两种：电脑补正和控制器补正。

补正分为左补正、右补正、不补正三种，判断方法与手工编程中的方法相同。

一般使用电脑补正，而将控制器补正关闭，但是根据实际情况可电脑补正与控制器补正同时开启。

11）刀补位置：可设定刀具补正为刀具的球心或刀尖，一般选球心补正。

12）刀具转角设定：加工时刀具遇到转角的地方，系统提供了小于 135°走圆角、全走圆角、不走圆角三种方式来控制刀具转角的运动模式。

13）进/退刀向量：允许在刀具路径的起始点及结束点加入一直线或圆弧段。使用进/退刀向量可使刀具与工件间平稳过渡，因此最好能加入进/退刀向量。

2. 挖槽加工

挖槽加工用于铣削封闭的区域，在封闭的区域内分有岛屿和无岛屿两种。

（1）外形的选取　可将挖槽加工比作是海与岛屿的关系，选取海的边界与岛屿，那么海的边界与岛屿之间的材料全部被去除，只留下岛屿（工件外形）。海的边界与岛屿的选取顺序就比较重要了，不同的选取顺序会产生不同的加工结果。因此，要根据要求正确定义工件外形。外形的选取一般采用串联选取的方式，外形定义和外形顺序选取如图 7-15 和图 7-16 所示。

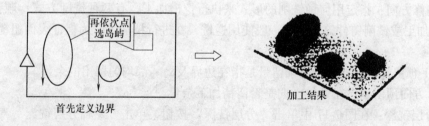

图 7-15　外形定义

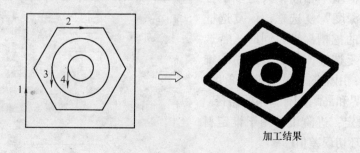

图 7-16　外形顺序选取

（2）参数简介及设定 挖槽加工有三个参数设定：刀具参数、挖槽参数、加工参数，如图7-17所示。

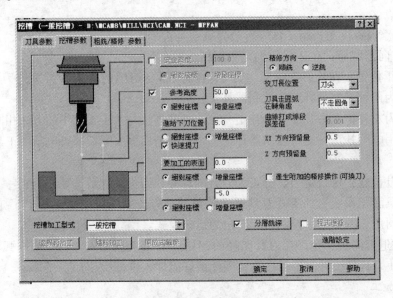

图7-17 挖槽参数设定

1）刀具参数简介。

刀具参数的内容与设定同外形铣削。

2）挖槽参数简介及设定。

挖槽参数与外形铣削很相似，只是某些细节部分有所不同，就这些不同处的设定方法进行讲解及说明。

① 精修方向：指定用何种铣削的形式来执行挖槽加工，有两种铣削方式：顺铣和逆铣。在进行粗加工或铣削铸件等工件时一般使用逆铣，在进行精加工时为保证表面粗糙度一般使用顺铣。

② XY预留量：在挖槽中的预留量是指在边界及岛屿都均匀留出的余量。

③ Z方向预留量：在Z轴方向是否留精加工余量。

④ 分层铣深：在图7-17中单击"分层铣深"按钮，单击"Z轴分层铣深"对话框，如图7-18所示。该对话框与外形铣削中的分层铣深对话框基本相同，只是多了一个"使用岛屿深度"复选框，该复选框用来指定岛屿的挖槽深度。同时，若选中"铣斜壁"复选框，增加了"岛屿锥度角"输入框，用来输入铣斜壁的角度。可铣削出与边界和岛屿具有斜角的路径。

⑤ 进阶设定：进阶设定用于设定材料加工和等距环切误差值。

⑥ 挖槽加工形式：共有五种，即一般挖槽，边界再加工，使用岛屿深度挖

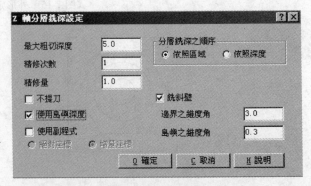

图7-18 Z轴分层铣深设定对话框

槽，材料清角，开放式轮廓挖槽。边界再加工可以设定完成的边界是否再进行一次加工，即延展挖槽刀具路径到挖槽的边界。材料清角用于将前次未加工到的区域进行清角加工。

3）加工参数简介及设定。

① 切削方式。单击图 7-17 中的"粗铣/精铣"按钮，将弹出如图 7-19 所示对话框，MasterCAM 提供 7 种切削方式，简介如下：

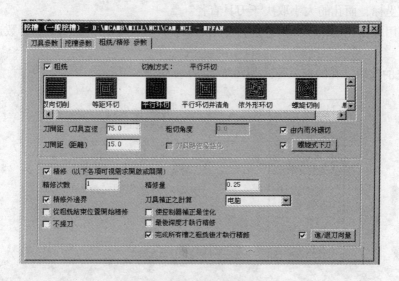

图 7-19　挖槽附加精修参数

a. 双向切削：也就是所谓的弓字形铣削，刀具路径方向是由粗切角度设定的。

b. 等距环切：刀具等距离环形偏移切削加工。

c. 平行环切：以外形为基准平行环绕切削。

d. 平行环切并清角：以外形为基准平行环绕并以清转角的方式切削。

e. 依外形环切：需具有一个以上的岛，顺着外形环绕产生挖槽路径。

f. 螺旋切削：以螺旋形方式产生挖槽路径。

g. 单向切削：刀具切削时都只沿同一方向切削，切削完成后便提刀移到下一加工位置再进刀，加工方向取决于顺铣或逆铣。一般在粗加工时选择双向切削，精加工时点选单向切削。

h. 切削间距与刀具直径百分比：用于设定刀具切削的平移间距量，即铣刀的进给量。这两个参数是相关联的，即设定了其中一个，另一个会随之变化。

② 下刀方式：有螺旋式下刀和斜插式下刀两种。

挖槽使用的刀具一般都是面铣刀，而面铣刀大部分都无法直接下刀，因此最好采用螺旋下刀或斜向下刀，否则刀具会自起始高度直接进刀到第一刀的深度。

a. 螺旋式下刀：刀具自起始位置处开始以螺旋式下刀切削。

b. 无法执行螺旋时：当螺旋式下刀失败时，指定为直线下刀或程式中断。

c. 进/退刀向量：指定螺旋下刀的方向是顺时针或逆时针。

d. 将进入点设为螺旋线的中心：指定挖槽的进刀点。

③ 粗切角度：设定刀具路径与正 X 轴的夹角，一般为 0°、45°、90°、180°等。刀具路

径最佳化即将刀具路径优化至最佳状态。

说明：槽铣削这项功能只能用于切削二维平面的槽，不允许铣削斜面上的槽。挖槽的外形必须是封闭的。

3. 钻孔

MasterCAM 的钻孔模组用于产生钻孔、镗孔和螺纹的刀具路径。钻孔模组是以点的位置来定义孔的坐标，而孔的大小取决于刀具直径。

要想使用好钻孔模组，需做好选择合适的钻孔点和设定好钻孔加工的参数这两方面的工作。

（1）孔的选取　孔的选取方式如图 7-20 所示。

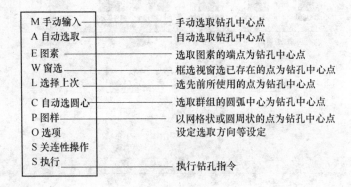

图 7-20　孔的选取方式菜单

主要有两种选取方法：

1）手动输入选取。使用鼠标一个个去点选要钻孔的位置，可在屏幕上任意点选，也可通过输入点的坐标来确定。加工时将以点选取的顺序作为加工顺序，点选完后按"ESC"键结束；

2）自动选取。首先可通过主功能表中的"绘图"→"点"，利用各种方式来绘制点。

利用自动选取可逐一选取屏幕上已绘制好的"点"。

点（孔）选取完毕后，点选"执行"即弹出设定参数对话框。

（2）加工参数　在加工参数对话框中主要是钻孔循环和刀尖补偿。

1）钻孔循环：MasterCAM 钻孔循环提供了 20 种形式，其中包括 6 种标准形式、两种备用形式、11 种自设循环，这里将就 6 种标准形式作一一简介。

① 钻孔（G81）：暂留时间 = 0；钻孔（G82）：暂留时间 ≠ 0。用途：钻孔或镗沉头孔，孔深小于 3 倍的直径。

② 深孔钻（G83），用途：钻深度大于 3 倍刀具直径的深孔，特别用于碎屑不易清除的情况。

③ 断屑式快速钻孔（G73），用途：钻深度大于 3 倍刀具直径的深孔。

④ 攻螺纹（G84），用途：攻右旋内螺纹。

⑤ 镗孔 1（G85）：暂留时间 = 0；深孔钻（G89）：暂留时间 ≠ 0。用途：用于进刀和退刀路径镗孔。

⑥ 镗孔 2（G86），用途：用于进刀主轴停止，快速退刀路径镗孔。

2）刀尖补偿：允许刀尖补正至 118°。

4. 文字雕刻

在 MasterCAM 中，文字雕刻并不是一个专门模组，而是利用挖槽和外形铣削组合达到雕刻文字的目的，只不过所使用的刀具较小而已。

在各项参数设定好之后，单击参数设置对话框中的"确定"按钮，参数设置对话框马上关闭，同时回到如图 7-1 所示的窗口界面，并在图形上生成刀具路径。

五、操作管理

在刀具路径产生之后，刀具路径能用图形进行验证，并用"后处理"来产生 NC 代码，MasterCAM 将这些功能都分类归于"操作管理"对话框内。

选择"主功能表"→"刀具路径"→"操作管理"，即弹出如图 7-21 所示的操作管理员对话框。

（1）刀具路径模拟　点选"全选"→"刀具路径模拟"，弹出子功能表。点选"自动执行"可自动进行刀具路径的模拟，可点选"手动控制"来一步一步进行轨迹的模拟。

通过参数设定来定义模拟的速度、模拟方式、路径适度化等选项。

（2）执行后处理　刀具路径模拟检查完毕后，不能用来进行加工，因为刀具路径并不是程序，需转换为可用于加工的 NC 程序，即需要执行后处理程序。

选择某一操作或者部分操作，单击操作管理员（见图 7-21）中的"执行后处理"按钮，弹出图 7-22 所示的对话框。有关后处理参数选项说明如下：

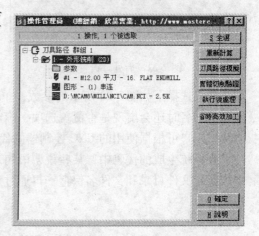

图 7-21　操作管理员对话框

1）更改后处理程式：对于不同的 CNC 控制器，NC 代码也有些差别。MasterCAM 提供了一些常用的 CNC 后处理器，单击该按钮，用户可以选择使用。内设值 MPFAN. PST 是 FANUC 系统的后处理器。

2）NCI 挡：用于设定在执行后处理时是否要存储和编辑刀具路径（NCI）文件，"覆盖"和"询问"是用于存储同名时的处理。

3）NC 挡：用于设定后处理时 NC 文件的存储和编辑，只是多一个文件后缀，其他参数选择与 NCI 挡相同。

4）传送：用于传送 NC 代码至 CNC 控制器（数控机床）。选中复选框，参照 CNC 控制器的传送参数，对应设置好如图 7-23 所示的传输参数，连接好通信电缆，即可通过电脑传送 NC 代码至数控机床。如果 NC 代码还需进行手工修改，就不选该复选框，也可以通过其他的通信软件进行传输。

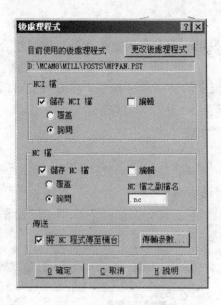

图 7-22　后处理设置对话框

图 7-23　传输参数

如果选择了如图 7-22 所示的参数，单击确定，系统会自动提示输入存储的 NCI 和 NC 文件名，同名时还会出现是否覆盖选项，确定以后，系统将打开编辑器对生成的 NC 代码进行编辑，用户可根据使用的 CNC 控制器的代码要求，适当修改 NC 语句。

在系统生成的代码中，某些说明语句、程序名称等可能都要修改。修改完毕，在编辑器中按指定文件目录和文件名保存。再通过通信软件传送至加工机床，应避免到机床上去修改 NC 代码。

第三节　二维加工实例

加工零件尺寸如图 7-24 所示。

毛坯尺寸为 100mm × 100mm × 50mm，已铣至 96mm × 96mm × 50mm 的标准毛坯。

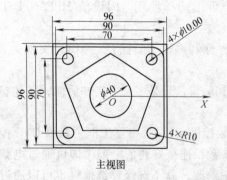

主视图

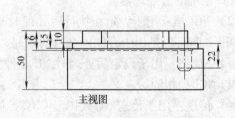

主视图

图 7-24　加工零件图样

一、工艺分析和图形绘制

1. 加工路线分析

根据图样，确定加工顺序为四边形→五边形→大孔→四个小孔。

2. 刀具选用

根据工件的尺寸及形状，选用刀具如下：φ10mm 的中心钻（用于打定位孔）、φ10mm 的钻头（用于钻四个小孔）、φ12mm 的双刃平底铣刀（用于粗加工）、φ8mm 的四刃铣刀（用于精加工）。

3. 图形的绘制（二维图形绘制）

略。

二、刀具路径的生成

1. 粗铣四边形（φ12mm 两刃铣刀，外形铣削）

点选主功能中的"刀具路径"→"外形铣削"→"串连"，用鼠标点选四边形，串连方向如图 7-25 所示。

选取完后，单击"执行"，弹出参数对话框，参数设定如下：

（1）刀具参数 具体如下：

刀具名称：HM1；刀具直径：12mm；刀角半径：0mm；主轴转速：900r/min；切削液：喷油程式名称：0；起始行号：1；行号增量：1；进给率：200mm/min；Z 轴进给率：60mm/min；提刀速率：600mm/min。

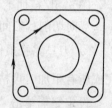

图 7-25　选择串连方向

（2）外形铣削参数 具体如下：

安全高度：20mm；进给下刀位置：2；要加工表面：0；最后深度：−15mm；电脑补正位置：左补正；控制器补正：关；校刀长位置：刀尖；刀具走圆弧在拐角处：<135°走圆角。☑快速提刀；XY 预留量：0.4mm；Z 方向预留量：0。

（3）XY 分次铣削 具体如下：

粗铣次数：1；间距：6mm；精铣次数：0；间距：0；执行精修最后时机：☑最后深度，☑不提刀。

（4）Z 轴分层铣削 具体如下：

最大粗切量：4mm；精修次数：0；精修量：0；☑不提刀。

（5）进/退刀向量 具体如下：

☑由封闭轮廓中点位置执行进/退刀；进刀向量的进刀线及进刀圆弧设为 10mm；退刀向量的退刀线及退刀圆弧设为 10mm。

设定完毕单击"确定"按钮。

2. 粗铣五边形（φ12mm 两刃铣刀，外形铣削）

点选主功能中的"刀具路径"→"外形铣削"→"串连"，用鼠标点选五边形，串连方向如图 7-25 所示。

选取完后，单击"执行"，弹出参数对话框，参数设定如下：

（1）刀具参数　同上一个步骤。

（2）外形铣削参数　具体如下：

最后深度：−10mm。

（3）XY分次铣削　具体如下：

粗铣次数：3；间距：8mm；精铣次数，0；间距：0；执行精修最后时机： ☑ 最后深度。

其余参数设定同上一个步骤。

设定完毕单击"确定"按钮。

3. 粗铣 φ40mm 大孔（φ12mm 两刃铣刀，挖槽）

点选主功能中的"刀具路径"→"挖槽"→"串连"，用鼠标点选圆弧，选取完后，单击"执行"，弹出参数对话框，参数设定如下：

（1）刀具参数　同第一个步骤。

（2）挖槽参数　具体如下：

最后深度：−16mm；精修方向：顺铣；其余参数设定同第一个步骤。

（3）粗/精加工参数　具体如下：

双向切削；刀间距（刀具直径）：58.333mm；刀间距（距离）：7mm；粗切角度：0°； ☑ 刀具路径最佳化； ☑ 精修；精修次数：1；精修量：0.5mm； ☑ 精修外边界； ☑ 完成所有粗加工再精修； ☑ 螺旋式下刀；最大半径：30mm；最小半径 16mm。

设定完毕单击"确定"按钮。

4. 打中心孔（φ10mm 中心钻，钻孔）

点选主功能中的"刀具路径"→"钻孔"→"手动输入"→"圆心点"，捕捉中心孔圆心，选取完后，单击"执行"，弹出参数对话框，参数设定如下：

（1）刀具参数　具体如下：

在空白处单击右键，点选"建立一把新刀具"，弹出刀具对话框，选择刀具类型为中心钻刀具直径：10mm；主轴转速：2000r/min；刀具名称：HM2；进给率：50mm/min；切削液：喷油。

（2）加工参数　具体如下：

安全高度：20mm；参考高度：−8mm；要加工表面：−10mm；深度：−13mm；钻孔循环：镗孔#1—进给退刀；暂留时间：2s。

设定完毕单击"确定"按钮。

5. 钻直径为 φ10mm 的四个小孔（φ10mm 钻头，钻削）

点选主功能中的"刀具路径"→"钻孔"→"手动输入"→"圆心点"，依此捕捉四个小孔的圆心，选取完后，单击"执行"，弹出参数对话框，参数设定如下：

（1）刀具参数　具体如下：

在空白处单击右键，点选"建立一把新刀具"，弹出刀具对话框，选择刀具类型为钻头。

刀具直径：10mm；主轴转速：600r/min；刀具名称：HM3；进给率：60mm/min；切削液：喷油。

（2）加工参数 具体如下：

安全高度：20r/min；参考高度：-8mm；要加工表面：-10mm；深度：-25mm；钻孔循环：深孔钻（G83）；首次深孔钻：15；暂留时间：1s。

6. 精铣四边形（φ8mm 四刃铣刀，外形铣削）

点选主功能中的"刀具路径"→"外形铣削"→"串联"，用鼠标点选四边形，串联方向如图 7-25 所示。

选取完后，单击"执行"，弹出参数对话框，参数设定如下：

（1）刀具参数 具体如下：

在空白处单击右键，点选"建立一把新刀具"，弹出刀具对话框，选择刀具类型为平铣刀，直径为 8mm。

刀具名称：HM4；刀具直径：8mm；刀角半径：0mm；主轴转速：2000r/min；切削液：喷油程式；名称：0；起始行号：1；行号增量；1；进给率：300mm/min。轴进给率：60mm/min；提刀速率：600mm/min。

（2）外形铣削参数 具体如下：

XY 预留量：0；Z 方向预留量：0；XY 分次铣削；粗铣次数：0；间距：0；精铣次数：1；间距：0.4mm；执行精修最后时机：☑最后深度。

（3）Z 轴分层铣削 具体如下：

最大粗切量：15mm；精修次数：0；精修量：0。☑不提刀。

其余同第一个步骤。

设定完毕单击"确定"按钮。

7. 精铣五边形（φ8mm 四刃铣刀，外形铣削）

点选主功能中的"刀具路径"→"外形铣削"→"串连"，用鼠标点选五边形，串连方向如图 7-25 所示。

选取完后，单击"执行"，弹出参数对话框，参数设定如下：

（1）刀具参数 具体如下：

刀具名称：HM4，其余同第六个步骤。

（2）外形铣削参数 具体如下：

最后深度：-10mm。其余参数设定同第五个步骤。

（3）Z 轴分层铣削 具体如下：

最大粗切量：10mm。

设定完毕单击"确定"按钮。

8. 精铣 φ40mm 孔（φ8mm 四刃铣刀，挖槽）

点选主功能中的"刀具路径"→"挖槽"→"串连"，用鼠标点圆弧，选取完后，单击"执行"，弹出参数对话框，参数设定如下：

（1）刀具参数 具体如下：

刀具名称：HM4，其余同第六个步骤。

（2）挖槽参数 具体如下：

最后深度：-16mm；XY 预留量：0。

（3）Z 轴分层铣削　具体如下：

最大粗切量：16；其余同第三个步骤。

（4）粗/精加工参数　具体如下：

将粗铣得选框的勾去除，只点选 ☑ 精修；精修次数：1；精修量：0.4mm； ☑ 精修外边界； ☑ 完成所有粗加工再精修。

设定完毕单击"确定"按钮。

三、检查刀具路径轨迹

选择"工作设定"，在弹出的对话框内输入 X、Y、Z 坐标为 96，96，50，工件原点 X、Y、Z 为 0，0，0，以完成毛坯的设定。

点选"操作管理"，弹出操作管理对话框，如图 7-20 所示。

选择"全选"→"实体切削验证"，弹出实体验证播放条，点选"参数设定"，在弹出的对话框内选择"重设"→"使用工件设定中的设定"→"确定"，点选"演示开始"按钮，进行实体切削检查，结果如图 7-26 所示。

四、生成 NC 程序

图 7-26　加工结果

当刀具路径模拟正确后，就可生成用于加工的 NC 程序。

点选操作管理器中的"执行后处理"，弹出后处理程式对话框，点选"更改后处理程式"按钮，弹出对话框，找到与数控系统相对应的后处理文件，点选"打开"按钮，回到后处理程式对话框，点选" ☑ 储存 NCI 挡"、" ☑ 储存 NC 挡"两选项，单击"确定"按钮，弹出"存储 NCI 文件"对话框，选择适当路径，输入文件名"GJ"，单击"保存"按钮，接着弹出存储 NC 文件对话框，选择适当路径，输入文件名"GJ"，单击"保存"按钮即可生成 NC 程序。

本章小结

本章讲述了 MasterCAM 软件铣削模块的使用方法，通过本章的学习，读者要能应用 MasterCAM 软件进行二维零件的数控铣削自动编程。本章的重点和难点是进行后置处理时工艺参数的设置。

思考与训练

一、如图 7-27 所示工件有五个需要加工的特征，包括顶端平面、两个槽、四个 φ6mm 孔和六个 φ4mm 孔，本题使用两个刀具路径模组：挖槽和钻孔。用 MasterCAM 产生其 NC 代码。

二、运用 MasterCAM 绘制出如图 7-28 所示的零件，并生成 NC 代码。

三、加工如图 7-29 所示的零件，运用 MasterCAM 系统进行自动编程。

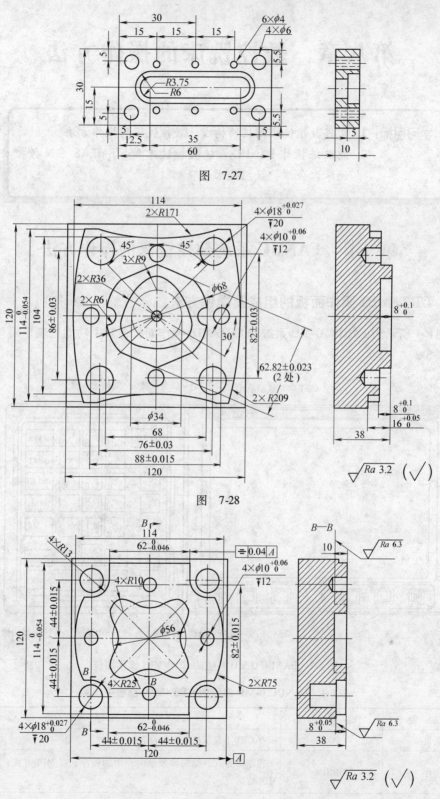

图 7-27

图 7-28

图 7-29

第八章 数控铣床的操作方法

学习目标：1. 掌握数控铣床面板的构成、数控铣床的操作方法。
2. 能熟练操作 FANUC 系统数控铣床和 SIEMENS 系统数控铣床，会维护数控铣床。

第一节 FANUC 系统数控铣床的操作方法

一、CRT/MDI 操作面板的组成及操作方法

如图 8-1 所示为 FANUC 0-MD 系统的 CRT/MDI 操作面板，其主功能见表 8-1，其他键的用途见表 8-2。

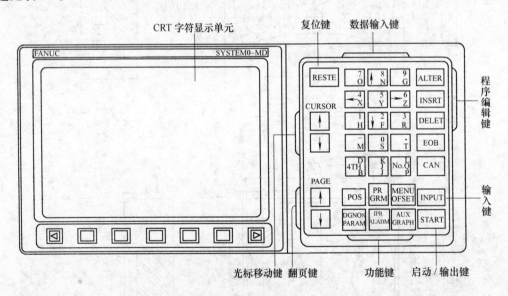

图 8-1　FANUC 0-MD 系统的 CRT/MDI 操作面板

表 8-1　FANUC 0-MD 系统的 CRT/MDI 面板主功能

主 功 能	键 符 号	用 途
位置显示	POS	在 CRT 上显示机床现在的位置
程序	PRGRM	在编辑方式，编辑和显示内存中的程序；在 MDI 方式，输入和显示 MDI 数据
偏置量设定与显示	OFSET	刀具偏置量数值和宏程序变量的设定与显示

（续）

主 功 能	键 符 号	用 途
自诊断参数	DGNOS/PRARM	运行参数的设定、显示及诊断数据的显示
报警号显示	OPR ALARM	按此键显示报警号
图形显示	GRAPH	图形轨迹的显示

表 8-2　FANUC 0-MD 系统的 CRT/MDI 面板其他键的用途

序　号	名　称	用　途
1	"复位"键（RESET）	用于解除报警，CNC 复位
2	"启动"键（START）	MDI 或自动方式运转时的循环启动运转，而使用方法因机床不同而异
3	"地址/数值"键	字母、数字等文字的输入
4	"符号"键（/，#，EOB）	在编程时用于输入符号，特别用于每个程序段的结束符
5	"删除"键（DELET）	在编程时用于删除已输入的字及在 CNC 中存在的程序
6	"输入"键（INPUT）	按"地址"键或"数值"键后，地址或数值输入缓冲器并显示在 CRT 上，将把缓冲器的信息设置到偏置寄存器上，按"INPUT"键。此键与软键中的"INPUT"键等价
7	"取消"键（CAN）	消除"键输入缓冲器"中的文字或符号。例如，"键输入缓冲器"显示"N0001"时，若按"CAN"键，N0001 就被消除
8	"光标移动"键（CURSOR）	有两种光标移动键："↓"使光标顺方向移动；"↑"使光标反方向移动
9	"翻页"键（PAGE）	有两种翻页键："↓"为顺方向翻页；"↑"为反方向翻页
10	软键	软键按照用途可以给出种种功能。软键能给出什么样的功能，在 CRT 画面的最下方显示
11	"输出启动"键（OUTPUT START）	按下此键，CNC 开始输出内存中参数或程序到外部设备

二、机床操作面板的组成及操作方法

机床操作面板如图 8-2 所示。机床的类型不同，其开关的功能及排列顺序也有所差异。操作按（旋）钮的功能见表 8-3，手动操作见表 8-4。

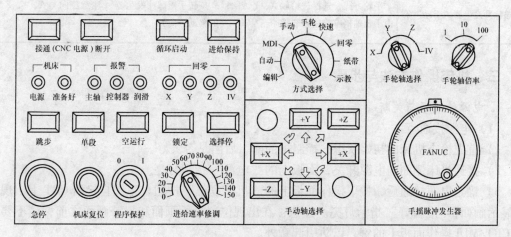

图 8-2　机床操作面板

表8-3　操作按（旋）钮的功能

键（按钮）名称	用　　途	键（按钮）名称	用　　途
接通	接通 CNC 的电源	跳步	跳过任选程序段
断开	断开 CNC 的电源	单段	每次执行自动运转的一个程序段
循环启动	自动运转的启动，在自动运转中，自动运转指示灯亮	空运行	空运转（程序运行，但机床不动）
进给保持	自动运转时刀具减速停止	锁定	机床锁住，断开进给控制信号
方式选择	选择操作种类	选择停	按下此键，则 M01 指令生效
方式选择：编辑	编辑程序	急停	使机床紧急停止，断开机床主电源
方式选择：自动	程序自动运行	机床复位	用于解除报警，CNC 复位
方式选择：MDI	手动数据输入	程序保护	保护程序不被删改
方式选择：手动	手动连续进给，步进进给	进给速率修调	选择自动运转和手动运转中进给速度的倍率
方式选择：手轮	手轮进给	手动轴选择	手动控制机床沿各坐标轴运动
方式选择：快速	刀具快速进给	手轮轴选择	选择手轮移动的轴
方式选择：回零	机床返回参考点	手轮轴倍率	选择手轮进给中，一个刻度移动量的倍率
方式选择：纸带	用纸带输入程序	快速进给倍率	选择快速进给倍率的倍率量
方式选择：示教	示教编程方式	手摇脉冲发生器	摇动手摇脉冲发生器控制机床移动

表8-4　手动操作

项　　目	方式选择及进给率修调	操作说明
手动返回参考点（单轴）	选择"回零"方式	按"手动轴选择"，选择一个轴
手动连续进给	手动方式，由进给速度修调旋钮选择点动速度	按"手动轴选择"中的"＋X、－X、＋Y、－Y、＋Z 或－Z"键
手摇脉冲发生器的手动进给	手轮方式，选择进给轴 X、Y 或 Z；由手轮轴倍率旋钮调节脉冲当量	旋转手摇脉冲发生器（注意旋向与 X、Y、Z 轴的移动方向）

三、机床操作方法与步骤

1. 电源的接通与关断

（1）电源接通

1）首先检查机床的初始状态，控制柜的前、后门是否关好。

2）接通机床侧面的电源开关，面板上的"电源"指示灯亮。

3）确定电源接通后，按下操作面板上的"机床复位"按钮，系统自检后 CRT 上出现位置显示画面，"准备好"指示灯亮。注意：在出现位置显示画面和报警画面之前，请不要接触 CRT/MDI 操作面板上的键，以防引起意外。

4）确认风扇电动机转动正常后开机结束。

（2）电源关断

1）确认操作面板上的"循环启动"指示灯是否关闭了。

2）确认机床的运动全部停止，按下操作面板上的"断开"按钮数秒，"准备好"指示灯灭，CNC系统电源被切断。

3）切断机床侧面的电源开关。

2. 手动运转

（1）手动返回参考点操作步骤

1）将方式选择开关置于"回零"的位置。

2）使各轴向参考点方向手动进给，返回参考点之后指示灯亮。

（2）手动连续进给操作步骤

1）将方式选择开关置于"手动"的位置。

2）选择移动轴，机床在所选择的轴方向上移动。

3）选择手动进给速度，见表8-5。

4）按"手动轴选择"按钮，刀具按选择的坐标轴方向快速进给。

表 8-5　手动进给速度

旋转开关位置	0	1	2	3	4	5	6	7	8	9	10	11	12	13	14	15
进给速度/ $mm \cdot min^{-1}$	0	2.0	3.2	5.0	7.9	12.6	20	32	50	79	126	200	320	500	790	1260

注意事项：

1）手动只能单轴运动。

2）把方式选择开关置为"手动"位置后，先前选择的轴并不移动，需要重新选择移动轴。

（3）手轮进给　转动手摇脉冲发生器，可使机床微量进给。操作步骤如下：

1）使方式选择开关置于"手轮"的位置。

2）选择手摇脉冲发生器移动的轴。

3）转动手摇脉冲发生器，实现手轮手动进给。

3. 自动运转

（1）"存储器"方式下的自动运转　操作步骤如下：

1）预先将程序存入存储器中。

2）选择要运转的程序。

3）将方式选择开关置于"自动"的位置。

4）按"循环启动"键，开始自动运转，"循环启动"灯亮。

（2）"MDI"方式下的自动运转　该方式适于由CRT/MDI操作面板输入一个程序段，然后自动执行，操作步骤如下：

1）将方式选择开关置于"MDI"的位置。

2）按主功能的"PRGRM"键。

3）按"PAGE"键，使画面的左上角显示 MDI，如图 8-3 所示。

4）由"地址"键、"数字"键输入指令或数据，按"INPUT"键确认。

5）按"START"键或操作面板上的"循环启动"键执行。

（3）自动运转的执行　开始自动运转后，按以下方式执行程序。

1）从被指定的程序中，读取一个程序段的指令。

2）解释已读取的程序段指令。

3）开始执行指令。

4）读取下一个程序段的指令。

5）读出下一个程序段的指令，变为立刻执行的状态，该过程也称为缓冲。

6）前一程序段执行结束，因被缓冲了，所以要立刻执行下一个程序段。

7）以后重复执行4）~5），直到自动执行结束。

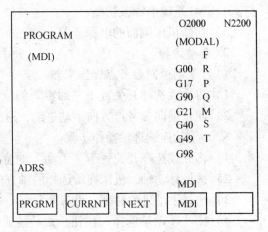

图 8-3　MDI 方式显示画面

（4）自动运转停止　自动运转停止的方法有两种：预先在程序中想要停止的地方输入停止指令和按操作面板上的按钮使其停止。

1）程序停止（M00）。执行 M00 指令之后，自动运转停止。与单程序段停止相同，到此为止的模态信息全部被保存，按"循环启动"键，使其再开始自动运转。

2）任选停止（M01）。与 M00 相同，执行含有 M01 指令的程序段之后，自动运转停止。但仅限于机床操作面板上的"选择停"开关接通的场合。

3）程序结束（M02、M30）。自动运转停止，呈复位状态。

4）进给保持。程序运转中，按机床操作面板上的"进给保持"按钮，可使自动运转暂时停止。

5）复位。由 CRT/MDI 的复位按钮、外部复位信号可使自动运转停止，呈复位状态。若在移动中复位，机床减速后停止。

4. 试运转

（1）机床锁住　若接通"机床锁住"开关，机床停止移动，但位置坐标的显示和机床移动时一样。此外，M、S、T 功能也可以执行。此开关用于程序的检测。

（2）Z 轴指令取消　若接通"Z 轴指令取消"开关，手动、自动运转中的 Z 轴停止移动，位置显示却同其轴实际移动一样被更新。

（3）辅助功能锁住　机床操作面板的辅助功能"锁住"开关一接通，M、S、T 代码的指令被锁住而不能执行，M00、M01、M02、M30、M98、M99 可以正常执行。其与"机床锁住"一样用于程序检测。

（4）进给速度倍率　用进给速度倍率开关，选择程序指定的进给速度百分数，以改变进给速度（倍率），按照刻度可实现 0~150% 的倍率修调。

（5）快速进给倍率　可以将以下的快速进给速度变为 100%、50%、25% 或 F0 值（由机床决定）。具体如下：

1）由 G00 指令的快速进给。

2）固定循环中的快速进给。

3）指令 G27、G28 时的快速进给。

4）手动快速进给。

（6）单程序段　若将"单段"按钮置于"ON"，执行一个程序段后，机床停止。

1）用指令 G28、G29、G30 时，即使在中间点，也能进行单程序段停止。

2）固定循环的单程序段停止时，"进给保持"灯亮。

3）M98 P××；M99；的程序段不能单程序段停止。但是，M98、M99 的程序中有 O、N、P 以外的地址时，单程序段停止。

5. 程序的存储、编辑

在此状态，可以通过键盘存储程序，对程序号进行检索，对程序进行各种编辑操作。

（1）由键盘存储　操作步骤如下：

1）选择"编辑"方式。

2）按"PRGRM"键。

3）键入地址"O"及要存储的程序号。

4）按"INSRT"键，用此操作可以存储程序号，以下在每个字的后面键入程序，用"INSRT"键存储。

（2）程序号检索　操作步骤如下：

1）选择方式（"编辑"和"自动"方式）。

2）按"PRGRM"键，键入地址"O"和要检索的程序号。

3）按"CURSOR↓"键，检索结束时，在 CRT 画面的右上方，显示已检索的程序号。

（3）删除程序　操作步骤如下：

1）选择"编辑"方式。

2）按"PRGRM"键，键入地址"O"和要删除的程序号。

3）按"DELET"键，可以删除程序号所限定的程序。

（4）字的插入、变更、删除　操作步骤如下：

1）选择"编辑"方式。

2）按"PRGRM"键，选择要编辑的程序。

3）检索要变更的字。

4）进行字的插入、变更、删除等编辑操作。

6. 数据的显示与设定

（1）偏置量设置　操作步骤如下：

1）按"MENU OFSET"主功能键。

2）按"PAGE"键，显示所需要的页面，如图 8-4 所示。

3）使光标移向需要变更的偏置号位置。

4）按数据输入键，输入补偿量。

5）按"INPUT"键，确认并显示补偿值。

（2）参数设置　由 CRT/MDI 设定参数的操作步骤如下：

1）按"PARAM"键和"PAGE"键显示设定参数画面（也可以通过软键"参数"显

示），如图 8-5、图 8-6 所示。

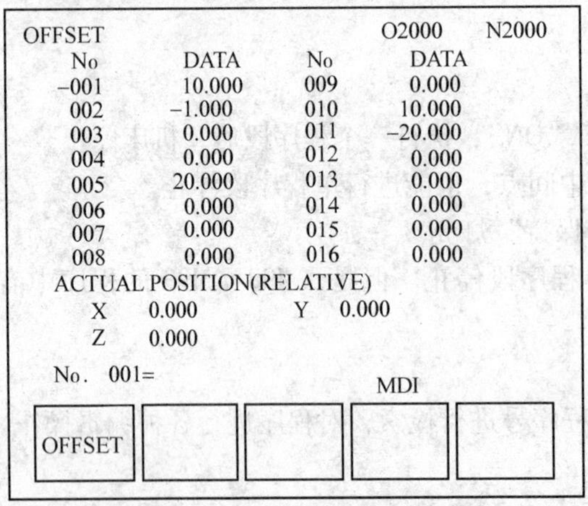

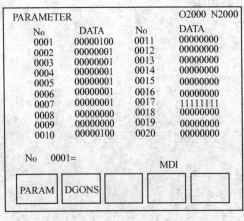

图 8-4　偏置量显示画面

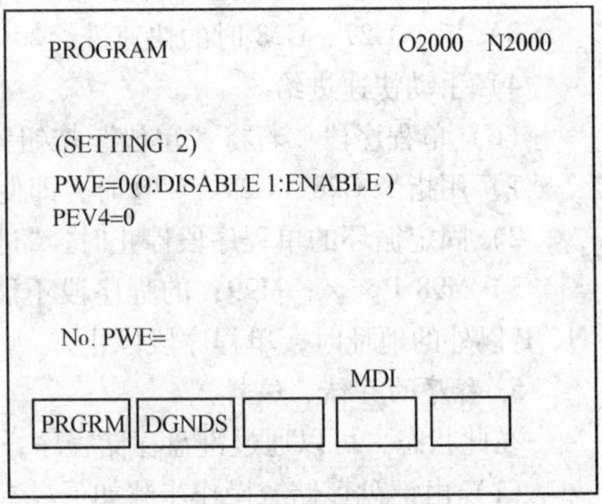

图 8-5　设定参数画面

2）选择"MDI"方式，移动光标至要变更的参数位置。

3）由"数据输入"键输入参数值，按"INPUT"键，确认并显示参数值。

4）所有参数的设定及确认结束后，变为设定画面，使"PWE"设定为零。

7. 图形显示

（1）程序存储器使用量的显示　操作步骤如下。

1）选择"EDIT"方式。

2）按"PRGRM"键，键入地址"P"。

3）按"INPUT"键和"PRGRM"键，显示程序储器使用量的信息。

（2）现在位置的显示　按"POS"键和"PAGE"键，可显示工件坐标系的位置（软键 ABS）、相对坐标系的位置（软键 REL）、实际速度显示三种状态，如图 8-7 所示。

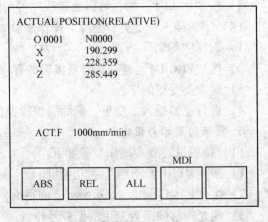

图 8-6　参数画面

图 8-7　现在位置的显示画面

8. 机床的急停

机床在手动或自动运行中，一旦发现异常情况，应立即停止机床的运动。使用急停按钮或进给保持按钮中的任意一个均可使机床停止。

（1）使用急停按钮　如果机床运行时按下"急停"按钮，机床进给运动和主轴运动会立即停止工作。待排除故障重新执行程序恢复机床的工作时，顺时针旋转该按钮，按下机床复位按钮复位后，进行手动返回机床参考点的操作。

（2）使用进给保持按钮　如果机床在运行时按下"进给保持"按钮后，机床处于保持状态。待"急停"解除之后，按下"循环启动"按钮恢复机床运行状态，无需进行返回参考点的操作。

9. 超程报警的解除

刀具超越了机床限位开关规定的行程范围时，显示报警，刀具减速停止。此时用手动将刀具移向安全的方向，然后按"机床复位"按钮解除报警。

四、对刀操作

对刀操作就是设定刀具上某一点在工件坐标系中坐标值的过程。对于圆柱形铣刀，一般是指切削刃底平面的中心，对于球头铣刀，也可以指球头的球心。实际上，对刀的过程就是在机床坐标系中建立工件坐标系的过程。

对刀之前，应先将工件毛坯准确装夹在工作台上。对于较小的零件，一般安装在平口钳或专用夹具上；对于较大的零件，一般直接安装在工作台上。安装时要使零件的基准方向和 X、Y、Z 轴的方向相一致，并且切削时刀具不会碰到夹具或工作台，然后将零件夹紧。

常用的对刀方法是手动对刀法，一般使用刀具、标准心棒或指示表（千分表）等工具，更方便的方法是使用光电对刀仪。

1. 用 G92 建立工件坐标系的对刀方法

G92 指令的功能是设定工件坐标系。执行 G92 指令时，系统将指令后的 X、Y、Z 的值设定为刀具当前位置在工件坐标系中的坐标，即通过设定刀具相对于工件坐标系原点的值来确定工件坐标系的原点。

（1）方形工件的对刀步骤　如图 8-8 所示，通过对刀将图中所示方形工件的 X、Y、Z 的零点设定成工件坐标系的原点。

操作步骤如下：

1）安装工件，将工件毛坯装夹在工作台上，用手动方式分别回 X 轴、Y 轴和 Z 轴到机床参考点。

采用点动进给方式、手轮进给方式或快速进给方式，分别移动 X 轴、Y 轴和 Z 轴，将主轴刀具先移到靠近工件的 X 方向的对刀基准面——工件毛坯的右侧面。

2）启动主轴，在手轮进给方式下转动手摇脉冲发生器慢慢移动机床 X 轴，使刀具侧面接触工件 X 方向的基准面，使工件上出现一极微小的切痕，即刀具正好碰到工件侧面，如图 8-9 所示。

设工件长宽的实际尺寸为 80mm × 100mm，使用的刀具直径为 8mm，这时刀具中心坐标相对于工件 X 轴零点的位置可以计算得到：80mm/2 + 8mm/2 = 44mm。

3）停止主轴，将机床工作方式转换成手动数据输入方式，按

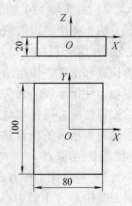

图 8-8　方形工件图

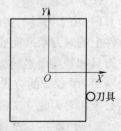

图 8-9　X 方向对刀时的刀具位置

"程序"键，进入手动数据输入方式下的程序输入状态，输入"G92"，按"输入"键，再输入此时刀具中心的 X 坐标值"X44"，按"输入"键。此时已将刀具中心相对于工件坐标系原点的 X 坐标值输入。

按"循环启动"按钮执行"G92　X44"这一程序，这时 X 坐标已设定好，如果按"位置"键，屏幕上显示的 X 坐标值为输入的坐标值，即当前刀具中心在工件坐标系内的坐标值。

4）按照上述步骤同样再对 Y 轴进行操作，使刀具侧面和工件的前侧面（即靠近操作者的工件侧面）正好相接触，这时刀具中心相对于工件 Y 轴零点的坐标为：$-100\mathrm{mm}/2 + (-8\mathrm{mm}/2) = -54\mathrm{mm}$。在手动数据输入方式下输入"G92"和"Y-54"，并按"输入"键，这时刀具的 Y 坐标已设定好。

5）然后对 Z 轴进行同样操作，此时刀具中心相对于工件坐标系原点的 Z 坐标值为 $Z = 0\mathrm{mm}$，输入"G92"和"Z0"，按"输入"键，这时 Z 坐标也已设定好。实际上工件坐标系的零点已设定到如图 8-8 所示的位置上。

（2）圆形工件的对刀操作　如果工件为圆形，以圆周作为对刀基准，用上述对刀的方法找基准面比较困难，一般使用指示表来进行对刀。如图 8-10 所示，通过对刀设定图中所示的工件坐标系原点。

操作步骤如下：

1）安装工件，将工件毛坯装夹在工件台上。用手动方式分别回 X 轴、Y 轴和 Z 轴到机床参考点。

2）对 X 轴和 Y 轴的原点。将指示表的安装杆装在刀柄上，或卸下刀柄，将指示表的磁性座吸在主轴套筒上，移动工作台使主轴中心轴线（即刀具中心）大约移到工件的中心，调节磁性座上伸缩杆的长度和角度，使指示表的触头接触工件的外圆周，用手慢慢转动主轴，使指示表的触头沿着工件的外圆周面移动，观察指示表指针的偏移情况，慢慢移动工作台的 X 轴和 Y 轴，反复多次后，待转动主轴时指示表的指针基本指在同一个位置，这时主轴的中心就是 X 轴和 Y 轴的原点。

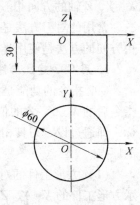

图 8-10　圆形工件图

3）将机床工作方式转换成手动数据输入方式，输入并执行程序"G92　X0　Y0"，这时刀具中心（主轴中心）X 轴坐标和 Y 轴坐标已设定好，此时都为零。

4）卸下指示表座，装上铣刀，用上述方法设定 Z 轴的坐标值。

（3）注意事项　具体如下：

1）由于刀具的实际直径可能要比其标称直径小，对刀时要按刀具的实际直径来计算。工件上的对刀基准面要选择工件上的重要基准面。如果欲选择的基准面不允许产生切痕，可在刀具和基准面之间加上一块厚度准确的薄垫片。

2）用 G92 的方式建立工件坐标系后，如果关机，建立的工件坐标系将丢失，重新开机后必须再对刀建立工件坐标系。

2. 用 G54～G59 建立工件坐标系的对刀方法

根据上述对刀的方法可知，对刀时如果用 G92 指令建立工件坐标系，关机后建立的工件坐标系将丢失。因此对于批量加工的工件，即使工件依靠夹具能在工作台上准确定位，用

G92 指令来对刀和建立工件坐标系也不太方便。这时经常使用和机床参考点位置相对固定的工件坐标系，分别通过 G54～G59 这 6 个指令来选择对应的工件坐标系，并依次称它们为第 1 工件坐标系、第 2 工件坐标系……第 6 工件坐标系。这 6 个工件坐标系是通过输入每个工件坐标系的原点到机床参考点的偏移值而建立的，并且可以为 6 个工件坐标系指定一个外部工件零点偏移值作为共同偏移值。用上述的对刀方法，将如图 8-8 所示工件的 X、Y、Z 的零点设定成第 1 工件坐标系的原点。用对刀来设置工件坐标系的方法介绍如下。

（1）操作步骤 具体如下：

1）工件安装，将工件装夹在工作台上，一般要求工件能在工作台（或夹具）上重复准确定位。用手动方式分别回 X 轴、Y 轴和 Z 轴到机床参考点。

2）用点动进给方式、手轮进给方式或快速进给方式，分别移动 X 轴、Y 轴和 Z 轴，使主轴刀具侧面和工件的对刀基准面——工件的右侧面正好相接触。记录下此时屏幕上显示的 X 坐标值（设为 $L_1 = -432.209\text{mm}$），-432.209 只是一个假设的读数，与工件装夹在工作台上的实际位置有关。

用同样的方式将主轴刀具侧面和工件的对刀基准面——工件的前侧面正好相接触时的 Y 坐标值记录下来（设为 $L_2 = -254.290\text{mm}$）。

再用同样的方式将主轴刀具下端面和工件的对刀基准面——工件的上端面正好相接触时的 Z 坐标值记录下来（设为 $L_3 = -105.529\text{mm}$）。

3）计算工件坐标系的原点和机床原点的距离。用上述方法得到的 X、Y、Z 这 3 个数据决定了工件坐标系的原点和机床零点的相对位置。设刀具直径为 8mm，则工件坐标系原点和机床原点的距离计算如下：

X 方向：$L_X = L_1 - 4 - 40 = -432.209\text{mm} - 4\text{mm} - 40\text{mm} = -476.209\text{mm}$

Y 方向：$L_Y = L_2 + 4 + 50 = -254.290\text{mm} + 4\text{mm} + 50\text{mm} = -200.29\text{mm}$

Z 方向：$L_Z = L_3 = -105.529\text{mm}$

L_X、L_Y、L_Z 这 3 个值就是想设定的工件坐标系的零点到机床零点的偏移值，由于机床零点在 3 个轴的正方向极限位置，偏移值一般应是负的。

4）按"偏置量"键进入偏移设置页面，按"翻页"键使屏幕显示"工件坐标系"页面，按光标向下键移动光标到"NO.01（对应 G54）"处，输入"X-476.209"，按"输入"键；输入"Y-200.290"，按"输入"键；输入"Z-105.529"，按"输入"键。这 3 个偏移值被输入到第 1 个工件坐标系的偏移值存储器中。

5）如果要输入第 4、第 5、第 6 工件坐标系的偏移值，可再按"翻页"键或按光标向下键移动光标，进入"工件坐标系"页面的第 2 页，然后进行数值的输入。

（2）注意事项

1）用这种设定偏移值的方法设定工件坐标系后，其坐标系偏移值不会因机床断电而消失。

2）如果要使用这个坐标系进行加工，只要使用 G54 指令选择这个坐标系即可。使用 G55、G56、G57、G58 和 G59 指令可以分别选择第 2、第 3、第 4、第 5 和第 6 工件坐标系。

3）可以在"NO.00"处设定 6 个坐标系的外部总偏移值。

4）当第 1 工件坐标系有偏移值时，如果返回机床参考点，屏幕显示机床参考点在第 1 工件坐标系内的坐标值。如果有外部总偏移值，外部总偏移值也包含在显示的坐标值内。

5）偏移值设定后，如果再用 G92 指令，偏移值即被忽略。

第二节　SINUMERIK 802D 数控铣床的操作方法

一、SINUMERIK 802D 数控铣床的机床操作面板

SINUMERIK 802D 数控铣床的机床操作面板如图 8-11 所示。

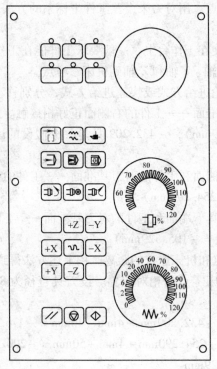

各键功能如下：

带发光二极管的"用户定义"键　　　　　　　"主轴反转"键

无发光二极管的"用户定义"键　　　　　　　"快速运行"键

"增量选择，手轮运行"键　　　　+X　−X　"X 轴点动"键

"手动点动"运行方式键　　　　　+Y　−Y　"Y 轴点动"键

"回参考点"键　　　　　　　　　+Z　−Z　"Z 轴点动"键

"自动"运行方式键　　　　　　　　　　　　"复位"键

"单程序段"运行方式键　　　　　　　　　　"数控停止"键

"手动数据输入"键　　　　　　　　　　　　"数控启动"键

"主轴正转"键　　　　　　　　　　　　　　"主轴速度倍率修调"旋钮

"主轴停"键　　　　　　　　　　　　　　　"进给速度倍率修调"旋钮

图 8-11　SINUMERIK 802D 数控铣床的机床操作面板

二、SINUMERIK 802D 数控系统操作面板

SINUMERIK 802D 数控系统操作面板如图 8-12 所示。

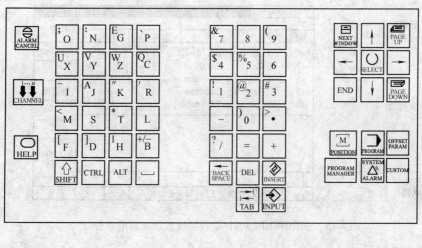

各键功能如下：

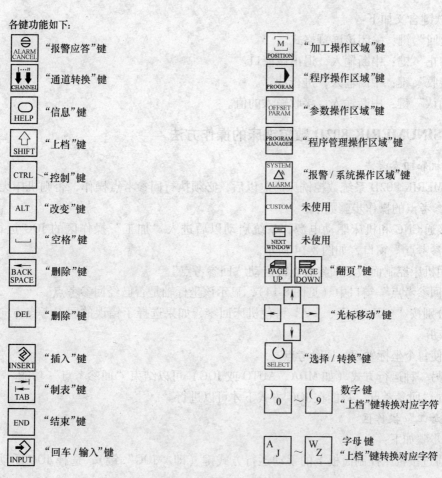

"报警应答"键

"通道转换"键

"信息"键

"上档"键

"控制"键

"改变"键

"空格"键

"删除"键

"删除"键

"插入"键

"制表"键

"结束"键

"回车/输入"键

"加工操作区域"键

"程序操作区域"键

"参数操作区域"键

"程序管理操作区域"键

"报警/系统操作区域"键

未使用

未使用

"翻页"键

"光标移动"键

"选择/转换"键

数字 键
"上档"键转换对应字符

字母 键
"上档"键转换对应字符

图 8-12 SINUMERIK 802D 数控系统操作面板

三、SINUMERIK 802D 数控系统显示屏幕的划分及其功能

SINUMERIK 802D 数控系统显示屏幕可划分为以下几个区域：状态区、应用区、说明区及软键区，如图 8-13 所示。

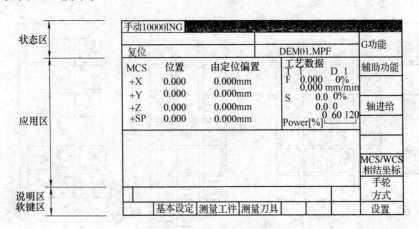

图 8-13　SINUMERIK 802D 数控系统显示屏幕的划分

标准软键含义如下：

"≪返回"键：关闭该屏幕格式。

"×中止"键：中断输入，退出该窗口。

"√接收"键：中断输入，进行计算。

"√确认"键：中断输入，接收输入的值。

四、SINUMERIK 802D 数控铣床的操作方法

1. 开机和回参考点

SINUMERIK 802D 系统数控铣床通电以后，必须执行回参考点操作，否则机床无法自动运行。回参考点的操作步骤如下：

1）接通 CNC 和机床驱动电源，系统启动以后进入"加工"操作区的 JOG 运行方式，出现"回参考点"窗口，如图 8-14 所示。

2）用机床控制面板上回参考点键启动"回参考点"。

在"回参考点"窗口中（见图 8-14），显示该坐标轴是否已经回参考点。

3）分别按"+X、+Y、+Z"键使机床回零，如果选择了错误的回参考点方向，则不会产生运动。

必须使每个坐标轴逐一回参考点。

选择另一种运行方式（如 MDA、AUTO 或 JOG）可以结束"回参考点"功能。

注意："回参考点"只能在 JOG 方式下才可以进行。

2. "加工"操作区

操作步骤如下：

1）通过按机床控制面板上的手动运行方式键（即"JOG"键），选择 JOG 手动运行方式。

手动 10000 INC					
复位					G 功能
			DEM01.MPF		
WCS	位置	再定位偏置	工艺数据		
·X ○	0.000	0.000mm	T 1	D 1	辅助功能
·Y ○	0.000	0.000mm	F	0.000 0% 0.000 mm/min	
·Z ○	0.000	0.000mm	S	0.0 0% 0.0 0	轴进给
·sp ○	0.000	0.000mm	Power[%]	0 60 120	
					MCS/WCS 相对坐标
					手轮方式
	基本设定	测量工件	测量刀具		设置

图 8-14 JOG 运行方式回参考点状态图

2）按下相应的方向键（X、Y 或 Z），可以使坐标轴运行。

只要相应的键一直按着，坐标轴就一直连续不断地以设定的进给速度运行。如果设定数据中此值为"0"，则按照机床参数数据中存储的数值运行。松开按键，坐标轴就停止运行。

需要时可以通过倍率开关调节速度。如果同时按下相应的坐标轴键和"快进"键，则坐标轴以快进速度运行。

选择"增量选择"键以步进增量方式运行时，坐标轴以选择的步进增量行驶，步进量的大小在屏幕上显示。再按一次点动键就可以去除步进增量方式。

在 JOG 状态图上显示位置、进给值、主轴值和刀具值，如图 8-15 所示。

手动 10000 INC					
复位					G 功能
			DEM01.MPF		
WCS	位置	再定位偏置	工艺数据		
·X ○	0.000	0.000mm	T 1	D 1	辅助功能
·Y ○	0.000	0.000mm	F	0.000 0% 0.000 mm/min	
·Z ○	0.000	0.000mm	S	0.0 0% 0.0 0	轴进给
·sp ○	0.000	0.000mm	Power[%]	0 60 120	
					MCS/WCS 相对坐标
					手轮方式
	基本设定	测量工件	测量刀具		设置

图 8-15 JOG 状态图

"测量工件"键：确定零点偏置。

"测量刀具"键：测量刀具偏置。

"设置"键：在该屏幕格式下，可以设置带有安全距离的退回平面，以及在 MDA 方式下自动执行零件程序时主轴的旋转方向。此外还可以在此屏幕下设定 JOG 进给率和增量值。如图 8-16 所示。

手动10000INC					
复位					
			DEM01.MPF		
WCS	位置	再定位偏置	工艺数据		
· X	0.000	0.000mm	T 1	D 1	
· Y	0.000	0.000mm	F	0.000 0%	
				0.000 mm/min	
· Z	0.000	0.000mm	S	0.0 0%	
· C	0.000	0.000mm		0.0 0	
· W	0.000	0.000mm	Power[%]	0 60 120	切换 mm〉inch
特性					
返回平面		0.000 mm			
安全距离		mm			
手动进给		mm/min			
递增变量					
旋转方向					返回
	基本设定	测量工件	测量刀具		设置

图 8-16　设置状态

"切换 mm，inch"键：用此功能可以在米制和英制尺寸之间进行转换。

3. MDA 手动输入方式

在 MDA 运行方式下可以编制一个零件程序段来执行。

注意：此运行方式中所有的安全锁定功能与自动运行方式一样，其他相应的前提条件也与自动运行方式一样。

操作步骤如下：

1）通过机床控制面板上的"手动数据输入"键（即"MDA"键）选择 MDA 运行方式，如图 8-17 所示。

MDA					
复位					G功能
			DEM01.MPF		
MCS	位置	余程	工艺数据		辅助功能
· X	0.000	0.000mm	T 1	D 1	
· Y	0.000	0.000mm	F	0.000 0%	
				0.000 mm/min	
· Z	0.000	0.000mm	S	0.0 0%	轴进给
· sp	0.000	0.000mm		0.0 0	
			Power[%]	0 60 120	
MDA-段					删除 MDA程序
					MCS/WCS 相对坐标
	基本设定			端面加工	设置

图 8-17　MDA 状态图

2）通过操作面板输入程序段。

3）按"数控启动"键执行输入的程序段。

在程序执行时不可以再对程序段进行编辑。执行完毕后，输入区的内容仍保留，这样该程序段可以通过按"数控启动"键再次重新运行。

图8-17中各软键含义说明如下：

"基本设定"键：设定基本零点偏置。

"端面加工"键：铣削端面加工。

"设置"键：设置主轴转速、旋转方向等。

"G功能"键：G功能窗口中显示所有有效的G功能，每个G功能分配在一功能组下，并在窗口中占有一固定位置。通过按"↑"键或"↓"键可以显示其他的G功能。再按一次该键可以退出此窗口。

"辅助功能"键：打开M功能窗口，显示程序段中所有有效的M功能。再按一次该键可以退出此窗口。

"轴进给"键：按此键出现"轴进给率"窗口。再按一次该键可以退出此窗口。

"删除MDA程序"键：用此功能可以删除在程序窗口显示的所有程序段。

"MCS/WCS相对坐标"键：实际值的显示与所选的坐标系有关。

4. 程序输入

（1）操作步骤　具体如下：

1）选择"程序"操作区。

2）按数控控制面板上的"PROGRAM MANAGER"，打开"程序管理器"，以列表形式显示零件程序及目录。程序管理窗口如图8-18所示。

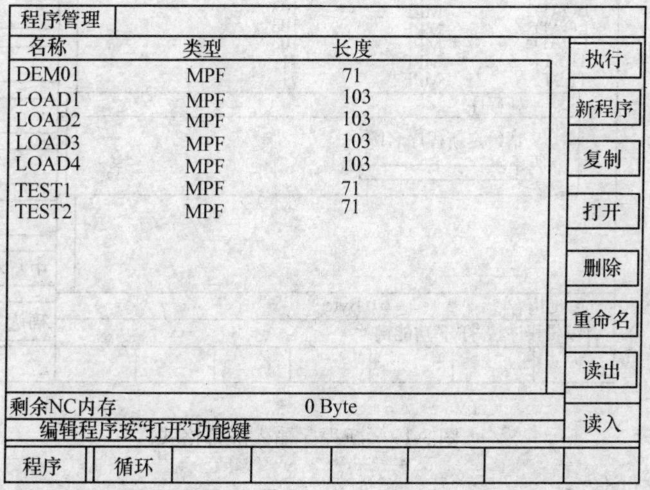

图8-18　程序管理窗口

3）在程序目录中用光标键选择零件程序。为了更快地查找到程序，输入程序名的第一个字母。控制系统自动把光标定位到含有该字母的程序前。

（2）图8-18中各软键的含义　具体如下：

"程序"键：按程序键显示零件程序目录。

"执行"键：按下此键选择待执行的零件程序，按"数控启动"键时启动执行该程序。

"新程序"键：操作此键可以输入新的程序。

"复制"键：操作此键可以把所选择的程序复制到另一个程序中。

"打开"键：按此键打开待执行的程序。

"删除"键：用此键可删除光标定位的程序，并提示对该选择进行确认。按下"确认"键执行消除功能，按"返回"键取消并返回。

"重命名"键：操作此键出现一窗口，在此窗口可以更改光标所定位的程序名称。输入新的程序名后按"确认"键，完成名称更改，用"返回"键取消此功能。

"读出"键：按此键，通过 RS232 接口，把零件程序送到计算机中保存。

"读入"键：按此键，通过 RS232 接口装载零件程序。接口的设定请参照系统操作区域。零件程序必须以文本的形式进行传送。

"循环"键：按此键显示标准循环目录。只有当用户具有确定的权限时才可以使用此键。

（3）输入新程序——"程序"操作区　操作步骤如下：

1）按"PROGRAM MANAGER"，选择"程序"操作区，显示 NC 中已经存在的程序目录。

2）按"新程序"软键，出现一对话窗口，在此输入新的主程序和子程序名称，如图 8-19 所示。

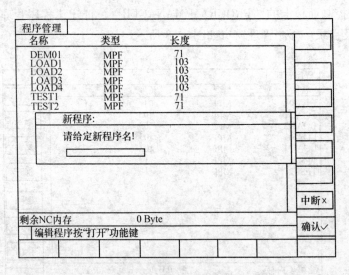

图 8-19　新程序输入屏幕格式

3）输入新文件名。

"√确认"键：按"确认"键接收输入，生成新程序文件，现在可以对新程序进行编辑。

"×中断"键：用中断键中断程序的编制，并关闭此窗口。

（4）零件程序的编辑　具体如下：

在编辑功能下，零件程序不在执行状态时，都可以进行编辑。对零件程序的任何修改，可立即被存储。如图 8-20 所示为程序编辑器窗口。

软键功能说明如下：

"编辑"键：程序编辑器。

"执行"键：使用此键，执行所选择的文件。

"标记程序段"键：按此键选择一个文本程序段，直至当前光标位置。

"复制程序段"键：用此键复制一程序段到剪贴板。

"粘贴程序段"键：用此键把剪贴板上的文本粘贴到当前的光标位置。

"删除程序段"键：按此键删除所选择的文本程序段。

"搜索"键：用"搜索"键和"搜索下一个"键在所显示的程序中查找一字符串。在输入窗口键入所搜索的字符，按"确认"键启动搜索过程。按"返回"键则不进行搜索，退出窗口。按此键继续搜索所要查询的目标文件。

"重编号"键：使用该功能替换当前光标位置到程序结束处之间的程序段号。

"重编译"键：在重新编译循环时，把光标移到程序中调用循环的程序段中。在其屏幕格式中输入相应的参数。如果所设定的参数不在有效范围之内，则该功能会自动进行判别，并且恢复使用原来的缺省值。

屏幕格式关闭之后，原来的参数就被所修改的参数取代。

注意：仅仅是自动生成的程序块/程序段才可以进行重新编译。

5. 输入/修改零点偏置值

在回参考点之后，机床的所有坐标均以机床零点为基准，而工件的加工程序则以工件零点为基准，这之间的差值就可作为设定的零点偏移量输入。

（1）计算零点偏置值　具体如下：

选择零点偏置（比如 G54～G59）窗口，确定待求零点偏置的坐标轴。如图 8-21 所示。

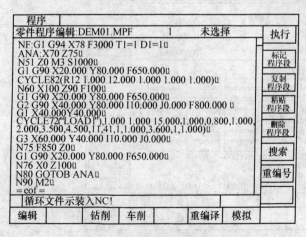

图 8-20　程序编辑器窗口

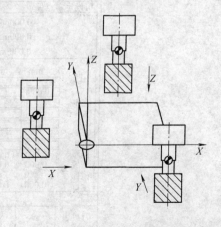

图 8-21　计算零点偏置值

计算零点偏置值的操作步骤：

1）按"测量工件"软键。控制系统转换到"加工"操作区，出现对话框用于测量零点偏置。所对应的坐标轴以背景为黑色的软键显示。

2）移动刀具，使其与工件相接触。在工件坐标系"设定 Z 位置"区域，输入所接触的工件边沿的位置值。

在确定 X 和 Y 方向的偏置时，必须考虑刀具正、负移动的方向。如图 8-22 所示。

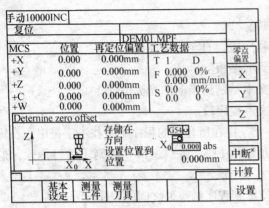
a)

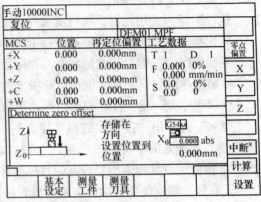
b)

图 8-22　确定零点偏置

a）确定 X 方向零点偏置　b）确定 Z 方向零点偏置

3）按"计算"软键进行零点偏置的计算，结果显示在零点偏置栏。

（2）输入/修改零点偏置值的操作步骤　具体如下：

1）按"参数"操作区域键"OFFSET PARAM"。

2）按"零点偏移"软键，屏幕上显示出可设定零点偏置的情况，包括已编程的零点偏置值、有效的比例系数状态显示、镜像有效以及所有的零点偏置，如图 8-23 所示。

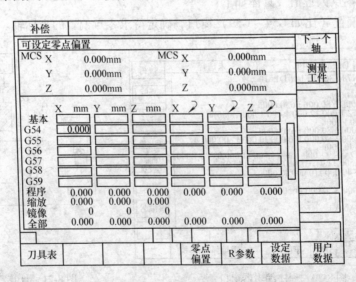

图 8-23　零点偏置窗口

3）按"←"、"↑"、"↓"、"→"方向键，把光标移动到待修改的地方。

4）输入零点偏置的数值。

6. 编程设定数据

利用"设定数据"键可以设定运行状态，并在需要时进行修改。

操作步骤如下：

1）按"参数"操作区域键"OFFSET PARAM"和"零点偏移"软键选择设定数据。

2）按"设定数据"键设定数据，进入下一级菜单，在此菜单中可以对系统的各个选件进行设定，如图 8-24 所示。

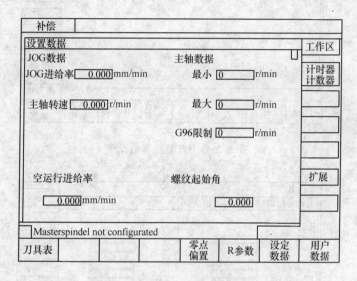

图 8-24　"设定数据"状态图

各种数据设定情况如下：

① JOG 下的进给率。在 JOG 状态下的进给率设定。如果该进给率为零，则系统使用机床参数中存储的数值。

② 主轴转速设定。可设置主轴转速的最小值/最大值。对主轴转速的限制（G26 最大/G25 最小），只可以在机床数据所规定的极限范围内进行。

③ 可编程主轴极限值。在恒定切削速度（G96）时可编程的最大速度（LIMS）。

④ 空运行进给率。在自动方式中若选择空运行进给功能，则程序不按编程的进给率执行。而是执行参数设定值的进给率，即在此输入的进给率。

7. 输入刀具参数及刀具补偿

在 CNC 进行工作之前，必须在 NC 上进行参数设置，修改某些机床、刀具的调整数据。如：输入刀具参数及刀具补偿参数，输入/修改零点偏置，输入设定数据。

刀具参数包括刀具几何参数、磨损量参数和刀具型号参数。

不同类型的刀具均有一个确定的参数数值，每把刀具有一个刀具号（T××号）。如图 8-25 和图 8-26 所示为刀具补偿参数设置和按"扩展"键后出现的菜单。

（1）输入刀具补偿参数的操作步骤　具体如下：

1）按"OFFSET PARAM"键，打开刀具补偿参数窗口，显示所使用的刀具清单。可能通过光标键和"上一页"、"下一页"键选出所要求的刀具。

2）通过以下步骤输入补偿参数：

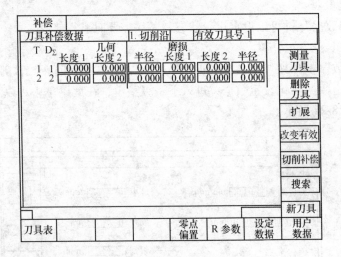

图 8-25　刀具补偿参数设置

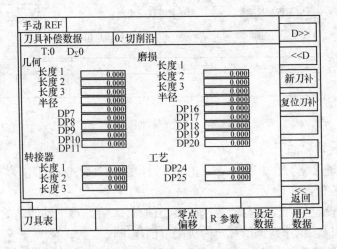

图 8-26　按"扩展"键后出现的菜单

① 把光标移到输入区定位。

② 输入数值。

③ 按输入键确认或者移动光标。对于一些特殊刀具可以使用扩展键，填入全套参数。

图 8-25 中各软键含义说明如下：

"测量刀具"键：手动确定刀具补偿参数。

"删除刀具"键：按此键可清除所有刀具补偿参数。

"扩展"键：按此键显示刀具的所有参数。

"改变有效"：键：按此键刀具的补偿值立即生效。

"切削补偿"键：按此键打开一个子菜单，提供所有的功能，用于建立和显示其他的刀补。

"D＞＞"键：选择下一级较高的刀补号。

"＜＜D"键：选择上一级较低的刀补号。

"新刀补"键：按此键建立一个新刀补值。

"复位刀补"键：按此键复位刀具的所有补偿参数。

"搜索"键：输入待查找的刀具号，按"确认"键。如果所查找的刀具存在，则光标会自动移动到相应的行。

"新刀具"键：使用此键建立一把新刀具的刀具补偿。

注意：最多可以建立 32 把刀具。

（2）确定刀具补偿值　利用此功能可以计算刀具 T 未知的几何长度。

前提条件是换入该刀具。在 JOG 方式下移动该刀具，使刀尖到达一个已知坐标值的机床位置，这可能是一个已知位置的工件。

输入参考点坐标 X_0、Y_0 或者 Z_0。

注意：铣刀要计算长度 l 和半径。

如图 8-27 所示。利用 F 点的实际位置（机床坐标）和参考点，系统可以在所预选的坐标轴方向计算出刀具补偿值长度 l 或刀具半径。可以使用一个已经计算出的零点偏置（G54 ~ G59）作为已知的机床坐标。使刀具运行到工件零点。如果刀具直接位于工件零点，则偏移值为零。

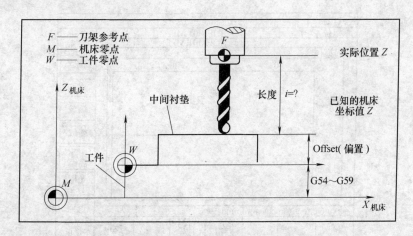

图 8-27　计算钻头的长度补偿

确定刀具补偿值的操作步骤如下：

1）按"测量刀具"软键，打开刀具补偿值窗口，自动进入位置操作区，如图 8-28 所示。

2）在 X_0、Y_0 或者 Z_0 处登记一个刀具当前所在位置的数值，该值可以是当前的机床坐标值，也可以是一个零点偏置值。如果使用了其他数值，补偿值以此位置为准。

3）按"设置长度"或者"设置直径"软键，系统根据所选择的坐标轴计算出它们相应的几何长度 l 或直径。计算出的补偿值被存储。

8. 模拟图形

当前为自动运行方式，并且已经选择了待加工的程序时，通过模拟功能，编程的刀具轨迹可以通过图形来表示。

操作步骤如下：

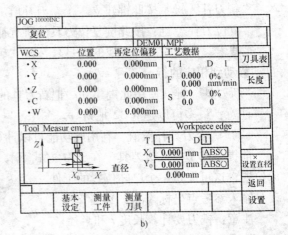

图 8-28　测量刀具

a）"对刀"窗口，长度测量　b）刀具直径测量

1）按"模拟"软键，屏幕显示初始状态，如图 8-29 所示为模拟初始状态。

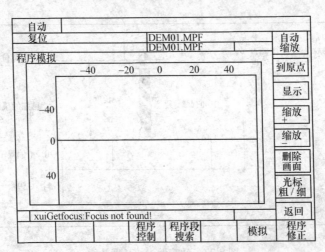

图 8-29　模拟初始状态

2）按"数控启动"键，模拟所选择的零件程序的刀具轨迹。

图 8-29 中各软键的含义说明如下：

"自动缩放"键：操作此键可以自动缩放所记录的刀具轨迹。

"到原点"键：按此键可以恢复到图形的基本设定。

"显示"键：按此键可以显示整个工件。

"缩放 +"键：按此键可以放大显示图形。

"缩放 -"键：按此键可以缩小显示图形。

"删除画面"键：按此键可以擦除显示的图形。

"光标粗/细"键：按此键可以调整光标的步距大小。

9. CNC 自动加工

（1）CNC 自动加工的执行　在启动程序之前必须调整好系统数据和机床，安装校正、夹紧零件毛坯，同时还必须注意机床生产厂家的安全说明。

操作步骤如下：

1）按"自动方式"键，选择自动工作方式。

2）按"PROGRAM MANAGER"键，显示出系统中所有的程序。

3）按"←"、"↑"、"↓"、"→"键，把光标移动到要执行的程序上。

4）按"执行"键，选择待加工的程序，被选择的程序名显示在屏幕区"程序名"下。

5）如果有必要，还可以确定程序的运行状态，此时应按"程序控制"，将出现如图8-30所示的窗口。

6）按下"数控启动"键，执行零件程序。

自动				程序测试
复位	SKPDRYROVM01PRTSBL			
		DEM01.MPF		
MCS	位置	余程	工艺数据	空运行进给
• X	0.000	0.000mm	T 1　　　D 1	
• Y	0.000	0.000mm	F　0.000　0% 0.000 mm/min	有条件停止
• Z	0.000	0.000mm	S　0.0　0% 0.0　0	跳过
• Sp	0.000	0.000mm	Power[%]　0 60 120	单步程序段
段显示		DEM01.MPF		ROV有效
ANF:G1 G94 X78 F3000 T1=1 D1=1 ANA:X70 Z75 NS1 Z0 N3 S1000 G1 G90 X20.000 Y80.000 F650.000 CYCLE82(R12,1.000,12.000,1.000,1.000,1.000) N60 X100 Z90 F1000 G1 G90 X20.000 F650.000				
		循环时间：0000H33M195		返回 <<
		程序控制	程序段搜索	模拟	程序修正

图8-30　"程序控制"窗口

如图8-30所示"程序控制"窗口中各软键功能说明如下：

"程序测试"键：在程序测试方式下，所有到进给轴和主轴的给定值被禁止输出，此时给定值区域显示当前运行数值。

"空运行进给"键：进给轴以空运行数据中的设定参数运行。执行空运行时，进给速度编程指令无效。

"有条件停止"键：程序执行有M01指令的程序段时，停止运行。

"跳过"键：程序运行到前面有斜线标志的程序段时，跳过不予执行（比如："/N100"）。

"单步程序段"键：此功能生效时，零件程序逐段运行。程序段逐段解码，在程序段结束时有一暂停。但是，没有空运行进给的螺纹程序段为例外，螺纹程序段运行结束后才会产生一暂停。单段功能只有处于程序复位状态时才可以选择。

"ROV有效"键：按"快速修调"键，修调开关对于快速进给也生效。

"＜＜返回"键：按"退出"键退出当前正在执行的窗口。

（2）停止、中断零件程序及恢复执行零件程序

1）停止、中断零件程序的操作方法如下：

①用"数控停止"键停止加工的零件程序，按"数控启动"键可恢复被中断的程序运行。

②用"复位"键中断加工的零件程序，按"数控启动"键重新启动，程序只能从头开始运行。

2）中断之后的再定位——从断点开始加工。程序中断后（用"数控停止"键），可以用手动方式从加工轮廓退出刀具。控制器将中断点坐标保存，并能显示离开轮廓的坐标值。

操作步骤如下：

①选择自动运行方式。

②按"程序段搜索"软键，打开搜索窗口，准备装载中断点坐标。

③按"搜索断点"软键，装载中断点坐标。

④按"计算轮廓"软键，启动中断点搜索，使机床回中断点。执行一个到中断程序段起始点的补偿。

⑤按"数控启动"键继续加工。

3）"程序段搜索"功能的执行。当程序已经选择，系统处于复位状态时，在图8-29所示的窗口中按"程序段搜索"软键，将出现如图8-31所示的窗口。

自动					
复位　SKP DRY ROV N01 PRT SBL					计算轮廓
			DEM01.MPF		
搜索方式	级：1		DEM01.MPF	1	启动搜索
NF:G1 G94 X78 F3000 T1=1 D1=1ü					
ANA:X70 Z75ü					不带计算
N51 Z0 M3 S1000ü					
G1 G90 X20.000 Y80.000 F650.000ü					
CYCLE82(R12 1.000 12.000 1.000 1.000 1.000)ü					搜索断点
N60 X100 Z90 F100ü					
G1 G90 X20.000 Y80.000 F650.000ü					
G2 G90 X40.000 Y80.000 I10.000 J0.000 F800.000ü					搜索
G1 X40.000 Y40.000ü					
CYCLE72（"LOAD1"），1.000,1.000,15.000,1.000,0.800,1.000,					
2.000,3.500,4.500,11,41,1,1.000,3.600,1,1.000)ü					
G3 X60.000 Y40.000 I10.000 J0.000ü					
N75 F850 Z0ü					
G1 G90 X20.000 Y80.000 F650.000ü					
N76 X0 Z100ü					
N80 GOTOB ANAü					
N90 M2ü					
＝eof＝					
mpf/DEM01.MPF					返回 ≪
		程序控制	程序段搜索	模拟	程序修正

图8-31　"程序段搜索"窗口

使用程序段搜索功能可以查找所需要的零件程序。查询目标可以通过光标直接定位到程序段上。图8-31所示窗口中各软键功能说明如下。

"计算轮廓"键：程序段搜索，直至程序起始。

"启动搜索"键：程序段搜索，直至程序结束。

"不带计算"键：程序段搜索，没有进行计划。

"搜索断点"键：装载中断点。

"搜索"键：按此键显示对话框，输入待查询的行号或定义。使用区域定义确定从哪一位置开始搜索，如图8-32所示。

搜索结果：窗口中显示所搜索到的程序段。

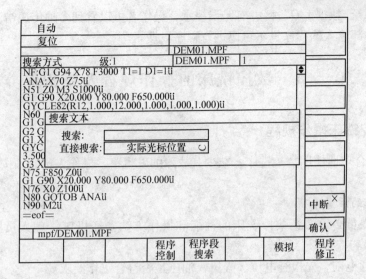

图 8-32 "搜索"窗口

10. 执行外部程序，DNC 自动加工

当铣削三维立体零件时，程序是通过 CAD/CAM 自动生成的，程序非常长，系统的内存有限，无法装载程序用 CNC 来加工。这样的一个外部程序可由 RS232 接口输入控制系统，当按下"NC 启动"键后，立即执行该程序，且一边传送一边执行加工程序，这种方法称为DNC 直接数控加工。

当缓冲存储器中的内容被处理后，程序被自动再装入。程序可以由外部计算机，如一台装有 PCIN 数据传送软件的计算机执行该任务。

（1）执行外部程序的前提条件

1）控制系统处于复位状态。

2）有关 RS232 接口的参数设定要正确。而且此时该接口不可用于其他工作（如：数据输入、数据输出）。

3）外部程序开头必须改成系统能接受的如下格式（输入以下两行内容不允许有空格）：

%＿＿ N ＿＿程序名＿＿MPF

; ＄ PATH ＝/＿＿ N ＿＿ MPF ＿＿ DIR

（2）DNC 自动加工的操作步骤

1）按"外部程序"键。

2）在外部计算机上使用 PCIN，并在数据输出栏接通程序输出。此时程序被传送到缓冲存储器，并被自动选择且显示在程序选择栏中。为有助于程序执行，最好等到缓冲存储器装满为止。

3）用"数控启动"键开始执行该程序，该程序被一段一段装入系统进行加工，直至全部结束。

在 DNC 运行方式下，无论是程序运行结束还是按"复位"键，程序都自动从控制系统退出。

注意：

① 在"系统/数据 I/O"区，有错误提示，操作者可以看到多种传送错误。

② 对于外部读入的程序，不可以进行程序段搜索。

第三节　数控铣床的操作规程及维护保养

一、数控铣床操作规程

为了正确合理地使用数控铣床，减少其故障的发生率。操作人员必须按以下机床操作规程进行操作。

1. 开机前的注意事项

1）操作人员必须熟悉数控铣床的性能和操作方法。经机床管理人员同意方可操作机床。

2）机床通电前，先检查电压、气压、油压是否符合工作要求。

3）检查机床可动部分是否处于可正常工作状态。

4）检查工作台是否越位，是否超极限状态。

5）检查电气元件是否牢固，是否有接线脱落。

6）检查机床接地线是否和车间地线可靠连接（初次开机特别重要）。

7）已完成开机前的准备工作后方可合上电源总开关。

2. 开机过程注意事项

1）严格按机床说明书中的开机顺序进行操作。

2）一般情况下开机过程中必须先进行返回机床参考点操作，建立机床坐标系。

3）开机后让机床空运转 15min 以上，使机床达到热平衡状态。

4）关机后必须等待 5min 以上才可以再次开机，没有特殊情况不得随意频繁进行开机或关机操作。

3. 调试过程注意事项

1）编辑、修改、调试好程序。若是首件试切必须进行空运行，确保程序正确无误。

2）按工艺要求安装、调试好夹具，并清除各定位面的铁屑和杂物。

3）按定位要求装夹好工件，确保定位正确可靠。不得在加工过程中发生工件松动现象。

4）安装好所要用的刀具。

5）设置好刀具半径补偿。

6）确认切削液输出通畅，流量充足。

7）再次检查所建立的工件坐标系是否正确。

8）以上各点准备好后方可加工工件。

4. 加工过程注意事项

1）加工过程中，不得调整刀具和测量工件尺寸。

2）自动加工中，自始至终监视运转状态，严禁离开机床，遇到问题及时解决，防止发生不必要的事故。

3）定时对工件进行检验。确定刀具是否磨损等情况。

4）关机时，或交接班时对加工情况、重要数据等做好记录。

5）机床各轴在关机时远离其参考点，或停在中间位置，使工作台重心稳定。

6）清扫机床，必要时涂防锈油。

二、操作数控铣床时防止机床碰撞的方法

数控铣床是价值昂贵的设备，在操作时一定要特别小心。如果机床发生碰撞事故，会造成重大损失，为防止碰撞事故发生，可使以下几个方面采取措施。

1）数控程序中的编程坐标系一定要与在机床上对刀时设定的工件坐标系一致。

2）对刀之后必须进行验证，确认对刀无误后才能开始加工，验证对刀的方法可通过在 MDI 方式下运行指令："G54　G01　X0　Y0　Z50.0　F100"（当用 G54 对刀时），然后检查刀具是否到达了工件坐标系中的点（0，0，50）。

3）对无把握的程序，可先用"单步"方式试运行程序，试运行时要注意观察屏幕上显示的加工余量值与工件实际值之间是否相符，发现异常，立即停机检查。

4）当锁住机床，在机床上模拟加工之后，加工之前必须注意要重新对刀。

5）要防止工艺系统对刀具产生的干涉。

6）防止操作机床动作失误，防止快速移动机床时弄反坐标轴方向。

7）为防止退刀时刀具碰撞夹具，退刀时最好先抬高 Z 轴，再移动 X 轴和 Y 轴。

8）对刀和加工之前要确认刀具和工件都已装夹正确，并已夹紧牢固。

9）在加工中出现异常情况时，及时按下"急停"按钮。

三、工件加工质量的控制方法

在零件的加工过程中，操作者不应离开机床，应时刻注意加工中有无异常、工件质量如何，并及时处理发生的异常情况，具体方法如下：

1）观察主轴的转速及进给量的大小是否合适，若不合适可调整主轴转速倍率及进给倍率，必要时可修改程序。

2）观察切削液是否充足，若不充足应检查是管道堵塞还是切削液箱内切削液过少，并做相应处理。

3）观察切屑情况，是否有切屑缠绕。若有，应及时停车处理，否则有可能造成事故。

4）时刻观察刀具及工件有无松动现象，若有，必须停车处理以免造成事故。

5）观察已加工部分的表面粗糙度以及切屑的情况和切削加工的声响，判断刀具是否磨钝和破损。如是，若对工件的影响不大，可等该件加工完毕后更换或刃磨刀具；若不能保证加工精度及粗糙度，应及时停车更换刀具，并重新对刀、设置刀具长度补偿或工件坐标系原点位置，重新加工。

6）观察机床加工中有无异响、异常发热、异常振动。若有，应及时查明原因并做相应处理。

7）零件加工完毕后，对于重要的尺寸应在工件未卸下之前进行测量，若尺寸超差，能补救的话，可采取补救措施。

8）在批量生产中，应对加工完毕的零件进行全部检验或抽检，尽量使加工零件的尺寸处于公差带的中部，密切注意零件尺寸的变化方向，若偏差较大，应及早处理。

四、数控铣床日常维护保养的要点

1. 使机床保持良好的润滑状态

定期检查清洗自动润滑系统，添加或更换油脂、油液，使丝杠、导轨等各运动部位始终保持良好的润滑状态，降低机械磨损速度。

2. 定期检查电动机系统

对直流电动机定期进行电刷和换向器检查、清洗和更换。若换向器表面脏，应用白布沾酒精予以清洗；若表面粗糙，用细金相砂纸予以修整；若电刷长度为 10mm 以下时予以更换。

3. 定期检查液压、气压系统

对液压系统定期进行油质化验，检查和更换液压油，并定期对各润滑、液压、气压系统的过滤器或过滤网进行清洗或更换，对气压系统还要注意经常放水。

4. 定期检查电气部件

检查各插头、插座、电缆、各继电器的触点是否接触良好，检查各印制电路板是否干净。检查主变压器、各电动机的绝缘电阻应在 $1M\Omega$ 以上。平时尽量少开电气柜门，保持电器柜内清洁。定期对电器柜和有关电器的冷却风扇进行卫生清洁，更换其空气过滤网等。印制电路板上太脏或受湿可能发生短路现象，因此，必要时对各个印制电路板、电气元件采用吸尘法进行卫生清扫等。

5. 定期进行机床水平和机械精度检查

机械精度的校正方法有软硬两种。其软方法主要是通过系统参数补偿，如丝杠反向间隙补偿、各坐标定位精度定点补偿、机床回参考点位置校正等；其硬方法一般要在机床大修时进行，如进行导轨修刮、滚珠丝杠螺母预紧、调整反向间隙等。

6. 适时对各坐标轴进行超限位试验

由于切削液等原因使硬件限位开关产生锈蚀，平时又主要靠软件限位起保护作用。因此要防止限位开关锈蚀不起作用，防止工作台发生碰撞，严重时会损坏滚珠丝杠，影响其机械精度。试验时只要按一下限位开关确认一下是否出现超程警报，或检查相应的 I/O 接口信号是否变化。

7. 监视数控装置用的电网电压

数控装置通常允许电网电压在额定值的 +10% ~ -15% 的范围内波动，如果超出此范围就会造成系统不能正常工作，甚至会引起数控系统内的电子元件损坏。为此，需要经常监视数控装置用的电网电压。

8. 更换存储器电池

一般数控系统内对 CMOS　RAM 存储器器件设有可充电电池维持电路，以保证系统不通电期间保持其存储器的内容。在一般的情况下，即使电池尚未失效，也应每年更换一次，以确保系统能正常工作。电池的更换应在数控装置通电状态下进行，以防更换时 RAM 内信息丢失。

9. 印制电路板的维护

印制电路板长期不用是很容易出故障的。因此，对于已购置的备用印制电路板应定期装到数控装置上运行一段时间，以防损坏。

10. 机床长期不用时的维护

数控机床不宜长期封存不用，购买数控机床以后要充分利用起来，尽量提高机床的利用率，尤其是投入的第一年，更要充分的利用，使其容易出现故障的薄弱环节尽早暴露出来，使故障的隐患尽可能在保修期内得以排除。数控机床不用，反而由于受潮等原因加快电子元件的变质或损坏，如数控机床长期不用时要定期通电，并进行机床功能试验程序的完整运行。要求每 1~3 周通电试运行 1 次，尤其是在环境湿度较大的梅雨季节，应增加通电次数，每次空运行 1h 左右，利用机床本身的发热来降低内部湿度，使电子元件不致受潮。同时，也能及时发现有无电池报警发生，以防系统软件、参数的丢失等。

11. 经常打扫卫生

如果机床周围环境太脏、粉尘太多，都可以影响机床的正常运行；印制电路板太脏，可能产生短路现象；油水过滤网、安全过滤网等太脏，会发生压力不够、散热不好，造成故障。所以必须定期进行卫生清扫。

为了更具体地说明日常保养的周期、检查部位和要求，数控机床的日常保养见表 8-6，以供参考。

表 8-6　数控机床的日常保养

序号	检查周期	检 查 部 位	检 查 要 求
1	每天	导轨润滑	检查润滑油的油面、油量，及时添加，润滑液压泵能否定时起动、打油及停止，导轨各润滑点在打油时是否有润滑油流出
2	每天	X，Y，Z 及回旋轴的导轨	清除导轨面上的切屑、脏物、冷却水剂，检查导轨润滑油是否充分，导轨面上有无划伤损坏及锈斑，导轨防尘刮板上有无夹带铁屑，如果是安装滚动滑块的导轨，当导轨上出现划伤时应检查滚动滑块
3	每天	压缩空气气源	检查气源供气压力是否正常，含水量是否过大
4	每天	机床进气口的油水自动分离器和自动空气干燥器	及时清理分水器中滤出的水分，加入足够润滑油，空气干燥器是否能自动切换工作，干燥剂是否饱和
5	每天	气液转换器和增压器	检查存油面高度并及时补充
6	每天	主轴箱润滑恒温油箱	恒温油箱正常工作，由主轴箱上油标确定是否有润滑油，调节油箱制冷温度能正常启动，制冷温度不要低于室温太多（相差 2~5℃，否则主轴容易产生空气水分凝聚）
7	每天	机床液压系统	油箱、液压泵无异常噪声，压力表指示正常工作压力，油箱工作油面在允许范围内，回油路上背压不得过高，各管路接头无泄漏和明显振动
8	每天	主轴箱液压平衡系统	平衡油路无泄漏，平衡压力指示正常，主轴箱上下快速移动时压力波动不大，油路补油机构动作正常
9	每天	数控系统及输入/输出	光电阅读机清洁，机械结构润滑良好，外接快速穿孔机或程序服务器连接正常
10	每天	各种电气装置及散热通风装置	数控柜、机床电气柜进气排风扇工作正常，风道过滤网无堵塞，主轴电机、伺服电机、冷却风道正常，恒温油箱、液压油箱的冷却散热片通风正常

（续）

序号	检查周期	检查部位	检查要求
11	每天	各种防护装置	导轨、机床防护罩应动作灵活而无漏水，刀库防护栏杆、机床工作区防护栏检查门开关应动作正常，在机床四周各防护装置上的操作按钮、开关、急停按钮位置正常
12	每周	各电柜进气过滤网	清洗各电柜进气过滤网
13	半年	滚珠丝杠螺母副	清洗丝杠上旧的润滑油脂，涂上新油脂，清洗螺母两端的防尘网
14	半年	液压油路	清洗溢流阀、减压阀、滤油器、油箱油底，更换或过滤液压油，注意加入油箱的新油必须经过过滤和去水分
15	半年	主轴润滑恒温油箱	清洗过滤器，更换润滑油，检查主轴箱各润滑点是否正常供油
16	每年	检查并更换直流伺服电动机电刷	从碳刷窝内取出碳刷，用酒精清除碳刷窝内和整流子上电粉，当发现整流子表面已被电弧烧伤时，抛光表面、去毛刺，检查电刷表面和弹簧有无失去弹性，更换长度过短的碳刷，并抱合后才能正常使用
17	每年	润滑油泵、滤油器等	清理润滑油箱池底，清洗更换滤油器
18	不定期	各轴导轨上镶条，压紧滚轮，丝杠	按机床说明书上规定调整
19	不定期	冷却水箱	检查水箱液面高度，切削液装置是否工作正常，切削液是否变质，经常清洗过滤器，疏通防护罩和床身上各回水通道，必要时更换并清理水箱底部
20	不定期	排屑器	检查有无卡位现象等
21	不定期	清理废油池	及时取走废油池以免外溢，当发现油池中突然油量增多时，应检查液压管路中漏油点

本章小结

　　本章讲述了数控铣床面板的构成、数控铣床的操作方法及维护方法。通过本章的学习，要求能熟练操作 FANUC 系统数控铣床和 SIEMENS 系统数控铣床，会维护数控铣床。

思考与训练

一、单项选择题

1. 数控机床联动轴数指的是（　　）。

A. 数控机床的进给轴数　　　　B. 数控机床的进给轴和主轴的总数

C. 能同时参与插补运算的轴数　　D. 主轴数

2. 数控机床中，代码 G53 的含义是（　　）。

A. 局部坐标系设定　　　　　　B. 工件坐标系预定

C. 机床坐标系设定　　　　　　　D. 选择工件坐标系

3. 数控铣床接通电源后，不作特殊指定，则（　　）有效。

A. G90　　　　　B. G91　　　　　C. G92　　　　　D. G99

4. 在 G00 程序段中，（　　）的值将不起作用。

A. X　　　　　　B. S　　　　　　C. F　　　　　　D. T

5. 对刀块高 100，对刀后机械坐标 -350，则 G54 设定 Z 坐标为（　　）。

A. -450　　　　　B. -500　　　　　C. -600　　　　　D. -350

6. 数控机床中，返回机械原点指令是（　　）。

A. G10　　　　　B. G20　　　　　C. G28　　　　　D. G39

7. 目前曲面加工程序的主要编制方法有（　　）。

A. 手工编程　　　B. 参数编程　　C. 宏指令编程　　D. CAD/CAM 自动编程

8. 数控铣床中，使用手轮要在（　　）模式下进行。

A. EDIT　　　　　B. AUTO　　　　C. JOG　　　　　D. HANDLE

9. 数控铣床中，编辑一个已储存的程序要在（　　）模式下进行。

A. EDIT　　　　　B. AUTO　　　　C. JOG　　　　　D. HANDLE

10. 数控铣床中，自动运行一个已存储的程序要在（　　）模式下进行。

A. EDIT　　　　　B. AUTO　　　　C. JOG　　　　　D. HANDLE

二、简答题

1. 在起动数控铣床前，操作者要做哪些检查？

2. 在数控铣床运行过程中，当出现异常情况时如何处置？

3. 在数控铣床的加工过程中，应注意哪些问题？

第九章 数控铣床加工技能综合实训
（中级考证）

> 学习目标：1. 掌握数控铣床中级操作工水平工件的编程方法。
> 　　　　　2. 学会编程并能够加工数控铣床中级操作工水平的工件。

第一节　FANUC系统数控铣床综合实训（中级考证）

一、综合实训（一）

零件如图 9-1 所示，材料为 45 钢，编程并加工该零件。

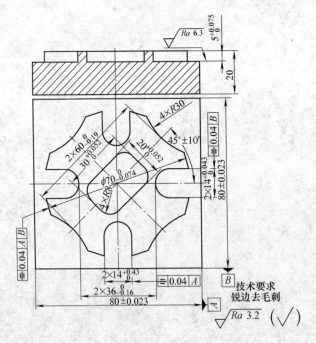

图 9-1　FANUC 系统数控铣床综合实训（一）零件图

评分表见表 9-1，（为使叙述简炼，后面综合实训中将省略评分表）。

表 9-1　评分表　　　　　　　　　　　　　　　　　（单位：mm）

评分表		图号	XKZ04	检测编号	
考核项目	考核要求	配分	评分标准	检测结果	得分
主要项目 1	$\phi 70_{-0.074}^{0}$，$Ra3.2\mu m$	6/2	超差不得分		
2	$20_{0}^{+0.052}$，$Ra3.2\mu m$	6/2	超差不得分		
3	$30_{0}^{+0.052}$，$Ra3.2\mu m$	6/2	超差不得分		
4	$2\times14_{0}^{+0.043}$，（水平）$Ra3.3\mu m$	12/4	超差不得分		
5	$2\times14_{0}^{+0.043}$（垂直）$Ra3.2\mu m$	12/4	超差不得分		
6	$5_{0}^{+0.075}$（2处）$Ra6.3\mu m$	6/2	超差不得分		
一般项目 1	$2\times36_{-0.16}^{0}$	2×2	超差1处扣2分		
2	$2\times60_{-0.19}^{0}$	2×2	超差1处扣2分		
3	$4\times R30$　$Ra3.2\mu m$	4/4	超差不得分		
4	$4\times R8$	2×0.5	超差1处扣0.5分		
5	$45°\pm10'$	1	超差不得分		
形位公差 1	对称度0.04（3处）	12/3	超差不得分		
其他 1	安全生产	3	违反有关规定扣1~3分		
2	文明生产	2	违反有关规定扣1~2分		
3	按时完成		超时≤15min 扣5分		
			超时>15~30min 扣10分		
			超时>30min 不计分		
总配分		100	总分		
工时定额	4h		监考	日期	
加工开始：　时　分	停工时间		加工时间	检测	日期
加工结束：　时　分	停工原因		实际时间	评分	日期

1. 加工工艺制订

（1）粗铣圆柱外轮廓和凹圆弧

1）粗铣圆柱外轮廓，留 0.50mm 单边余量。

2）粗铣 $4\times R30$ 凹圆弧，留 0.50mm 单边余量。

（2）半精铣、精铣圆柱外轮廓和凹圆弧

1）安装 $\phi20mm$ 精立铣刀并对刀，设定刀具参数，半精铣圆柱外轮廓和凹圆弧，留 0.10mm 单边余量。

2）实测工件尺寸，调整刀具参数，精铣圆柱外轮廓和凹圆弧至要求尺寸。

（3）铣半圆形槽

1）安装 $\phi12mm$ 粗立铣刀并对刀，设定刀具参数，选择程序，粗铣各槽，留 0.50mm 单边余量。

2）安装 $\phi12mm$ 精立铣刀并对刀，设定刀具参数，半精铣各槽，留 0.10mm 单边余量。

3）实测工件尺寸，调整刀具参数，精铣各半圆形槽至要求尺寸。

（4）铣矩形槽

1）安装 ϕ12mm 键槽铣刀并对刀，设定刀具参数，选择程序，粗铣矩形槽，留 0.50mm 单边余量。

2）安装 ϕ12mm 精立铣刀并对刀，设定刀具参数，半精铣矩形槽，留 0.10mm 单边余量。

3）实测矩形槽的尺寸，调整刀具参数，精铣矩形槽至要求尺寸。

2. 程序编制

粗铣、半精铣和精铣时使用同一加工程序，只需调整刀具参数分 3 次调用相同的程序进行加工即可。精加工时换 ϕ20mm 和 ϕ12mm 精立铣刀。

（1）铣圆柱体外轮廓和凹圆弧主程序

%

O00001；   程序名

N5   G54   G90   G17   G21   G94   G49   G40；建立工件坐标系

N10   S500   M03；

N15   G00   Z30；

N20   X52   Y－46；

N25   Z1；

N30   G01   Z－5   F200；   N30～N55 铣外围轮廓至 5mm 深度处

N35   G41   G01   X40   Y－36   D1   F50；

N40   X－36；

N45   Y36；

N50   X36；

N55   Y－36；

N60   G00   Z1；

N65   G40   G00   X52   Y－45.5；

N70   G01   Z－5   F200；   N70～N85 铣圆柱体外轮廓至 5mm 深度处

N75   G41   G01   X40   Y－35   D1   F50；

N80   X0；

N85   G02   J35；

N90   G00   Z1；

N95   G40   G00   X20   Y－45.5；

N100   G68   X0   Y0   R45；   N100～N155 铣 4×R30mm 凹圆弧

N105   M98   P0002；

N110   G69；

N115   G68   X0   Y0   R135；

N120   M98   P0002；

N125   G69；

N130   G68   X0   Y0   R225；

N135   M98   P0002；

```
N140   G69；
N145   G68   X0   Y0   R315；
N155   M98   P0002；
N160   G69；
N165   G00   Z100；
N170   M05；
N175   M00；                              程序暂停，手动换 φ12mm 立铣刀
N180   S800   M03；
N185   G0   Z5；
N190   M98   P0003；                      N190～N230 铣 4 个半圆槽
N195   G68   X0   Y0   R90；
N200   M98   P0003；
N205   G69；
N210   G68   X0   Y0   R180；
N215   M98   P0003；
N220   G69；
N225   G68   X0   Y0   R270；
N230   M98   P0003；
N235   G69；
N240   G00   Z100；
N245   M05；
N250   M00；                              程序暂停，手动换 φ12mm 键槽铣刀
N255   S800   M03；
N260   G0   Z5；
N265   G68   X0   Y0   R45；              N265、N270 铣矩形槽
N270   M98   P0004；
N275   G69；
N280   G00   Z100   M05；
N285   M30；                              程序结束
%
```

（2）铣凹圆弧子程序

```
%
00002；
N5    G42   G00   X 32.709   Y－12.457   D1；
N10   G01   Z－5   F30；
N15   G02   X 32.709   Y－12.457   R30；
N20   G00   Z1；
N25   G40   X50   Y0；
N30   M99；                              子程序结束
```

%

（3）铣半圆形槽子程序

%

O0003；

N5　G01　Z－5　F100；

N10　G41　G01　X36　Y7　D1　F75；

N15　X25；

N20　G03　X25　Y－7　R7；

N25　G01　X36；

N30　G00　Z1；

N35　G40　G00　X48　Y0；

N40　M99；　　　　　　　　　　　　　　　子程序结束

%

（4）铣矩形槽子程序

%

O0004；

N5　G01　Z－5　F30；

N10　G41　G01　X15　Y2　D1　F60；

N15　G03　X7　Y10　R8；

N20　G01　X－7；

N25　G03　X－15　Y2　R8；

N30　G01　Y－2；

N35　G03　X－7　Y－10　R8；

N40　G01　X7；

N45　G03　X15　Y－2　R8；

N50　G01　Y2；

N55　G00　Z1；

N60　G40　G00　X0　Y0；

N65　M99；　　　　　　　　　　　　　　　子程序结束

%

3. 注意事项

1）使用寻边器确定工件零点时应采用碰双边法。

2）精铣时应采用顺铣法，提高尺寸精度和表面质量。

3）铣削矩形槽时，不能直接用 ϕ12mm 立铣刀垂直铣削进刀。

二、综合实训（二）

零件如图 9-2 所示，材料为 45 钢，编程并加工该零件。

1. 加工工艺制订

使用平口钳装夹工件。具体如下：

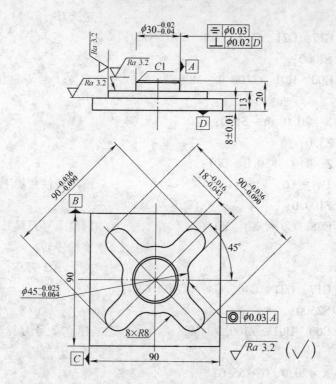

图9-2　FANUC系统数控铣床综合实训（二）零件图

1）使用 ϕ32mm 立铣刀粗铣圆柱，留 0.5mm 单边加工余量。

2）使用 M00 指令暂停后，更换 ϕ14mm 立铣刀，设定刀具参数，然后半精铣圆柱，留 0.1mm 单边加工余量。

3）使用 M00 指令暂停后，设定刀具参数，精铣圆柱至规定尺寸。

4）使用 M00 指令暂停后，设定刀具参数，粗铣十字凸台，留 0.5mm 单边加工余量。

5）使用 M00 指令暂停后，设定刀具参数，半精铣十字凸台，留 0.1mm 单边加工余量。

6）使用 M00 指令暂停后，设定刀具参数，精铣十字凸台至规定尺寸。

7）使用 M00 指令暂停后，安装 90° 锪刀，加工倒角 C1。

2. 刀具与切削用量选择

加工时选用刀具与切削用量可见表9-2。

表9-2　刀具与切削用量表

刀具号	刀具规格	工序内容	长度补偿号	半径补偿号	f/（mm/min）	a_p/mm	n/（r/min）
T10	ϕ32mm 立铣刀	粗铣圆柱	H01	D01	150	5	2000
T02	ϕ14mm 立铣刀	半精铣、精铣圆柱，加工十字凸台	H02	D02	120	5	2500
T03	90° 锪刀	倒角 C1	H03	D03	80	1	1000

3. 程序编制

选择工件上表面的中心点为工件坐标系原点。程序如下：

O4004；　　　　　　　　　　　　　　　　　　　　主轴上安装 T01 刀具，为 ϕ32mm

立铣刀

N010　G54　G17　G21　G40　G49　G90　G80;

N020　M03　S2000;

N030　G43　G00　H01　Z100.0　M08;　　　　建立1号刀具长度补偿，切削液开

N040　G00　X－20.0　Y－55.0;

N050　G00　Z3.0;

N060　G01　Z－7.0　F50.0　D01;

N070　M98　P41　L6　F150;　　　　　　　调用圆柱台加工程序

N080　G00　Z100.0;

N090　G49　G28　G91　X0　Y0;　　　　　取消1号刀具长度补偿

N100　M05;　　　　　　　　　　　　　　主轴停转

N110　M00;　　　　　　　　　　　　　　换上 T02 刀具，为 φ14mm 立铣刀

N120　G54　G17　G21　G40　G49　G90　G80;

N130　M03　S2500;

N140　G43　G00　H01　Z100.0　M08;　　　　建立2号刀具长度补偿，切削液开

N150　G00　X－20.0　Y－55.0;

N160　G00　Z3.0;

N170　G01　Z－7.0　F50.0　D02;

N180　M98　P41　L2　F120;　　　　　　　调用圆柱台加工程序

N190　G01　Z－12.0　F40;

N200　M98　P42　L6;　　　　　　　　　　调用十字台加工程序

N210　G00　Z100.0;

N220　G49　G28　G91　X0　Y0;　　　　　取消2号刀具长度补偿

N230　M05;　　　　　　　　　　　　　　主轴停转

N240　M00;　　　　　　　　　　　　　　换上3号刀具，为45°锪刀

N250　G54　G17　G21　G40　G49　G90　G80;

N260　M03　S1000;

N270　G43　G00　H01　Z100.0　M08;　　　　建立3号刀具长度补偿，切削液开

N280　G00　X－20.0　Y－55.0;

N290　G00　Z－1.0　D03;

N300　M98　P41　F80;　　　　　　　　　调用圆柱台加工程序，倒角

N310　G00　Z100;

N320　G49　G28　G91　X0　Y0;　　　　　取消3号刀具长度补偿

N330　M05;　　　　　　　　　　　　　　主轴停转

N340　M02;　　　　　　　　　　　　　　程序结束

O41;　　　　　　　　　　　　　　　　　圆柱台加工程序

N10　M00;　　　　　　　　　　　　　　修改刀具半径补偿参数

N20	G41	G01 X – 15. 0 Y – 40. 0;	建立刀具半径补偿
N30	G01	Y0;	
N40	G02	I15. 0;	
N50	G01	Y – 40. 0;	
N60	G00	Z3. 0;	
N70	G40	G00 X – 20. 0 Y – 55. 0;	取消刀具半径补偿
N80	G01	Z – 7. 0 F50;	
N90	M99;		子程序结束，返回主程序

O42;			十字台加工程序
N10	M00;		修改 2 号刀具半径补偿参数
N20	G41	G01 X0 Y – 39. 726 F120 D02;	建立 2 号刀具半径补偿
N30	G03	X – 19. 089 Y – 31. 815 R13. 5;	
N40	G02	X – 31. 815 Y – 19. 089 R9. 0;	
N50	G01	X – 24. 27 Y – 11. 542;	
N60	G03	X – 22. 077 Y – 4. 342 R8. 0;	
N70	G02	Y4. 342 R22. 5;	
N80	G03	X – 24. 27 Y11. 542 R8. 0;	
N90	G01	X – 31. 815 Y19. 089;	
N100	G02	X – 19. 089 Y31. 815 R9. 0;	
N110	G01	X – 11. 542 Y24. 27;	
N120	G03	X – 4. 342 Y22. 077 R8. 0;	
N130	G02	X4. 342 R22. 5;	
N140	G03	X11. 542 Y24. 27 R8. 0;	
N150	G01	X11. 542 Y24. 27;	
N160	G02	X31. 815 Y19. 089 R9. 0;	
N170	G01	X24. 27 Y11. 542;	
N180	G03	X22. 077 Y4. 342 R8. 0;	
N190	G02	Y – 4. 342 R22. 5;	
N200	G03	X24. 27 Y – 11. 542 R8. 0;	
N210	G01	X31. 815 Y – 19. 089;	
N220	G02	X19. 089 Y – 31. 815 R9. 0;	
N230	G01	X11. 542 Y – 24. 27;	
N240	G03	X4. 342 Y – 22. 077 R8. 0;	
N250	G02	X – 4. 342 R22. 5;	
N260	G03	X – 11. 542 Y – 24. 27 R8. 0;	
N270	G01	X – 25. 0 Y – 37. 726;	
N280	G40	X – 20. 0 Y – 50. 0;	取消 2 号刀具半径补偿
N290	M99;		子程序结束，返回主程序

4. 注意事项

1）在编写加工程序时，公差不对称的加工部位要采用中差编程；起刀点要选在基准面或基准点上。

2）由于工件有对称度要求，而且工件尺寸多以对称尺寸给出，对刀时把工件坐标原点设在工件上表面的中心处。

3）切削用量的选择要根据毛坯材料、刀具材料、机床性能等多种因素依加工状况而定，同时要兼顾表面质量。

4）每次使用 M00 前要使用 G40、G49 指令取消刀补，并且使刀具回到参考点去换刀。换上新的刀具后，要首先使用 G43 指令建立新刀具的长度补偿。

5）采用锪刀加工 C1 倒角时，要计算好下刀的深度，避免过加工十字凸台表面，而且要计算好加工部位的实际半径，并填入刀补表中。

第二节　SIEMENS 系统数控铣床综合实训（中级考证）

一、综合实训（一）

零件如图 9-3 所示，毛坯尺寸为 115mm×60mm×20mm，材料为 45 钢，使用 SINUMER-IK 802D 系统编程并加工零件。

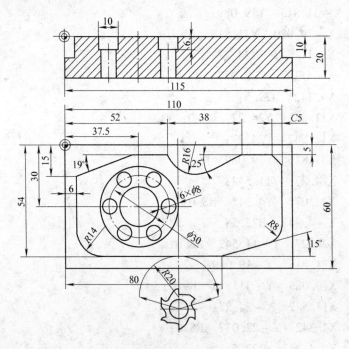

图 9-3　SIEMENS 系统数控铣床综合实训（一）

1. 加工工艺制订

1）铣削外形轮廓。

2）铣削环槽。

3）钻 $6 \times \phi 8mm$ 深孔。

4）钻 $6 \times \phi 10mm$ 深孔。

2. 程序编制

使用 SINUMERIK 802D 系统编程

（1）轮廓加工程序　轮廓加工程序可以采用子程序编程，也可采用 R 参数编程。

1）采用子程序编程。程序如下：

轮廓加工主程序

LUNKUO1. MPF	程序名为 LUNKUO1
N10　T1　D1；	指定刀具为 $\phi 20mm$ 立铣刀
N20　G64　G90　G0　G54　Z50　CFC；	连续路径加工，刀具轮廓恒进给，系统初始化
N30　S1200　M3；	设定工艺参数
N40　X57.5　Y-80；	快速定位至下刀点（$X57.5$，$Y-80$）
N50　Z2；	快速定位至 $Z2$ 位置
N60　G1　Z0　F100；	刀具进给至 $Z0$ 位置
N70　L12　P5；	调用 L12 子程序，调用 5 次
N80　G0　Z100　M5；	刀具快速定位至安全位置，主轴停止
N90　M30；	程序结束

轮廓加工子程序

L12. SPF	子程序名为 L12
N10　G1　Z = IC（-2）；	以非模态坐标指令方式工进下刀
N20　G42　G1　X = IC（-20）　F200；	建立刀具半径补偿
N30　G2　X = IC（20）　Y = IC（20）　CR = 20；	圆弧进刀切入工件
N40　G1　X80；	直线进给
N50　X110　ANG = 15　RND = 8；	加工 15°角度线，终点位置进行 $R8mm$ 圆角过渡
N60　Y-5　CHR = 5；	直线进给至 $Y-5$ 处终点位置进行倒角，倒角直边长为 5mm
N70　X90；	直线进给
N80　ANG = -155　X52　RND = 16；	直线进给至 $X52$，且直线成 $-155°$，终点进行 $R16mm$ 圆角过渡
N90　Y-5；	圆弧过渡后要指定 Y 向终点位置
N100　ANG = 180；	指定直线加工角度，终点位置有下面程序段来自动计算
N110　X6　Y-15　ANG = 199；	确定直线终点坐标和直线角度
N120　Y-54　RND = 14；	倒圆角加工

| N130 | X57.5； | 回到切入点 |

N130　X57.5；　回到切入点

N140　CT　X＝IC（20）　Y＝IC（－20）；　采用切向圆弧过渡形式，切向切出工件

N150　G40　G1　Y－80；　取消刀具半径补偿

N160　RET；　子程序结束

2）采用 R 参数编程。程序如下：

LUNKUO2.　MPF　程序名为 LUNKUO 2

N10　T1　D1；　指定刀具，ϕ20mm 立铣刀

N20　G64　G90　G54　G0　Z50　CFC；　连续路径加工，刀具轮廓恒进给，系统初始化

N30　S1200　M3；　定工艺参数

N40　X57.5　Y－80；　快速定位至下刀点（X57.5，Y－80）

N50　Z2；　快速定位至 Z2 位置

N60　R1＝2；　设定变量 R1 参数，即每次下刀深度

N70　AA：G1　Z＝－R1　F100；　程序段标记，并工进下刀至刚设定值

N80　G42　G1　X＝IC（－20）　Y－74　F300；　刀具半径右补偿

N90　G2　X＝IC（20）　Y＝IC（20）　CR＝20；　圆弧进刀至切入点，坐标采用非模态坐标指令形式

N100　G1　X80；　直线进给

N110　X110　ANG＝15　RND＝8；　加工 15°角度线，终点位置进行 R8mm 圆角过渡

N120　Y－5　CHR＝5；　直线进给至 Y－5 处终点位置进行倒角，倒角距离为 5mm

N130　X90；　直线进给

N140　ANG＝－155　X52　RND＝16；　直线进给至 X52 且直线成－155°，终点进行只 16 圆角过渡

N150　Y－5；　圆弧过渡后要指定 Y 向终点位置

N160　ANG＝180；　指定直线加千角度，终点位置有下面程序段来自动计算

N170　X6　Y－15　ANG＝199；　确定直线终点坐标和直线角度

N180　Y－54　RND＝14；　倒圆角加工

N190　X57.5；　回到切入点

N200　CT　X＝IC（20）　Y＝IC（－20）；　采用切向圆弧过渡形式，切向切出工件

N210　G40　G1　Y－80；　取消刀具半径补偿

N220　R1＝R1＋2；　R1 设定值进行累加计算

N230 IF R1 < =10 GOTOB AA;　　　　　　条件判断：符合设定条件时加工
　　　　　　　　　　　　　　　　　　　　　　　程序跳转至 AA

N240 G0 Z100 M5;　　　　　　　　　　　　刀具快速定位至安全位置，主轴
　　　　　　　　　　　　　　　　　　　　　　　停止

N250 M30;　　　　　　　　　　　　　　　　　程序结束

（2）环槽加工程序　环槽中心的坐标为（X37.5，Y - 30），编程时为减少基点坐标计算的工作量，首先要进行工件坐标系平移，将工件零点位置平移至环槽中心处再进行编程。环槽宽度为 10mm，选择 ϕ10mm 端面立铣刀，刀具号为 T2，刀沿号为 D1（只输入刀具长度补偿数据即可）。采用 TURN 指令，并按照刀具中心轨迹编写程序，编程工作比较简单。程序如下：

HUANCAO. MPF　　　　　　　　　　　　　　　程序名为 HUANCAO

N10 T2 D1;　　　　　　　　　　　　　　　　指定刀具为 ϕ10mm 端面
　　　　　　　　　　　　　　　　　　　　　　　立铣刀

N20 G64 G90 G54 G0 Z50 CFC;　　　　　连续路径加工，刀具轮廓
　　　　　　　　　　　　　　　　　　　　　　　恒进给，系统初始化

N30 S2000 M3;　　　　　　　　　　　　　　设定工艺参数

N40 TRANS X37.5 Y - 30;　　　　　　　　　工件原点平移至位置
　　　　　　　　　　　　　　　　　　　　　　　（X37.5，Y - 30），建立
　　　　　　　　　　　　　　　　　　　　　　　新坐标系

N50 X15 Y0;　　　　　　　　　　　　　　　运动至下刀点上方

N60 Z2;　　　　　　　　　　　　　　　　　　快速接近工件表面

N70 G1 Z0 F100;　　　　　　　　　　　　　工进至工件表面

N80 G2 G1 X15 Y0 I - 15 J0 Z - 6 TURN = 5 F200　　沿槽的中心线螺旋下刀切
　　　　　　　　　　　　　　　　　　　　　　　削至规定深度

N90 I - 15 J0;　　　　　　　　　　　　　　进行轮廓底面修整

N100 G0 Z100 M5;　　　　　　　　　　　　刀具快速定位至安全位
　　　　　　　　　　　　　　　　　　　　　　　置，主轴停止

N110 TRANS;　　　　　　　　　　　　　　　取消工件原点平移

N120 M30;　　　　　　　　　　　　　　　　　程序结束

（3）6 × ϕ8mm 深孔加工程序　先进行 6 × ϕ8mm 孔中心位置的定位加工（加工程序略）再进行 6 × ϕ8mm 深孔加工，程序如下：

KONG. MPF　　　　　　　　　　　　　　　　　程序名为 KONG

N10 T4 D1;　　　　　　　　　　　　　　　　指定刀具

N20 G90 G54 G0 Z50;　　　　　　　　　　系统初始化，指定工件坐
　　　　　　　　　　　　　　　　　　　　　　　标系

N30 S600 M3 F80;　　　　　　　　　　　　设定工艺参数

N40 TRANS X37.5 Y - 30;　　　　　　　　　坐标系原点平移

N50 MCALL CYCLE83 (10, 0, 2, -24, 0, -10, 3, 1, 0);

　　　　　　　　　　　　　　　　　　　　模态调用钻深孔循环，返回平面 Z10，参考平面 Z0，安

全高度为 2mm，最终钻深 $Z-24$，采用排屑形式

程序	注释
N60 HOLES2（0，0，15，0，60，6）；	采用圆周孔位置定义形式 指定具体钻孔坐标及个数
N70 MCALL；	取消循环模态调用
N80 G0 Z100 M5；	刀具快速定位至安全位 置，主轴停止
N90 TRANS；	取消工件原点平移
N100 M30；	程序结束

（4）6×ϕ10mm 沉孔加工程序　具体如下：

程序	注释
CHENKONG. MPF	程序名为 CHENKONG
N10 T3 D1；	指定刀具
N20 G90 G54 G0 Z50；	系统初始化，指定工件坐 标系
N30 S800 M3 F120；	设定工艺参数
N40 TRANS X37.5 Y-30；	工件原点平移至位置 （$X37.5$，$Y-30$）
N50 MCALL CYCLE82（10，-6，2，-6，6，0.5）；	模态调用钻中心孔循环
N60 HOLES2（0，0，15，0，60，6）；	用圆周孔位置定形指定具 体钻孔坐标及个数
N70 MCALL；	取消循环模态调用
N80 G0 Z100 M5；	刀具快速定位至安全位 置，主轴停止
N90 TRANS；	取消工件原点平移
N100 M30；	程序结束

二、综合实训（二）

零件如图 9-4 所示，材料为铝合金，工件的外形已经加工，要求编制孔系加工程序。

1. 加工工艺分析

1）加工路线：用钻头钻 1~8 号孔时，因孔径小需使用中心钻打底孔。1~8 号孔为深孔（因其长径比等于 5），加工时采用深孔钻削循环加工，加工工步以刀具划分。具体的钻孔进给路线为：1→2→3→4→5→6→7→8，9→10→11→12→13→14→15→11→12，13→14→15。

2）工件坐标系的零点设置在毛坯的中心位置。

3）基点的计算见程序。

4）钻孔深度：ϕ10mm 孔深为 50mm + 0.3 × 10mm + 5mm = 58mm；ϕ20mm 孔深为 20mm + 0.3 × 20mm = 26mm；ϕ40mm 孔深为 100mm + 0.3 × 40mm + 6mm = 118mm。

5）刀具：T01　ϕ10mm 中心钻；T02　ϕ10mm 麻花钻；T03　ϕ20mm 麻花钻；T04 ϕ40mm 钻头。

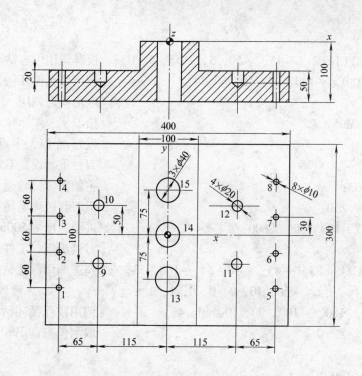

图 9-4　SIEMENS 系统数控铣削综合实训（二）

6）夹具：精密平口虎钳。

7）切削用量：

① T01：主轴转速选 3000r/min，进给速度选 450mm/min。

② T02：主轴转速选 2000r/min，进给速度选 500mm/min。

③ T03：主轴转速选 1000r/min，进给速度选 480mm/min。

④ T04：主轴转速选 800r/min，进给速度选 380mm/min。

2. 程序编制

GZK. MPF

G71；	单位设置为米制
T01　D01；	用 1 号刀，刀补值为 1 号切削沿
M3　S3000；	主轴正转，转速为 3000r/min
G17　G90　G40　G54；	选 XOY 平面，绝对编程等
G00　Z50；	下刀到距离毛坯上表面 50mm
X – 180　Y – 100　M8　F450；	快速定位，切削液开，进给速度为 450mm/min
Z – 45；	刀具趋近工件，离毛坯表面 5mm
MCALL　CYCLE82（ – 45， – 50， 5， – 55， 5， 0）；	模态调用中心钻循环
HOLESl（ – 180， – 100， 90， 10， 60， 4）；	调用排孔循环钻 1 ~ 4 号孔
MCALL；	取消模态调用

```
G0  Z10;
X180  Y－100;
Z－45;
MCALL  CYCLE82（－45，－50，5，－55，5，0）;        模态调用中心钻循环
HOLESl（180，－100，90，10，60，4）;             调用排孔循环钻 5～8 号孔
MCALL;                                          取消模态调用
G0  Z50  M05;                                    抬刀
M00;                                            程序暂停，手动换 2 号刀，对
                                                刀，重新设定 G54 的 Z 坐标

S2000  M03;                                      主轴正转，转速为 2000r/min
G54  G00  Z50;                                   下刀到距离毛坯上表面 50mm
X－180  Y－100  M8  F800;                       进给速度为 500mm/min
Z－45;                                          刀具趋近，工件离毛坯表面 5mm
MCALL  CYCLE83（－45，－50，5，－108，58，     模态调用深孔钻循环
            －60，10，0，0，0，1，1）;
HOLESl（－180，－100，90，10，60，4）;          调用排孔循环钻 1～4 号孔
MCALL;                                          取消模态调用
G0  Z10;
X180  Y－100;
Z－45;
MCALL  CYCLE83（－45，－50，5，－108，58，     模态调用深孔钻循环
            －60，10，0，0，0，1，1）;
HOLESl（180，－100，90，10，60，4）;           调用排孔循环钻 5～8 号孔
MCALL;                                          取消模态调用
G0  Z50;                                        抬刀
M00;                                            程序暂停，手动换 3 号刀，对
                                                刀，重新设定 G54 的 Z 坐标

S1000  M03;                                      主轴转速为 1000r/min
G54  G00  Z50;
X－115  Y－60  M8  F480;                        进给速度为 480mm/min
Z－45;
MCALL  CYCLE82（－45，－50，5，－55，5，0.5）; 模态调用中心钻循环
HOLES1（－115，－60，90，10，100，2）;          调用排孔循环钻 9、10 号孔
MCALL;                                          取消模态调用
G0  Z10;
X0  Y－85;
MCALL  CYCLE83（10，0，5，－112，112，          模态调用深孔钻循环（用 φ20mm
            －10，10，0，0，0，1，1）;           麻花钻预钻 φ40mm 孔）
HOLESl（0，－85，90，10，75，3）;               调用排孔循环钻 13～15 号孔
```

MCALL；　　　　　　　　　　　　　　　　　取消模态调用

G0　X115　Y-60；

Z-45；

MCALL　CYC　LE82（-45，-50，5，-55，5，0.5）；

　　　　　　　　　　　　　　　　　　　　模态调用中心钻循环

HOLESl（115，-60，90，10，100，2）；　　调用排孔循环钻 11、12 号孔

MCALL；　　　　　　　　　　　　　　　　　取消模态调用

G0　Z50　M05；

M00；　　　　　　　　　　　　　　　　　　程序暂停，手动换 4 号刀，对

　　　　　　　　　　　　　　　　　　　　刀，重新设定 G54 的 Z 坐标

S800　M03；　　　　　　　　　　　　　　主轴转速为 800r/min

G54　G00　Z10；

X0　Y-85　M8　F380；　　　　　　　　　进给速度为 380mm/min

MCALL　CYCLE82（10，0，5，-118，118，0）；　模态调用中心钻循环

HOLESl（0，-85，90，10，75，3）；　　　调用排孔循环钻 13~15 号孔

MCALL；　　　　　　　　　　　　　　　　　取消模态调用

G00　Z150　M9；

M5；

M2；　　　　　　　　　　　　　　　　　　程序结束

本 章 小 结

　　本章讲述了 4 个数控铣床中级操作工考核实例，实例涉及 FANUC 和 SIEMENS 两种数控系统。通过本章的学习和实训，读者要能达到中级数控铣床操作工的水平。

思考与训练

一、中级职业技能鉴定实操模拟题一

零件如图 9-5 所示，毛坯为 45 钢棒料，编程并加工零件。

二、中级职业技能鉴定实操模拟题二

零件如图 9-6 所示，毛坯为 45 钢棒料，编程并加工零件。

三、中级职业技能鉴定实操模拟题三

零件如图 9-7 所示，毛坯为 45 钢棒料，编程并加工零件。

四、中级职业技能鉴定实操模拟题四

零件如图 9-8 所示，毛坯为 45 钢棒料，编程并加工零件。

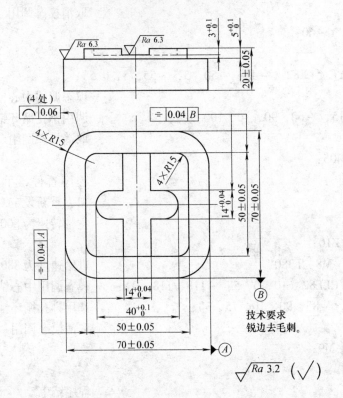

图 9-5

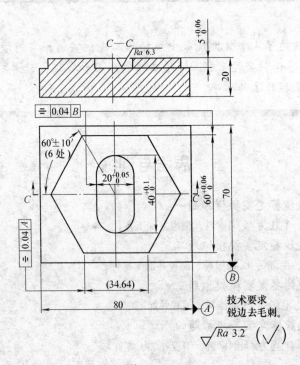

图 9-6

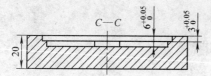

第 1 个点坐标：$X=30.0$ $Y=8.0$
第 2 个点坐标：$X=22.0$ $Y=8.0$
第 3 个点坐标：$X=8.0$ $Y=22.0$
第 4 个点坐标：$X=8.0$ $Y=30.0$

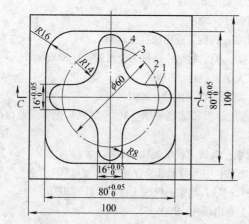

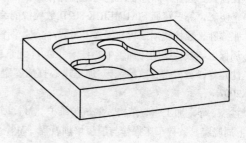

图 9-7

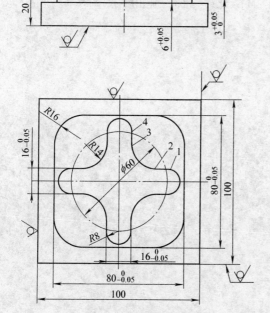

第 1 个点坐标：$X=30.0$ $Y=8.0$
第 2 个点坐标：$X=22.0$ $Y=8.0$
第 3 个点坐标：$X=8.0$ $Y=22.0$
第 4 个点坐标：$X=8.0$ $Y=30.0$

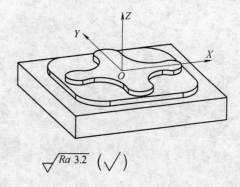

$\sqrt{Ra\,3.2}\ \left(\sqrt{}\right)$

图 9-8

参 考 文 献

[1] 沈建峰. 数控车床技能鉴定考点分析和试题集萃 [M]. 北京：化学工业出版社，2007.

[2] 吴明友. 数控铣床考工实训教程 [M]. 北京：化学工业出版社，2006.

[3] 周虹. 数控编程与实训 [M]. 北京：人民邮电出版社，2008.

[4] 任国兴. 数控车床加工工艺与编程操作 [M]. 北京：机械工业出版社，2006.

[5] 李晓晖，等. 精通 SINUMERIK 802D 数控铣削编程 [M]. 北京：机械工业出版社，2006.

[6] 张瑜胜. 数控铣削编程与操作 [M]. 杭州：浙江大学出版社，2008.

[7] 周保牛. 数控铣削与加工中心技术 [M]. 北京：高等教育出版社，2007.

[8] 沈建峰，黄俊钢. 数控铣床/加工中心技能鉴定考点分析和试题集萃 [M]. 北京：化学工业出版社，2007.

[9] 沙杰，等. 加工中心结构、调试与维护 [M]. 北京：机械工业出版社，2003.

[10] 周晓宏. 数控车床操作与编程培训教程 [M]. 北京：中国劳动社会保障出版社，2004.

[11] 沈建峰，等. 数控铣工/加工中心操作工（高级）[M]. 北京：机械工业出版社，2007.

[12] 王荣兴. 加工中心培训教程 [M]. 北京：机械工业出版社，2006.

[13] 田萍. 数控机床加工工艺及设备 [M]. 北京：电子工业出版社，2005.

[14] 周晓宏. 数控铣床操作技能考核培训教材（中级）[M]. 北京：中国劳动社会保障出版社，2005.

[15] 田春霞. 数控加工工艺 [M]. 北京：机械工业出版社，2006.

[16] 惠延波，等. 加工中心的数控编程与操作技术 [M]. 北京：机械工业出版社，2001.